经典诗词联读

司罗红　贾恩方　刘　红　主编

中国书籍出版社
China Book Press

图书在版编目（CIP）数据

经典诗词联读 / 司罗红, 贾恩方, 刘红主编. -- 北京 : 中国书籍出版社, 2023.6

ISBN 978-7-5068-9467-8

Ⅰ. ①经⋯ Ⅱ. ①司⋯ ②贾⋯ ③刘⋯ Ⅲ. ①古典诗歌—诗歌欣赏—中国 Ⅳ. ① I207.2

中国国家版本馆 CIP 数据核字（2023）第 108951 号

经典诗词联读

司罗红　贾恩方　刘红　主编

责任编辑	吴化强
装帧设计	李文文
责任印制	孙马飞　马　芝
出版发行	中国书籍出版社
地　　址	北京市丰台区三路居路 97 号（邮编：100073）
电　　话	（010）52257143（总编室）　（010）52257140（发行部）
电子邮箱	eo@chinabp.com.cn
经　　销	全国新华书店
印　　刷	天津和萱印刷有限公司
开　　本	787 毫米 ×1092 毫米　1/16
字　　数	495 千字
印　　张	27.75
版　　次	2023 年 8 月第 1 版
印　　次	2023 年 8 月第 1 次印刷
书　　号	ISBN 978-7-5068-9467-8
定　　价	98.00 元

版权所有　翻印必究

编委会

总策划： 徐瑞侠

主　编： 司罗红　贾恩方　刘　红

副主编： 程安迪　周婉依

编辑人员： 郭　丽　王宛玉　冯贵先

作者简介

司罗红

毕业于华中师范大学，文学博士，郑州大学教授、博士生导师，文学院副院长。主要研究语言学、现代汉语、语言政策与规划等。

贾恩方

毕业于河南师范大学汉语言文学专业，南阳广播电视台主任编辑，现任南阳交通广播总监。主要研究媒体传播与文化推广。

刘 红

毕业于河南大学，现任郑州市惠济区香山小学党支部书记、校长，曾荣获全国优秀教师、全国中小学优秀班主任、全国第二届课改优秀校长、河南省小学语文特级教师、河南省名师等荣誉。

目录

上编 文史篇

先秦至魏晋南北朝时期 …… 1
 关　雎 …… 2
 式　微 …… 3
 子　衿 …… 3
 蒹　葭 …… 4
 芣　苢 …… 5
 静　女 …… 6
 氓 …… 7
 无　衣 …… 9
 采薇（节选） …… 9
 离骚（节选） …… 10
 江　南 …… 14
 长歌行 …… 14
 十五从军征 …… 15
 庭中有奇树 …… 16
 迢迢牵牛星 …… 17
 涉江采芙蓉 …… 17
 赠从弟（其二） …… 18
 龟虽寿 …… 19
 短歌行 …… 20
 观沧海 …… 21
 梁甫行 …… 22
 饮酒（其五） …… 23
 归园田居（其一） …… 24
 拟行路难（其四） …… 25
 敕勒歌 …… 26
 木兰诗 …… 26

隋唐五代 …… 30
 蝉 …… 31
 野　望 …… 31
 咏　鹅 …… 32
 风 …… 33
 送杜少府之任蜀州 …… 33
 登幽州台歌 …… 34
 咏　柳 …… 35
 回乡偶书 …… 35
 春江花月夜 …… 36
 凉州词 …… 37
 登鹳雀楼 …… 38
 凉州词 …… 39
 春　晓 …… 39
 宿建德江 …… 40
 望洞庭湖赠张丞相 …… 40
 过故人庄 …… 41
 出　塞 …… 42
 芙蓉楼送辛渐 …… 42
 从军行 …… 43
 采莲曲 …… 43
 峨眉山月歌 …… 44
 蜀道难 …… 44

渡荆门送别	46	望　岳	68
望庐山瀑布	47	春　望	68
望天门山	48	月夜忆舍弟	69
夜宿山寺	48	石壕吏	70
黄鹤楼送孟浩然之广陵	49	春夜喜雨	71
行路难（其一）	49	闻官军收河南河北	71
春夜洛城闻笛	50	蜀　相	72
将进酒	50	登岳阳楼	73
梦游天姥吟留别	52	客　至	73
静夜思	54	茅屋为秋风所破歌	74
闻王昌龄左迁龙标遥有此寄	54	登　高	75
独坐敬亭山	55	次北固山下	76
赠汪伦	55	十五夜望月	77
早发白帝城	56	行军九日思长安故园	77
古朗月行（节选）	56	逢入京使	78
送友人	57	白雪歌送武判官归京	78
九月九日忆山东兄弟	57	枫桥夜泊	80
鸟鸣涧	58	长沙过贾谊宅	80
送元二使安西	58	渔歌子	81
竹里馆	59	滁州西涧	82
使至塞上	59	塞下曲	82
山居秋暝	60	夜上受降城闻笛	83
鹿　柴	60	游子吟	84
画	61	寒　食	84
黄鹤楼	61	早春呈水部张十八员外	85
燕歌行并序	62	晚　春	86
别董大	64	左迁至蓝关示侄孙湘	86
题破山寺后禅院	65	池　上	87
江畔独步寻花（其五）	66	大林寺桃花	87
绝句（两个黄鹂鸣翠柳）	66	暮江吟	88
绝句（迟日江山丽）	67	忆江南	89
江南逢李龟年	67	赋得古原草送别（节选）	89

篇目	页码
琵琶行并序	89
卖炭翁	94
钱塘湖春行	95
秋　词（其一）	96
望洞庭	96
浪淘沙（其一）	97
酬乐天扬州初逢席上见赠	97
悯农（其一）	98
悯农（其二）	98
江雪	99
寻隐者不遇	99
小儿垂钓	100
马　诗	101
李凭箜篌引	101
雁门太守行	103
咸阳城东楼	104
江南春	105
赤　壁	105
泊秦淮	106
山　行	106
清　明	107
商山早行	107
嫦　娥	108
夜雨寄北	108
贾　生	109
无　题	109
锦　瑟	110
蜂	111
乞　巧	111
虞美人	112

宋辽金 ……113

篇目	页码
望海潮	114
江上渔者	115
渔家傲·秋思	116
浣溪沙（一曲新词酒一杯）	117
采桑子（轻舟短棹西湖好）	118
登飞来峰	119
泊船瓜洲	119
元　日	120
桂枝香·金陵怀古	120
书湖阴先生壁	121
梅　花	122
卜算子·送鲍浩然之浙东	122
饮湖上初晴后雨	123
江城子·密州出猎	123
江城子·乙卯正月二十日夜记梦	124
水调歌头	125
卜算子·黄州定慧院寓居作	126
定风波	126
念奴娇·赤壁怀古	127
浣溪沙（游蕲水清泉寺）	128
题西林壁	129
惠崇春江晚景	129
赠刘景文	130
六月二十七日望湖楼醉书	130
登快阁	131
清平乐	132
行香子	132
鹊桥仙	133
相见欢（金陵城上西楼）	134
如梦令（常记溪亭日暮）	134
夏日绝句	135
声声慢	135

渔家傲（天接云涛连晓雾）……136	乡村四月…………………158
三衢道中………………137	夜书所见…………………159
临江仙·夜登小阁，忆洛中旧游138	游园不值…………………159
示　儿………………138	过零丁洋…………………160
游山西村………………139	南安军……………………161
十一月四日风雨大作（其二）……140	雪　梅……………………161
秋夜将晓出篱门迎凉有感 140	村　晚……………………162
卜算子·咏梅………………141	
书　愤………………141	**元明清**…………………163
临安春雨初霁………………142	墨　梅……………………164
四时田园杂兴（其二十五）……143	天净沙·秋思……………164
四时田园杂兴（其三十一）……143	山坡羊·潼关怀古………165
小　池………………144	山坡羊·骊山怀古………166
晓出净慈寺送林子方………144	石灰吟……………………166
宿新市徐公店………………145	画　鸡……………………167
稚子弄冰………………145	别云间……………………167
插秧歌………………146	朝天子·咏喇叭…………168
过松源晨炊漆公店（其五）……146	舟夜书所见………………169
观书有感（其一）…………147	长相思……………………169
观书有感·其二……………147	浣溪沙（身向云山那畔行）……170
春　日………………148	竹　石……………………170
念奴娇·过洞庭……………149	所　见……………………171
丑奴儿·书博山道中壁……150	己亥杂诗（其五）………171
南乡子·登京口北固亭有怀……151	己亥杂诗（其二百二十）……172
破阵子·为陈同甫赋壮词以寄之151	村　居……………………172
西江月·夜行黄沙道中……152	
清平乐·村居………………153	**近现代**…………………174
太常引·建康中秋夜为吕叔潜赋154	潼　关……………………175
永遇乐·京口北固亭怀古……154	满江红·小住京华………176
扬州慢·淮左名都…………156	沁园春·长沙……………177
题临安邸………………157	菩萨蛮·大柏地…………178
约　客………………158	七律·长征………………179
	沁园春·雪………………179

卜算子·咏梅 …………………… 181
梅岭三章 ………………………… 181

下编　主题篇

丹心报国 …………………………… 184
易水歌 …………………………… 185
赐萧瑀 …………………………… 185
永王东巡歌十一首（其二）……… 186
对　雪 …………………………… 186
春宿左省 ………………………… 187
秦州杂诗二十首（其七）………… 187
南园十三首（其五）……………… 188
陇西行四首（其二）……………… 189
满江红·写怀 …………………… 189
小重山（昨夜寒蛩不住鸣）……… 190
诉衷情（当年万里觅封侯）……… 191
水龙吟·登建康赏心亭 ………… 191
菩萨蛮·书江西造口壁 ………… 192
正气歌（节选）…………………… 193
赴戍登程口占示家人（其二）…… 193
对　酒 …………………………… 194

金戈铁马 …………………………… 196
垓下歌 …………………………… 197
大风歌 …………………………… 197
从军行 …………………………… 198
出塞二首（其二）………………… 198
从军行七首（其一）……………… 199
从军行七首（其五）……………… 199

观　猎 …………………………… 200
陇西行 …………………………… 200
关山月 …………………………… 201
塞下曲六首（其一）……………… 202
塞上听吹笛 ……………………… 202
前出塞九首（其六）……………… 203
后出塞五首（其二）……………… 203
和张仆射塞下曲（其二）………… 204
从军北征 ………………………… 204
不第后赋菊 ……………………… 205
水调歌头·舟次扬州和人韵 …… 205

故土情深 …………………………… 207
山　中 …………………………… 208
渡汉江 …………………………… 208
回乡偶书（其二）………………… 209
杂诗三首（其二）………………… 209
菩萨蛮（平林漠漠烟如织）……… 209
除夜作 …………………………… 210
余干旅舍 ………………………… 210
除夜宿石头驿 …………………… 211
闻　雁 …………………………… 212
春夜闻笛 ………………………… 212
与浩初上人同看山寄京华亲故 … 212
旅次朔方 ………………………… 213
清平乐（别来春半）……………… 213
浪淘沙令（帘外雨潺潺）………… 214
八声甘州（对潇潇暮雨洒江天）… 214
苏幕遮（碧云天）………………… 215
苏幕遮（燎沉香）………………… 216
永遇乐（落日熔金）……………… 216
一剪梅·舟过吴江 ……………… 217

敬老爱亲 ·············· 219
蓼莪 ················ 220
七步诗 ·············· 221
寄东鲁二稚子 ······ 221
月夜 ················ 223
羌村三首（其一）·· 223
羌村三首（其二）·· 224
羌村三首（其三）·· 225
寄校书七兄 ········ 226
喜见外弟又言别 ··· 227
望月有感 ·········· 227
别舍弟宗一 ········ 228
西上辞母坟 ········ 229
秋思 ················ 230
和子由渑池怀旧 ··· 230
岁暮到家 ·········· 231

友谊长存 ·············· 232
木瓜 ················ 233
赠范晔 ·············· 233
送朱大入秦 ········ 234
洛中访袁拾遗不遇 · 234
送魏二 ·············· 235
送柴侍御 ·········· 235
山中送别 ·········· 235
送别 ················ 236
送梓州李使君 ····· 236
金陵酒肆留别 ····· 237
赠孟浩然 ·········· 237
山中与幽人对酌 ··· 238
客中作 ·············· 238
哭晁卿衡 ·········· 239
寻西山隐者不遇 ··· 239

重送裴郎中贬吉州 · 240
春日忆李白 ········ 241
贫交行 ·············· 241
不见 ················ 242
寄全椒山中道士 ··· 242
寄李儋元锡 ········ 243
秋夜寄丘二十二员外 · 243
和练秀才杨柳 ····· 244
同李十一醉忆元九 · 244
问刘十九 ·········· 245
登柳州城楼寄漳汀封连四州 ··· 245
重赠乐天 ·········· 246
闻乐天授江州司马 · 246
谢亭送别 ·········· 247
赠项斯 ·············· 247
寄扬州韩绰判官 ··· 248
宿骆氏亭寄怀崔雍崔衮 · 248
淮上与友人别 ····· 249
浪淘沙（把酒祝东风）· 249
寻胡隐君 ·········· 250

仁者爱人 ·············· 251
古代歌谣·南风歌 · 252
古代歌谣·卿云歌（节选）· 252
硕鼠 ················ 253
兵车行（节选）···· 253
江亭 ················ 256
又呈吴郎 ·········· 256
山房春事二首（其二）· 257
观刈麦 ·············· 257
官仓鼠 ·············· 258
己亥岁二首（其一）· 259

雪 ·················· 259
咏田家 ················ 260
再经胡城县 ············· 261
新 沙 ················ 261
题兴化寺园亭 ············ 262
病 牛 ················ 262
州 桥 ················ 263
潍县署中画竹呈年伯包大中丞括 263

万物有灵 ················ 264
房兵曹胡马 ············· 265
移家别湖上亭 ············ 265
春 雪 ················ 266
秋风引 ················ 266
惜牡丹花二首（其一）········ 267
题菊花 ················ 267
小 松 ················ 267
菊 花 ················ 268
感遇十二首（其一）········· 268
感遇十二首（其七）········· 269
在狱咏蝉 ··············· 270
咏 风 ················ 270
山园小梅（其一）·········· 271
画眉鸟 ················ 272
北陂杏花 ··············· 272
海 棠 ················ 272
摸鱼儿·雁丘词 ············ 273
同儿辈赋未开海棠（其一）····· 274
白 梅 ················ 274
新 竹 ················ 275

田园苦乐 ················ 276
弹 歌 ················ 277

击壤歌 ················ 277
归园田居五首（其三）········ 277
山中杂诗三首（其一）········ 278
秋夜喜遇王处士 ··········· 278
辋川闲居赠裴秀才迪 ········· 279
渭川田家 ··············· 280
田园乐七首（其六）········· 280
山中问答 ··············· 281
江 村 ················ 281
南 邻 ················ 282
雨过山村 ··············· 282
逢雪宿芙蓉山主人 ·········· 283
题李凝幽居 ············· 283
东 坡 ················ 284
吴兴杂诗 ··············· 284

四季如画 ················ 286
感遇三十八首（其二）········ 287
夏日南亭怀辛大 ··········· 287
宿业师山房期丁大不至 ······· 288
终南望余雪 ············· 289
山 中 ················ 289
阙 题 ················ 290
春思二首（其一）·········· 290
洛桥晚望 ··············· 291
月 夜 ················ 291
夜 雪 ················ 292
杭州春望 ··············· 292
早 冬 ················ 293
山亭夏日 ··············· 293
夜 深 ················ 294
雨 晴 ················ 294

城东早春 …… 295
西　楼 …… 295
夜　直 …… 296

大好河山 …… 297
山行留客 …… 298
渡浙江问舟中人 …… 298
青　溪 …… 299
汉江临泛 …… 300
终南山 …… 300
访戴天山道士不遇 …… 301
秋下荆门 …… 301
陪侍郎叔游洞庭醉后三首
（其三） …… 302
江畔独步寻花（其六） …… 302
春山夜月 …… 303
庐山瀑布 …… 303
题金陵渡 …… 304
题鹤林寺僧舍 …… 304
菩萨蛮（人人尽说江南好） …… 305
宿甘露寺僧舍 …… 305
池州翠微亭 …… 306
春游湖 …… 306

咏史怀古 …… 308
咏史八首（其二） …… 309
读山海经十三首（其十） …… 309
于易水送人 …… 310
滕王阁诗 …… 310
燕昭王 …… 311
与诸子登岘山 …… 311
越中览古 …… 312
夜泊牛渚怀古 …… 312

南都行 …… 313
登金陵凤凰台 …… 314
秋登宣城谢朓北楼 …… 315
登　楼 …… 316
咏怀古迹五首（其五） …… 316
八阵图 …… 317
过三闾庙 …… 317
蜀先主庙 …… 318
西塞山怀古 …… 318
金陵五题·石头城 …… 319
乌衣巷 …… 319
金谷园 …… 320
过华清宫（其一） …… 320
题乌江亭 …… 321
苏武庙 …… 321
隋　宫 …… 322
焚书坑 …… 323
汴河怀古二首（其二） …… 323
临江仙 …… 324

自述自勉 …… 325
沧浪歌 …… 326
岁暮归南山 …… 326
上李邕 …… 327
宣州谢朓楼饯别校书叔云 …… 327
秋浦歌十七首（其十五） …… 329
绝句漫兴九首（其五） …… 329
江　汉 …… 329
边　思 …… 330
登科后 …… 330
玄都观桃花 …… 331
再游玄都观 …… 331

柳州二月榕叶落尽偶题 332
中夜起望西园值月上 332
剑　客 333
南园十三首（其六） 333
遣　怀 333
乐游原 334
晚　晴 334
相见欢（林花谢了春红） 335
相见欢（无言独上西楼） 335
戏答元珍 336
临江仙·夜归临皋 336
蝶恋花·春景 337
雨中登岳阳楼望君山二首
（其一） 337
踏莎行·郴州旅舍 338
武陵春·春晚 338
剑门道中遇微雨 339
西江月·遣兴 339
定风波·暮春漫兴 340
虞美人（少年听雨歌楼上） 341
狱中题壁 341
自题小像 342

童真童趣 343
娇女诗 344
巴女谣 347
幼女词 348
牧童词 348
与小女 349
牧　童 349
溪居即事 350
观村童戏溪上 350

舟过安仁 351
闲居初夏午睡起（其一） 352
闲居初夏午睡起（其二） 352
桑茶坑道中 352

乐学乐思 354
中秋夜二首（其二） 355
劝　学 355
金缕衣 355
放言五首（其一） 356
放言五首（其三） 356
韩冬郎即席为诗相送（二绝） 357
白鹿洞二首（其一） 358
琴　诗 359
冬夜读书示子聿 359
观　书 359
论诗五首（其一） 360

人物画廊 362
北方有佳人 363
长信秋词五首（其三） 363
莲花坞 364
玉阶怨 364
秋浦歌十七首（其十四） 364
子夜吴歌·春歌 365
子夜吴歌·夏歌 366
子夜吴歌·秋歌 366
子夜吴歌·冬歌 367
清平调词三首（其一） 367
清平调词三首（其二） 367
清平调词三首（其三） 368
饮中八仙歌 368
戏问花门酒家翁 370

渔　翁 …………………………370
行　宫 …………………………370
忆扬州 …………………………371
望夫词 …………………………371
宫词二首（其一）……………372
秋　夕 …………………………372
近试上张水部 ………………373
宫　词 …………………………373
寄蜀中薛涛校书 ……………374
破阵子·春景 ………………374
陶　者 …………………………375
蚕　妇 …………………………375

天马行空 …………………377
把酒问月 ………………………378
归　雁 …………………………379
梦　天 …………………………379
霜　月 …………………………380
谒　山 …………………………380
梅花绝句二首（其一）………381
木兰花慢·中秋饮酒 ………381
清平乐·五月十五夜玩月 …382

艺海拾贝 …………………384
听蜀僧濬弹琴 ………………385
画　鹰 …………………………385
赠花卿 …………………………386
观公孙大娘弟子舞剑器行 …386
听弹琴 …………………………389
听邻家吹笙 …………………389
鸣　筝 …………………………390
听颖师弹琴 …………………391
题葡萄图 ………………………392

题秋江独钓图 ………………392

多彩生活 …………………394
鹿　鸣 …………………………395
正月十五夜 …………………396
新嫁娘 …………………………396
江　馆 …………………………397
盆池五首（其一）……………397
忆江南三首（其二）…………397
忆江南三首（其三）…………398
社　日 …………………………398
浣溪沙·细雨斜风作晓寒 …399
十一月四日风雨大作二首
（其二）………………………399
青玉案·元夕 ………………400

情深义重 …………………401
风　雨 …………………………402
上　邪 …………………………402
西洲曲 …………………………403
望月怀远 ………………………404
长干行（其一）………………404
竹枝词二首（其一）…………406
题都城南庄 …………………406
古别离 …………………………407
遣悲怀（其三）………………407
望江南（梳洗罢）……………407
七　夕 …………………………408
谒金门（风乍起）……………408
雨霖铃·寒蝉凄切 …………409
蝶恋花（槛菊愁烟兰泣露）……410
生查子·元夕 ………………410
踏莎行（候馆梅残）…………411

临江仙（梦后楼台高锁）…………412
卜算子（我住长江头）……………412
青玉案（凌波不过横塘路）………413
醉花阴（薄雾浓云愁永昼）………414
一剪梅（红藕香残玉簟秋）………414
钗头凤·红酥手……………………415

红色经典……………………………416
菩萨蛮·黄鹤楼……………………417
清平乐·会昌………………………417
忆秦娥·娄山关……………………418
清平乐·六盘山……………………418
念奴娇·昆仑………………………419
七律·人民解放军占领南京………420
浣溪沙·和柳亚子先生……………421
浪淘沙·北戴河……………………422
水调歌头·游泳……………………422
蝶恋花·答李淑一…………………423
七律·到韶山………………………424
大江歌罢掉头东……………………425

上编

文史篇

先秦至魏晋南北朝时期

《诗经》是我国最早的一部诗歌总集,收集了西周初年至春秋中叶(前11世纪—前6世纪)五百年间的诗歌,共305篇,内容分为《风》《雅》《颂》三个部分。《诗经》奠定了中国文学的写实与抒情两个传统。

关 雎

诗 经

关关雎鸠,在河之洲。窈窕淑女,君子好逑。
参差荇菜,左右流之。窈窕淑女,寤寐求之。
求之不得,寤寐思服。悠哉悠哉,辗转反侧。
参差荇菜,左右采之。窈窕淑女,琴瑟友之。
参差荇菜,左右芼之。窈窕淑女,钟鼓乐之。

注 释

①〔关雎〕选自《诗经·周南》。雎(jū),《诗经》中诗的标题一般取自该诗的第一句。
②〔关关雎鸠(jiū)〕雎鸠鸟不停地鸣叫。关关,拟声词。雎鸠,一种水鸟,一般认为就是鱼鹰,传说它们雌雄形影不离。
③〔洲〕水中的陆地。
④〔窈窕(yǎo tiǎo)〕文静美好的样子。
⑤〔淑女〕善良美好的女子。
⑥〔好逑(hǎo qiú)〕好的配偶。逑,配偶。
⑦〔荇(xìng)菜〕一种可食的水草。
⑧〔流〕求取。
⑨〔寤寐(wù mèi)〕这里指日日夜夜。寤,醒时。寐,睡时。
⑩〔思服〕思念。服,思念。
⑪〔悠哉悠哉〕形容思念之情绵绵不尽。悠,忧思的样子。
⑫〔琴瑟友之〕弹琴鼓瑟对她表示亲近。
⑬〔芼(mào)〕挑选。
⑭〔钟鼓乐之〕敲钟击鼓使她快乐。

译 文

水鸟和鸣关关唱,在那水中的陆地上歌唱。文静美丽的好姑娘,正是我的好对象。
长的短的水荇菜,向左向右顺着水流把它采。文静美丽的好姑娘,醒来梦中都在寻求都在想。寻求想念不能得,醒来梦中想更切。思念不断真难忘,睡在床上翻来覆去天不亮。

水荇菜有短又有长，左采右采在河旁。文静美丽的好姑娘，想用表示友爱的弹琴鼓瑟来供她赏。水荇菜长长短短不整齐，左边右边来摘取。文静美丽的好姑娘，想用敲钟击鼓来让她喜洋洋。

式 微

诗 经

式微，式微！胡不归？
微君之故，胡为乎中露？
式微，式微！胡不归？
微君之躬，胡为乎泥中？

注 释

① [式微] 天黑了。式，语气助词。微，昏暗。
② [邶（bèi）风] 邶地的民歌。邶，周朝国名，在今河南淇县北部一带。
③ [胡] 何，为什么。
④ [微君之故] 微，（如果）不是。君，君主。故，事，事情。
⑤ [中露] 即露中，在露水中。
⑥ [微君之躬] （如果）不是为了养活你们。躬，身体。

译 文

天黑了，天黑了，为什么还不回家？如果不是为君主，何以还在露水中？天黑了，天黑了，为什么还不回家？如果不是为君主，何以还在泥浆中？

子 衿

诗 经

青青子衿，悠悠我心。
纵我不往，子宁不嗣音？
青青子佩，悠悠我思。
纵我不往，子宁不来？
挑兮达兮，在城阙兮。
一日不见，如三月兮！

注 释

① [子衿（jīn）] 你的衣领。子，你。衿，衣领。
② [悠悠] 深思的样子。

先秦至魏晋南北朝时期

③［宁（nìng）］岂，难道。
④［嗣（sì）］接续，继续。
⑤［佩］指佩玉的带子。
⑥［挑（tāo）兮达（tà）兮］即挑达，独自徘徊的样子。
⑦［城阙（què）］城门两边的楼台。

译文

青青的是你的衣领，悠悠的是我的思念。纵然我不曾去会你，难道你不把音信传？

青青的是你的佩戴，悠悠的是我的情怀。纵然我不曾去找你，难道你不能主动来？

来来往往张眼望啊，在这高高的城楼上。一天不见你的面啊，好像有三个月那样长。

蒹　葭

诗经

蒹葭苍苍，白露为霜。
所谓伊人，在水一方。
溯洄从之，道阻且长。
溯游从之，宛在水中央。
蒹葭萋萋，白露未晞。
所谓伊人，在水之湄。
溯洄从之，道阻且跻。
溯游从之，宛在水中坻。
蒹葭采采，白露未已。
所谓伊人，在水之涘。
溯洄从之，道阻且右。
溯游从之，宛在水中沚。

注　释

①［蒹葭（jiānjiā）］芦苇。
②［苍苍］茂盛的样子。
③［为］凝结成。
④［所谓］所说的，此指所怀念的。
⑤［伊人］那人，指所爱的人。
⑥［溯洄从之］逆流而上去追寻。溯回，逆流而上。洄，逆流。从，跟随、追寻。

之，代"伊人"。
⑦ [阻] 艰险。
⑧ [溯游] 顺流而下。
⑨ [宛在水中央] 好像在水的中央，意思是相距不远却无法接近。
⑩ [萋萋] 茂盛的样子。
⑪ [晞（xī）] 干。
⑫ [湄（méi）] 岸边，水与草交接的地方。
⑬ [跻（jī）]（路）高而陡。
⑭ [坻（chí）] 水中的沙滩。
⑮ [采采] 茂盛鲜明的样子。
⑯ [未已] 没有完，这里指还没有干。
⑰ [涘（sì）] 水边。
⑱ [右] 向右迂（yū）曲。
⑲ [沚（zhǐ）] 水中的小块陆地。

译文

　　大片的芦苇密又繁，清晨的露水变成霜。我所怀念的心上人啊，就站在对岸河边上。逆流而上去追寻她（他），追随她（他）的道路险阻又漫长。顺流而下寻寻觅觅，她（他）仿佛在河水中央。
　　芦苇凄清一大片，清晨露水尚未晒干。我那魂牵梦绕的人啊，她（他）就在河水对岸。逆流而上去追寻她（他），那道路高又陡。顺流而下寻寻觅觅，她（他）仿佛在水中小洲。
　　河畔芦苇繁茂连绵，清晨露滴尚未被蒸发完。我那苦苦追求的人啊，她（他）就在河岸一边。逆流而上去追寻她（他），那道路弯曲又艰险。顺流而下寻寻觅觅，她（他）仿佛在水中的沙滩。

芣苢

诗经

采采芣苢，薄言采之。采采芣苢，薄言有之。
采采芣苢，薄言掇之。采采芣苢，薄言捋之。
采采芣苢，薄言袺之。采采芣苢，薄言襭之。

注 释

① [芣苢（fú yǐ）] 车前草。
② [采采] 茂盛的样子。
③ [薄言] "薄""言"都是助词，无实义。
④ [有] 取得，获得。
⑤ [掇（duō）] 拾取，摘取。

⑥ [捋（luō）] 从茎上成把地取下。
⑦ [袺（jié）] 提起衣襟兜东西。
⑧ [襭（xié）] 把衣襟掖在腰带上兜东西。

译 文

繁茂鲜艳的芣苢呀，我们赶紧来采呀。繁茂鲜艳的芣苢呀，我们赶紧采起来。
繁茂鲜艳的芣苢呀，一片一片摘下来。繁茂鲜艳的芣苢呀，一把一把捋下来。
繁茂鲜艳的芣苢呀，提起衣襟兜起来。繁茂鲜艳的芣苢呀，掖起衣襟兜回来。

静 女

诗 经

静女其姝，俟我于城隅。爱而不见，搔首踟蹰。
静女其娈，贻我彤管。彤管有炜，说怿女美。
自牧归荑，洵美且异。匪女之为美，美人之贻。

注 释

① [静女其姝（shū）] 娴静的女子很漂亮。姝，美丽、漂亮。
② [俟（sì）] 等待。
③ [城隅] 城角。一说指城上的角楼。
④ [爱] 同"薆（ài）"，隐藏。
⑤ [搔首踟蹰（chí chú）] 以手指挠头，徘徊不进。
⑥ [娈（luán）] 美好。
⑦ [彤管] 红色的管状物。一说指初生时呈红色的管状的草，即下一章所说的"荑（tí）"。
⑧ [炜（wěi）] 色红而光亮。
⑨ [说（yuè）怿（yì）女（rǔ）美] 喜爱你的美丽。说，同"悦"。怿，喜悦。女，同"汝"，第二人称代词。下文的"匪女之为美"的"女"同此。
⑩ [自牧归（kuì）荑] 从远郊归来赠送我初生的茅草。牧，城邑的远郊。归，同"馈"，赠送。
⑪ [洵美且异] 确实美好而且与众不同。洵，诚然、实在。
⑫ [匪女之为美] 并非你这荑草美。匪，同"非"，表示否定判断。

译 文

娴静姑娘真漂亮，约我等在城角楼上。故意躲藏让我找，急得搔头徘徊心紧张。
娴静姑娘真娇艳，送我一枝红彤管。鲜红彤管有光彩，爱它颜色真鲜艳。
郊野采荑送给我，荑草确实美好又珍异。不是荑草长得美，美人相赠厚情意。

氓

诗 经

氓之蚩蚩，抱布贸丝。匪来贸丝，来即我谋。
送子涉淇，至于顿丘。匪我愆期，子无良媒。
将子无怒，秋以为期。乘彼垝垣，以望复关。
不见复关，泣涕涟涟。既见复关，载笑载言。
尔卜尔筮，体无咎言。以尔车来，以我贿迁。
桑之未落，其叶沃若。于嗟鸠兮，无食桑葚！
于嗟女兮，无与士耽！士之耽兮，犹可说也。
女之耽兮，不可说也！桑之落矣，其黄而陨。
自我徂尔，三岁食贫。淇水汤汤，渐车帷裳。
女也不爽，士贰其行。士也罔极，二三其德。
三岁为妇，靡室劳矣。夙兴夜寐，靡有朝矣。
言既遂矣，至于暴矣。兄弟不知，咥其笑矣。
静言思之，躬自悼矣。及尔偕老，老使我怨。
淇则有岸，隰则有泮。总角之宴，言笑晏晏。
信誓旦旦，不思其反。反是不思，亦已焉哉！

注 释

① [氓] 民，这里指诗中的男主人公。
② [蚩（chī）蚩] 忠厚的样子。
③ [贸] 交易，交换。
④ [匪] 不是。
⑤ [来即我谋] 到我这里来商量（婚事）。即，就、靠近。谋，谋划、商量。
⑥ [淇（qí）] 淇水，在今河南境内。
⑦ [顿丘] 地名，在今河南浚（xùn）县。
⑧ [愆（qiān）期] 拖延婚期。愆，拖延。
⑨ [将（qiāng）] 愿，请。
⑩ [乘] 登上。
⑪ [垝（guǐ）垣] 残破的墙。垝，毁坏。
⑫ [复关] 卫国地名，氓所住的地方。一说，诗中借所居之地代指氓。
⑬ [载] 助词，用在句首或句中，起加强语气的作用。
⑭ [尔卜尔筮（shì）] 你用龟板占卜，用蓍（shī）草占卦。卜，用火烧龟板，根据龟板上的裂纹推断吉凶祸福。筮，用蓍草的茎占卦。
⑮ [体] 占卜显示的兆象。

⑯ [咎言] 不祥之语。咎，灾祸。
⑰ [贿] 财物。这里指嫁妆。
⑱ [沃若] 润泽的样子。
⑲ [于嗟（xū jiē）鸠兮，无食桑葚] 唉，斑鸠啊，你不要贪吃桑葚（旧说斑鸠吃多了桑葚会昏醉）。于嗟，感叹词。无，同"毋"，不要。
⑳ [无与士耽（dān）] 不要同男子沉溺于爱情中。士，指未婚男子。耽，沉溺、沉醉。
㉑ [说（tuō）] 同"脱"，摆脱、脱身。
㉒ [陨] 陨落，坠下。
㉓ [徂（cú）] 往。
㉔ [三岁食贫] 多年来吃苦受贫。三岁，指多年。食贫，过贫苦的生活。
㉕ [汤（shāng）汤] 水流盛大的样子。
㉖ [渐（jiān）] 浸湿。
㉗ [帷裳] 车两旁的布幔。
㉘ [不爽] 没有过错。爽，差错、过失。
㉙ [贰] 不专一、有二心，跟"壹"相对。
㉚ [罔极] 没有定准。罔，无。极，准则。
㉛ [二三其德] 负德变心。二三，意思是反复无常，感情不专一。德，心意。
㉜ [靡室劳矣] 家里的劳苦事没有一样不做的。靡，无、没有。室劳，家务劳动。
㉝ [靡有朝（zhāo）矣] 没有一天不是如此。朝，日、天。
㉞ [言] 助词，无实义。下文"静言思之"中的"言"用法与此相同。
㉟ [遂] 如愿。
㊱ [咥（xì）] 讥笑。
㊲ [悼] 伤感，哀伤。
㊳ [及] 和。
㊴ [老使我怨] 这样只能使我怨恨不已。老，这里指上句二人盟誓相约"偕老"一事。
㊵ [淇则有岸，隰（xí）则有泮（pàn）] 淇水有岸，池沼有边。隰，低湿的地方。一说指隰（tà）水，即漯水。泮，同"畔"，边、岸。这两句诗用淇水、池沼有岸，反衬男子心意无常，没有拘束限制。一说，这两句诗用淇水、池沼有岸，反衬妇人认为自己如与男子"偕老"，就会有无边的怨苦。
㊶ [总角之宴] 少年时我和你一起愉快地玩耍。总角，古代少年男女把头发扎成丫髻，叫"总角"，后用以指代少年时代。宴，快乐。
㊷ [晏晏] 和悦的样子。
㊸ [旦旦] 诚恳的样子。
㊹ [反] 违背。
㊺ [反是不思] 违背誓言而不再顾及。是，指代二人的誓言。
㊻ [亦已焉哉] 那就算了吧！已，止、了结。焉、哉，均为语气助词，连用以强化语气。

赏 析

《氓》以一个女子的口吻讲述自己从恋爱、结婚到被抛弃的过程,展示了她从情意绵绵到悲伤无助,再到激愤决绝的心路历程,将叙事与抒情巧妙地结合起来。诵读时,要仔细体会女主人公心理的前后变化,感受诗歌"怨而不怒,哀而不伤"的抒情特征。

无 衣

诗 经

岂曰无衣?与子同袍。王于兴师,修我戈矛,与子同仇。
岂曰无衣?与子同泽。王于兴师,修我矛戟,与子偕作。
岂曰无衣?与子同裳。王于兴师,修我甲兵,与子偕行。

注 释

①[袍]长袍,类似于斗篷。行军者白天当衣服穿,晚上当被子盖。
②[王于兴师]周王出兵打仗。于,句中助词。
③[同仇]指共同对付敌人。
④[泽]同"襗(zé)",贴身穿的衣服。
⑤[偕作]一同起来,指共同行动。作,起。
⑥[甲兵]铠甲和兵器。

译 文

谁说没有衣服穿?与你同穿战袍。君王出兵打仗,修整我那戈与矛,与你共同对敌。

谁说没有衣服穿?与你同穿内衣。君王出兵打仗,修整我那矛与戟,与你一起出发。

谁说没有衣服穿?与你同穿战裙。君王出兵打仗,修整甲胄与兵器,杀敌与你共前进。

采薇(节选)

诗 经

昔我往矣,杨柳依依。
今我来思,雨雪霏霏。
行道迟迟,载渴载饥。
我心伤悲,莫知我哀!

注 释

①选自《诗经·小雅》。薇,植物名。
②[昔]从前,指出征时。
③[往]指当初去从军。

先秦至魏晋南北朝时期

④［依依］形容柳丝轻轻随风摇曳的样子。
⑤［思］句末语气用词，没有实在意义。
⑥［雨（yù）雪］下雪。
⑦［霏霏（fēi）］雪下得很大的样子。
⑧［迟迟］迟缓的样子。
⑨［载］则，又。
⑩［莫］没有人。

译 文

回想当初出征时，杨柳依依随风吹。如今回来路途中，大雪纷纷满天飞。道路泥泞难行走，又饥又渴真劳累。满腔伤感满腔悲，我的哀痛谁体会！

屈原（约前340－约前278年），名平，字原，我国古代伟大的爱国诗人。后因遭贵族排挤，被流放沅湘流域，投汨罗江自杀而死，相传端午节就是为了纪念屈原的节日。主要作品有《离骚》《九章》《九歌》等。他创造的"楚辞"体在中国文学史上独树一帜，与《诗经》并称"风骚"二体，对后世诗歌创作产生积极、深远的影响。

离骚（节选）

屈 原

帝高阳之苗裔兮，朕皇考曰伯庸。
摄提贞于孟陬兮，惟庚寅吾以降。
皇览揆余初度兮，肇锡余以嘉名。
名余曰正则兮，字余曰灵均。
纷吾既有此内美兮，又重之以修能。
扈江离与辟芷兮，纫秋兰以为佩。
汩余若将不及兮，恐年岁之不吾与。
朝搴阰之木兰兮，夕揽洲之宿莽。
日月忽其不淹兮，春与秋其代序。
惟草木之零落兮，恐美人之迟暮。
不抚壮而弃秽兮，何不改此度？
乘骐骥以驰骋兮，来吾道夫先路！

…………

长太息以掩涕兮，哀民生之多艰。

余虽好修姱以鞿羁兮，謇朝谇而夕替。
既替余以蕙纕兮，又申之以揽茝。
亦余心之所善兮，虽九死其犹未悔。
怨灵修之浩荡兮，终不察夫民心。
众女嫉余之蛾眉兮，谣诼谓余以善淫。
固时俗之工巧兮，偭规矩而改错。
背绳墨以追曲兮，竞周容以为度。
忳郁邑余侘傺兮，吾独穷困乎此时也。
宁溘死以流亡兮，余不忍为此态也！
鸷鸟之不群兮，自前世而固然。
何方圜之能周兮，夫孰异道而相安？
屈心而抑志兮，忍尤而攘诟。
伏清白以死直兮，固前圣之所厚。
悔相道之不察兮，延伫乎吾将反。
回朕车以复路兮，及行迷之未远。
步余马于兰皋兮，驰椒丘且焉止息。
进不入以离尤兮，退将复修吾初服。
制芰荷以为衣兮，集芙蓉以为裳。
不吾知其亦已兮，苟余情其信芳。
高余冠之岌岌兮，长余佩之陆离。
芳与泽其杂糅兮，唯昭质其犹未亏。
忽反顾以游目兮，将往观乎四荒。
佩缤纷其繁饰兮，芳菲菲其弥章。
民生各有所乐兮，余独好修以为常。
虽体解吾犹未变兮，岂余心之可惩？

…………

注　释

①《楚辞》西汉刘向辑，收录了战国时期楚国屈原、宋玉等人的作品。这些作品运用楚地的诗歌形式、方言声韵，描写楚地风土人情，具有浓郁的地方色彩，故名"楚辞"。后世称这种诗体为"楚辞体"或"骚体"。《离骚》是楚辞的代表作品，是我国古代最长的抒情诗。

②[帝高阳之苗裔兮，朕皇考曰伯庸]我是颛顼（zhuān xū）帝的远代子孙（即

楚王的同宗），父亲名为伯庸。高阳，传说中的古代帝王颛顼。苗裔，远代子孙。朕，我。皇考，对已故父亲的美称。皇，大。考，称已故的父亲。

③ [摄提贞于孟陬（zōu）兮，惟庚寅吾以降] 正当寅年的寅月寅日，我降生了。摄提，即"摄提格"，寅年的别称。贞，当、正当。孟陬，孟春正月，是寅月，正月为陬。庚寅，庚寅日。降，降生。

④ [皇览揆（kuí）余初度兮，肇锡余以嘉名] 先父观察衡量我降生时的情况，一出生就赐给我美名。皇，"皇考"的简称。览揆，观察衡量。览，观察。揆，测度、衡量。初度，出生时的情况。肇，开始。锡，赐给。嘉名，美名。

⑤ [纷吾既有此内美兮，又重（chóng）之以修能] 我既有这么多美好的内在品质，又加之以美好的容态。纷，盛多。重，加。修能，美好的容态。一说指优秀的才能。能，一说作"态"。

⑥ [扈（hù）江离与辟芷（zhǐ）兮，纫秋兰以为佩] 肩披江离与长在幽僻处的白芷，将秋天的兰花连缀起来做成佩饰。扈，楚地方言，披。江离，一种香草。辟芷，生于幽僻之处的白芷。辟，同"僻"，僻静、幽静。纫，连缀、连接。

⑦ [汩（yù）] 水流很快的样子。这里用以比喻时间过得飞快。

⑧ [不吾与] 即"不与吾"，不等待我。

⑨ [朝搴（qiān）阰（pí）之木兰兮，夕揽洲之宿莽] 早晨我采撷坡上的木兰，晚上摘取洲中的宿莽。木兰去皮不死，宿莽经冬不枯，比喻坚贞的品德。朝搴、夕揽，比喻早晚勤勉修德。搴，拔取。阰，土坡。木兰，一种香木。揽，采摘。宿莽，一种香草。

⑩ [忽] 迅速。

⑪ [淹] 久留。

⑫ [代序] 时序更替。

⑬ [美人] 代指有才德、有作为的人。一说是屈原自指，一说指楚怀王。

⑭ [不抚壮而弃秽兮，何不改此度] 何不趁着年富力强去除邪恶污秽，何不改变现行的法度。抚壮，把握壮年。弃秽，抛弃污秽的东西。度，法度、准则。

⑮ [来吾道夫先路] 我愿为前驱。道，同"导"，引导。先路，前驱。

⑯ [太息] 叹息。

⑰ [掩涕] 掩面而泣。

⑱ [民生] 人生。

⑲ [余虽好（hào）修姱（kuā）以鞿（jī）羁兮，謇（jiǎn）朝谇（suì）而夕替] 我虽然崇尚美德而约束自己，（可）早上进谏晚上即遭贬黜。好，爱慕、崇尚。修姱，美好。鞿羁，喻指束缚、约束。鞿，马缰绳。羁，马络头。謇，楚地方言，助词，无实义。谇，谏诤。替，废弃。

⑳ [既替余以蕙纕（xiāng）兮，又申之以揽茝（chǎi）] 既因为我用香蕙作佩带而贬黜我，又因为我采摘白芷为饰而给我加上罪名。蕙，一种香草，俗名佩兰。纕，佩带。申，重复、加上。茝，一种香草，即白芷。

㉑ [灵修] 指楚怀王。

㉒ [浩荡] 荒唐。

㉓ [民心] 指屈原自己的心。一说指人心。

㉔ [众女嫉余之蛾眉兮，谣诼（zhuó）谓余以善淫] 众多小人嫉妒我秀美的蛾眉，

诽谤我好做淫邪之事。众女，喻指小人。蛾眉，喻指美好的品德。谣诼，毁谤。

㉕ [固时俗之工巧兮，偭（miǎn）规矩而改错]世俗本来是善于取巧的，违背规矩而任意改变正常的措施。固，本来。时俗，世俗。偭，违背。错，同"措"，举措。

㉖ [背绳墨以追曲兮，竞周容以为度]违背准绳而追随邪曲，竞相把迎合讨好奉作法度。绳墨，木匠画直线用的工具，喻指准绳、准则。追曲，追随邪佞。周容，迎合讨好。

㉗ [忳（tún）郁邑余侘傺（chàchì）兮，吾独穷困乎此时也]忧愁烦闷而又失意，独有我在此时走投无路。忳郁邑，强调忧闷之深切。忳、郁邑，都是"忧愁烦闷"的意思。侘傺，失意的样子。

㉘ [溘（kè）]突然。

㉙ [流亡]随流水消逝。

㉚ [此态]指迎合讨好他人的丑态。

㉛ [鸷鸟之不群]猛禽不与凡鸟同群。鸷鸟，凶猛的鸟，指鹰、雕等。

㉜ [何方圜（yuán）之能周兮，夫孰异道而相安]哪有方枘和圆凿能够相合，哪有道不同却能够相互安处的？方圜，方枘（榫头）和圆凿（榫眼）。圜，同"圆"。周，合。孰，何、怎么。

㉝ [屈心而抑志兮，忍尤而攘诟（gòu）]受着委屈压抑着意志，忍受着责备和辱骂。尤，责骂。攘，容忍。诟，辱骂。

㉞ [伏清白以死直兮，固前圣之所厚]保持清白而献身正道，本来是古代圣贤所推崇的。伏，同"服"，保持。

㉟ [悔相（xiàng）道之不察兮，延伫乎吾将反]后悔选择道路时没有看清，我久久伫立而想返回。相，观察。延伫，久立。

㊱ [回朕车以复路兮，及行迷之未远]掉转我的车子返回原路，趁着迷路还不算远的时候。复路，回原路。及，趁着。行迷，走入迷途。

㊲ [步余马于兰皋兮，驰椒丘且焉止息]让我的马缓缓走在长着兰草的水边，驱马疾行到长着椒树的山冈暂且在那里休息。步，缓行。皋，水边地。丘，山冈。焉，在那里。

㊳ [进不入以离尤兮，退将复修吾初服]到朝廷做官不被（君王）接纳而又遭受指责，退下来重新整理我当初的衣服。不入，不被容纳。离，同"罹"，遭受。初服，指出仕前的服饰，比喻原先的志向。

㊴ [芰（jì）荷]菱叶与荷叶。

㊵ [不吾知其亦已兮，苟余情其信芳]不了解我也就算了，只要我本心确实是美好的。不吾知，即"不知吾"。苟，如果、只要。芳，美好。

㊶ [高余冠之岌（jí）岌兮，长余佩之陆离]加高我高高的帽子，加长我长长的佩带。岌岌，高耸的样子。陆离，修长的样子。

㊷ [芳与泽其杂糅兮，唯昭质其犹未亏]服饰的芳香和佩玉的润泽交织在一起，我光明纯洁的品质还是没有减损。昭质，光明纯洁的本质。亏，减损。

㊸ [游目]放眼观看。

㊹ [佩缤纷其繁饰兮，芳菲菲其弥章]佩戴的饰物缤纷多彩，浓烈的芳香更加显著。菲菲，香气浓烈。章，同"彰"。

㊺ [民生各有所乐兮，余独好修以为常]人各有各的爱好，我独爱美好并且习以为常。

㊻[虽体解吾犹未变兮，岂余心之可惩]即使被肢解我仍然不会改变，难道我的心会因为受到惩罚而停止（爱美好，从正道）？惩，因受创而戒止。

赏　析

《离骚》（节选）中，诗人自叙其身世、遭遇，表达了对高洁人格的坚守和对高远理想的追求，并将个人命运与国家兴衰紧紧联系在一起。学习时不妨结合《屈原列传》，把握诗歌中"香草美人"的象征意义，体味诗人的情志。诵读时，要注意诗中繁复的意象、回旋复沓的表达、独特的节奏韵律，感受其中澎湃激荡的情感。

　　汉乐府，汉代乐舞机构，负责采集民间歌谣或文人的诗来配乐，以备朝廷祭祀或宴会时演奏之用。魏晋以后统称为"乐府诗"，简称乐府。汉乐府属五言诗，语言自然流畅，生活气息浓厚。北宋郭茂倩所编《乐府诗集》，是现存收集乐府诗最完备的一部，名篇如《孔雀东南飞》《陌上桑》等，具有极高思想性和艺术性。

江　南

汉乐府

江南可采莲，莲叶何田田。鱼戏莲叶间。
鱼戏莲叶东，鱼戏莲叶西，鱼戏莲叶南，鱼戏莲叶北。

注　释

①[田田]荷叶茂盛的样子。
②[可]在这里有"适宜"、"正好"的意思。

译　文

　　江南又到了适宜采莲的季节，莲叶浮出水面，挨挨挤挤，重重叠叠，迎风招展。在茂密如盖的荷叶下面，欢快的鱼儿在不停地嬉戏玩耍。一会儿游到了东边，一会儿游到了西边，一会儿游到了南边，一会儿又游到了北边。

长歌行

汉乐府

青青园中葵，朝露待日晞。
阳春布德泽，万物生光辉。
常恐秋节至，焜黄华叶衰。
百川东到海，何时复西归？
少壮不努力，老大徒伤悲！

注 释

① [朝露] 清晨的露水。
② [晞] 阳光照耀。
③ [阳春] 露水和阳光都充足的时候。
④ [布] 布施,给予。
⑤ [德泽] 恩惠。
⑥ [焜(kūn)黄] 形容草木凋零枯黄的样子。
⑦ [百川] 大河流。

译 文

园中的葵菜都郁郁葱葱,晶莹的朝露等待阳光照耀。春天给大地普施阳光雨露,万物生机盎然欣欣向荣。常恐那肃杀的秋天来到,树叶儿黄落百草也凋零。

百川奔腾着向东流入大海,何时才能重新返回西境?年轻力壮的时候不奋发图强,到老来悲伤也没用了。

十五从军征

汉乐府

十五从军征,八十始得归。
道逢乡里人:"家中有阿谁?"
"遥看是君家,松柏冢累累。"
兔从狗窦入,雉从梁上飞。
中庭生旅谷,井上生旅葵。
舂谷持作饭,采葵持作羹。
羹饭一时熟,不知饴阿谁。
出门东向看,泪落沾我衣。

注 释

① [阿] 前缀,用在某些称谓或疑问代词等前面。
② [冢(zhǒng)] 坟墓。
③ [累(lěi)累] 众多的样子。
④ [狗窦(dòu)] 给狗出入的墙洞。
⑤ [雉(zhì)] 野鸡。
⑥ [旅谷] 野生的谷子。旅,植物未经播种而生。
⑦ [井] 这里指井台。
⑧ [旅葵] 野生的葵菜。
⑨ [舂(chōng)] 谷用杵臼捣去谷物的皮壳。

⑩［持］拿着。
⑪［羹（gēng）］这里指用蔬菜煮的羹。
⑫［一时］一会儿。
⑬［饴（yí）］同"贻"，送给。

译 文

年少时就从军出征，老了才得以回来。在乡间路上遇到同乡人，问："我家里还有哪些人健在？""远远看去那就是你家，但现在已经是松柏青翠，坟冢相连了。"走到家门前看见野兔从狗洞里出进，野鸡在屋脊上飞来飞去。院子里长着野生的谷子，野生的葵菜环绕着井台。拿着捣掉壳的野谷做饭，摘下葵叶来煮汤。汤和饭一会儿都做好了，却不知赠送给谁吃。走出大门向着东方远望，老泪纵横洒落在征衣上。

《古诗十九首》是由南朝萧统编录的五言组诗作品集，该作品是乐府古诗文人化的显著标志，被认为是五言诗之祖。其作者不详，写作时代大约在东汉末年。其内容多写夫妇朋友间的离愁别绪和士人的彷徨失意，语言朴素自然，描写生动真切，具有浑然天成的艺术风格。

庭中有奇树

古诗十九首

庭中有奇树，绿叶发华滋。
攀条折其荣，将以遗所思。
馨香盈怀袖，路远莫致之。
此物何足贵？但感别经时。

注 释

①［华］花。下文的"荣"也是"花"的意思。
②［滋（zī）］繁盛。
③［攀条］攀引枝条。
④［遗（wèi）］给予，馈赠。
⑤［盈］充满。
⑥［致］送达。
⑦［经时］历时很久。

译 文

庭院里一株佳美的树，满树绿叶衬托着繁盛的花朵。我攀着树枝，摘下了其中一朵，想把它赠送给心中日夜思念的人。花香充满了我的衣服襟袖之间，可是天遥地远，没能送到亲人的手中。这花有什么珍贵呢？只是有感于离别多时，想借着花儿表达思念之情罢了。

迢迢牵牛星

古诗十九首

迢迢牵牛星，皎皎河汉女。
纤纤擢素手，札札弄机杼。
终日不成章，泣涕零如雨。
河汉清且浅，相去复几许。
盈盈一水间，脉脉不得语。

注释

① [迢（tiáo）迢] 遥远。
② [河汉女] 指织女星。河汉，银河。
③ [擢（zhuó）] 伸出。
④ [素] 白皙。
⑤ [札（zhá）札] 织机发出的响声。
⑥ [机杼（zhù）] 织机。杼，梭子。
⑦ [章] 花纹。
⑧ [零] 落下。
⑨ [盈盈] 清澈的样子。
⑩ [脉（mò）脉] 相视无言的样子。

译文

牵牛星和织女星隔着银河遥遥相望，织女伸出纤纤素手拨弄织机，但一整天也织不成纹样，只有泪如雨下。这银河看起来又清又浅，可两岸相隔又有多远呢？虽然两人之间只隔着这一条银河，却只能相顾无言。

涉江采芙蓉

古诗十九首

涉江采芙蓉，兰泽多芳草。
采之欲遗谁？所思在远道。
还顾望旧乡，长路漫浩浩。
同心而离居，忧伤以终老。

注　释

① [芙蓉] 荷花。
② [兰泽] 长着兰草的低湿之地。
③ [遗（wèi）] 赠送。
④ [以] 连词，表示结果。

译　文

　　我踏过江水去采荷花，生有兰草的水泽中长满了香草。采了荷花要送给谁呢？我想要送给远方的爱人。回头看那一起生活过的故乡，长路漫漫遥望无边无际。两心相爱却要分隔两地不能在一起，愁苦忧伤以至终老异乡。

　　刘桢（186-217），字公干，东汉末年东平宁阳人，东汉名士。五言诗创作方面负有盛名，后人以其与曹植并举，称为"曹刘"。如今存诗15首，风格遒劲，语言质朴，《赠从弟》三首为代表作，言简意明，平易通俗，长于比喻。

赠从弟（其二）

刘　桢

亭亭山上松，瑟瑟谷中风。
风声一何盛，松枝一何劲！
冰霜正惨凄，终岁常端正。
岂不罹凝寒？松柏有本性。

注　释

① [亭亭] 挺拔的样子。
② [瑟（sè）瑟] 形容寒风的声音。
③ [一何] 多么。
④ [惨凄] 凛冽、严酷。
⑤ [罹（lí）凝寒] 遭受严寒。罹，遭受。凝寒，严寒。
⑥ [从弟] 堂弟。

译　文

　　高山上松树挺拔耸立，山谷间狂风瑟瑟呼啸。风声是多么的猛烈，松枝又是多么的刚劲！任它满天冰霜惨惨凄凄，松树的腰杆终年端端正正。难道是松树没有遭到严寒的侵凌吗？是松柏天生有着耐寒的本性！

曹操（155-220），字孟德，小名阿瞒，沛国谯（今安徽亳州）人。东汉末年杰出的政治家、军事家、文学家，三国时期曹魏政权的奠基人。曹丕称帝后，追尊为武帝，庙号太祖。其诗今存20多首，都是乐府，多抒发政治抱负，反映东汉末人民苦难，辞气慷慨。

龟虽寿

曹 操

神龟虽寿，犹有竟时；
腾蛇乘雾，终为土灰。
老骥伏枥，志在千里；
烈士暮年，壮心不已。
盈缩之期，不但在天；
养怡之福，可得永年。
幸甚至哉，歌以咏志。

注 释

① [神龟]传说中的通灵之龟，能活几千岁。寿，长寿。
② [竟]终结，这里指死去。
③ [腾蛇]传说中一种能腾云驾雾的神蛇。又称螣蛇。
④ [骥（jì）]骏马，好马。
⑤ [枥（lì）]马槽。
⑥ [烈士]有气节有壮志的人。
⑦ [盈缩]这里指人寿命的长短。
⑧ [养怡]指调养身心，保持心情愉快。怡，愉快。
⑨ [永年]长寿。

译 文

神龟的寿命虽然十分长久，但也还有生命终结的时候；腾蛇尽管能乘雾飞行，终究也会死亡化为土灰。年老的千里马躺在马棚里，它的雄心壮志仍然是一日驰骋千里；有远大抱负的人士到了晚年，奋发思进的雄心不会止息。人的寿命长短，不只是由上天所决定的；只要自己调养好身心，也可以益寿延年。真是幸运极了，要用这首诗歌来表达自己内心的感受。

短歌行

曹　操

对酒当歌，人生几何！譬如朝露，去日苦多。
慨当以慷，忧思难忘。何以解忧？唯有杜康。
青青子衿，悠悠我心。但为君故，沉吟至今。
呦呦鹿鸣，食野之苹。我有嘉宾，鼓瑟吹笙。
明明如月，何时可掇？忧从中来，不可断绝。
越陌度阡，枉用相存。契阔谈䜩，心念旧恩。
月明星稀，乌鹊南飞。绕树三匝，何枝可依？
山不厌高，海不厌深。周公吐哺，天下归心。

> 注　释

① 诗的题目是汉乐府旧题。
② [对酒当歌] 面对着酒与歌，即饮酒听歌。当，也是"对"的意思。
③ [几何] 多少。
④ [去日苦多] 可悲的是逝去的日子太多了。这是慨叹人生短暂。
⑤ [慨当以慷] 即"慷慨"。这里指宴会上的歌声激越不平。当以，没有实义。
⑥ [杜康] 相传是最早造酒的人，这里代指酒。
⑦ [青青子衿(jīn)，悠悠我心] 语出《诗经·郑风·子衿》，原写姑娘思念情人，这里用来比喻渴望得到贤才。子，对对方的尊称。青衿，指代周代读书人青色交领的服装。衿，衣服的交领。悠悠，长远的样子，形容思虑连绵不断。
⑧ [沉吟] 沉思吟味。这里指思念和倾慕贤人。
⑨ [呦呦鹿鸣，食野之苹。我有嘉宾、鼓瑟吹笙] 语出《诗经·小雅·鹿鸣》。苹，艾蒿。《鹿鸣》是宴客的诗，这里用来表达招纳贤才的热情。
⑩ [掇] 拾取，摘取。一说同"辍"，停止。
⑪ [越陌度阡] 穿过纵横交错的小路。陌，东西向的田间小路。阡，南北向的田间小路。
⑫ [枉用相存] 屈驾来访。枉，这里是枉驾的意思。用，以。存，问候、探望。
⑬ [契阔谈䜩(yàn)] 久别重逢，欢饮畅谈。契阔，聚散，这里指久别重逢。䜩，同"宴"。
⑭ [三匝(zā)] 三周。匝，周、圈。
⑮ [山不厌高，海不厌深] 这里是仿用《管子·形势解》中的话："海不辞水，故能成其大；山不辞土石，故能成其高；明主不厌人，故能成其众。"意思是表示希望尽可能多地接纳人才。厌，满足。
⑯ [周公吐哺(bǔ)] 《史记·鲁周公世家》记载，周公广纳贤才，正吃饭时，听到门外有士子求见，来不及咽下嘴里的食物，把食物一吐就赶紧去接见。这里借用这个典故，表示自己像周公一样热切殷勤地接待贤才。吐哺，吐出嘴里的食物。

译 文

一边喝酒一边高歌，人生的岁月有多少。
好比晨露转瞬即逝，逝去的时光实在太多！
宴会上歌声慷慨激昂，心中的忧愁却难以遗忘。
靠什么来排解忧闷？唯有豪饮美酒。
有学识的才子们啊，你们令我朝夕思慕。
只是因为你们的缘故，让我沉痛吟诵至今。
阳光下鹿群呦呦欢鸣，在原野吃着艾蒿。
一旦四方贤才光临舍下，我将奏瑟吹笙宴请嘉宾。
当空悬挂的皓月哟，什么时候可以摘取呢？
心中深深的忧思，喷涌而出不能停止。
远方宾客穿越纵横交错的田路，屈驾前来探望我。
彼此久别重逢谈心宴饮，重温那往日的恩情。
月光明亮星光稀疏，一群寻巢喜鹊向南飞去。
绕树飞了三周却没敛翅，哪里才有它们栖身之所？
高山不辞土石才见巍峨，大海不弃涓流才见壮阔。
我愿如周公一般礼贤下士，愿天下的英杰真心归顺于我。

观沧海

曹　操

东临碣石，以观沧海。
水何澹澹，山岛竦峙。
树木丛生，百草丰茂。
秋风萧瑟，洪波涌起。
日月之行，若出其中；
星汉灿烂，若出其里。
幸甚至哉，歌以咏志。

注 释

① ［临］到达，登上。
② ［碣（jié）石］山名，在今河北昌黎西北。
③ ［沧］通"苍"，青绿色。
④ ［海］渤海。
⑤ ［澹澹（dàn dàn）］水波荡漾的样子。
⑥ ［竦峙（sǒng zhì）］耸立。竦、峙，都是耸立的意思
⑦ ［萧瑟］树木被秋风吹动的声音。
⑧ ［星汉］银河。

⑨ [幸甚至哉（zāi）] 幸运得很，好极了。幸，幸运。至，达到极点。

译 文

东行登上高高的碣石山，来观赏苍茫的大海。海水多么宽阔浩荡，海中山岛罗列，高耸挺立。周围树木葱茏，花草丰茂。萧瑟的风声传来，草木动摇，海中翻涌着巨大的海浪。太阳和月亮升起降落，好像是从这浩瀚的海洋中发出的。银河里的灿烂群星，也好像是从大海的怀抱里涌现出来的。太值得庆幸了！就用诗歌来表达心志吧。

曹植（192-232），字子建，沛国谯（今安徽亳州）人，曹操第四子，曹丕同母弟，生前曾为陈王，去世后谥号"思"，因此又称陈思王。曹植是三国时期曹魏著名文学家，建安文学的代表人物。其代表作有《洛神赋》《白马篇》《七哀诗》等。后人因其文学上的造诣而将他与曹操、曹丕合称为"三曹"。

梁甫行

曹 植

八方各异气，千里殊风雨。
剧哉边海民，寄身于草野。
妻子象禽兽，行止依林阻。
柴门何萧条，狐兔翔我宇。

注 释

① [异气] 气候不同。
② [殊] 不同。
③ [剧] 艰难。
④ [寄身] 生活。
⑤ [草野] 野外、原野。
⑥ [妻子] 妻子儿女。
⑦ [象] 像。
⑧ [林阻] 山林险阻之地。
⑨ [翔] 自在地行走。
⑩ [宇] 房屋。

译 文

八方的气候各不相同，千里之内的风雨形态不一。海边的贫民多么艰苦啊，他们寄身在荒野之中。妻子儿女像禽兽一样生活，盘桓在险阻的山林里。简陋的柴门如此冷清，狐兔在我房屋里自由穿梭，毫无顾忌。

> 陶渊明（365—427），字渊明（一说名渊明，字元亮），号五柳先生，私谥"靖节"，东晋末南朝宋初诗人、辞赋家、散文家。浔阳柴桑（今江西九江）人。曾任江州祭酒、建威参军、镇军参军等职，最后一次出仕为彭泽令，很快便弃职而去，从此归隐田园。他是中国第一位田园诗人，被称为"古今隐逸诗人之宗"。

饮酒（其五）

陶渊明

结庐在人境，而无车马喧。
问君何能尔？心远地自偏。
采菊东篱下，悠然见南山。
山气日夕佳，飞鸟相与还。
此中有真意，欲辨已忘言。

注　释

① [结庐] 建造房舍。结，建造、构筑。庐，简陋的房屋。
② [人境] 喧嚣扰攘的尘世。
③ [车马喧] 指世俗交往的喧扰。
④ [君] 指作者自己。
⑤ [尔] 如此，这样。
⑥ [悠然] 闲适淡泊的样子。
⑦ [见（jiàn）] 看见。
⑧ [南山] 泛指山峰，一说指庐山。
⑨ [山气] 山间的云气。
⑩ [日夕] 傍晚。
⑪ [相与] 相交，结伴。
⑫ [真意] 从大自然里领会到的人生真谛。
⑬ [欲辨已忘言] 想要分辨清楚，却已忘了怎样表达。

译　文

将房屋建造在人来人往的地方，却不会受到世俗交往的喧扰。要问我怎能如此超凡洒脱？心灵避离尘俗自然幽静远邈。在东篱之下采摘菊花，悠然间，那远处的南山映入眼帘。暮色中缕缕彩雾萦绕升腾，结队的鸟儿回翔远山的怀抱。这里面蕴含着人生的真正意义，想要分辨清楚，却已忘了怎样表达。

归园田居（其一）

陶渊明

少无适俗韵，性本爱丘山。
误落尘网中，一去三十年。
羁鸟恋旧林，池鱼思故渊。
开荒南野际，守拙归园田。
方宅十余亩，草屋八九间。
榆柳荫后檐，桃李罗堂前。
暧暧远人村，依依墟里烟。
狗吠深巷中，鸡鸣桑树颠。
户庭无尘杂，虚室有余闲。
久在樊笼里，复得返自然。

注 释

① 《归园田居》共有五首，这是第一首。
② [适俗]适应世俗。
③ [韵]气质，情致。
④ [丘山]指山林。
⑤ [尘网]指世俗的种种束缚。
⑥ [一去三十年]陶渊明大约二十五岁离开少时居所，直到五十五岁辞去彭泽令方归，所以说"一去三十年"。或疑当作"十三年"。自开始做官至辞去彭泽令，前后为十三年。
⑦ [羁鸟]被关在笼中的鸟。羁，约束。
⑧ [南野]南面的田野。一作"南亩"，指农田。
⑨ [守拙]持守愚拙的本性，即不学巧伪，不争名利。
⑩ [方宅十余亩]宅子四周有十几亩地。方，四周围绕。
⑪ [暧（ài）暧]迷蒙隐约的样子。
⑫ [依依]隐约的样子。一说"轻柔的样子"。
⑬ [墟里]指村落。
⑭ [颠]顶端。
⑮ [户庭]门户庭院。
⑯ [尘杂]指世俗的繁杂琐事。
⑰ [虚室]静室。
⑱ [余闲]余暇，空闲。
⑲ [樊笼]关鸟兽的笼子。这里指束缚本性的俗世。

译 文

年轻时就没有适应世俗的性格，生来就喜爱大自然的风物。
错误地陷落到世俗的种种束缚中，转眼间远离田园已十余年。
笼子里的鸟儿怀念以前生活的森林，池子里的鱼儿思念原来嬉戏的深潭。
我愿到南边的原野里去开荒，依着愚拙的心性回家耕种田园。
绕房宅方圆有十余亩地，还有那茅屋草舍八九间。
生长茂盛的榆树柳树遮蔽了后屋檐，桃树李树整齐地栽种在屋前。
远处的邻村屋舍依稀可见，村落上方飘荡着袅袅炊烟。
深深的街巷中传来了几声狗吠，桑树顶有雄鸡不停啼唤。
庭院内没有世俗琐杂的事情烦扰，静室里有的是安适悠闲。
久困于樊笼里毫无自由，我今日总算又归返林山。

鲍照（414?-466），字明远，东海（今江苏涟水县北）人。南朝宋文学家，与北周庾信并称"鲍庾"，与颜延之、谢灵运并称"元嘉三大家"。在文学创作方面，鲍照在游仙、游山、赠别、咏史、拟古、数诗、建除诗、字谜、联句等方面均有佳作留世。

拟行路难（其四）

鲍 照

泻水置平地，各自东西南北流。
人生亦有命，安能行叹复坐愁！
酌酒以自宽，举杯断绝歌《路难》。
心非木石岂无感？吞声踯躅不敢言。

注 释

①〔自宽〕自我宽慰。
②〔举杯断绝歌《路难》〕因举杯饮酒而中断了《行路难》的歌唱。
③〔无感〕不为哀乐所动，没有感触。
④〔吞声〕不敢出声。

译 文

往平地上倒水，水会各自向不同方向流散。人生是既定的，怎么能成天自怨自艾。喝酒来宽慰自己，因举杯饮酒而中断歌唱《行路难》。人心又不是草木怎么会没有感情？欲说还休欲行又止不再多说什么。

经典诗词联读

北朝民歌指南北朝时期北方文人所创作的作品,其内容丰富,语言质朴,风格粗犷豪迈,主要收录在《乐府诗集》中,以《敕勒歌》最为著名。相当全面而生动地反映了北朝二百多年间的社会状况和时代特征,战斗性也较强,酷似汉乐府民歌。

敕勒歌

北朝民歌

敕勒川,阴山下。
天似穹庐,笼盖四野。
天苍苍,野茫茫,风吹草低见牛羊。

注释

① [敕(chì)勒(lè)]种族名。
② [川]平川,平原。
③ [阴山]在今内蒙古自治区北部。
④ [穹庐(qióng lú)]用毡布搭成的帐篷,即蒙古包。
⑤ [天苍苍]天蓝蓝的。
⑥ [茫茫]辽阔无边的样子。
⑦ [见(xiàn)]同"现",显现。

译文

辽阔的敕勒大平原,就在阴山脚下。敕勒川的天空啊,看起来好像牧民们居住的毡帐一般。它的四面与大地相连,蔚蓝的天空一望无际,碧绿的原野茫茫无尽。那风吹到草低处,有一群群的牛羊时隐时现。

木兰诗

北朝民歌

唧唧复唧唧,木兰当户织。
不闻机杼声,唯闻女叹息。
问女何所思,问女何所忆。
女亦无所思,女亦无所忆。
昨夜见军帖,可汗大点兵,
军书十二卷,卷卷有爷名。
阿爷无大儿,木兰无长兄,

愿为市鞍马,从此替爷征。
东市买骏马,西市买鞍鞯,
南市买辔头,北市买长鞭。
旦辞爷娘去,暮宿黄河边,
不闻爷娘唤女声,但闻黄河流水鸣溅溅。
旦辞黄河去,暮至黑山头,
不闻爷娘唤女声,但闻燕山胡骑鸣啾啾。
万里赴戎机,关山度若飞。
朔气传金柝,寒光照铁衣。
将军百战死,壮士十年归。
归来见天子,天子坐明堂。
策勋十二转,赏赐百千强。
可汗问所欲,木兰不用尚书郎,
愿驰千里足,送儿还故乡。
爷娘闻女来,出郭相扶将;
阿姊闻妹来,当户理红妆;
小弟闻姊来,磨刀霍霍向猪羊。
开我东阁门,坐我西阁床,
脱我战时袍,著我旧时裳。
当窗理云鬓,对镜帖花黄。
出门看火伴,火伴皆惊忙:
同行十二年,不知木兰是女郎。
雄兔脚扑朔,雌兔眼迷离;
双兔傍地走,安能辨我是雄雌?

注 释

① [唧唧（jī jī）] 叹息声。
② [当户（dāng hù）织] 对着门织布。
③ [机杼（zhù）声] 织布机发出的声音。杼,织布的梭（suō）子。
④ [唯] 只。
⑤ [何所思] 想的是什么。
⑥ [忆] 思念。
⑦ [军帖（tiě）] 军中的文告。
⑧ [可汗（kè hán）大点兵] 可汗大规模地征兵。可汗,我国古代西北地区民

族对最高统治者的称呼。

⑨ [军书十二卷] 征兵的名册很多卷。军书，军中的文书，这里指征兵的名册。十二，表示多数，不是确指。

⑩ [爷] 和下文的"阿爷"一样，都指父亲。

⑪ [愿为市鞍(ān)马] 愿意为(此)去买鞍马。为，介词，为了，其后是宾语省略。市，买。鞍马，泛指马和马具。

⑫ [鞯(jiān)] 马鞍下的垫子。

⑬ [辔(pèi)头] 驾驭牲口用的嚼子和缰绳。

⑭ [旦] 早晨。

⑮ [溅溅(jiān jiān)] 水流声。

⑯ [辞] 离开，辞行。

⑰ [但闻] 只听见。

⑱ [胡骑(jì)] 胡人的战马。胡，古代对北方少数民族的称呼。

⑲ [啾啾(jiū jiū)] 马叫的声音。

⑳ [万里赴戎(róng)机] 远行万里，投身战事。戎机，指战事。

㉑ [关山度若飞] 像飞一样地越过一道道关塞山岭。度，越过。

㉒ [朔(shuò)气传金柝(tuò)] 北方的寒气传送着打更的声音。朔，北方。金柝，古代军中白天用来烧饭，晚上用来打更的器具。

㉓ [铁衣] 铠(kǎi)甲，古代军人穿的护身服装。

㉔ [天子] 即上文的"可汗"。

㉕ [明堂] 古代帝王举行大典的朝堂。

㉖ [策勋十二转(zhuǎn)] 记很大的功。策勋，记功。转，勋位每升一级叫一转。十二转为最高的勋级。十二转，不是确数，形容功劳极高。

㉗ [赏赐百千强(qiáng)] 赏赐很多的财物。百千：形容数量多。强，有余。

㉘ [问所欲] 问(木兰)想要什么。

㉙ [不用] 不愿意做。

㉚ [尚书郎] 尚书省的官。尚书省是古代朝廷中管理国家政事的机关。

㉛ [愿驰千里足] 希望骑上千里马。驰，赶马快跑。

㉜ [郭] 外城。

㉝ [扶将] 扶持。将，助词，不译。

㉞ [姊(zǐ)] 姐姐。

㉟ [理] 梳理。

㊱ [红妆(zhuāng)] 指女子的艳丽装束。

㊲ [霍(huò)霍] 磨刀的声音。

㊳ [著(zhuó)] 穿。

㊴ [云鬓(bìn)] 像云那样的鬓发，形容好看的头发。

㊵ [帖(tiē)花黄] 帖，通"贴"。花黄，古代妇女的一种面部装饰物。

㊶ [火] 通"伙"。古时一起打仗的人用同一口锅吃饭，后意译为同行的人。

㊷ [行] 读 háng。

㊸［雄兔脚扑朔，雌兔眼迷离］据说，提着兔子的耳朵悬在半空时，雄兔两只前脚时时动弹，雌兔两只眼睛时常眯着，所以容易辨认。扑朔，动弹。迷离，眯着眼。

㊹［双兔傍（bàng）地走，安能辨我是雄雌］雄雌两兔贴着地面跑，怎能辨别哪个是雄兔，哪个是雌兔呢？傍，靠近、临近。走，跑。

译　文

　　叹息声一声接着一声，木兰姑娘当门在织布。织机停下来不再作响，只听见姑娘在叹息。

　　问姑娘在思念什么，问姑娘在惦记什么。我也没有在想什么，也没有在惦记什么。昨夜看见征兵的文书，知道君王在大规模征募兵士，那么多卷征兵文书，每卷上都有父亲的名字。父亲没有大儿子，木兰没有兄长，木兰愿意去买来马鞍和马匹，从此替父亲去出征。

　　到东边集市买骏马，到西边集市买马鞍和坐垫，到南边集市买马嚼子和缰绳，到北边集市买长鞭。早上辞别父母上路，晚上宿营在黄河边，听不见父母呼唤女儿的声音，但能听到黄河汹涌奔流的声音。早上辞别黄河上路，晚上到达黑山（燕山）脚下，听不见父母呼唤女儿的声音，但能听到燕山胡人的战马啾啾的鸣叫声。

　　远行万里，投身战事，像飞一样地越过一道道关塞山岭。北方的寒气中传来打更声，清冷的月光映照着战士们的铁甲战袍。将士身经百战，生存无几，木兰等将士转战多年胜利归来。

　　归来朝见天子，天子坐上殿堂（论功行赏）。记功木兰最高一等，得到的赏赐千百金以上。天子问木兰有什么要求，木兰不愿做尚书省的官，希望骑上一匹千里马，送我回故乡。

　　父母听说女儿回来了，互相搀扶着到外城来（迎接木兰）。姐姐听说妹妹回来了，对着门户梳妆打扮起来。小弟弟听说姐姐回来了，霍霍地磨刀杀猪宰羊。打开我闺房东面的门，坐在我闺房西面的床上，脱去我打仗时穿的战袍，穿上我以前女孩子的衣裳，对着窗子整理像云一样柔美的鬓发，对着镜子在额上贴好金片。出门去见同营的伙伴，伙伴们都很吃惊，同行数年之久，竟然不知道木兰是姑娘。

　　雄兔两只前脚时常动弹，雌兔两只眼时常眯着（所以容易辨别）。雄雌两兔贴着地面跑，怎能分辨得出哪只是雄兔，哪只是雌兔呢？

隋唐五代

虞世南（558-638），字伯施，余姚人，南北朝至隋唐时著名书法家、文学家、政治家，凌烟阁二十四功臣之一。唐太宗称他德行、忠直、博学、文辞、书翰为五绝。善书法，与欧阳询、褚遂良、薛稷合称"初唐四大家"。

蝉

虞世南

垂緌饮清露，流响出疏桐。
居高声自远，非是藉秋风。

注 释

①［垂緌（ruí）］古人结在颔下的帽缨下垂部分，蝉的头部伸出的触须，形状与其有些相似。
②［清露］纯净的露水。古人以为蝉是喝露水生活的，其实是刺吸植物的汁液。
③［流响］连续不断的蝉鸣声。
④［疏］开阔、稀疏。
⑤［藉（jiè）］凭借。

译 文

蝉垂下像帽缨一样的触角，吸吮着清澈甘甜的露水，声音从挺拔疏朗的梧桐树枝间传出。蝉声远传是因为蝉居在高树上，而不是依靠秋风。

王绩（约585-644），字无功，绛州龙门（今属山西省）人。尝居东皋，号东皋子，别名斗酒学士。曾两度出仕，后皆归隐。其诗近而不浅，质而不俗，真率疏放，有旷怀高致，直追魏晋风骨。

野 望

王 绩

东皋薄暮望，徙倚欲何依。
树树皆秋色，山山唯落晖。
牧人驱犊返，猎马带禽归。
相顾无相识，长歌怀采薇。

注 释

① [东皋] 地名,今属山西万荣。作者弃官后隐居于此。皋,水边地。
② [薄暮] 傍晚。薄,接近。
③ [徙倚] 徘徊。
④ [落晖] 落日。
⑤ [犊(dú)] 小牛。这里指牛群。
⑥ [禽] 泛指猎获的鸟兽。
⑦ [采薇] 采食野菜。据《史记·伯夷列传》,商末孤竹君之子伯夷、叔齐在商亡之后,"不食周粟,隐于首阳山,采薇而食之"。后遂以"采薇"比喻隐居不仕。

译 文

黄昏的时候伫立在东皋村头怅望,徘徊不定,不知该归依何方。每棵树都染上秋天的色彩,起伏的山峦在余晖中显得更加萧瑟。放牧的人驱赶着牛群回家,猎人骑着马带着猎物各自随愿而归。大家相对无言彼此互不相识,我只好吟唱着那首《采薇》,怀念古代隐士伯夷和叔齐了。

骆宾王(约 638-?),字观光,婺州义乌(今浙江义乌)人。唐初诗人,与王勃、杨炯、卢照邻合称"初唐四杰"。四杰中他诗作最多。光宅元年(684),骆宾王随徐敬业起兵讨伐武则天,写出著名的《讨武曌檄》,传遍天下,当年兵败被杀,也有传闻说他逃命后当了和尚。

咏 鹅

骆宾王

鹅,鹅,鹅,曲项向天歌。
白毛浮绿水,红掌拨清波。

注 释

① [曲(qǔ)项(xiàng)] 弯曲的脖子。
② [歌] 唱歌。
③ [拨(bō)] 划动。

译 文

鹅鹅鹅,面向蓝天,一群鹅儿伸着弯曲的脖子在歌唱。洁白的羽毛,漂浮在碧绿水面上;红红的脚掌,拨动着清清水波。

李峤（644-713），字巨山，赵州赞皇（今属河北）人。官至宰相。他与杜审言、崔融、苏味道并称"文章四友"，又与苏味道并称"苏李"。李峤善作咏物诗，对唐代律诗和歌行的发展有一定的推动作用。

风

李 峤

解落三秋叶，能开二月花。
过江千尺浪，入竹万竿斜。

注 释

①［解（jiě）］懂得，知道。
②［三秋］指秋季，一般是指秋季九月。
③［过］经过。
④［斜（xié）］倾斜。古读 xiá（霞音），押韵。

译 文

能吹落秋天金黄的树叶，能吹开春天美丽的鲜花。刮过江面能掀起千尺巨浪，吹进竹林能使万竿倾斜。

王勃（650-676），绛州龙门（今山西河津）人。祖父王通是隋代大儒，叔祖王绩是唐初诗人。自幼聪明过人，17岁开始做官。上元二年（675），王勃到交趾（今越南）探望父亲，途经南昌，写出著名骈文《滕王阁序》，从交趾返回时，渡海溺水而死，年仅27岁。王勃与杨炯、卢照邻、骆宾王齐名，号"初唐四杰"，王勃的才名又是四杰之最。

送杜少府之任蜀州

王 勃

城阙辅三秦，风烟望五津。
与君离别意，同是宦游人。
海内存知己，天涯若比邻。
无为在歧路，儿女共沾巾。

注　释

① 〔城阙辅三秦〕意思是三秦辅卫着长安。城阙，指长安。三秦，指关中地区。项羽灭秦后，把秦故地分封给秦王朝的三名降将，故称"三秦"。
② 〔五津〕指岷江上的五个渡口，即白华津、万里津、江首津、涉头津、江南津，这里代指蜀州。
③ 〔宦（huàn）游〕出外做官。
④ 〔歧路〕岔路口。
⑤ 〔儿女〕恋爱中的青年男女。
⑥ 〔沾巾〕泪沾手巾，形容落泪之多。

译　文

三秦之地护卫着巍巍长安，透过那风云烟雾遥望着蜀州。和你离别心中怀着无限情意，因为我们同是在宦海中浮沉。四海之内有知心朋友，即使远在天边也如近在比邻。绝不要在岔路口上分手之时，像多情的少年男女那样悲伤得泪湿衣巾。

陈子昂（659—700），字伯玉，梓州射洪（今属四川）人。历任麟台正字、右拾遗等官职。曾通过炒作"摔琴"一事获取名声。圣历元年（698），以父亲年老为由辞官回乡。在家乡被县令段简所害，死在狱中，年仅 42 岁。陈子昂是初唐复古派的代表人物。

登幽州台歌

陈子昂

前不见古人，后不见来者。
念天地之悠悠，独怆然而涕下！

注　释

① 〔幽州台〕即蓟（jì）北楼，是战国时燕昭王为招纳天下贤士而建，故址在今北京西南。
② 〔古人〕古代那些能够礼贤下士的圣君。
③ 〔来者〕后世那些重视人才的贤明君主。
④ 〔念〕想到。
⑤ 〔悠悠〕形容时间的久远和空间的广大。
⑥ 〔怆（chuàng）然〕悲伤的样子。
⑦ 〔涕（tì）〕眼泪。

译 文

向前看不见古代贤君，向后望不见当今明主。想到天地的广阔，历史的悠久，我倍感凄凉，独自落泪！

贺知章（659-744），越州永兴（今浙江萧山）人，幼时移家山阴（今浙江绍兴）。证圣元年（695）进士及第，做过太子宾客、秘书监等官。性情狂放，不拘礼节，自号"四明狂客"。天宝二年（743）冬，病中梦游天堂，遂请求回故乡四明山做道士，第二年唐玄宗隆重为他送行。回乡不久病逝，享年86岁。他与张旭、包融、张若虚合称"吴中四士"。

咏 柳

贺知章

碧玉妆成一树高，万条垂下绿丝绦。
不知细叶谁裁出，二月春风似剪刀。

注 释

①［碧玉］碧绿色的玉，这里用以比喻春天嫩绿的柳叶。
②［妆（zhuāng）］装饰，打扮。
③［垂（chuí）］轻垂。
④［绿丝绦（tāo）］绿色丝带。
⑤［剪（jiǎn）］裁，裁剪。

译 文

高高的柳树长满了嫩绿的新叶，轻垂的柳条像千万条轻轻飘动的绿色丝带。不知道这细细的柳叶是谁裁剪出来的，是那二月的春风，它就像一把神奇的剪刀。

回乡偶书

贺知章

少小离家老大回，乡音无改鬓毛衰。
儿童相见不相识，笑问客从何处来。

注 释

①［偶书］随便写的诗。
②［少小离家］贺知章三十七岁中进士，在此以前就离开家乡。
③［老大］年纪大了。贺知章回乡时已年逾八十。
④［乡音］家乡的口音。无改，没什么变化。
⑤［鬓毛］额角边靠近耳朵的头发。

译文

年少时离乡老年才归家，我的乡音虽未改变，但鬓角的毛发却已经疏落。

家乡的儿童们看见我，没有一个认识我。他们笑着询问我：你是从哪里来的呀？

张若虚（660—720），扬州（今属江苏）人。曾任兖州兵曹。唐中宗神龙（705—707）年间，以文辞俊秀驰名京都，与贺知章、张旭、包融并称"吴中四士"。诗仅存两首，其中《春江花月夜》是一篇脍炙人口的名作。

春江花月夜

张若虚

春江潮水连海平，海上明月共潮生。
滟滟随波千万里，何处春江无月明。
江流宛转绕芳甸，月照花林皆似霰。
空里流霜不觉飞，汀上白沙看不见。
江天一色无纤尘，皎皎空中孤月轮。
江畔何人初见月？江月何年初照人？
人生代代无穷已，江月年年望相似。
不知江月待何人，但见长江送流水。
白云一片去悠悠，青枫浦上不胜愁。
谁家今夜扁舟子？何处相思明月楼？
可怜楼上月裴回，应照离人妆镜台。
玉户帘中卷不去，捣衣砧上拂还来。
此时相望不相闻，愿逐月华流照君。
鸿雁长飞光不度，鱼龙潜跃水成文。
昨夜闲潭梦落花，可怜春半不还家。
江水流春去欲尽，江潭落月复西斜。
斜月沉沉藏海雾，碣石潇湘无限路。
不知乘月几人归，落月摇情满江树。

注 释

① ［滟滟］形容波光荡漾。

② [月明]月光。
③ [芳甸]花草茂盛的原野。
④ [霰（xiàn）]白色不透明的小冰粒。
⑤ [流霜]飞霜，比喻从空中洒落的月光。
⑥ [青枫浦]即双枫浦，在湖南浏阳南。
⑦ [扁舟子]指飘荡江湖的游子。
⑧ [明月楼]明月映照下的楼阁。这里指楼上的思妇。
⑨ [裴回]同"徘徊"。
⑩ [离人]指守候在家的思妇。
⑪ [玉户帘中卷不去]意思是，月光洒在玉门帘上，欲卷而去之而不得。玉户，用玉装饰的门，也用作门的美称。
⑫ [月华]月光
⑬ [流照]照射。
⑭ [鸿雁长飞光不度]大雁远飞却不能飞出月光。暗示鸿雁不能传书。
⑮ [鱼龙潜跃水成文]鱼儿出没只能使水面泛出波纹。暗示鱼儿不能传书。古人有鱼儿传书一说。乐府诗《饮马长城窟行》："呼儿烹鲤鱼，中有尺素书。"鱼龙，这里指鱼。
⑯ [潇湘]潇水和湘江，均流入洞庭湖。
⑰ [落月摇情满江树]意思是，落月牵动着离人的别愁，将光辉洒满江畔的林木。

赏 析

这首诗以月升、月悬、月斜、月落为线索，贯串叙事、写景、议论、抒情，把春、江、花、月、夜的景色和情理融为一体，空灵而美妙；而所有场景的转换都有内在的连续性，自然而流畅。毫无疑问，这一切是因为人的观照；人对美景的赏鉴和美景对人的情思的启发，自然的恒久与个体生命的短暂，游子的离情别绪和亲人的相思之苦，交互感发，让人心旌摇荡。诵读这首诗，感受诗人以月为核心意象营造出的空灵曼妙的意境，体会其中寄寓的情怀和哲思。

王翰（生卒年不详），并州（今山西太原）人。唐睿宗景云元年（710）进士及第。王翰贪恋歌舞，狂妄自大但富有侠气，在当时诗名很大。其诗善写边塞生活，尤以《凉州词》二首为著名。其集不传，诗仅存十多首。

凉州词

王 翰

葡萄美酒夜光杯，欲饮琵琶马上催。
醉卧沙场君莫笑，古来征战几人回？

注 释

① [凉州词] 唐代曲名，起源于凉州（今甘肃武威）一带。
② [夜光杯] 用美玉制成的杯子，夜间能够发光。这里指极精致的酒杯。
③ [欲饮琵琶马上催] 正要举杯痛饮，却听到马上弹起琵琶的声音，在催人出发了。
④ [沙场] 战场。

译 文

精致的酒杯里盛满了醇香的葡萄酒，正要举杯痛饮，却听到马上弹起琵琶的声音，在催人出发了。如果醉倒在战场上，请你不要笑话，从古至今外出征战又有几人能回？

王之涣（688-742），绛州（今山西新绛）人，和王昌龄、高适是诗友。有一次，他们三人到酒楼相聚，看到几个歌女在唱诗，就通过被唱诗歌的数量来比诗名大小，最后王之涣胜出。这个故事叫"旗亭赌唱"（见薛用弱《集异记》）。存诗仅六首，全为绝句，多豪迈刚健之风。

登鹳雀楼

王之涣

白日依山尽，黄河入海流。
欲穷千里目，更上一层楼。

注 释

① [涣（huàn）]
② [白日] 太阳。
③ [依] 依傍。
④ [欲（yù）] 想要得到某种东西或达到某种目的的愿望，但也有希望、想要的意思。
⑤ [穷（qióng）] 尽，使达到极点。
⑥ [更] 再。

译 文

太阳依傍着西山慢慢地沉没，滔滔黄河朝着东海汹涌奔流。若想把千里的风光看够，那就要登上更高的一层楼。

凉州词

王之涣

黄河远上白云间，一片孤城万仞山。
羌笛何须怨杨柳，春风不度玉门关。

注 释

① [远上] 远远向西望去。
② [孤城] 指孤零零的戍边城堡。
③ [仞] 古代长度单位，一仞相当于七尺或八尺，约等于213厘米或264厘米。
④ [何须] 何必。
⑤ [杨柳]《折杨柳》曲。古诗文中常以杨柳喻送别情事。
⑥ [度] 吹到过。

译 文

黄河好像从白云间奔流而来，玉门关孤独地耸峙在高山中。何必用羌笛吹起那哀怨的杨柳曲，去埋怨春光迟迟不来呢？原来玉门关一带春风是吹不到的啊！

孟浩然（689-740），襄阳（今湖北省襄阳市）人。长期隐居襄阳鹿门山、万山、岘山，一生中两次到京城谋官都失败，只好回乡闲居，终生没做官，世称"孟襄阳"。孟浩然与王维齐名，并称"王孟"，同是盛唐山水田园诗派的代表作家。今存诗200多首，清淡简朴，生活气息浓厚，富有超妙自得之趣。

春 晓

孟浩然

春眠不觉晓，处处闻啼鸟。
夜来风雨声，花落知多少。

注 释

① [晓] 天刚亮的时候。
② [春晓] 春天的早晨。
③ [啼鸟] 鸟的啼叫声。
④ [知多少] 不知有多少。

译 文

春日里贪睡不知不觉天已破晓，那叽叽喳喳的鸟叫声搅扰了我的好梦。昨天夜里风声雨声一直不断，那娇美的春花不知被吹落了多少。

宿建德江

孟浩然

移舟泊烟渚,日暮客愁新。
野旷天低树,江清月近人。

注　释

① [建德江] 新安江流经建德（今属浙江）的一段。
② [渚（zhǔ）] 水中间的小块陆地。

译　文

把船停泊在烟雾弥漫的沙洲旁，日落时新愁又涌上了心头。原野无边无际，远处的天空比近处的树林还要低，江水清清，明月来和人相亲相近。

望洞庭湖赠张丞相

孟浩然

八月湖水平,涵虚混太清。
气蒸云梦泽,波撼岳阳城。
欲济无舟楫,端居耻圣明。
坐观垂钓者,徒有羡鱼情。

注　释

① [张丞相] 指张九龄（678-740），唐玄宗时为相。
② [涵虚] 指水映天空。涵，包含。虚，天空。
③ [混太清] 与天空浑然一体。太清，天空。
④ [云梦泽] 古代大湖，在洞庭湖北面。
⑤ [岳阳城] 今湖南岳阳市，在洞庭湖东岸。
⑥ [欲济无舟楫] 想渡湖却没有船只，比喻想从政而无人引荐。济，渡。
⑦ [端居耻圣明] 闲居在家，因有负太平盛世而感到羞愧。端居，闲居、平常家居。
⑧ [徒有羡鱼情] 只能白白地产生羡鱼之情了。这句隐喻想出来做官而没有途径。

译　文

八月洞庭湖水盛涨与岸齐平，水天含混迷迷接连天空。云梦二泽水气蒸腾白白茫茫，波涛汹涌似乎把岳阳城撼动。我想渡水苦于找不到船与桨，圣明时代闲居委实羞愧难容。闲坐观看别人辛勤临河垂钓，只能白白羡慕别人得鱼成功。

过故人庄

孟浩然

故人具鸡黍,邀我至田家。
绿树村边合,青山郭外斜。
开轩面场圃,把酒话桑麻。
待到重阳日,还来就菊花。

注释

① [过] 拜访。
② [故人庄] 老朋友的田庄。
③ [具] 准备,置办。
④ [鸡黍(shǔ)] 农家待客的丰盛饭食(字面指鸡和黄米饭)。
⑤ [邀] 邀请。
⑥ [合] 环绕。
⑦ [郭] 古代城墙有内外两重,内为城,外为郭。这里指村庄的外墙。
⑧ [斜(xié)] 倾斜。另有古音念 xiá。
⑨ [轩] 窗户。
⑩ [圃] 菜园。
⑪ [把酒] 端着酒具,指饮酒。
⑫ [话桑麻] 闲谈农事。
⑬ [桑麻] 桑树和麻。这里泛指庄稼。
⑭ [重阳日] 农历九月初九。
⑮ [还(huán)] 返,来。
⑯ [就菊花] 饮菊花酒,也是赏菊的意思。

译文

老朋友预备丰盛的饭菜,邀请我到他家里做客。翠绿的树林围绕着村落,苍青的山峦在城外横卧。推开窗户面对谷场菜园,手举酒杯闲谈庄稼情况。等到九九重阳节之时,再来这里观赏菊花。

经典诗词联读

王昌龄（698—757），字少伯，京兆长安人。开元十五年（727）进士及第，曾任江宁丞，故称"王江宁"。他的七言绝句在唐朝与李白并列第一，被后人誉为"七绝圣手"。其诗内容比较集中地表现了两类主题：一是描写边塞征戍者的思乡离愁，有刚健之风；二是从不同角度描写妇女的生活和内心，有深婉之美。

出 塞

王昌龄

秦时明月汉时关，万里长征人未还。
但使龙城飞将在，不教胡马度阴山。

注 释

①［但使］只要。
②［龙城飞将］汉朝名将李广。这里泛指英勇善战的将领。
③［教］令，使。
④［胡马］指侵扰中原的北方游牧民族骑兵。
⑤［阴山］位于今内蒙古中部及河北北部。

译 文

依旧是从秦汉时期延续至今的明月和边关，征战万里、守边御敌的将士至今还没有归来。倘若还有像飞将军那样英勇善战的将领在，绝不会允许外敌南下越过阴山。

芙蓉楼送辛渐

王昌龄

寒雨连江夜入吴，平明送客楚山孤。
洛阳亲友如相问，一片冰心在玉壶。

注 释

①［芙（fú）蓉（róng）楼］故址在今江苏镇北江，下临长江。
②［辛渐］诗人的一位朋友。
③［寒雨］秋冬时节的冷雨。
④［连江］雨水与江面连成一片，形容雨很大。
⑤［吴］古代国名，镇江在古代属于吴地。
⑥［平明］天刚亮。
⑦［客］指作者的好友辛渐。

⑧ [楚山] 泛指长江中下游北岸的山。长江中下游北岸在古代属于楚地范围。
⑨ [冰心] 像冰一样晶莹、纯洁的心。
⑩ [玉壶（hú）] 玉做的壶。比喻人品性高洁。

译 文

迷蒙的烟雨在夜幕中笼罩着吴地，与浩渺的江水连成一片，天亮时我将送你启程。而我却要独自留下，如同这形单影只的楚山。

从军行

王昌龄

青海长云暗雪山，孤城遥望玉门关。
黄沙百战穿金甲，不破楼兰终不还。

注 释

① [从军行] 乐府曲名，内容多写边塞情况和战士的生活。
② [玉门关] 古关名，故址在今甘肃敦煌西北。
③ [楼兰] 西域古国名，这里泛指西域地区的各部族政权。

译 文

青海湖上乌云密布，遮得连绵雪山一片黯淡。边塞古城，玉门雄关，远隔千里，遥遥相望。守边将士身经百战，铠甲磨穿，壮志不灭，不打败进犯之敌，誓不返回家乡。

采莲曲

王昌龄

荷叶罗裙一色裁，芙蓉向脸两边开。
乱入池中看不见，闻歌始觉有人来。

注 释

① [罗裙] 用细软而有疏孔的丝织品制成的裙子。
② [一色裁（cái）] 像是用同一颜色的衣料剪裁的。
③ [芙（fú）蓉（róng）] 荷花。
④ [乱入] 杂入、混入。
⑤ [看不见] 分不清哪是芙蓉的绿叶红花，哪是少女的绿裙红颜。
⑥ [闻歌] 听到歌声。
⑦ [始觉] 才知道。

译 文

采莲少女的绿罗裙融入田田荷叶中，仿佛一色，少女的脸庞掩映在盛开的荷花间，相互映照。混入莲池中不见了踪影，听到歌声四起才觉察到有人前来。

李白（701-762），字太白，号青莲居士。祖籍陇西成纪（今甘肃省天水市秦安县），出生于绵州昌隆县（今四川省江油市青莲镇）。曾任翰林供奉，因称"李翰林"。被贺知章誉为"谪仙人"。天宝三载（744）在洛阳结识杜甫，二人在诗坛并称"李杜"，一起成为我国诗歌成就的最高代表。李白的诗雄奇飘逸是唐朝最伟大的理想主义诗人，也是我国古代最有才华的诗人，被誉为"诗仙"。

峨眉山月歌

李 白

峨眉山月半轮秋，影入平羌江水流。
夜发清溪向三峡，思君不见下渝州。

注 释

① ［峨眉山］在今四川峨眉县西南。
② ［半轮］半边，半个。
③ ［影］月光的影子。
④ ［平羌（qiāng）］即青衣江，大渡河的支流，位于峨眉山东北。
⑤ ［发］出发。
⑥ ［清溪］即青溪驿，在今四川犍（qián）为峨眉山附近。
⑦ ［三峡］指长江瞿塘峡、巫峡、西陵峡，在今四川、湖北两省的交界处。一说指四川乐山的犁头、背峨、平羌三峡，清溪在黎头峡的上游。
⑧ ［君］指峨眉山月。一说指作者的友人。
⑨ ［渝州］今重庆一带。

译 文

半轮明月高高悬挂在峨眉山前，青衣江澄澈的水面倒映着月影。夜间乘船出发，离开清溪直奔三峡。想你却难相见，只能依依不舍顺江去向渝州。

蜀道难

李 白

噫吁嚱，危乎高哉！蜀道之难，难于上青天！蚕丛及鱼凫，开国何茫然！尔来四万八千岁，不与秦塞通人烟。西当太白有鸟道，可以横绝峨眉巅。地崩山摧壮士死，然后天梯石栈相钩连。上有六龙回日之高标，下有冲波逆折之回川。黄鹤之飞尚不得过，猿猱欲度愁攀援。青泥何盘盘，百步九折萦岩峦。扪参历井仰胁息，以手抚膺坐长叹。

问君西游何时还？畏途巉岩不可攀。但见悲鸟号古木，雄飞雌从绕林间。又闻子规啼夜月，愁空山。蜀道之难，难于上青天，使人听此凋朱颜！连峰去天不盈尺，枯松倒挂倚绝壁。飞湍瀑流争喧豗，砯崖转石万壑雷。其险也如此，嗟尔远道之人胡为乎来哉！

剑阁峥嵘而崔嵬，一夫当关，万夫莫开。所守或匪亲，化为狼与豺。朝避猛虎，夕避长蛇，磨牙吮血，杀人如麻。锦城虽云乐，不如早还家。蜀道之难，难于上青天，侧身西望长咨嗟！

注　释

①这首诗一般认为作于唐天宝初年，是诗人在长安时为送别友人入蜀而作。蜀道难，古乐府旧题。
②［噫吁嚱（yī xū xī）］三个字都是叹词。
③［蚕丛及鱼凫］蚕丛、鱼凫，传说中古蜀王名。
④［茫然］模糊难知的样子。
⑤［尔来］从那时以来，指古蜀国开国以来。
⑥［秦塞］秦地的关塞。
⑦［西当太白有鸟道］意思是，秦地西面有太白山阻隔了入蜀之路，山势高峻，道路狭窄，只有鸟才能飞过。鸟道，人兽皆不能至的险峻狭窄山路。当，正对着。
⑧［横绝］横越，飞越。
⑨［地崩山摧壮士死］相传秦惠王想征服蜀国，知道蜀王好色，答应送给他五个美女。蜀王派五个力士迎接。返回时路经梓潼（今四川剑阁南），看见一条大蛇钻入穴中，五个力士用力往外拽。结果，山崩地裂，力士和女子全被压死，山分为五岭，入蜀之路遂通。摧，毁坏，这里指崩塌。
⑩［天梯石栈］天梯，指高险的山路。一说指木制的栈道。石栈，俗称"栈道"，在山崖上凿石架木建成的通道。
⑪［六龙回日之高标］迫使太阳神的车驾回转的高峻的山峰。六龙，传说太阳神的车由六条龙拉着，羲和是其御者。回，回转。高标，指高耸的山峰。
⑫［冲波逆折之回川］激浪冲撞岩石倒流形成的回旋急流。冲波，激浪。逆折，倒流。
⑬［黄鹤］即黄鹄，善高飞的大鸟。
⑭［猱（náo）］猿的一种，善攀援。
⑮［青泥］指青泥岭，在今甘肃徽县境内，是由秦入蜀的要道。

⑯ [盘盘] 盘旋曲折的样子。
⑰ [扪（mén）参（shēn）历井] 意思是，山高入天，由秦入蜀的人在山上，可以用手触摸到星宿，甚至可以从中穿过。参、井，星宿名，二者邻近，分别是蜀和秦的分野（古人把地域与星宿分别对应，称为分野）。扪，摸。历，穿越。
⑱ [仰胁息] 仰着头，屏住呼吸。胁息，屏住呼吸。
⑲ [坐] 空，徒然。一说坐下来。
⑳ [西游] 指入蜀。
㉑ [巉（chán）岩] 高而险的山岩。
㉒ [凋朱颜] 使容颜大变。凋，用作使动，使……凋谢。
㉓ [飞湍] 急流。
㉔ [喧豗（huī）] 形容轰响。
㉕ [砯（pīng）崖转石万壑雷]（急流和瀑布）冲击山崖，使大石滚动而下，千山万壑间响起雷鸣般的声音。砯，水冲击石壁发出的响声，这里用作动词，"冲击"的意思。转，使滚动。
㉖ [嗟尔远道之人胡为乎来哉] 啊！你这远方的人为什么要来这里呢？嗟，叹词。
㉗ [剑阁] 指今四川剑阁北的大剑山和小剑山，群峰如剑插天，两山如门，极为险要。山间有栈道，即剑阁道，为诸葛亮所开辟，是秦、蜀两地间要道。
㉘ [一夫当关，万夫莫开] 形容剑阁易守难攻。
㉙ [所守或匪亲，化为狼与豺] 守关的将领倘若不是（自己的）亲信，就会变成叛乱者。此句与上句语本西晋张载《剑阁铭》："一夫荷戟，万夫趑趄（zī jū）。形胜之地，匪亲勿居。"狼与豺，比喻叛乱为害的人。
㉚ [咨嗟] 叹息。

赏 析

《蜀道难》是杂言古体诗，格律不拘，形式灵活。这首诗想象奇特，笔意纵横，境界阔大，集中体现了李白诗歌豪放飘逸的创作特点。诵读时，一方面要感受杂言古体诗的参差错落之美，另一方面要想象作者笔下蜀道的雄奇险峻，体会李白诗歌的浪漫主义风格。

渡荆门送别

李 白

渡远荆门外，来从楚国游。
山随平野尽，江入大荒流。
月下飞天镜，云生结海楼。
仍怜故乡水，万里送行舟。

注 释

① [远] 远自。
② [荆门] 即荆门山，在今湖北省宜都西北长江南岸，与北岸虎牙山对峙，形势险要，战国时是楚国的战略门户。
③ [从] 往。
④ [楚国] 楚地。这里指今湖北一带。
⑤ [江] 长江。
⑥ [大荒] 辽远无际的原野。
⑦ [月下飞天镜] 月亮倒映在水中，犹如从天上飞来一面明镜。
⑧ [海楼] 海市蜃楼。这里形容江上云霞多变形成的美丽景象。
⑨ [仍] 依然。
⑩ [怜] 喜爱。
⑪ [故乡水] 指从四川流来的长江水。李白从小生活在蜀地，故称蜀地为故乡。
⑫ [万里] 喻行程之远。

译 文

我乘舟渡江来到遥远的荆门外，来到战国时期楚国的境内游览。山随着平坦广阔的原野的出现逐渐消失，江水在一望无际的原野中奔流。江面月影好似天上飞来的明镜，空中彩云结成绮丽的海市蜃楼。但我依然怜爱这来自故乡之水，它奔流不息陪伴着我万里行舟。

望庐山瀑布

李 白

日照香炉生紫烟，遥看瀑布挂前川。
飞流直下三千尺，疑是银河落九天。

注 释

① [香炉] 指香炉峰。
② [紫烟] 指日光透过云雾，远望如紫色的烟云。
③ [遥看] 从远处看。
④ [挂] 悬挂。
⑤ [川] 河流，这里指瀑布。
⑥ [直] 笔直。
⑦ [三千尺] 形容山高。这里是夸张的说法，不是实指。
⑧ [疑（yí）] 怀疑。
⑨ [银河] 古人指银河系构成的带状星群。

译 文

香炉峰在阳光的照射下升起了紫色烟霞，远远望见瀑布好似白色绢绸悬挂在山前。高崖上飞腾直落的瀑布好像有几千尺，让人恍惚以为银河从天上泻落到人间。

望天门山

李 白

天门中断楚江开，碧水东流至此回。
两岸青山相对出，孤帆一片日边来。

注 释

①［天门山］今安徽东梁山与西梁山的合称。东梁山在今芜湖市。西梁山在今鞍山市，两山隔江相对，像天然的门户，天门由此得名。
②［中（zhōng）断］江水从中间隔断两山。
③［楚江］即长江。长江中下游部分河段在古代流经楚地，所以叫楚江。
④［两岸青山］分别指东梁山和西梁山。
⑤［日边来］指孤舟从天水相接处的远方驶来，远远望去，仿佛来自日边。

译 文

浩荡的长江把天门山从中劈开，一分为二。东流而去的长江水经过天门山时形成回旋的水流。两岸高耸的青山隔着长江相峙而立，一叶孤舟从天边而来。

夜宿山寺

李 白

危楼高百尺，手可摘星辰。
不敢高声语，恐惊天上人。

注 释

①［宿］住，过夜。
②［危楼］高楼，这里指山顶的寺庙。
③［百尺］虚指，不是实数，这里形容楼很高。
④［星辰］天上的星星统称。
⑤［语］说话。
⑥［恐（kǒng）］唯恐，害怕。

译 文

山上寺院的高楼真高啊，好像有一百尺的样子。人在楼上，好像一伸手就可以摘下天上的星星。站在这里，我不敢大声说话，唯恐惊动天上的神仙。

黄鹤楼送孟浩然之广陵

李　白

故人西辞黄鹤楼，烟花三月下扬州。
孤帆远影碧空尽，唯见长江天际流。

注　释

①［故人］老朋友，这里指孟浩然。
②［辞］辞别。
③［烟花］形容柳絮如烟、鲜花似锦的春天景物，指艳丽的春景。
④［下］顺流向下而行。
⑤［碧空尽］消失在碧蓝的天际。
⑥［尽］尽头，消失了。
⑦［唯见］只看见。
⑧［天际流］流向天边。

译　文

友人在黄鹤楼与我辞别，在柳絮如烟、繁花似锦的阳春三月去扬州远游。孤船帆影渐渐消失在碧空尽头，只看见滚滚长江向天际奔流。

行路难（其一）

李　白

金樽清酒斗十千，玉盘珍羞直万钱。
停杯投箸不能食，拔剑四顾心茫然。
欲渡黄河冰塞川，将登太行雪满山。
闲来垂钓碧溪上，忽复乘舟梦日边。
行路难，行路难，多歧路，今安在？
长风破浪会有时，直挂云帆济沧海。

注　释

①［行路难］乐府古题，李白以此为题写了三首诗，这是第一首。
②［金樽（zūn）清酒斗十千］酒杯里盛着价格昂贵的清醇美酒。金樽，对酒杯的美称。樽，盛酒的器具。斗十千，一斗值十千钱（即万钱），形容酒美价贵。
③［玉盘珍羞直万钱］盘子里装满价值万钱的佳肴。玉盘，对盘子的美称。羞，同"馐"，美味的食物。直，同"值"，价值。

④［闲来垂钓碧溪上］相传姜尚（姜太公）未遇周文王前曾在渭水的磻（pán）溪垂钓，后辅佐周武王灭商。
⑤［忽复乘舟梦日边］相传伊尹受商汤任用前，曾梦见乘船经过太阳旁边。
⑥［今安在］如今身处何方？也可理解为：现在要走的路在哪里？
⑦［长风破浪会有时］比喻终将实现远大理想。《宋书·宗悫（què）传》载，南朝时宗悫用"乘长风破万里浪"来形容自己的抱负。会，终将。
⑧［云帆］高高的帆。
⑨［济］渡。

译 文

金杯中的美酒一斗价十千，玉盘里的菜肴珍贵值万钱。心中郁闷，我放下杯筷不愿进餐；拔出宝剑环顾四周，心里一片茫然。想渡黄河，冰雪却冻封了河川；想登太行山，莽莽风雪早已封山。像姜尚垂钓溪，闲待东山再起；又像伊尹做梦，乘船经过日边。人生道路多么艰难，多么艰难；歧路纷杂，如今又身在何处？相信乘风破浪的时机总会到来，到时定要扬起征帆，横渡沧海！

春夜洛城闻笛

李 白

谁家玉笛暗飞声，散入春风满洛城。
此夜曲中闻折柳，何人不起故园情。

注 释

①［洛城］今河南洛阳。
②［玉笛］笛子的美称。
③［暗飞声］声音不知从何处传来。
④［闻］听见。
⑤［折柳］指《折杨柳》，汉代乐府曲名，内容多叙离别之情。
⑥［故园］故乡，家乡。

译 文

这是从谁家飘出的悠扬笛声呢？它随着春风飘扬，传遍洛阳全城。就在今夜的曲中，听到令人悲伤的《折杨柳》，谁不会因此萌发思念家乡的情绪呢。

将进酒

李 白

君不见黄河之水天上来，奔流到海不复回。
君不见高堂明镜悲白发，朝如青丝暮成雪。

人生得意须尽欢,莫使金樽空对月。
天生我材必有用,千金散尽还复来。
烹羊宰牛且为乐,会须一饮三百杯。
岑夫子,丹丘生,将进酒,杯莫停。
　与君歌一曲,请君为我倾耳听。
钟鼓馔玉不足贵,但愿长醉不愿醒。
古来圣贤皆寂寞,惟有饮者留其名。
陈王昔时宴平乐,斗酒十千恣欢谑。
主人何为言少钱,径须沽取对君酌。
五花马、千金裘,呼儿将出换美酒,与尔同销万古愁。

注　释

①［将（qiāng）进酒］汉乐府旧题。将,请。进酒,饮酒。此诗大约作于天宝十一载（752）。李白和友人岑勋在嵩山另一好友元丹丘的颍阳山居做客,三人登高欢饮。诗中的"岑夫子"即岑勋,"丹丘生"即元丹丘。
②［高堂］高大的厅堂。
③［得意］指有兴致。
④［金樽］酒杯的美称。
⑤［会须］应当。
⑥［钟鼓馔玉］指击钟敲鼓,食用珍美的菜肴,代指富贵生活。馔玉,像玉一样珍美的食品。
⑦［寂寞］指不为世所用,默默无闻。
⑧［陈王］指曹植,曾被封为陈王。
⑨［平乐］宫观名,故址在今河南洛阳附近。
⑩［斗酒十千］一斗酒值十千钱,指酒美而贵。
⑪［恣欢谑（xuè）］尽情地欢乐戏谑。
⑫［主人］指元丹丘。
⑬［径须沽取］毫不犹豫地买酒。径须,直须、应当。
⑭［五花马］一种名贵的马,毛色作五花（一说把马鬃修剪成五个花瓣）。
⑮［千金裘］珍贵的皮衣。
⑯［儿］指侍僮。
⑰［将出］牵出,拿出。
⑱［销］排遣。

译　文

　　你难道没有看见吗?那黄河之水犹如从天上倾泻而来,波涛翻滚直奔大海从来不会再往回流。

你难道没有看见，在高堂上面对明镜，深沉悲叹那一头白发？早晨还是黑发到了傍晚却变得如雪一般。

人生得意之时就要尽情地享受欢乐，不要让金杯无酒空对皎洁的明月。

上天造就了我的才干就必然是有用处的，千两黄金花完了也能够再次获得。

我们烹羊宰牛姑且作乐，一次性痛快地饮三百杯也不为多。

岑勋，元丹丘，快点喝酒，不要停下来。

我给你们唱一首歌，请你们为我倾耳细听。

山珍海味的豪华生活算不上什么珍贵，只希望能醉生梦死而不愿清醒。

自古以来圣贤都是被世人冷落的，只有会喝酒的人才能够留传美名。

陈王曹植当年设宴平乐观，喝着名贵的酒纵情地欢乐。

主人为何说钱不多？只管把这些钱用来买酒一起喝。

名贵的五花良马，昂贵的千金皮衣，叫侍儿拿去统统换美酒，让我们一起来消除这无尽的长愁！

梦游天姥吟留别

李 白

海客谈瀛洲，烟涛微茫信难求；越人语天姥，云霞明灭或可睹。天姥连天向天横，势拔五岳掩赤城。天台四万八千丈，对此欲倒东南倾。

我欲因之梦吴越，一夜飞度镜湖月。湖月照我影，送我至剡溪。谢公宿处今尚在，渌水荡漾清猿啼。脚著谢公屐，身登青云梯。半壁见海日，空中闻天鸡。千岩万转路不定，迷花倚石忽已暝。熊咆龙吟殷岩泉，栗深林兮惊层巅。

云青青兮欲雨，水澹澹兮生烟。列缺霹雳，丘峦崩摧。洞天石扉，訇然中开。青冥浩荡不见底，日月照耀金银台。霓为衣兮风为马，云之君兮纷纷而来下。虎鼓瑟兮鸾回车，仙之人兮列如麻。忽魂悸以魄动，恍惊起而长嗟。惟觉时之枕席，失向来之烟霞。

世间行乐亦如此，古来万事东流水。别君去兮何时还？且放白鹿青崖间，须行即骑访名山。安能摧眉折腰事权贵，使我不得开心颜！

注 释

①唐玄宗天宝三载（744），李白在长安受到权贵的排挤，被放出京。第二年，他即将由东鲁（今山东一带）南游吴越，写了这首描绘梦中游历天姥（mǔ）山的诗，留给在东鲁的朋友，所以也题作《梦游天姥山别东鲁诸公》。天姥山，在今浙江新昌东。传说登山的人能听到仙人天姥唱歌的声音，山因此而得名。

②［海客谈瀛州，烟涛微茫信难求］航海的人谈起瀛州，（大海）烟波渺茫，（瀛洲）实在难以找到。瀛洲，古代传说中的东海三座仙山之一，另两座叫蓬莱、方丈。烟涛，波涛渺茫，远看像烟雾笼罩的样子。微茫，景象模糊不清。信，确实、实在。
③［越人］指今浙江一带的人。
④［向天横］遮住天空。横，遮蔽。
⑤［势拔五岳掩赤城］山势高过五岳，遮掩了赤城。拔，超出。五岳，东岳泰山、西岳华山、中岳嵩山、北岳恒山、南岳衡山的总称。赤城，和下文的"天台（tāi）"都是山名，在今浙江天台北。
⑥［对此欲倒东南倾］对着（天姥）这座山，（天台山）就好像要拜倒在它的东南面一样。意思是天台山和天姥山相比，就显得低了。倾，偏斜、倒下。
⑦［因之］意思是受前面越人的话所吸引。因，依据。
⑧［镜湖］即鉴湖，在今浙江绍兴。
⑨［剡（shàn）溪］水名，在今浙江嵊（shèng）州南。
⑩［谢公］指南朝宋诗人谢灵运（385-433）。谢灵运喜欢游山访胜，他游天姥山时，曾在剡溪住宿。
⑪［渌（lù）］清澈。
⑫［清］凄清。
⑬［谢公屐（jī）］据《宋书·谢灵运传》，谢灵运游山，必到幽深高峻的地方，他备有一种特制的木屐，前后齿可装卸，上山时去掉前齿，下山时去掉后齿，以保持身体平衡。屐，以木板作底，上面有带子，形状像拖鞋。
⑭［青云梯］指直上云霄的山路。语出谢灵运《登石门最高顶》诗："惜无同怀客，共登青云梯。"
⑮［半壁见海日］在半山腰看到从海上升起的太阳。
⑯［天鸡］古代传说，东南有桃都山，山上有大树叫"桃都"，树上栖有天鸡。每当太阳初升照到树上，天鸡就会鸣叫，天下的鸡也都跟着它叫起来。
⑰［迷花倚石忽已暝］迷恋着花，依倚着石，不觉天色很快就暗了下来。暝，昏暗。
⑱［熊咆龙吟殷（yǐn）岩泉］熊在咆哮，龙在长吟，声音震荡着岩石和泉水。殷，震动。
⑲［栗深林兮惊层巅］使深林战栗，使层巅震惊。栗、惊，均为使动用法。层巅，层层山峰。
⑳［青青］黑沉沉的。
㉑［列缺］闪电。列，同"裂"。
㉒［洞天石扉，訇（hōng）然中开］仙府的石门，訇的一声从中间打开。洞天，仙人居住的洞府。訇然，形容声音很大。
㉓［青冥］天空。
㉔［金银台］金银筑成的楼台，指神仙居住的地方。
㉕［云之君］泛指驾乘云彩的神仙。
㉖［鸾回车］鸾鸟拉车回转。鸾，传说中的神鸟。
㉗［悸（jì）］因惊惧而心跳。
㉘［恍］猛然惊醒的样子。

㉙［觉（jiào）］醒。
㉚［失向来之烟霞］刚才（梦中）所见的烟雾云霞消失了。向来，原来。烟霞，指前面所写的仙境。
㉛［且放白鹿青崖间，须行即骑访名山］暂且把白鹿放在青青的山崖间，等到要走的时候就骑上它去探访名山。传说中神仙、隐士多骑白鹿。
㉜［摧眉折腰］低头弯腰，即卑躬屈膝。摧眉，即低眉，低头。

赏 析

《梦游天姥吟留别》以浪漫瑰丽的想象，描绘了一个迷离惝恍的梦境。诗作以七言为主，不受诗律限制，笔随兴至，在奇特的梦境中寄寓着深沉的慨叹。学习时要在诵读中发挥想象，品味组成梦境的意象以及梦境所隐含的精神追求。

静夜思

李　白

床前明月光，疑是地上霜。
举头望明月，低头思故乡。

注 释

① ［静夜思］静静的夜里，产生的思绪。
② ［疑］好像。
③ ［举头］抬头。

译 文

明亮的月光洒在井栏杆上，好像地上泛起了一层白霜。我禁不住抬起头来，看那空中的一轮明月，不由得低头沉思，想起远方的家乡。

闻王昌龄左迁龙标遥有此寄

李　白

杨花落尽子规啼，闻道龙标过五溪。
我寄愁心与明月，随君直到夜郎西。

注 释

① ［左迁］贬谪，降职。
② ［龙标］古地名，在今湖南洪江西。诗中的"龙标"指王昌龄。古代常用官职或任官之地的州县名来称呼一个人。
③ ［杨花］柳絮。
④ ［子规］即布谷鸟，又称"杜鹃"。

⑤［五溪］今湖南西部、贵州东部五条溪流的合称。
⑥［与］给。
⑦［夜郎］唐代夜郎有三处，两个在今贵州桐梓，本诗所说的"夜郎"在今湖南怀化境内。

译 文

在柳絮落完，子规啼鸣之时，我听说您被贬为龙标尉，要经过五溪。我把我忧愁的心思寄托给明月，希望能一直陪着你到夜郎之西。

独坐敬亭山

李 白

众鸟高飞尽，孤云独去闲。
相看两不厌，只有敬亭山。

注 释

①［敬亭山］在今安徽宣城市北。
②［尽］没有了。
③［厌］满足。

译 文

山中群鸟一只只高飞远去，天空中的最后一片白云也悠然飘走。敬亭山和我对视着，谁都看不厌，看来理解我的只有这敬亭山了。

赠汪伦

李 白

李白乘舟将欲行，忽闻岸上踏歌声。
桃花潭水深千尺，不及汪伦送我情。

注 释

①［汪伦］李白的朋友。
②［将欲行］表明是在轻舟待发之时。
③［踏歌］唐代民间流行的一种手拉手、两脚踏地为节拍的歌舞形式，可以边走边唱。
④［桃花潭］在今安徽泾县西南一百里。《一统志》谓其深不可测。
⑤［深千尺］诗人用潭水深千尺比喻汪伦与他的友情，运用了夸张的手法。
⑥［不及］不如。
⑦［送］赠送。

译 文

我正乘上小船,刚要解缆出发,忽听岸上传来悠扬的踏歌之声。看那桃花潭水,纵然深有千尺,也不及汪伦送我之情。

早发白帝城

李 白

朝辞白帝彩云间,千里江陵一日还。
两岸猿声啼不住,轻舟已过万重山。

注 释

①〔白帝城〕故址在今重庆市奉节县白帝山上。
②〔江陵(líng)〕今湖北荆州市。从白帝城到江陵约一千二百里,其间包括七百里三峡。
③〔万重山〕层层叠叠的山,形容有许多。

译 文

清晨,朝霞满天,我就要踏上归程。从江上往高处看,可以看见白帝城彩云缭绕,如在云间,景色绚丽!千里之遥的江陵,一天之间就能到达。两岸猿猴的啼声不断,轻快的小船已驶过连绵不绝的万重山峦。

古朗月行(节选)

李 白

小时不识月,呼作白玉盘。
又疑瑶台镜,飞在青云端。

注 释

①〔呼作〕称为。
②〔白玉盘〕晶莹剔透的白盘子。

译 文

小时候不认识月亮,把它称为白玉盘。又怀疑是瑶台仙镜,飞在夜空青云之上。

送友人

李 白

青山横北郭,白水绕东城。
此地一为别,孤蓬万里征。
浮云游子意,落日故人情。
挥手自兹去,萧萧班马鸣。

注 释

① [郭] 古代在城外修筑的一种外墙。
② [白水] 清澈的水。
③ [蓬] 蓬草,枯后根断,常随风飞旋。这里比喻即将孤身远行的友人。
④ [浮云] 比喻游子行踪不定。
⑤ [落日] 比喻难舍之情。
⑥ [自兹去] 从此离去。兹,此。
⑦ [萧萧] 马嘶叫声。
⑧ [班马] 离群的马。

译 文

青翠的山峦横卧在城墙的北面,波光粼粼的流水围绕着城的东边。在此地我们相互道别,你就像孤蓬那样随风飘荡,到万里之外远行去了。浮云像游子一样行踪不定,夕阳徐徐下山,似乎有所留恋。频频挥手作别从此离去,马儿也为惜别声声嘶鸣。

王维(699-761),字摩诘,蒲州(今山西永济)人。王维是神童,8岁就会写文章,擅长书法、绘画,精通音乐,20岁进士及第,很快做到给事中的官职,后又升到尚书右丞的高官,世称"王右丞"。王维今存诗400多首,和李白、杜甫并称为盛唐三大诗人,和孟浩然并称"王孟"。王维诗歌的禅意与画意,在盛唐诗歌中具有鲜明的特征。苏轼称赞他"诗中有画,画中有诗"。

九月九日忆山东兄弟

王 维

独在异乡为异客,每逢佳节倍思亲。
遥知兄弟登高处,遍插茱萸少一人。

注 释

① [九月九日] 指农历九月初九重阳节。

②［忆］想念。
③［山东］此处指华山以东。
④［为异客］作他乡的客人。
⑤［佳节］美好的节日。
⑥［登高］重阳节有登高的习俗。
⑦［茱（zhū）萸（yú）］一种香气浓郁的植物，古人在重阳节有插戴茱萸的习俗。

译 文

独自远离家乡，无法与家人团聚，每逢重阳佳节就倍加思念远方的亲人。远远想到兄弟们身佩茱萸登上高处，也会因为少我一个而生遗憾之情。

鸟鸣涧

王 维

人闲桂花落，夜静春山空。
月出惊山鸟，时鸣春涧中。

注 释

①［鸟鸣涧（jiàn）］鸟儿在山涧中鸣叫。
②［人闲］指没有人事活动相扰。
③［桂花］春桂，现在叫山矾，也有人叫它山桂花。
④［惊］惊动，扰乱。
⑤［时鸣］偶尔（时而）啼叫。

译 文

寂静的山谷中，只有春桂花在无声地飘落，宁静的夜色中春山一片空寂。月亮升起，月光照耀大地时惊动了山中栖鸟，在春天的溪涧里不时地鸣叫。

送元二使安西

王 维

渭城朝雨浥轻尘，客舍青青柳色新。
劝君更尽一杯酒，西出阳关无故人。

注 释

①［安西］唐代安西都护府。
②［渭（wèi）城］秦时咸阳城，汉代改称渭城，在今陕西咸阳东北，位于渭水北岸。
③［浥（yì）］湿润，沾湿。

④［阳关］古关名，故址在今甘肃敦煌西南。

译 文

清晨的微雨湿润了渭城地面的灰尘，旅舍周围的柳树枝叶青翠一新。真诚地奉劝我的朋友再干一杯美酒，出了阳关向西去就难以遇到故旧亲人。

竹里馆

王 维

独坐幽篁里，弹琴复长啸。
深林人不知，明月来相照。

注 释

①［竹里馆］是辋川别墅二十景之一，应当是建在竹林里的屋舍。
②［幽篁（huáng）］幽深的竹林。篁，竹林。
③［深林］这里指"幽篁"。
④［相照］照射我，意思是明月来陪伴我。

译 文

独自坐在幽深的竹林里，一边弹琴一边发出长长的啸声。在幽深竹林里，无人陪伴，唯有明月似解人意，偏来相照。

使至塞上

王 维

单车欲问边，属国过居延。
征蓬出汉塞，归雁入胡天。
大漠孤烟直，长河落日圆。
萧关逢候骑，都护在燕然。

注 释

①［使至塞上］奉命出使边塞。使，出使。
②［单车］一辆车，表明此次出使随从不多。
③［问边］慰问边关守军。
④［属国］典属国的简称。汉代称负责少数民族事务的官员为典属国，诗人在这里借指自己出使边塞的使者身份。
⑤［居延］地名，在今甘肃张掖北。这里泛指辽远的边塞地区。
⑥［征蓬］飘飞的蓬草，古诗中常用来比喻远行之人。

上编 文史篇

隋唐五代

⑦〔归雁〕因季节是春天,雁北飞,故称"归雁入胡天",也是诗人自喻。
⑧〔胡天〕胡人的领空。这里是指唐军占领的北方地方。
⑨〔孤烟〕指烽烟。据说古代边关烽火多燃狼粪,因其烟轻且不易被风吹散。
⑩〔长河〕指黄河。
⑪〔萧关〕古关名,故址在今宁夏固原东南。
⑫〔候骑〕负责侦察、巡逻的骑兵。
⑬〔都护〕官名,汉代始置,唐代边疆设有大都护府,其长官称大都护。这里指前线统帅。
⑭〔燕然〕古山名,即今蒙古国杭爱山。这里代指前线。

译 文

轻车简从将要去慰问边关,我要到远在西北边塞的居延。像随风而去的蓬草一样出临边塞,秋天归来的大雁已飞入北方少数民族居住地区的上空。烽火台上燃起的一道孤烟在广阔的沙漠上冲天而起,蜿蜒曲折的黄河映衬落日的残红。到萧关时遇到侦察骑兵,报告都护正在前线大破敌军。

山居秋暝

王 维

空山新雨后,天气晚来秋。
明月松间照,清泉石上流。
竹喧归浣女,莲动下渔舟。
随意春芳歇,王孙自可留。

注 释

①〔暝(míng)〕日落时分,天色将晚。
②〔浣(huàn)女〕洗衣物的女子。
③〔歇〕尽。
④〔王孙〕原指贵族子弟,此处指诗人自己。

译 文

新雨过后山谷里空旷清新,初秋傍晚的天气特别凉爽。明月映照着幽静的松林间,清澈泉水在山石上流淌。竹林中少女喧笑洗衣归来,莲叶轻摇是上游荡下轻舟。任凭春天的美景消歇,眼前的秋景足以令人流连。

鹿 柴

王 维

空山不见人,但闻人语响。
返景入深林,复照青苔上。

注 释

①[鹿柴（zhài）]王维在辋川别业的胜景之一（在今陕西省蓝田县西南）。柴，通"寨"、"砦"，用树木围成的栅栏。
②[但]只。
③[返（fǎn）景]同"返影"，太阳将落时通过云彩反射的阳光。
④[复]又。
⑤[青苔（tái）]阴湿地方生长的绿色苔藓。

译 文

幽静的山谷里看不见人，只听到人说话的声音。落日余光映入了深林，又照在幽暗处的青苔上。

画

王 维

远看山有色，近听水无声。
春去花还在，人来鸟不惊。

注 释

①[色]颜色。
②[惊]吃惊，害怕。

译 文

远看高山色彩明亮，走近一听水却没有声音。春天过去，可是依旧有许多花儿争奇斗艳。人走近，鸟却依然没有被惊动。

崔颢（704—754），汴州（今河南开封）人。唐开元年间进士，官至司勋员外郎。今存诗40多首，兼擅刚健与深婉两种格调。其《黄鹤楼》诗，严羽誉为唐人七言律诗第一，传说曾使李白折服。

黄鹤楼

崔 颢

昔人已乘黄鹤去，此地空余黄鹤楼。
黄鹤一去不复返，白云千载空悠悠。
晴川历历汉阳树，芳草萋萋鹦鹉洲。
日暮乡关何处是？烟波江上使人愁。

注释

① [昔人] 指传说中骑鹤飞去的仙人。
② [悠悠] 飘飘荡荡的样子。
③ [晴川] 晴日里的原野。川，平川、原野。
④ [历历] 分明的样子。
⑤ [汉阳] 地名，今湖北武汉的汉阳区，与黄鹤楼隔江相望。
⑥ [萋(qī)萋] 草木茂盛的样子。
⑦ [鹦鹉洲] 长江中的小洲，在黄鹤楼东北。
⑧ [乡关] 故乡。

译文

过去的仙人已经驾着黄鹤飞走了，只留下空荡荡的黄鹤楼。黄鹤一去再也没有回来，千百年来只看见白云悠悠。阳光照耀下的汉阳树木清晰可见，更能看清芳草繁茂的鹦鹉洲。天色已晚，眺望远方，哪里是我的家乡？眼前只见一片雾霭笼罩江面，给人带来深深的愁绪。

高适（700—765），字达夫，宋州宋城（今河南省商丘一带）人，郡望渤海蓨县（今河北省景县）。安史之乱以后，官运亨通，青云直上，官至散骑常侍，世称"高常侍"，又封渤海县侯，是唐代诗人中唯一封侯的。高适是唐代边塞诗的代表作家，和岑参并称"高岑"。所写边塞诗多是有感而发，笔力雄健，气势奔放，洋溢着奋发进取、蓬勃向上的时代精神。

燕歌行并序

高 适

开元二十六年，客有从元戎出塞而还者，作《燕歌行》以示，适感征戍之事，因而和焉。

汉家烟尘在东北，汉将辞家破残贼。
男儿本自重横行，天子非常赐颜色。
摐金伐鼓下榆关，旌旆逶迤碣石间。
校尉羽书飞瀚海，单于猎火照狼山。
山川萧条极边土，胡骑凭陵杂风雨。
战士军前半死生，美人帐下犹歌舞。
大漠穷秋塞草腓，孤城落日斗兵稀。
身当恩遇常轻敌，力尽关山未解围。

铁衣远戍辛勤久,玉箸应啼别离后。
少妇城南欲断肠,征人蓟北空回首。
边庭飘飖那可度,绝域苍茫无所有。
杀气三时作阵云,寒声一夜传刁斗。
相看白刃血纷纷,死节从来岂顾勋!
君不见沙场征战苦,至今犹忆李将军。

注 释

①[燕歌行]乐府旧题。高适(约700-765),字达夫,一字仲武,河北蓨(tiáo)县(今河北景县南)人,唐代诗人。他与岑参的边塞诗代表了唐代边塞诗的最高成就。

②[开元二十六年]公元738年。

③[元戎]主将。指辅国大将军、右羽林大将军兼御史大夫张守珪。

④[和(hè)]按照别人诗词的题材和体裁作诗词,作为酬答。

⑤[汉家]唐人写时事,常托之于汉代。下文"汉将",用法与此相类。

⑥[烟尘]烽烟和尘土,指战乱。

⑦[残贼]指残忍暴虐的敌寇。

⑧[男儿本自重横行]男子汉本来就重视在战场上纵横驰骋。

⑨[赐颜色]指给予褒奖恩宠。

⑩[摐(chuāng)金伐鼓]指击打钲、铙之类的金属乐器和鼓,作为行军指挥信号。摐,撞击。金,指军中作信号用的钲、铙等金属乐器。伐,敲击。

⑪[榆关]古关名,即今山海关(在今河北秦皇岛)。

⑫[旌旆(pèi)]旗帜。

⑬[逶迤]舒展的样子。

⑭[碣石]山名,在今河北昌黎西北。

⑮[校尉]武官名,泛指统帅。

⑯[羽书]即羽檄,古代军事文书,插鸟羽以示紧急,必须迅速传递。

⑰[瀚海]唐代对蒙古高原大沙漠以北及其迤西今准噶尔盆地一带广大地区的泛称。

⑱[猎火]打猎时焚山驱兽之火,借指游牧民族兴兵打仗的战火。

⑲[狼山]古代称狼山者不止一处,这里借指边地交战区域的山。

⑳[边土]即边地,靠近边境的地域。

㉑[胡骑凭陵杂风雨]指敌人侵犯,来势凶猛如同风雨交加。胡骑,这里指契丹人、奚人的军队。凭陵,逼压。

㉒[军前]战场。

㉓[半死生]死生各半,指伤亡惨重。

㉔[帐下]指统帅的营帐中。

㉕[穷秋]晚秋,深秋。

㉖ [腓（féi）] 枯萎。
㉗ [当] 承受。
㉘ [恩遇] 天子的知遇之恩。
㉙ [铁衣] 用铁片制作的战衣，借指战士。
㉚ [玉箸] 玉制筷子，比喻思妇的眼泪。
㉛ [蓟（jì）北] 蓟州（今属天津）以北地区。
㉜ [边庭飘飖（yáo）那可度] 边地动荡不安，难以越过。飘飖，随风飘动，形容动荡不安。那可，即"哪可"。
㉝ [绝域] 极远的地方。
㉞ [三时] 早、午、晚。
㉟ [阵云] 浓重堆积似战阵的云层。
㊱ [寒声] 凄凉的声音。
㊲ [刁斗] 三足长柄的锅，古代军中兼用于炊煮和巡更敲击的铜制用具。
㊳ [死节从来岂顾勋] 意思是，历来志士为（保卫国家的）气节献身，岂能是为了个人的功勋！
㊴ [至今犹忆李将军] 这句是感慨当时没有李将军那样的守边将帅。李将军，指西汉名将李广。李广任右北平（辖今河北承德及天津蓟州区以东地区）太守，捍御匈奴，关爱士卒，匈奴称其为"汉之飞将军"，数岁不敢进犯。一说指战国时赵将李牧。李牧对抗匈奴，厚待战士，曾破匈奴十余万骑，使匈奴十余年不敢靠近赵国边境。

赏 析

大漠深秋，钲鼓声声，旌旗逶迤，羽檄飞大漠，战火照狼山，山川萧条，孤城落日，寒夜巡更的刁斗，鲜血染红的白刃……出师、失利、被围、死斗，《燕歌行》写了这样一场边关战事。气势雄浑悲壮，惊天动地。战士拼死力战，将军轻敌骄逸，对比鲜明，力透纸背。诗歌接着又写后方思妇断肠，征人回首，遍地动荡，绝域苍茫，呈现出宏阔视野，体现了强烈的现实批判意义。此诗格调雄健激越，慷慨悲壮，节奏起伏跌宕，张弛有度，诵读时须细加体会。

别董大

高 适

千里黄云白日曛，北风吹雁雪纷纷。
莫愁前路无知己，天下谁人不识君？

注 释

① [董大] 指董庭兰，是当时有名的音乐家，在其兄弟中排名第一，故称"董大"。
② [黄云] 天上的乌云。在阳光下，乌云是暗黄色，所以叫黄云。
③ [白日曛（xūn）] 太阳黯淡无光。

译 文

黄云蔽天，绵延千里，太阳黯淡无光，呼啸的北风刚刚送走了雁群，又带来了纷纷扬扬的大雪。不要担心前路茫茫没有知己，普天之下哪个不知道您呢？

常建（生卒年不详），开元十五年（727）和王昌龄同榜进士及第。他才高官小，在盛唐诗名极大。《河岳英灵集》选盛唐诗二十四家，选其诗数量第一。诗风与王维、孟浩然较近。

题破山寺后禅院

常 建

清晨入古寺，初日照高林。
曲径通幽处，禅房花木深。
山光悦鸟性，潭影空人心。
万籁此都寂，但余钟磬音。

注 释

①［破山寺］即今江苏常熟虞山北麓兴福寺。禅院，寺院。
②［禅房］僧人住的房舍。
③［山光悦鸟性，潭影空人心］山中景色使鸟怡然自得，潭中影像使人心中俗念消失。人心，指人的世俗之心。
④［万籁（lài）］指各种声响。
⑤［但余］只留下。
⑥［钟磬（qìng）］钟、磬之声。寺院诵经，敲钟开始，敲磬停歇。

译 文

清晨我进入这古老寺院，初升的太阳照在山林上。弯弯曲曲的小路通向幽深处，禅房掩映在繁茂的花木丛中。山中明媚景色使飞鸟更加欢悦，潭水空明清澈，临潭照影，令人俗念全消。此时此刻万物都沉默静寂，只留下了敲钟击磬的声音。

杜甫(712-770),字子美,自称杜陵布衣,又称少陵野老,河南巩县(今河南巩义市)人。晚年移家成都,建草堂于浣花溪,世称浣花草堂。杜甫一生官职低微,生活贫苦,但忧国忧民,其诗多反映社会事件和民生疾苦,被称为"诗史",诗风沉郁顿挫。杜甫是唐朝最伟大的现实主义诗人,被誉为"诗圣",与李白并称"李杜",对后世影响十分深远。

江畔独步寻花(其五)

杜 甫

黄师塔前江水东,春光懒困倚微风。
桃花一簇开无主,可爱深红爱浅红?

注 释

① [江畔] 成都锦江之滨。
② [独步] 独自散步。
③ [塔] 墓地。
④ [一簇(cù)] 一丛。
⑤ [无主] 没有主人。

译 文

来到黄师塔前江水的东岸,疲倦困怠沐浴着和煦春风。一丛无主的桃花开得正盛,我究竟爱那深红还是爱浅红呢?

绝句(两个黄鹂鸣翠柳)

杜 甫

两个黄鹂鸣翠柳,一行白鹭上青天。
窗含西岭千秋雪,门泊东吴万里船。

注 释

① [鹂(lí)] 黄鹂鸟。
② [行(háng)] 一排。
③ [鹭(lù)] 白鹭鸟。
④ [西岭(lǐng)] 西岭雪山。
⑤ [千秋雪] 西岭雪山上千年不化的积雪。
⑥ [泊(bó)] 停泊。
⑦ [东吴] 古时候吴国的领地。

⑧〔万里船〕不远万里开来的船只。

译 文

两只黄鹂在空中鸣叫，一行白鹭在天空中飞翔。窗口可以看见西岭千年不化的积雪，门口停泊着从东吴万里开来的船只。

绝句（迟日江山丽）

杜　甫

迟日江山丽，春风花草香。
泥融飞燕子，沙暖睡鸳鸯。

注　释

①〔迟日〕春日。
②〔泥融（róng）〕泥土变湿软。
③〔鸳鸯〕一种漂亮的水鸟，雄鸟与雌鸟常双双出没。

译　文

春天阳光普照，山河无比秀丽，清风拂面，送来花草的芳香。泥土湿润，燕子轻盈地飞来飞去，忙着衔泥筑巢，慵懒的鸳鸯睡在温暖的沙滩上。

江南逢李龟年

杜　甫

岐王宅里寻常见，崔九堂前几度闻。
正是江南好风景，落花时节又逢君。

注　释

①〔李龟年〕唐朝开元、天宝年间的著名乐师，擅长唱歌。
②〔岐王〕唐玄宗的弟弟李范，封岐王。
③〔寻常〕经常。
④〔崔九〕指殿中监崔涤，唐玄宗的宠臣。"九"是他在兄弟中的排行。
⑤〔江南〕这里指今湖南省一带。
⑥〔落花时节〕暮春，通常指阴历三月。
⑦〔君〕指李龟年。

译　文

当年，我经常在岐王与崔九的住宅里见到你并听到你的歌声。现在正好是江南风景秀美的时候，在这暮春季节再次遇见了你。

望 岳

杜 甫

岱宗夫如何？齐鲁青未了。
造化钟神秀，阴阳割昏晓。
荡胸生曾云，决眦入归鸟。
会当凌绝顶，一览众山小。

注 释

① [岱宗] 指泰山。
② [如何] 怎么样。
③ [齐鲁青未了（liǎo）] 泰山横跨齐鲁，青色的峰峦连绵不断。齐鲁，指齐与鲁，周代分封的两个诸侯国，在今山东一带。青，指山色。未了，不尽。
④ [造化钟神秀] 大自然将神奇和秀丽集中于泰山。造化，指天地、大自然。钟，聚集。
⑤ [阴阳割昏晓] 山的南北两面，一面明亮一面昏暗，截然不同。阴阳，古人以山北水南为阴，山南水北为阳。割，分。昏晓，黄昏和早晨。
⑥ [荡胸生曾云] 层云生起，使心胸震荡。曾，同"层"。
⑦ [决眦（zì）入归鸟] 张大眼睛远望飞鸟归林。眦，眼眶。
⑧ [会当] 终当，终要。
⑨ [凌绝顶] 登上泰山的顶峰。凌，登上。

译 文

　　泰山啊，你有多么壮丽？那一脉苍莽的青色横亘在齐鲁无尽无了。大自然把神奇秀丽的景象全都汇聚其中，那山北山南一边暗一边明，判若黄昏和晨晓。望着那升腾的层层云气，胸中一阵阵荡涤波涛，睁裂双眼目送那渐入山林的点点归鸟。啊！将来我一定要登上峰巅，俯首一览，众山匍匐在山脚下是那么渺小。

春 望

杜 甫

国破山河在，城春草木深。
感时花溅泪，恨别鸟惊心。
烽火连三月，家书抵万金。
白头搔更短，浑欲不胜簪。

注 释

①［城］指长安城，当时被叛军占领。
②［烽火］古时边防报警的烟火。这里借指战事。
③［浑］简直。
④［不胜簪（zān）］插不住簪子。胜，能够承受、禁得起。簪，一种别住发髻的长条状装饰。

译 文

国都遭侵但山河依旧，长安城里的杂草和树木茂盛地疯长。感于战败的时局，看到花开而潸然泪下，内心惆怅怨恨，听到鸟鸣而心惊胆战。连绵的战火已经延续了一个春天，家书难得，一封抵得上万两黄金。愁绪缠绕，搔头思考，白发越搔越短，简直连簪子都插不住了。

月夜忆舍弟

杜 甫

戍鼓断人行，边秋一雁声。
露从今夜白，月是故乡明。
有弟皆分散，无家问死生。
寄书长不达，况乃未休兵。

注 释

①［舍（shè）弟］对人谦称自己的弟弟。杜甫兄弟五人，他是长兄。这首诗写于唐肃宗乾元二年（759）秋天，当时仍处在安史之乱中，诗人客居秦州（今甘肃天水），只有最小的弟弟在他身边，其余三人散处河南、山东等地。
②［戍（shù）鼓］边防驻军的鼓声。
③［断人行］指实施宵禁，禁止人行走。
④［边秋］一作"秋边"，秋天的边地，边塞的秋天。
⑤［露从今夜白］意思是恰逢白露时节。
⑥［长］一直，老是。
⑦［况乃］何况是。

译 文

戍楼上的更鼓声断绝了人行，秋夜的边塞传来了孤雁哀鸣。从今夜就进入了白露节气，月亮还是故乡的最明亮。虽有兄弟但都离散各去一方，已经无法打听到他们的消息。寄往洛阳城的家书老是不能送到，何况战乱频繁还没有停止。

石壕吏

杜 甫

暮投石壕村,有吏夜捉人。老翁逾墙走,老妇出门看。吏呼一何怒!妇啼一何苦!

听妇前致词:三男邺城戍。一男附书至,二男新战死。存者且偷生,死者长已矣!室中更无人,惟有乳下孙。有孙母未去,出入无完裙。老妪力虽衰,请从吏夜归。急应河阳役,犹得备晨炊。

夜久语声绝,如闻泣幽咽。天明登前途,独与老翁别。

注 释

① 唐肃宗乾元元年(758),为平定安史之乱,唐军围攻叛军所占的邺(yè)郡(今河南安阳),胜利在望。次年春,形势发生逆转,唐军全线崩溃,退守河阳(今河南孟州),并四处抽丁补充兵力。杜甫此时从洛阳回华州(今属陕西渭南),途经新安、石壕、潼关等地,根据目睹的现实写了一组诗,《石壕吏》是其中一首。石壕,即石壕村,在今河南三门峡东南。吏,小官,这里指差役。

②〔投〕投宿。

③〔一何〕多么。

④〔前致词〕走上前去(对差役)说话。

⑤〔戍(shù)〕防守。

⑥〔附书至〕捎信回来。

⑦〔新〕最近。

⑧〔已〕停止,这里指生命结束。

⑨〔乳下孙〕还在吃奶的孙子。

⑩〔有孙母未去〕(因为)有孙子在,(所以)他的母亲还没有离去。

⑪〔完裙〕完整的衣服。裙,这里泛指衣服。

⑫〔老妪(yù)〕老妇。

⑬〔幽咽(yè)〕形容低微、断续的哭声。

译 文

日暮时投宿石壕村,夜里有差役到村子里抓人。老翁越墙逃走,老妇出门查看。官吏大声呼喝得多么凶恶,妇人大声啼哭得多么悲苦。

我听到老妇上前说:我的三个儿子戍边在邺城。其中一个儿子捎信回来,说另外两个儿子刚刚战死。活着的人苟且偷生,死去的人就永远不会回来了!

家里再也没有别的男人了,只有正在吃奶的小孙子。因为有孙子在,他母亲还没有离去,但进进出出都没有一件完整的衣服。虽然老妇我年老力衰,但请允许我跟从你连夜赶回营去,立刻就去投向河阳的战役,还来得及为部队准备早餐。

夜深了,说话的声音逐渐消失,隐隐约约听到低微断续的哭泣声。天亮后我继续赶路,只能与老翁一个人告别。

春夜喜雨

杜 甫

好雨知时节，当春乃发生。
随风潜入夜，润物细无声。
野径云俱黑，江船火独明。
晓看红湿处，花重锦官城。

注　释

①［发生］使植物萌发、生长。
②［野径］田野间的小路。
③［红湿处］被雨水打湿的花丛。
④［花重（zhòng）］花因为饱含雨水而显得沉重。
⑤［锦官城］成都的别称。成都曾经是主持织锦的官员的官署所在地，所以叫"锦官城"。

译　文

好雨似乎会挑选时节，降临在万物萌生之春。伴随和风，悄悄进入夜幕。细细密密，滋润大地万物。浓浓乌云，笼罩田野小路，唯有江边渔船上的一点渔火放射出一线光芒，显得格外明亮。等天亮的时候，那潮湿的泥土上必定布满了红色的花瓣，锦官城的大街小巷也一定是一片万紫千红的景象。

闻官军收河南河北

杜 甫

剑外忽传收蓟北，初闻涕泪满衣裳。
却看妻子愁何在，漫卷诗书喜欲狂。
白日放歌须纵酒，青春作伴好还乡。
即从巴峡穿巫峡，便下襄阳向洛阳。

注　释

①［剑外］作者所在的蜀地。
②［蓟（jì）北］泛指唐朝蓟州北部地区，当时是叛军盘踞的地方。
③［涕（tì）］
④［裳（cháng）］
⑤［却看］回头看。
⑥［妻子］妻子和孩子。
⑦［青春］指春天。

译 文

剑外忽然传来收蓟北的消息,刚刚听到时涕泪满衣裳。回头看妻子和孩子哪还有一点忧伤,胡乱地卷起诗书欣喜若狂。太阳照耀放声高歌痛饮美酒,趁着明媚春光与妻儿一同返回家乡。心想着从巴峡穿过巫峡,经过襄阳后直奔洛阳。

蜀 相

杜 甫

丞相祠堂何处寻?锦官城外柏森森。
映阶碧草自春色,隔叶黄鹂空好音。
三顾频烦天下计,两朝开济老臣心。
出师未捷身先死,长使英雄泪满襟。

注 释

①这首诗作于唐肃宗上元元年(760)春,当时诗人初至成都,曾游武侯祠。蜀相,指诸葛亮,蜀汉丞相,封武乡侯。
②[丞相祠堂]即诸葛武侯祠。
③[映阶碧草自春色,隔叶黄鹂空好音]遮着台阶的青草自绿,树上黄鹂徒然发出好听的声音。映,遮蔽。
④[三顾频烦天下计]指刘备为统一天下三顾茅庐,问计于诸葛亮。频烦,即频繁。一说多次烦劳咨询。
⑤[两朝开济]指诸葛亮辅助刘备开创帝业,后又辅佐刘禅。开,开创。济,扶助。
⑥[出师未捷身先死]指诸葛亮出师伐魏,未能取胜,于蜀汉建兴十二年(234)病死于五丈原(今陕西岐山东南)军中。

译 文

去哪里寻找武侯诸葛亮的祠堂?在成都城外那柏树茂密的地方。碧草映照石阶自有一片春色,黄鹂在密叶间空有美妙歌声。刘备为统一天下而三顾茅庐,问计于诸葛亮,辅佐两代君主的老臣忠心耿耿。可惜出师伐魏还没有取得最后的胜利就先去世了,常使后代英雄感慨泪湿衣襟!

登岳阳楼

杜 甫

昔闻洞庭水，今上岳阳楼。
吴楚东南坼，乾坤日夜浮。
亲朋无一字，老病有孤舟。
戎马关山北，凭轩涕泗流。

注 释

①此诗为大历三年（768）岁暮作。这年春天，诗人乘舟由夔州出三峡，岁暮抵达岳阳。
②［坼（chè）］分裂。
③［乾坤］指天地。
④［戎马关山北］指战事起于北部边境地区。当时吐蕃正侵扰陇右、关中一带。戎马，战马，代指战争。关山，在今宁夏南部。
⑤［凭轩］倚窗。
⑥［涕泗（sì）］眼泪鼻涕。

译 文

以前就听说洞庭湖波澜壮阔，今日终于如愿登上岳阳楼。浩瀚的湖水把吴楚两地分隔开来，整个天地仿佛在湖中日夜浮动。亲朋好友们音信全无，年老多病只有一只船孤零零地陪伴自己。关山以北战争烽火仍未止息，凭栏遥望胸怀家国的泪水横流。

客 至

杜 甫

舍南舍北皆春水，但见群鸥日日来。
花径不曾缘客扫，蓬门今始为君开。
盘飧市远无兼味，樽酒家贫只旧醅。
肯与邻翁相对饮，隔篱呼取尽余杯。

注 释

①［客］指崔明府，杜甫的朋友。杜甫在题后自注说："喜崔明府相过。"明府，汉魏以来对地方官员的敬称，唐以后多用以专指县令。
②［舍］指诗人所居的成都浣花溪草堂。
③［盘飧（sūn）］盘中菜肴。
④［无兼味］意思是菜肴很简单。兼味，两种以上的菜肴。

⑤〔旧醅（pēi）〕旧酿之酒。醅，没有过滤的酒，也泛指酒。
⑥〔肯〕乐意。
⑦〔余杯〕残酒，未饮完的酒。

译　文

草堂的南北绿水环绕、春意荡漾，只见鸥群日日结队飞来。长满花草的庭院小路不曾因为迎客而打扫，只是为了你的到来，我家草门首次打开。离集市太远盘中没好菜肴，家境贫寒只有隔年的陈酒招待。如肯与邻家老翁举杯对饮，那我就隔着篱笆将他唤来。

茅屋为秋风所破歌

杜　甫

八月秋高风怒号，卷我屋上三重茅。茅飞渡江洒江郊，高者挂罥长林梢，下者飘转沉塘坳。

南村群童欺我老无力，忍能对面为盗贼。公然抱茅入竹去，唇焦口燥呼不得，归来倚杖自叹息。

俄顷风定云墨色，秋天漠漠向昏黑。布衾多年冷似铁，娇儿恶卧踏里裂。床头屋漏无干处，雨脚如麻未断绝。自经丧乱少睡眠，长夜沾湿何由彻！

安得广厦千万间，大庇天下寒士俱欢颜！风雨不动安如山。呜呼！何时眼前突兀见此屋，吾庐独破受冻死亦足！

注　释

①这首诗作于唐肃宗上元二年（761），当时安史之乱还未平定。诗中的茅屋即指成都近郊的草堂。
②〔三重（chóng）茅〕多层茅草。
③〔挂罥（juàn）〕挂着，挂住。罥，挂结。
④〔长（cháng）〕高。
⑤〔沉塘坳（ào）〕沉到池塘水中。坳，低洼的地方。
⑥〔忍能对面为盗贼〕竟然狠心这样当面做抢掠的事。忍，狠心。能，如此、这样。
⑦〔呼不得〕喝止不住。
⑧〔俄顷〕一会儿。
⑨〔漠漠〕阴沉迷蒙的样子。
⑩〔向昏黑〕渐渐黑下来。向，接近。
⑪〔衾（qīn）〕被子。
⑫〔娇儿恶卧踏里裂〕孩子睡相不好，把被里蹬破了。

⑬［雨脚如麻］形容雨点不间断，像下垂的麻线一样密集。
⑭［丧乱］战乱，指安史之乱。
⑮［何由彻］如何挨到天亮。何由，怎能、如何。彻，到，这里是"彻晓"（到天亮）的意思。
⑯［寒士］贫寒的士人。
⑰［突兀（wù）］高耸的样子。

译　文

八月，秋已深了，大风怒吼，把我屋上的几层茅草都卷走了。茅草翻飞，飞过江去，散落在江边上，其中飞得高的茅草，挂在高高的树梢上，飞得低的茅草，飘飘悠悠，落在深塘的水边。

南边村庄上的一群儿童，欺侮我年老体弱，竟忍心如此当面作"贼"。公开地抱着散落在地的茅草，溜进竹林里去，由于唇焦口干已不能再呼喊，只好拄着拐杖回来，独自叹息。

一会儿，风停了，云层墨墨，秋天的天空乌云密布，天也渐近黄昏，黑了下来。盖了多年的布被，又硬又冷，像铁似的，娇惯的儿子因为睡相不好，把被里子都蹬破了。因为屋漏，床头没有一块干燥的地方，如麻似的密集的雨点仍旧下个不停。我自从经过安史之乱后，一直睡眠不好，这漫长的黑夜，到处都是湿漉漉的，如何挨到天亮呢！

哪里能得到千万间高大的房屋，普遍地遮蔽天下贫寒的读书人，让他们都喜笑颜开！而高大的房屋在风雨中岿然不动，安稳如山。啊！什么时候我眼前能耸立这样高大的房屋，我自己即使茅屋独破，受冻至死，也是心满意足的！

登　高

杜　甫

风急天高猿啸哀，渚清沙白鸟飞回。
无边落木萧萧下，不尽长江滚滚来。
万里悲秋常作客，百年多病独登台。
艰难苦恨繁霜鬓，潦倒新停浊酒杯。

注　释

①这首诗是唐代宗大历二年（767）杜甫流寓夔州（今重庆奉节）时的作品。
②［鸟飞回］鸟（在急风中）飞舞盘旋。
③［落木］落叶。
④［萧萧］草木摇落的声音。
⑤［万里］指远离故乡。
⑥［百年］这里借指晚年。
⑦［艰难苦恨繁霜鬓］意思是，一生艰难，常常抱恨于志业无成而身已衰老。

艰难，指自己生活多艰，又指国家多难。苦恨，极恨。繁霜鬓，像浓霜一样的鬓发。

⑧［潦倒］衰颓，失意。

⑨［新停］刚刚停止。杜甫晚年因病戒酒，所以说"新停"。

译　文

风急天高猿猴啼叫显得十分悲哀，水清沙白的河洲上有鸟儿在盘旋。无边无际的树木萧萧地飘下落叶，望不到头的长江水滚滚奔腾而来。悲对秋景感慨万里漂泊常年为客，一生当中疾病缠身今日独上高台。艰难生活，常常抱恨于志业无成而身已衰老，衰颓满心偏又暂停了消愁的酒杯。

王湾（生卒年不详），洛阳人。唐玄宗先天元年（712）进士及第，其"海日生残夜，江春入旧年"两句，受到当时宰相张说的极度赞赏，并亲自书写悬挂于宰相政事堂上，让文人学士作为学习的典范。今存诗十首，全为五言律，内容多描写江南山水风景，是王孟山水田园诗的先驱。

次北固山下

王　湾

客路青山外，行舟绿水前。
潮平两岸阔，风正一帆悬。
海日生残夜，江春入旧年。
乡书何处达？归雁洛阳边。

注　释

①［次］停宿。

②［北固山］在今江苏镇江北。

③［客路］旅人前行的路。

④［青山］指北固山。

⑤［潮平两岸阔］潮水涨满，两岸与江水齐平，整个江面十分开阔。

⑥［风正］顺风。

⑦［海日］海上的旭日。

⑧［海日生残夜］夜还未消尽，红日已从海上升起。残夜，指夜将尽未尽之时。

⑨［江春入旧年］江上春早，旧年未过新春已来。

⑩［归雁洛阳边］希望北归的大雁捎一封家书到洛阳。

译　文

郁郁葱葱的山外是旅客的道路，船航行在绿水之间。潮水涨满，两岸与江水齐平,整个江面十分开阔,帆顺着风端正高挂。夜幕还没有褪尽,旭日已在江上冉冉升起,还在旧年时分,江南已有了春天的气息。我的家书应该送到什么地方呢?北去的归雁啊,请给我捎回洛阳那边。

王建(766-832),字仲初,许州(今河南省许昌市)人。曾任县尉、司马等小官,生活比较贫困。擅长乐府诗,与张籍齐名,世称"张王"。又擅长七绝,较多汲取民歌特色。写过宫词百首,在传统的宫怨之外,还广泛地描绘宫中风物,是研究唐代宫廷生活的重要资料。今存诗500余首。

十五夜望月

王 建

中庭地白树栖鸦,冷露无声湿桂花。
今夜月明人尽望,不知秋思落谁家。

注 释

①[十五夜]农历八月十五中秋节的夜晚。
②[中庭]即庭中,庭院中。
③[地白]月光照在庭院地上的样子。

译 文

庭院地面雪白,树上栖息着鹊鸦,秋露点点无声,打湿了院中桂花。今夜明月当空,世间人人仰望,不知道这秋日情思会落到谁家?

岑参(715-770),荆州江陵(今湖北江陵)人。杜甫曾推荐他做朝廷的谏官。岑参与高适齐名,并称"高岑",同为盛唐边塞诗派的代表诗人,其诗艺术水平很高,最善于用奇妙的语言描写边塞奇特的风光。

行军九日思长安故园

岑 参

强欲登高去,无人送酒来。
遥怜故园菊,应傍战场开。

注 释

①[行军]行营、军营。
②[九日]指阴历九月九日重阳节。

③［故园］故乡。
④［强］勉强。
⑤［登高］重阳节有登高赏菊饮酒以避灾祸的风俗。
⑥［送酒］此处化用有关陶渊明的典故。
⑦［怜］可怜。
⑧［傍］靠近。

译 文

勉强地想要按照习俗去登高饮酒,可惜再没有像王弘那样的人把酒送来。怜惜远方长安故园中的菊花,这时应正寂寞地在战场旁边盛开。

逢入京使

岑 参

故园东望路漫漫,双袖龙钟泪不干。
马上相逢无纸笔,凭君传语报平安。

注 释

①［入京使］回京城长安的使者。
②［故园］指长安和自己在长安的家。
③［漫漫］路途遥远的样子。
④［龙钟］沾湿的样子。
⑤［凭］请求,烦劳。
⑥［传语］捎口信。

译 文

向东遥望长安家园路途遥远,思乡之泪沾湿双袖难擦干。在马上与你相遇无纸笔,请告诉家人说我平安无恙。

白雪歌送武判官归京

岑 参

北风卷地白草折,胡天八月即飞雪。
忽如一夜春风来,千树万树梨花开。
散入珠帘湿罗幕,狐裘不暖锦衾薄。
将军角弓不得控,都护铁衣冷难着。
瀚海阑干百丈冰,愁云惨淡万里凝。
中军置酒饮归客,胡琴琵琶与羌笛。

纷纷暮雪下辕门,风掣红旗冻不翻。
轮台东门送君去,去时雪满天山路。
山回路转不见君,雪上空留马行处。

注 释

①[判官]官名,是节度使、观察使一类官吏的僚属。武判官,生平不详。京,这里指长安(今陕西西安)。
②[白草]一种牧草,干熟时变为白色。
③[胡天]胡人地域的天空,泛指胡人居住的地方。
④[珠帘]用珍珠缀成的帘子。与下面的"罗幕(丝绸制作的帐幕)"一样,是美化的说法。
⑤[锦衾薄]织锦被都显得单薄了。
⑥[角弓]一种以兽角作装饰的弓。
⑦[控]拉开(弓弦)。
⑧[都护]唐朝镇守边疆的长官。
⑨[着(zhuó)]穿。
⑩[瀚(hàn)海]指沙漠。
⑪[阑干]纵横交错的样子。
⑫[惨淡]暗淡。
⑬[中军]指主将。
⑭[饮(yìn)]宴请。
⑮[胡琴]泛指西域的琴。
⑯[辕门]领兵将帅的营门。
⑰[掣(chè)]拉,扯。
⑱[翻]飘动。

译 文

　　北风席卷大地吹折了白草,塞北的天空八月就飘降大雪。仿佛一夜之间春风吹来,树上犹如梨花争相开放。雪花飞进珠帘沾湿了罗幕,狐裘不保暖盖上锦被也嫌单薄。将军战士们冷得拉不开弓,铠甲冻得难以穿上。无边沙漠结着厚厚的冰,万里长空凝聚着惨淡愁云。主帅帐中摆酒为归客饯行,胡琴琵琶羌笛合奏来助兴。傍晚辕门前大雪落个不停,红旗冻僵了风也无法牵引。轮台东门外欢送你回京去,你去时大雪盖满了天山路。山路曲折已不见你的身影,雪地上只留下一行马蹄印迹。

张继（715-779），字懿孙，襄州（今湖北襄阳）人。天宝十二年（753）进士及第。与刘长卿友善。今存诗 51 首，擅长五律和七绝，诗风清丽。《枫桥夜泊》一诗，传诵千古。

枫桥夜泊

张 继

月落乌啼霜满天，江枫渔火对愁眠。
姑苏城外寒山寺，夜半钟声到客船。

注 释

①［枫桥］在今江苏苏州。
②［姑苏］苏州的别称，因苏州有姑苏山而得名。
③［寒山寺］枫桥附近的一座寺庙，相传唐代僧人寒山曾住于此。

译 文

月亮已落下，乌鸦啼叫寒气满天，江边枫树与船上渔火，难抵我独自傍愁而眠。姑苏城外那寒山古寺，半夜里敲响的钟声传到了我乘坐的客船。

刘长卿（718?-790），宣州（今安徽宣城）人，郡望河间（今属河北），生长在洛阳。刘长卿身世很不幸，曾屡次考场失利，屡遭贬谪。官至随州刺史，世称"刘随州"。但他性格刚强，又很自负。他五言诗写得好，自号"五言长城"。其诗多写荒村水乡，语言精练，形象鲜明，诗境韵味淳厚，今存诗近 500 首。刘长卿的"长"读 zhǎng。

长沙过贾谊宅

刘长卿

三年谪宦此栖迟，万古惟留楚客悲。
秋草独寻人去后，寒林空见日斜时。
汉文有道恩犹薄，湘水无情吊岂知？
寂寂江山摇落处，怜君何事到天涯！

注 释

①贾谊（前 200 —前 168），洛阳（今属河南）人，西汉政论家、文学家。
②［三年谪宦］贾谊被贬至长沙三年。
③［栖迟］停留，居留。

④［楚客］流落在楚地的贾谊。
⑤［汉文］指汉文帝刘恒。
⑥［吊］凭吊。贾谊在长沙曾写《吊屈原赋》凭吊屈原。

译 文

贾谊被贬在此地居住三年，可悲的遭遇千万代令人伤情。在众人散去之后，我踏着泛黄的秋草，独自寻访贾谊的故居，只见夕阳斜映，寒林森森。汉文帝虽然是个有道的国君，为何独对你恩疏情？ 湘水无情，流去了多少年光，楚国的屈原哪能知道上百年后，贾谊会来到湘水之滨吊念自己。寂寞冷落深山里落叶纷纷，可怜你不知因何被贬到此地呢？

张志和（714-774），字子同，初名龟龄，婺州金华（今属浙江）人，唐代著名道士、词人和诗人，自号"烟波钓徒"，又号"玄真子"。唐肃宗时曾待诏翰林，做过左金吾卫录事参军，因事被贬，赦还以后，绝意仕途，长期在太湖一带山水间过着隐逸生活。他学问广博，工诗善画，精通音乐，善于汲取民歌营养，《渔歌子》五首就借鉴了民间渔歌。

渔歌子

张志和

西塞山前白鹭飞，桃花流水鳜鱼肥。
青箬笠，绿蓑衣，斜风细雨不须归。

注 释

①［渔歌子］词牌名。
②［白鹭（lù）］一种白色的水鸟。
③［桃花流水］桃花盛开的季节正是春水盛涨的时候，俗称桃花汛或桃花水。
④［鳜（guì）鱼］淡水鱼，江南又称桂鱼，肉质鲜美。
⑤［箬（ruò）笠］竹叶或竹篾做的斗笠。
⑥［蓑（suō）衣］用草或棕编制成的雨衣。

译 文

西塞山前白鹭在自由地翱翔，江岸桃花盛开，江水中肥美的鳜鱼欢快地游来游去。渔翁头戴青色斗笠，身披绿色蓑衣，冒着斜风细雨，悠然自得地垂钓，连下了雨都不回家。

韦应物（735-790），字义博，长安（今陕西西安）人。天宝末年，为唐玄宗侍卫。安史之乱后，入太学读书，后进士及第。做了地方官，贞元中任苏州刺史，世称"韦苏州"。韦应物是唐代著名清官。今存诗573首，以五言古体为最多。他擅长写山水田园诗，诗风恬淡高远，与王维、孟浩然、柳宗元并称为"王孟韦柳"。

滁州西涧

韦应物

独怜幽草涧边生，上有黄鹂深树鸣。
春潮带雨晚来急，野渡无人舟自横。

注 释

① [独怜] 唯独喜欢。
② [幽（yōu）草] 幽谷里的小草。
③ [深树] 枝叶茂密的树。
④ [春潮（cháo）] 春天的潮汐。
⑤ [野渡（dù）] 郊野的渡口。
⑥ [横（héng）] 指随意漂浮。

译 文

唯独喜欢涧边幽谷里生长的野草，还有那树丛深处婉转啼鸣的黄鹂。傍晚时分，春潮不断上涨，春雨淅沥，西涧水势顿见湍急，荒野渡口无人，只有一只小船悠闲地横在水面。

卢纶（742-799），字允言，蒲州（今山西永济西南）人。屡试不第，交友广泛，受宰相王缙、元载推荐，步入仕途，官至检校户部郎中。诗多送别酬答之作，也有反映军旅生活的作品。王士禛以之为"大历十才子之冠冕"（《分甘馀话》卷四）。

塞下曲

卢 纶

月黑雁飞高，单于夜遁逃。
欲将轻骑逐，大雪满弓刀。

注 释

①[塞（sài）下曲]古时边塞的一种军歌。
②[单（chán）于]匈奴的首领。这里泛指侵扰唐朝的游牧民族首领。
③[遁]逃走。
④[骑]骑兵。
⑤[逐]追赶。

译 文

在这月黑风高的不寻常夜晚，敌军偷偷地逃跑了。将军发现敌军潜逃，要带着轻装骑兵去追击。正准备出发之际，一场纷纷扬扬的大雪从天而降，刹那间弓刀上落满了雪花。

李益（746—829），字君虞，陇西姑臧（今甘肃武威）人，凉武昭王第十二代孙。大历四年（769）进士及第，官至礼部尚书。李益今存诗163首。擅长七绝，胡应麟说："七言绝，开元之下便当以李益为第一。"其边塞七绝，常常是壮烈、慷慨之中带一点伤感和悲凉。有七绝名句"从此无心爱良夜，任他明月下西楼"等。

夜上受降城闻笛

李 益

回乐烽前沙似雪，受降城外月如霜。
不知何处吹芦管，一夜征人尽望乡。

注 释

①[受降（xiáng）城]唐初名将张仁愿，为了防御突厥，在黄河以北筑受降城，分东、中、西三城，都在今内蒙古自治区境内。
②[回乐烽]烽火台名。在西受降城附近。一说，当作"回乐峰"，山峰名，在回乐县（今宁夏灵武西南）。
③[芦管]笛子。一作"芦笛"。
④[征人]指出征或戍边的军人。
⑤[尽]全。

译 文

回乐烽前的沙地洁白似雪，受降城外的月色犹如深秋白霜。不知何处吹起凄凉的芦管，一夜间征人个个眺望故乡。

孟郊（751-814），字东野，湖州武康（今浙江德清）人。贞元十二年（796）孟郊46岁时进士及第，任溧阳县尉。一生仕途不顺，穷困潦倒，与韩愈友善，人称"韩孟"。又与贾岛齐名，人称"郊岛"，苏东坡评为"郊寒岛瘦"。好苦吟，多穷苦之词，以乐府和古诗最多，著有《孟东野集》。

游子吟

孟 郊

慈母手中线，游子身上衣。
临行密密缝，意恐迟迟归。
谁言寸草心，报得三春晖。

注 释

①［游子］古代称远游旅居的人。
②［报得］报答。
③［三春］旧称农历正月为孟春，二月为仲春，三月为季春，合称三春。
④［晖］阳光。形容母爱如春天温暖、和煦的阳光照耀着子女。

译 文

慈祥的母亲手里把着针线，为即将远游的孩子赶制新衣。临行前一针针密密地缝制，怕儿子回来晚了衣服破损。谁说像小草那样微弱的孝心，能报答得了像春晖普泽般的慈母恩情？

韩翃（hóng）（734?-786?），字君平，南阳（今属河南）人，天宝十三年（754）进士及第，为"大历十才子"之一。唐德宗喜欢他的诗，曾亲自批示，授韩翃知制诰。当时朝中有两个韩翃，宰相不知授予哪个，又请示皇上，唐德宗说，写"春城无处不飞花"的韩翃。后来韩翃官至中书舍人。

寒 食

韩 翃

春城无处不飞花，寒食东风御柳斜。
日暮汉宫传蜡烛，轻烟散入五侯家。

注 释

①［寒食］寒食节，通常在冬至后的第105天，过去在节日期间不能生火做饭。
②［翃（hóng）］飞。
③［春城］春天的京城。

④［御柳］皇城里的柳树。
⑤［汉宫］这里用汉代皇宫来借指唐代皇宫。
⑥［传蜡烛］官中传赐新火。
⑦［五侯］这里泛指权贵豪门。

译 文

暮春时节，长安城处处落英缤纷，寒食节的东风吹拂着宫城里的柳枝舞动。夜色降临，宫里忙着传赐蜡烛，袅袅轻烟在王侯贵戚的府第飘散开。

韩愈（768—824），字退之，河阳（今河南孟州南）人，郡望河北昌黎，世称韩昌黎。三岁丧父，由长兄韩会抚养长大。贞元八年（792）进士及第，官至吏部侍郎。韩愈是唐代杰出的文学家、思想家，唐代古文运动的倡导者，与柳宗元并称"韩柳"，苏轼称他"文起八代之衰"。有《昌黎先生文集》。

早春呈水部张十八员外

韩 愈

天街小雨润如酥，草色遥看近却无。
最是一年春好处，绝胜烟柳满皇都。

注 释

①［呈］恭敬地送上。
②［水部张十八员外］唐代诗人张籍，他在同族兄弟中排行第十八，曾任水部员外郎。
③［天街］京城街道。
④［润如酥（sū）］形容春雨滋润细腻。酥，酥油。
⑤［处］时。
⑥［绝胜］远远胜过。

译 文

京城的街道上空丝雨纷纷，雨丝就像乳汁般细密而滋润，小草钻出地面，远望草色依稀连成一片，近看时却显得稀疏零星。一年之中最美的就是这早春的景色，它远远胜过了绿杨满城的暮春。

晚　春

韩　愈

草树知春不久归，百般红紫斗芳菲。
杨花榆荚无才思，惟解漫天作雪飞。

注　释

①［不久归］将结束。
②［杨花榆荚（jiá）无才思］意思是杨花榆荚不像别的花那样"百般红紫"，如同人之"无才思"。杨花，指柳絮。榆荚，指榆钱，榆树的果实。才思，才气、才情。
③［解］懂得，知道。

译　文

花草树木得知春天不久就要离去，都想留住春天的脚步，竞相吐艳争芳，霎时万紫千红，繁花似锦。就连那没有美丽颜色的柳絮和榆钱也不甘寂寞，随风起舞，化作漫天飞雪。

左迁至蓝关示侄孙湘

韩　愈

一封朝奏九重天，夕贬潮州路八千。
欲为圣明除弊事，肯将衰朽惜残年！
云横秦岭家何在？雪拥蓝关马不前。
知汝远来应有意，好收吾骨瘴江边。

注　释

①［左迁］贬官。元和十四年（819）正月，唐宪宗派人迎凤翔法门寺佛骨入宫供奉，韩愈上书劝谏，触怒皇帝，被贬为潮州刺史。这首诗作于被贬途中。蓝关，即蓝田关，在今陕西蓝田东南。
②［封］这里指韩愈的谏书《论佛骨表》。
③［朝（zhāo）奏］早晨上奏。
④［九重天］这里指皇帝。
⑤［圣明］指皇帝。
⑥［弊事］有害的事，指迎奉佛骨的事。
⑦［肯将衰朽惜残年］意思是哪能以衰老为由吝惜残余的生命呢。肯，岂肯、哪能。
⑧［应有意］应该有所打算。
⑨［瘴（zhàng）江边］指岭南。潮州在岭南，古时说岭南多瘴气。

译 文

早晨我把一封谏书上奏给皇帝，晚上就被贬官到路途遥远的潮州。想替皇上除去有害的事，哪能因衰老就吝惜残余的生命。回头望长安，看到的只是浮云隔断的终南山，家又在哪里？

立马蓝关，积雪拥塞，连马也踟蹰不前。我知你远道而来应知道我此去凶多吉少，正好在潮州瘴气弥漫的江流边，把我的尸骨收清。

> 白居易（772-846），字乐天，下邽（今陕西省渭南县）人。晚年闲居洛阳香山，自号"香山居士""醉吟先生"。白居易和元稹是至交，天下人称"元白"。元稹去世后，白居易又与刘禹锡友善，并称"刘白"。白居易今存诗 2800 多首，在唐朝诗人中存诗最多，诗风平易，创通俗一派，影响深远。

池　上

白居易

小娃撑小艇，偷采白莲回。
不解藏踪迹，浮萍一道开。

注 释

①[小娃]男孩儿或女孩儿。
②[艇（tǐng）]船。
③[白莲]白色的莲花。
④[踪（zōng）迹（jì）]被小艇划开的浮萍。
⑤[浮（fú）萍（píng）]水生植物，椭圆形叶子浮在水面，叶下面有须根，夏季开白花。

译 文

一个小孩撑着小船，偷偷地采了白莲回来。他不知道怎么掩藏踪迹，水面的浮萍上留下了一条船儿划过的痕迹。

大林寺桃花

白居易

人间四月芳菲尽，山寺桃花始盛开。
长恨春归无觅处，不知转入此中来。

注释

①［大林寺］在庐山大林峰，相传为晋代僧人昙（tán）诜（shēn）所建，为中国佛教圣地之一。
②［人间］庐山下的平地村落。
③［芳菲］盛开的花，亦可泛指花，花草艳盛的阳春景色。
④［尽］花凋谢了。
⑤［山寺］大林寺。
⑥［始］才，刚刚。
⑦［长恨］常常惋惜。
⑧［春归］春天回去了。
⑨［觅（mì）］寻找。
⑩［不知］岂料，想不到。
⑪［转（zhuǎn）］反。
⑫［此中］这深山的寺庙里。

译文

四月正是自然界百花凋零殆尽的时候，但这高山古寺中的桃花才刚刚盛放。我时常为春光逝去无处寻觅而惋惜，却不知它已经转到这里来。

暮江吟

白居易

一道残阳铺水中，半江瑟瑟半江红。
可怜九月初三夜，露似真珠月似弓。

注释

①［吟］古代诗歌体裁的一种。
②［残阳］落山的太阳光。
③［瑟（sè）瑟］这里形容未受到残阳照射的江水所呈现的青绿色。
④［可怜］可爱。
⑤［真珠］这里指珍珠。
⑥［月似弓］上弦月，其弯如弓。
⑦［九月初三］农历九月初三。

译文

红日西沉，余晖铺洒在江面上，使得江水受光处呈现出红色，未受光处呈现出青绿色。九月初三的夜晚，多么叫人喜爱啊！那露珠像珍珠一样闪烁发光，月亮如同一张弯弓挂在空中。

忆江南

白居易

江南好，风景旧曾谙。
日出江花红胜火，春来江水绿如蓝。能不忆江南？

注　释

①［忆江南］唐教坊曲名。这里所指的江南主要是长江下游的江浙一带。
②［谙（ān）］熟悉。作者年轻时曾三次到过江南。
③［江花］江边的花朵。一说指江中的浪花。
④［红胜火］颜色鲜红胜过火焰。
⑤［绿如蓝］绿得比蓝还要绿。如，胜过的意思。蓝，蓝草，其叶可制青绿染料。

译　文

江南好，我对江南的美丽风景曾经是多么的熟悉。春天的时候，晨光映照的岸边红花，比熊熊的火焰还要红，碧绿的江水绿得胜过蓝草。怎能叫人不怀念江南？

赋得古原草送别（节选）

白居易

离离原上草，一岁一枯荣。
野火烧不尽，春风吹又生。

注　释

①［赋（fù）得］借古人诗句或成语命题作诗，诗题前一般都冠以"赋得"二字。
②［离离］青草茂盛的样子。
③［一岁一枯荣（róng）］枯，枯萎。荣，茂盛。野草每年都会茂盛一次，枯萎一次。

译　文

原野上长满茂盛的青草，每年秋冬枯黄，春来草色浓。野火无法烧尽满地的野草，春风吹来大地又是绿茸茸的。

琵琶行并序

白居易

元和十年，予左迁九江郡司马。明年秋，送客湓浦口，闻舟中夜弹琵琶者，听其音，铮铮然有京都声。问其人，本长安倡女，尝学琵琶于穆、曹二善才。年长色衰，委身为贾人妇。遂命酒，使快弹数曲。曲罢悯然，自叙少小时欢乐事,今漂沦憔悴,转徙于江湖间。予出官二年,恬然自安,感斯人言,是夕始觉有迁谪意。因为长句,歌以赠之,凡六百一十六言,命曰《琵琶行》。

浔阳江头夜送客,枫叶荻花秋瑟瑟。
主人下马客在船,举酒欲饮无管弦。
醉不成欢惨将别,别时茫茫江浸月。
忽闻水上琵琶声,主人忘归客不发。
寻声暗问弹者谁,琵琶声停欲语迟。
移船相近邀相见,添酒回灯重开宴。
千呼万唤始出来,犹抱琵琶半遮面。
转轴拨弦三两声,未成曲调先有情。
弦弦掩抑声声思,似诉平生不得志。
低眉信手续续弹,说尽心中无限事。
轻拢慢捻抹复挑,初为《霓裳》后《六幺》。
大弦嘈嘈如急雨,小弦切切如私语。
嘈嘈切切错杂弹,大珠小珠落玉盘。
间关莺语花底滑,幽咽泉流冰下难。
冰泉冷涩弦凝绝,凝绝不通声暂歇。
别有幽愁暗恨生,此时无声胜有声。
银瓶乍破水浆迸,铁骑突出刀枪鸣。
曲终收拨当心画,四弦一声如裂帛。
东船西舫悄无言,唯见江心秋月白。
沉吟放拨插弦中,整顿衣裳起敛容。
自言本是京城女,家在虾蟆陵下住。
十三学得琵琶成,名属教坊第一部。
曲罢曾教善才服,妆成每被秋娘妒。
五陵年少争缠头,一曲红绡不知数。
钿头银篦击节碎,血色罗裙翻酒污。
今年欢笑复明年,秋月春风等闲度。
弟走从军阿姨死,暮去朝来颜色故。
门前冷落鞍马稀,老大嫁作商人妇。
商人重利轻别离,前月浮梁买茶去。

去来江口守空船，绕船月明江水寒。
夜深忽梦少年事，梦啼妆泪红阑干。
我闻琵琶已叹息，又闻此语重唧唧。
同是天涯沦落人，相逢何必曾相识！
我从去年辞帝京，谪居卧病浔阳城。
浔阳地僻无音乐，终岁不闻丝竹声。
住近湓江地低湿，黄芦苦竹绕宅生。
其间旦暮闻何物？杜鹃啼血猿哀鸣。
春江花朝秋月夜，往往取酒还独倾。
岂无山歌与村笛，呕哑嘲哳难为听。
今夜闻君琵琶语，如听仙乐耳暂明。
莫辞更坐弹一曲，为君翻作《琵琶行》。
感我此言良久立，却坐促弦弦转急。
凄凄不似向前声，满座重闻皆掩泣。
座中泣下谁最多？江州司马青衫湿。

注 释

① [行] 古诗的一种体裁。
② [元和十年] 公元815年。元和，唐宪宗的年号（806-820）。
③ [左迁] 贬官、降职的委婉说法。白居易因越职上书言事，触怒当朝权贵，被贬为江州司马。
④ [九江郡] 设于隋代，唐代称为江州或浔阳郡，治所在今江西九江。
⑤ [司马] 州刺史的副职。
⑤ [湓（pén）浦口] 湓江流入长江的地方，在今九江西。湓浦，又叫湓江，源出江西瑞昌清湓山。
⑥ [京都声] 指唐代京城长安流行的乐曲声调。
⑦ [倡（chāng）女] 歌女。
⑧ [善才] 当时对技艺高超的乐师的称呼。
⑨ [委身] 托身。这里是嫁人的意思。
⑩ [贾（gǔ）人] 商人。
⑪ [命酒] 叫人摆酒。
⑫ [快] 畅快。
⑬ [悯然] 忧郁的样子。
⑭ [漂沦] 漂泊流落。
⑮ [出官] 京官贬黜往地方任职。
⑯ [恬然] 宁静安适的样子。

⑰［迁谪］官吏因罪降职并流放。
⑱［为］创作。
⑲［长句］指七言诗。唐代的习惯说法。
⑳［江头］江边。
㉑［荻（dí）］多年生草本植物，形状像芦苇，生长在水边。
㉒［瑟瑟］形容微风吹动的声音。
㉓［主人］白居易自指。
㉔［管弦］指音乐。管，箫、笛之类的管乐。弦，琴、瑟、琵琶之类的弦乐。
㉕［暗问］低声询问。
㉖［欲语迟］将要回答，又有些迟疑。
㉗［回灯］重新掌灯。一说"移灯"。
㉘［转轴拨弦］拧转弦轴，拨动弦丝。这里指调弦校音。
㉙［掩抑］声音低沉。
㉚［思］深长的情思。
㉛［信手］随手。
㉜［续续］连续。
㉝［轻拢慢捻抹（mò）复挑（tiǎo）］轻轻地拢，慢慢地捻，一会儿抹，一会儿挑。拢，扣弦。捻，揉弦。抹，顺手下拨。挑，反手回拨。
㉞［《霓裳（cháng）》］即《霓裳羽衣曲》，唐代乐曲名，相传为唐玄宗所制。
㉟［《六幺（yāo）》］即《六幺令》，唐代乐曲名。
㊱［大弦］指琵琶四根弦中的粗弦。
㊲［嘈嘈］形容声音沉重舒长。
㊳［小弦］指琵琶上的细弦。
㊴［切切］形容声音轻细急促。
㊵［大珠小珠落玉盘］分别比喻乐声的重浊和清脆。一说，形容声音的清脆圆润。
㊶［间（jiàn）关莺语花底滑］像黄莺在花下啼叫一样婉转流利。间关，形容鸟鸣婉转。
㊷［幽咽泉流冰下难］像幽咽的泉水在冰下艰难流过。幽咽，形容乐声梗塞不畅。难，艰难，形容乐声滞塞难通。
㊸［冰泉冷涩弦凝绝］像冰下的泉水又冷又涩不能畅流，弦似乎凝结不动了。这是形容弦声愈来愈低沉，以至停顿。
㊹［银瓶乍破水浆迸，铁骑突出刀枪鸣］像银瓶突然破裂，水浆迸射一样；像铁骑突然冲出，刀枪齐鸣一般。这是形容琵琶声在沉咽、暂歇后，忽然又爆发出激越、雄壮的乐音。
㊺［曲终收拨当心画］乐曲终了，用拨子在琵琶的中间部位划过四弦。这是弹奏琵琶到一曲结束时的常用手法。拨，拨子，弹奏弦乐的用具。
㊻［四弦一声］四根弦同时发声。
㊼［敛容］显出端庄的脸色。
㊽［虾（há）蟆陵］地名，在长安城东南。

㊽〔教坊〕古时管理宫廷音乐的官署。专管雅乐以外的音乐、舞蹈、百戏的教习、排练、演出等事务。

㊾〔第一部〕第一队,是教坊中最优秀的一队。部,量词,计量歌舞队、乐队。

㊿〔秋娘〕唐代歌伎常用的名字。这里是对善歌貌美歌伎的通称。

㉜〔五陵年少〕指京城富家豪族子弟。五陵,汉代五个皇帝(高、惠、景、武、昭)的陵墓,在长安附近,富家豪族多聚居在这一带。

㉝〔缠头〕古代对歌伎舞女打赏用的锦帛。

㉞〔绡(xiāo)〕轻薄的生丝织品。泛指轻美的丝织品。

㉟〔钿(diàn)头银篦(bì)〕上端镶着花钿的银质发篦。钿,用金银等制成的花形首饰。

㊱〔击节碎〕(随着音乐)打拍子时敲碎了。节,节拍。

㊲〔翻酒污〕(因为)泼翻了酒被玷污。

㊳〔等闲〕平常,随随便便。

㊴〔颜色故〕容貌衰老。故,旧、老。

㊵〔老大〕年纪大了。

㊶〔浮梁〕地名,在今江西景德镇北。

㊷〔去来〕走了以后。来,语气助词。

㊸〔梦啼妆泪红阑干〕从梦中哭醒,搽了胭脂粉的脸上流满了一道道红色的泪痕。妆,这里指脸上的胭脂粉。

㊹〔唧唧〕叹息。

㊺〔杜鹃啼血〕传说杜鹃鸟啼叫时,嘴里会淌出血来。这是形容杜鹃啼声的悲切。

㊻〔独倾〕独自饮酒。

㊼〔呕哑(ōu yā)嘲哳(zhāo zhā)〕指声音嘈杂刺耳。

㊽〔暂〕忽然,一下子。

㊾〔更〕再。

㊿〔翻作〕写作。翻,按曲调写作歌词。

㉛〔却坐〕回到(原处)坐下。却,退回。

㉜〔促弦〕把琴弦拧紧。促,紧、迫。

㉝〔转〕更加,越发。

㉞〔向前〕以前。

㉟〔掩泣〕掩面哭泣。下面"泣下"的"泣"指眼泪。

㊱〔青衫〕青色单衣。唐代官职低的服色为青。

赏 析

《琵琶行》是一首长篇乐府诗,叙述琵琶女的故事,述说自己的人生遭际。学习时,注意琵琶女与诗人境遇的相通之处,体会诗人抒发的人生感慨。重点欣赏诗中音乐描写和景物描写的精妙。

卖炭翁

白居易

卖炭翁,伐薪烧炭南山中。满面尘灰烟火色,两鬓苍苍十指黑。卖炭得钱何所营?身上衣裳口中食。可怜身上衣正单,心忧炭贱愿天寒。夜来城外一尺雪,晓驾炭车辗冰辙。牛困人饥日已高,市南门外泥中歇。

翩翩两骑来是谁?黄衣使者白衫儿。手把文书口称敕,回车叱牛牵向北。一车炭,千余斤,宫使驱将惜不得。半匹红纱一丈绫,系向牛头充炭直。

注 释

①这是诗人创作的组诗《新乐府》五十首中的第三十二首。诗人有自注云:"《卖炭翁》,苦宫市也。"唐德宗贞元末,宫中派宦官到民间市场强行低价买物,名为"宫市",实为掠夺。
②〔薪〕木柴。
③〔南山〕终南山,属秦岭山脉,在长安城南。
④〔苍苍〕灰白。
⑤〔何所营〕做什么用。营,谋求。
⑥〔市〕城市中划定的集中进行交易的场所。唐代长安有东、西两市,两市东、西、南、北各有二门。
⑦〔翩翩〕轻快的样子。
⑧〔黄衣使者白衫儿〕黄衣使者,指太监。白衫儿,指太监手下的爪牙。
⑨〔文书〕公文。
⑩〔敕(chì)〕指皇帝的命令。
⑪〔回〕掉转。
⑫〔叱(chì)〕吆喝。
⑬〔牵向北〕长安城宫廷在集市北边,所以说"牵向北"。
⑭〔将〕助词,用于动词之后。
⑮〔惜不得〕吝惜不得。
⑯〔半匹红纱一丈绫〕唐代商品交易,钱帛并用,但"半匹红纱一丈绫"远远低于一车炭的价值。
⑰〔系〕挂。
⑱〔直〕同"值",价钱。

译 文

有位卖炭的老翁,在终南山里砍柴烧炭。他满脸灰尘,显出被烟熏火烤的颜色,两鬓头发灰白,十个手指很黑。卖炭得到的钱干什么?买身上穿的衣裳和嘴里吃的食物。可怜他身上穿着单薄的衣服,却唯恐炭的价钱便宜,希望天气更寒冷。夜里城外下了一尺厚的大雪，清晨，老翁驾着炭车碾轧着堆满积雪的路面，留下深深的车轮印。太阳已经升得很高了，人和牛都疲乏了，也饿了，老翁就在集市南门外泥泞中休息。

前面两位得意洋洋地骑着马正往这边走的人是谁？是皇宫内的太监和他的手下。手里拿着诏书，嘴里说是皇帝的命令，然后拉转车头，大声呵斥着赶牛往北面拉去。一车炭，有几千斤重，宫里的使者们硬是要赶着走，老翁舍不得它，却也没有办法。宫里的使者们将半匹纱和一丈绫，朝牛头上一挂，当作买炭的钱。

钱塘湖春行

白居易

孤山寺北贾亭西，水面初平云脚低。
几处早莺争暖树，谁家新燕啄春泥。
乱花渐欲迷人眼，浅草才能没马蹄。
最爱湖东行不足，绿杨阴里白沙堤。

注　释

① [钱塘湖] 即杭州西湖。
② [孤山] 在西湖的里湖与外湖之间，山上有孤山寺。
③ [贾亭] 即贾公亭。唐贞元（785—805）年间，贾全在杭州做官时在西湖边建造此亭。
④ [水面初平] 春天湖水初涨，水面刚刚与湖岸齐平。初，刚刚。
⑤ [云脚低] 白云重重叠叠，同湖面上的波浪连成一片，看上去浮云很低。
⑥ [暖树] 向阳的树。
⑦ [乱花] 纷繁的花。
⑧ [迷人眼] 使人眼花缭乱。
⑨ [行不足] 百游不厌。足，满足。
⑩ [阴] 同"荫"，指树荫。
⑪ [白沙堤] 指西湖的白堤，又称"沙堤"或"断桥堤"。

译　文

从孤山寺的北面到贾亭的西面，湖面春水刚与堤平，白云低垂，同湖面上连成一片。而湖水涨得满满的，快要跟岸齐平了。几只早出的黄莺争相飞往向阳的树木，谁家新飞来的燕子忙着筑巢衔泥。沿途繁花东一簇、西一丛，渐渐开放使人眼花缭乱，浅浅的青草刚刚够上遮没马蹄。而我最迷恋的却是湖东一带，这里绿杨成荫，白堤静静地躺在湖边，安闲自在，真让人流连忘返。

隋唐五代

刘禹锡(772-842),字梦得,洛阳人。贞元九年(793)进士及第,与柳宗元同榜,官至太子宾客,世称"刘宾客"。性格刚毅,在朗州创作《竹枝词》十首,很有名。刘禹锡今存诗800多首。与柳宗元交谊最深,并称"刘柳";晚年与白居易诗歌唱和,并称"刘白"。白居易称他为"诗豪"。

秋　词（其一）

刘禹锡

自古逢秋悲寂寥，我言秋日胜春朝。
晴空一鹤排云上，便引诗情到碧霄。

注　释

①［寂寥（liáo）］冷清萧条。
②［春朝］春天。
③［排］排开。
④［碧霄］蓝天。

译　文

自古以来，骚人墨客都悲叹秋天寂寞凄凉，我却说秋天远远胜过春天。秋日晴空万里，一只仙鹤排开云层扶摇直上，我的诗兴也随它到了碧蓝的天空。

望洞庭

刘禹锡

湖光秋月两相和，潭面无风镜未磨。
遥望洞庭山水翠，白银盘里一青螺。

注　释

①［洞庭］即洞庭湖，位于今湖南北部。
②［湖光］湖面的波光。
③［两］指湖光和秋月。
④［镜未磨（mó）］古人的镜子用铜制作、磨成。这里一说是湖面无风，水平如镜；一说是远望湖中的景物，隐约不清，如同镜面没打磨时照物模糊。
⑤［山］指洞庭湖中的君山。
⑥［白银盘（pán）］形容平静而又清的洞庭湖面。
⑦［青螺（luó）］青绿色的螺。这里用来形容洞庭湖中的君山。

译　文

秋月映照下的洞庭湖，湖面风平浪静，犹如一面尚未打磨的镜子。
远远望去，洞庭湖如同白银盘，盛放着像青螺一样的君山。

浪淘沙（其一）

刘禹锡

九曲黄河万里沙，浪淘风簸自天涯。
如今直上银河去，同到牵牛织女家。

注 释

①〔浪淘沙〕唐代曲名。
②〔簸（bǒ）〕颠簸。

译 文

弯弯曲曲的黄河河流漫长，夹带着大量的黄沙，黄河波涛汹涌，奔腾澎湃，来自天边。现在我要迎着风浪直上银河，走到牛郎、织女的家门口。

酬乐天扬州初逢席上见赠

刘禹锡

巴山楚水凄凉地，二十三年弃置身。
怀旧空吟闻笛赋，到乡翻似烂柯人。
沉舟侧畔千帆过，病树前头万木春。
今日听君歌一曲，暂凭杯酒长精神。

注 释

①酬，这里是以诗相答的意思。乐天，指白居易，字乐天。使君，对州郡长官的尊称。
②〔巴山楚水〕诗人曾被贬夔（kuí）州、朗州等地，夔州古属巴郡，朗州属楚地，故称"巴山楚水"。
③〔二十三年〕从唐顺宗永贞元年（805）刘禹锡被贬为连州刺史，到写此诗时，共二十二个年头，因第二年才能回到洛阳，所以说"二十三年"。
④〔弃置身〕指遭受贬谪的诗人自己。
⑤〔闻笛赋〕指西晋向秀所作的《思旧赋》。向秀跟嵇康是好朋友，嵇康被司马氏集团杀害，向秀经过嵇康故居时，听见有人吹笛，不禁悲从中来，于是作了《思旧赋》。
⑥〔烂柯人〕指晋人王质。南朝梁任昉（fǎng）《述异记》载，王质上山砍柴，看见两个童子下棋，就停下观看。等棋局终了，斧子柄已经朽烂。回到村里，才发现已经过了上百年，与他同时代的人都去世了。柯，斧柄。
⑦〔歌一曲〕指白居易的《醉赠刘二十八使君》。
⑧〔长（zhǎng）〕增长，振作。

译 文

被贬谪到巴山楚水这些荒凉的地区,度过了二十三年沦落的光阴。怀念故去旧友徒然吟诵闻笛小赋,久谪归来感到已非旧时光景。翻覆的船只旁仍有千千万万只帆船经过;枯萎树木的前面也有万千林木欣欣向荣。今天听了你为我吟诵的诗篇,暂且借这一杯美酒振奋精神。

李绅(772—846),字公垂,亳州(今属安徽)人,生于乌程(今浙江湖州),长于润州无锡(今属江苏)。因身材短小,人称"短李"。27岁进士及第,补国子助教,官至宰相。与元稹、白居易交游甚密,发起新乐府运动,作有《乐府新题》20首。

悯农(其一)

李 绅

春种一粒粟,秋收万颗子。
四海无闲田,农夫犹饿死。

注 释

① [绅(shēn)]
② [悯(mǐn)]怜悯。这里有同情的意思。
③ [粟(sù)]泛指谷类。
④ [子]粮食颗粒。
⑤ [四海]全国。
⑥ [闲(xián)田]没有耕种的田。
⑦ [犹(yóu)]仍然。

译 文

春天播种下一粒种子,到了秋天就可以收获很多的粮食。即使普天下没有一块空闲的土地,可仍然有农夫饿死。

悯农(其二)

李 绅

锄禾日当午,汗滴禾下土。
谁知盘中餐,粒粒皆辛苦。

注 释

①［禾］谷类植物的统称。
②［谁知］有谁知道。
③［餐（cān）］食物，熟食的通称。

译 文

盛夏中午，烈日炎炎，农民还在地里劳作，头上和身上的汗珠滴入泥土。有谁想到我们碗中的米饭，一粒一粒都是农民辛苦劳动得来的啊！

柳宗元（773-819），字子厚，河东（今山西省永济县）人。贞元九年（793）进士及第，曾和刘禹锡一道参加王叔文为首的"永贞革新"。柳宗元散文与韩愈齐名，与韩愈共同发起古文运动，并称"韩柳"。今存诗160多首，多山水诗，与王维、孟浩然、韦应物并称"王孟韦柳"。

江雪

柳宗元

千山鸟飞绝，万径人踪灭。
孤舟蓑笠翁，独钓寒江雪。

注 释

①［绝］无，没有。
②［万径（jìng）］虚指，指千万条路。
③［人踪］人的脚印。
④［蓑笠（suō lì）］蓑衣和斗笠。

译 文

千山万岭不见飞鸟的踪影，千路万径不见行人的足迹。一叶孤舟上，一位身披蓑衣头戴斗笠的渔翁，独自在漫天风雪中垂钓。

贾岛（779-843），字浪仙（一作阆仙），范阳（今河北省涿州市）人。贾岛的诗歌以"苦吟"为主要特征，长于五律，注重字雕句琢、意境锻炼。以贾岛为代表的"苦吟"诗风在晚唐影响很大，闻一多甚至称晚唐五代是"贾岛的时代"。著有《长江集》十卷。

寻隐者不遇

贾 岛

松下问童子，言师采药去。
只在此山中，云深不知处。

注 释

①［童子］没有成年的人，小孩。这里是指"隐者"的弟子，学生。
②［言］说。
③［云深］山上的云雾。

译 文

苍松下，我询问隐者的童子，他的师傅到哪里去了？他说，师傅已经采药去了。还指着高山说，就在这座山中，可是林深云密，我也不知道他到底在哪儿。

胡令能（785年-826年），唐代诗人，隐居圃田（河南中牟县），唐贞元、元和时期人。家贫，年轻时以修补锅碗盆缸为生，人称"胡钉铰"。他的诗语言浅显而构思精巧，生活情趣很浓，现仅存七绝4首。其中《小儿垂钓》艺术成就丝毫不低于杜牧著名的《清明》一诗。

小儿垂钓

胡令能

蓬头稚子学垂纶，侧坐莓苔草映身。
路人借问遥招手，怕得鱼惊不应人。

注 释

①［蓬（péng）头］形容小孩很可爱。
②［稚（zhì）子］年龄小，懵懂的孩子。
③［纶（lún）］钓鱼用的丝线。
④［莓］一种野草。
⑤［苔（tái）］苔藓植物。
⑥［借问］向人打听。
⑦［鱼惊］鱼儿受到惊吓。
⑧［应］答应，理睬。

译 文

一个头发蓬乱、面孔青嫩的小孩儿在河边学钓鱼，侧着身子坐在草丛中，野草掩映了他的身影。听到有人问路，小孩摆了摆手，生怕惊动了鱼儿，不敢回应过路人。

李贺（790-816），字长吉，福昌昌谷（今河南洛阳市宜阳县西）人。皇室宗亲，七岁就名满京城，韩愈读到他的诗，以为他是古人。有"诗鬼"之称。与李白、李商隐并称唐代"三李"，是我国中唐时期的天才诗人。他性情孤僻，用全部心血作诗，最擅长写歌诗（乐府和歌行），一生没写过一首律诗，诗风怪奇。

马　诗

李　贺

大漠沙如雪，燕山月似钩。
何当金络脑，快走踏清秋。

注　释

①［燕山］燕然山。这里借指边塞。
②［钩］古代的一种兵器，形似月牙。
③［何当］何时将要。
④［金络脑］用黄金装饰的马笼头。

译　文

塞外大沙漠里，黄沙在月光的映照下犹如皑皑的白雪。月亮高悬在燕山上，恰似一把弯钩。什么时候我能给马带上金络头，飞快奔驰着，踏遍这清爽秋日时的原野！

李凭箜篌引

李　贺

吴丝蜀桐张高秋，空山凝云颓不流。
江娥啼竹素女愁，李凭中国弹箜篌。
昆山玉碎凤凰叫，芙蓉泣露香兰笑。
十二门前融冷光，二十三丝动紫皇。
女娲炼石补天处，石破天惊逗秋雨。
梦入神山教神妪，老鱼跳波瘦蛟舞。
吴质不眠倚桂树，露脚斜飞湿寒兔。

注　释

①此诗大约作于元和六年（811）至八年（813）间，作者当时在京城长安任奉礼郎。李凭，当时供奉宫廷的梨园弟子，以善于弹奏箜篌著称。箜篌引，乐府旧题。箜篌，古代的一种弦乐器，二十三弦或二十五弦，分卧式、竖式两种。

②〔吴丝蜀桐〕指精美的箜篌,其弦用吴地所产的丝制作(吴地以产丝著称),其身干用蜀地所产的桐木制作(蜀中桐木适宜做乐器)。

③〔张〕弹奏。

④〔高秋〕深秋九月。

⑤〔颓(tuí)〕下垂、堆积的样子。

⑥〔江娥啼竹〕传说舜南巡,死于苍梧山(在今湖南宁远),二妃娥皇、女英得到消息,挥泪于竹,竹尽生斑。江娥,指娥皇、女英。

⑦〔素女〕传说中与黄帝同时期的神女,善于弹瑟歌唱。

⑧〔中国〕即国中,指在国都长安城里。

⑨〔昆山〕即昆仑山,传说中著名的美玉产地。

⑩〔玉碎〕美玉碎裂(声音清脆悦耳)。

⑪〔泣露〕指滴露。

⑫〔笑〕指花盛开。

⑬〔十二门前融冷光〕指笼罩整个长安城的月光变得温煦。十二门,长安城四面,每一面各有三门。

⑭〔二十三丝〕指箜篌。有一种竖箜篌,有二十三弦。

⑮〔紫皇〕道教传说中地位最高的神仙。

⑯〔石破天惊〕女娲所补五色石为箜篌声破裂,天界为之震惊。

⑰〔神妪〕指女神成夫人。据说她喜好音乐,善弹箜篌,听见有人依琴瑟咏歌就翩翩起舞。

⑱〔吴质〕即传说中月宫的仙人吴刚,其字为质。

⑲〔露脚斜飞湿寒兔〕露滴斜斜坠落,打湿了(全神贯注聆听箜篌演奏的)玉兔。寒兔,玉兔。

译 文

秋夜弹奏起吴丝蜀桐制成精美的箜篌;听到美妙的乐声,天空的白云凝聚起来不再飘游。

湘娥把泪珠洒满斑竹,九天素女也牵动满腔忧愁;出现这种情况,是由于乐工李凭在京城弹奏箜篌。

乐声清脆动听得就像昆仑山美玉击碎,凤凰鸣叫;时而使芙蓉在露水中饮泣,时而使香兰开怀欢笑。

清脆的乐声,融和了长安城十二门前的清冷光气;二十三根弦丝高弹轻拨,打动了高高在上的天帝。

高亢的乐声直冲云霄,冲上女娲炼石补过的天际;好似补天的五彩石被击破,逗落了漫天绵绵秋雨。

幻觉中仿佛乐工进入了神山,把技艺向女仙传授;老鱼兴奋得在波中跳跃,瘦蛟也翩翩起舞乐悠悠。

月宫中吴刚被乐声吸引,彻夜不眠在桂树下逗留;桂树下的兔子也伫立聆听,不顾露珠斜飞寒飕飕!

雁门太守行

李 贺

黑云压城城欲摧,甲光向日金鳞开。
角声满天秋色里,塞上燕脂凝夜紫。
半卷红旗临易水,霜重鼓寒声不起。
报君黄金台上意,提携玉龙为君死。

注 释

①[雁门太守行]乐府曲名。雁门,郡名。古雁门郡大约在今山西省西北部,是唐王朝与北方突厥部族的边境地带。

②[黑云压城]比喻敌军攻城的气势。

③[城欲摧]城墙仿佛将要坍塌。

④[甲光向日金鳞开]铠甲迎着(云缝中射下来的)太阳光,如金色鳞片般闪闪发光。

⑤[塞上燕(yān)脂凝夜紫]边塞上将士的血迹在寒夜中凝为紫色。燕脂,胭脂,色深红。此句中"燕脂""夜紫"皆形容战场血迹。

⑥[易水]河名,发源于河北易县。战国时荆轲《易水歌》:"风萧萧兮易水寒,壮士一去兮不复还。"

⑦[黄金台]相传战国时燕昭王在易水东南筑台,上面放着千金,用来招揽天下贤士。

⑧[玉龙]指宝剑。传说晋代雷焕曾得玉匣,内藏二剑,后入水化为龙。

译 文

敌兵滚滚而来,犹如黑云翻卷,想要摧倒城墙;战士们的铠甲在阳光照射下金光闪烁。号角声响彻秋夜的长空,塞上的泥土在晚霞的映衬下凝成胭脂色。红旗半卷,援军赶赴易水,夜寒霜重,鼓声郁闷低沉。为了报答国君的赏赐和厚爱,手操宝剑甘愿为国血战到死。

许浑（791—854），字用晦，润州丹阳（今属江苏）人。武后朝宰相许圉（yǔ）师六世孙。家住润州丁卯涧，有诗集《丁卯集》，后世称"许丁卯"。许浑一生不作古体诗，专攻近体，五七律尤多，句法声律圆熟工稳。由于许浑诗中多描写水、雨之景，故有"许浑千首湿"之称。

咸阳城东楼

许浑

一上高城万里愁，蒹葭杨柳似汀洲。
溪云初起日沉阁，山雨欲来风满楼。
鸟下绿芜秦苑夕，蝉鸣黄叶汉宫秋。
行人莫问当年事，故国东来渭水流。

注 释

①诗题一作《咸阳城西楼晚眺》。咸阳，秦代都城，在今陕西咸阳东北。
②〔汀洲〕水中的小洲。
③〔溪〕这里指咸阳城南的磻溪。下文的"阁"指城西的慈福寺。
④〔芜〕丛生的杂草。
⑤〔行人〕这里指作者自己。
⑥〔当年事〕指秦、汉灭亡的往事。

译 文

登上高楼，万里乡愁油然而生，眼前芦苇杨柳丛生，好似江南汀洲。溪边乌云刚刚浮起在溪水边上，夕阳已经沉落楼阁后面，山雨欲来，满楼风声飒飒。秦汉宫苑，一片荒凉。鸟儿落入乱草之中，秋蝉鸣叫枯黄叶间。来往的过客不要问从前之事，只有渭水一如既往地向东流。

杜牧（803-852），字牧之，号樊川居士，京兆万年（今陕西西安）人。祖父是三朝宰相杜佑，著名史学家。为区别于杜甫，后世称其为"小杜"，又与李商隐并称"小李杜"。杜牧为晚唐杰出的诗人、散文家，诗歌以七言绝句著称，擅长咏史怀古，风格清健俊爽，脍炙人口的名篇名句很多。

江南春

杜 牧

千里莺啼绿映红，水村山郭酒旗风。
南朝四百八十寺，多少楼台烟雨中。

注 释

①［山郭（guō）］山城，山村。
②［酒旗］酒招子，酒馆外悬挂的旗子之类的标识。
③［南朝］公元420—589年先后建都于建康（今江苏南京）的宋、齐、梁、陈四个朝代的总称。
④［四百八十寺］"四百八十"是虚指，形容寺院很多。

译 文

辽阔的江南到处莺歌燕舞，绿树红花相映，水边村寨山麓城郭处处酒旗飘动。南朝遗留下的许多座古寺，如今有多少笼罩在这朦胧烟雨之中。

赤 壁

杜 牧

折戟沉沙铁未销，自将磨洗认前朝。
东风不与周郎便，铜雀春深锁二乔。

注 释

①［戟（jǐ）］古代兵器。
②［销］销蚀。
③［将］拿，取。
④［磨洗］磨光洗净。
⑤［认前朝］辨认出是前朝遗物。
⑥［铜雀］即铜雀台，曹操建于邺城（今河北省临漳西）因楼顶铸有大铜雀而得名。
⑦［二乔］即江东乔公的两个女儿，东吴美女，被称为大乔，小乔。大乔嫁孙策，小乔嫁周瑜。

译 文

赤壁的泥沙中,埋着一枚未锈尽的断戟,自己磨洗后发现这是当年赤壁之战的遗留之物。倘若不是东风给周瑜以方便,春色幽深的铜雀台早就锁着二乔。

泊秦淮

杜 牧

烟笼寒水月笼沙,夜泊秦淮近酒家。
商女不知亡国恨,隔江犹唱后庭花。

注 释

① [商女] 歌女。
② [犹] 副词。还,仍然。
③ [后庭花] 曲名,《玉树后庭花》的简称。南朝陈亡国之君陈叔宝所作,后世多称之为亡国之音。

译 文

烟雾笼罩着寒冷的水面,月光映照着水边的沙滩。小船夜泊秦淮,靠近岸边酒家。卖唱为生的歌女与人作乐,哪知亡国之恨?隔着江水仍然高唱着《玉树后庭花》。

山 行

杜 牧

远上寒山石径斜,白云生处有人家。
停车坐爱枫林晚,霜叶红于二月花。

注 释

① [寒山] 深秋季节的山。
② [石径(jìng)] 石子铺成的小路。
③ [生] 产生,生出。
④ [坐] 因为。
⑤ [枫林晚] 傍晚时的枫树林。
⑥ [霜(shuāng)叶] 枫树的叶子经深秋寒霜之后,变成了红色。

译 文

一条石头小路蜿蜒曲折地伸向充满秋意的山峦,在白云缭绕的山中,有几户人家居住。停下车来,是因为喜爱这深秋枫林晚景,经霜的枫叶比二月春花还艳丽。

清 明

杜 牧

清明时节雨纷纷，路上行人欲断魂。
借问酒家何处有？牧童遥指杏花村。

注 释

① [清明] 我国传统节日，有扫墓、踏青等习俗。
② [断魂（hún）] 神情凄迷，烦闷不乐。
③ [借问] 请问。
④ [杏花村] 杏花深处的村庄。今在安徽贵池秀山门外。受此诗影响，后人多用"杏花村"作酒店名。

译 文

清明节这一天，细雨纷纷。赶路的人心里更加增添了一份愁苦，简直是失魂落魄。他向牧童询问附近哪儿有酒馆，牧童伸手指了指遥远的杏花深处的小村庄。

温庭筠（801-866），原名岐，字飞卿，太原祁（今山西省祁县）人，唐初宰相温彦博之后。他多才多艺，兼善诗词文赋，精通音乐。诗与李商隐齐名，号"温李"。他是唐代第一个大力填词的作家，号称"花间派鼻祖"，与韦庄齐名，并称"温韦"。其词题材狭窄单一，多写妇女的容貌、服饰和情态，语言浓艳精美。

商山早行

温庭筠

晨起动征铎，客行悲故乡。
鸡声茅店月，人迹板桥霜。
槲叶落山路，枳花明驿墙。
因思杜陵梦，凫雁满回塘。

注 释

① [商山] 在今陕西商洛东南。温庭筠（约801-866），本名岐，字飞卿，太原祁（今山西祁县）人，唐代诗人。
② [征铎（duó）] 远行车马所挂的铃铛。铎，大铃。
③ [槲（hú）] 一种落叶乔木。
④ [枳（zhǐ）] 一种落叶灌木或小乔木。
⑤ [驿（yì）墙] 驿站的墙壁。

⑥〔杜陵〕地名，在今陕西西安东南。诗人曾自称为"杜陵游客"，这里的"杜陵梦"当是思乡之梦。
⑦〔凫（fú）〕野鸭。
⑧〔回塘〕边沿曲折的池塘。

译 文

黎明起床，车马的铃铎已震动；踏上遥遥征途，游子悲思故乡。鸡声嘹亮，茅草店沐浴着晓月的余晖；板桥弥漫清霜，先行客人足迹行行。枯败的槲叶，落满了荒山的野路；淡白的枳花，鲜艳地开放在驿站的泥墙边。回想昨夜梦见杜陵的美好情景，一群群鸭雁，正嬉戏在岸边的湖塘里。

李商隐（813—858），字义山，号玉谿生，怀州河内（今河南沁阳）人。李商隐是晚唐最出色的诗人之一，擅长七律和七绝，其诗构思新奇，风格秾丽，尤其是一些无题诗写得缠绵悱恻，优美动人，广为传诵。李商隐以诗与杜牧并称"小李杜"，与温庭筠并称"温李"。其骈文与段成式、温庭筠并称为"三十六体"。

嫦　娥

李商隐

云母屏风烛影深，长河渐落晓星沉。
嫦娥应悔偷灵药，碧海青天夜夜心。

注 释

①〔嫦（cháng）娥（é）〕古代神话中的月中仙女。
②〔云母屏（píng）风〕嵌着云母石的屏风。

译 文

云母屏风上烛影暗淡，银河渐渐斜落，晨星也隐没低沉。嫦娥应该后悔偷取了长生不老之药，如今空对碧海青天夜夜孤寂。

夜雨寄北

李商隐

君问归期未有期，巴山夜雨涨秋池。
何当共剪西窗烛，却话巴山夜雨时。

注 释

①〔归期〕指回家的日期。
②〔巴山〕泛指川东一带的山。川东一带古属巴国。

③［秋池］秋天的池塘。
④［何当］何时将要。
⑤［却话］回头说，追述。

译　文

你问我回家的日期，归期难定，今晚巴山下着大雨，雨水已涨满秋池。什么时候我们才能一起秉烛长谈，共剪西窗烛花，相互倾诉今宵巴山夜雨中的思念之情。

贾　生

李商隐

宣室求贤访逐臣，贾生才调更无伦。
可怜夜半虚前席，不问苍生问鬼神。

注　释

①［贾生］指贾谊（前200-前168），洛阳（今属河南）人，西汉著名的政论家、文学家。
②［宣室］汉代未央宫前殿的正室。
③［访］咨询，征求意见。
④［逐臣］被放逐的大臣。这里指曾被贬到长沙的贾谊。
⑤［才调］才华，这里指贾谊的政治才能。
⑥［无伦］无人能比。
⑦［可怜］可惜。
⑧［虚］徒然。
⑨［前席］指汉文帝在座席上向前移动，靠近贾谊，以便更好地倾听。
⑩［苍生］指百姓。

译　文

汉文帝求贤在未央宫前殿召见被贬的臣子，贾谊才气纵横无与伦比。只是空谈半夜，令人扼腕叹息，文帝半夜移膝靠近贾谊听讲，只字不提国事民生只问起鬼神之事。

无　题

李商隐

相见时难别亦难，东风无力百花残。
春蚕到死丝方尽，蜡炬成灰泪始干。
晓镜但愁云鬓改，夜吟应觉月光寒。
蓬山此去无多路，青鸟殷勤为探看。

注 释

① [丝] 这里与"思"字谐音。
② [泪] 蜡烛燃烧时流下的烛油，称为"蜡泪"。
③ [晓镜] 早晨梳妆照镜子。
④ [云鬓改] 意思是青春年华消逝。云鬓，指年轻女子的秀发。
⑤ [蓬山] 神话中海上的仙山，这里借指所思女子的住处。
⑥ [青鸟] 神话中为西王母传信的神鸟。后为信使的代称。
⑦ [殷勤] 情谊恳切深厚。
⑧ [探看] 探望。

译 文

相见很难，离别更难，何况在这东风无力、百花凋谢的暮春时节。春蚕结茧到死时丝才吐完，蜡烛要烧成灰烬时像泪一样的蜡油才能滴干。早晨梳妆照镜，只担忧如云的鬓发改变颜色，容颜不再。长夜独自吟诗不寐，必然感到冷月侵人。蓬莱山离这儿不算太远，却无路可通，烦请青鸟一样的使者，殷勤地为我去探看。

锦 瑟

李商隐

锦瑟无端五十弦，一弦一柱思华年。
庄生晓梦迷蝴蝶，望帝春心托杜鹃。
沧海月明珠有泪，蓝田日暖玉生烟。
此情可待成追忆，只是当时已惘然。

注 释

① [锦瑟] 漆有织锦纹的瑟。
② [无端] 无缘由。
③ [柱] 瑟上系弦的木块。
④ [华年] 指青年时代。
⑤ [庄生晓梦迷蝴蝶] 庄周梦到自己变成了蝴蝶，醒来后觉得自己还是庄周，因此困惑不已。典出《庄子·齐物论》。
⑥ [望帝春心托杜鹃] 望帝把思恋爱慕的情怀寄托在杜鹃哀切的啼鸣之中。
⑦ [珠有泪] 传说海中有鲛人，其泪化为珍珠。
⑧ [蓝田] 地名，在今陕西，以出产美玉闻名。
⑨ [惘然] 模糊不清的样子。

译 文

精美的瑟为什么竟有五十根弦，一弦一柱都叫我追忆青春年华。庄周翩翩起舞睡梦中化为蝴蝶,望帝把自己的幽恨托身于杜鹃。沧海明月高照,鲛人泣泪皆成珠;蓝田红日和暖,可看到良玉生烟。此时此景为什么要现在才追忆,只是当时的我茫茫然不懂得珍惜。

罗隐(833-909),字昭谏,杭州新城(今杭州市富阳区新登镇)人,唐末著名的文学家、思想家。罗隐诗文兼擅,以讽刺诗和小品文成就最高。今存诗500余首。毛泽东对罗隐诗特别偏爱,在其圈画、批注过的唐诗中,罗隐诗最多。此外,"罗隐秀才"的传说故事达200多种,在唐代文人中独一无二。

蜂

罗 隐

不论平地与山尖,无限风光尽被占。
采得百花成蜜后,为谁辛苦为谁甜?

注 释

①[山尖]山峰。
②[无限风光]极其美好的风景。
③[占]占有,占据。
④[采]采取,这里指采取花蜜。

译 文

无论是在平地,还是在山峰,极其美好的风景都被蜜蜂占有。蜜蜂啊,你采尽百花酿成了花蜜,到底为谁付出辛苦,又想让谁品尝香甜?

林杰(831-847),字智周,福建人,唐代诗人。小时候非常聪明,六岁就能赋诗,下笔即成章,又精书法棋艺。死时年仅十七岁。《全唐诗》存其诗两首。

乞 巧

林 杰

七夕今宵看碧霄,牵牛织女渡河桥。
家家乞巧望秋月,穿尽红丝几万条。

注 释

①[乞巧节]古代节日,在农历七月初七日,又名七夕。旧时风俗,妇女们于这一天牛郎织女相会之夜穿针,向织女学巧,谓乞巧。
②[碧霄]浩瀚无际的青天。
③[几万条]比喻多。

译 文

七夕佳节,人们纷纷抬头仰望浩瀚天空,就好像能看见牛郎织女渡过银河在鹊桥上相会。家家户户都在一边观赏秋月,一边乞巧,穿过的红线都有几万条了。

李煜(937-978),字重光,初名从嘉。号钟隐、莲峰居士,徐州(今属江苏)人,世称南唐李后主。李煜精书法、工绘画、通音律,诗文均有一定造诣,尤以词的成就最高。李煜的词,语言明快、形象生动、用情真挚,风格鲜明,其亡国后词作更是题材广阔,含意深沉,在晚唐五代词中别树一帜,对后世词坛影响深远。被称为"千古词帝"。

虞美人

李 煜

春花秋月何时了,往事知多少。小楼昨夜又东风,故国不堪回首月明中。

雕栏玉砌应犹在,只是朱颜改。问君能有几多愁?恰似一江春水向东流。

注 释

①[虞美人]词牌名。李煜(937-978),字重光,徐州(今属江苏)人,南唐后主,世称李后主。
②[春花秋月]指季节的更替。
③[往事知多少]意思是多少往事都难以忘却。
④[故国]指南唐。
⑤[雕栏玉砌]雕饰华美的栏杆与用玉石砌成的台阶,指宫殿建筑。
⑥[朱颜改]红润的容颜改变了,指人已憔悴。
⑦[几多]多少。

译 文

春花秋月的美好时光什么时候结束的,以前的事情还记得多少!昨夜小楼上又吹来了春风,在这皓月当空的夜晚怎能忍受得了回忆故国的伤痛。

精雕细刻的栏杆、玉石砌成的台阶应该都还在,只是所怀念的人已衰老。要问我心中有多少哀愁,就像那滚滚东流的春江之水没有尽头。

宋辽金

柳永（987?—1053），原名三变，排行第七，又称柳七，福建崇安（今福建省武夷山市）人。宋仁宗策祐元年（1034）进士及第，热衷于功名。但仕途不顺，常出入歌楼舞榭，创作大量慢词，有《乐章集》传世。柳永是北宋婉约派代表词人，其词多描绘城市风光，对宋词的发展有重大影响。

望海潮

柳 永

东南形胜，三吴都会，钱塘自古繁华。烟柳画桥，风帘翠幕，参差十万人家。云树绕堤沙，怒涛卷霜雪，天堑无涯。市列珠玑，户盈罗绮，竞豪奢。

重湖叠巘清嘉，有三秋桂子，十里荷花。羌管弄晴，菱歌泛夜，嬉嬉钓叟莲娃。千骑拥高牙，乘醉听箫鼓，吟赏烟霞。异日图将好景，归去凤池夸。

注 释

① [望海潮] 词牌名。这首词为赠两浙转运使孙何之作。
② [形胜] 地理形势优越。
③ [三吴] 指吴兴（今浙江湖州）、吴郡（今江苏苏州）、会稽（今浙江绍兴）。
④ [钱塘] 今浙江杭州，旧属吴郡。
⑤ [烟柳画桥] 如烟的柳树，雕饰华丽的桥。
⑥ [风帘翠幕] 遮挡门窗的帘子与青绿色的帷幕。
⑦ [云树] 高耸入云的树木。
⑧ [怒涛卷霜雪] 指汹涌的波涛卷起如霜似雪的白色浪花。
⑨ [天堑] 天然壕沟。这里指钱塘江。
⑩ [珠玑] 珠宝。玑，不圆的珠。
⑪ [罗绮] 绫罗绸缎。
⑫ [重湖] 指西湖，分里湖、外湖。
⑬ [三秋] 指农历九月。
⑭ [桂子] 桂花。
⑮ [羌管弄晴，菱歌泛夜] 羌笛在晴空下吹奏，采菱的歌声在夜空中飘荡。意思是西湖上日夜飘荡着美妙的乐声。
⑯ [嬉嬉] 戏乐的样子。
⑰ [莲娃] 采莲女。
⑱ [高牙] 牙旗，将军之旗。这里借指孙何。
⑲ [吟赏烟霞] 指吟咏欣赏山水景色。
⑳ [图将] 描绘。将，助词，用于动词之后，无实义。

㉑［归去凤池夸］意思是，回到朝廷，夸耀杭州的美景。这是委婉称扬孙何因政绩卓著，将入朝执政。凤池，即凤凰池，原指禁苑中的池沼，代指最高行政机关中书省。

译 文

　　杭州地处东南方，地理形势优越，风景优美，是三吴的都会，这里自古以来就十分繁华。如烟一般的柳色、装饰华美的桥梁，挡风的帘子、青绿色的帐幕，楼阁高高低低，大约有十万户人家。高耸入云的树，环绕着钱塘江沙堤，又高又急的潮头冲过来，浪花像霜雪在滚动，宽广的江面一望无涯。市场上陈列着琳琅满目的珠玉珍宝，家家户户都存满了绫罗绸缎，争相比奢华。

　　里湖、外湖与重重叠叠的山岭非常清秀美丽。秋天桂花飘香，夏季十里荷花。不论是白天还是夜晚，湖面上都飘荡着羌管的笛声和采菱的歌声，钓鱼的老翁、采莲的姑娘都喜笑颜开。孙何外出时，成群的马队簇拥着高高的牙旗，缓缓而来，声势喧赫。在微醺中听着箫鼓管弦，吟诗作词，赞赏着美丽的水色山光。他日把这美好的景致画出来，回京升官时向人们夸耀。

　　范仲淹（989-1052），字希文，苏州吴县（今江苏省苏州市）人。北宋杰出的思想家、政治家、文学家。官至参知政事（副宰相），曾主持"庆历新政"。他提出的"先天下之忧而忧，后天下之乐而乐"对后世产生了深远的影响。兼擅诗词文，有《范文正公文集》传世。

江上渔者

范仲淹

江上往来人，但爱鲈鱼美。
君看一叶舟，出没风波里。

注 释

①［但］单单，只是。
②［鲈（lú）］。

译 文

　　江上来来往往的人只喜爱鲈鱼的味道鲜美。看看那些可怜的打鱼人吧，正驾着小船在大风大浪里上下颠簸，飘摇不定。

渔家傲·秋思

范仲淹

塞下秋来风景异,衡阳雁去无留意。四面边声连角起,千嶂里,长烟落日孤城闭。

浊酒一杯家万里,燕然未勒归无计。羌管悠悠霜满地,人不寐,将军白发征夫泪。

注 释

①〔塞下〕边界要塞之地。这里指当时的西北边疆。
②〔衡阳雁去〕即"雁去衡阳",为符合格律而倒置。秋季北雁南飞,传说至湖南衡阳回雁峰而止。
③〔边声〕边塞特有的声音,如大风、羌笛、马啸的声音。
④〔千嶂〕绵延而峻峭的山峰;崇山峻岭。
⑤〔燕然未勒(lè)〕指战事未平,功名未立。燕然,即燕然山,今名杭爱山,在今蒙古国境内。
⑥〔羌管〕即羌笛,出自古代西部羌族的一种乐器。
⑦〔悠悠〕形容声音飘忽不定。
⑧〔征夫〕出征的士兵。

译 文

秋天到了,西北边塞的风光和江南大不同。向衡阳飞去的雁群,一点也没有停留之意。黄昏时分,号角吹起,边塞特有的风声、马啸声、羌笛声和着号角声从四面八方回响起来。连绵起伏的群山里,夕阳西下,青烟升腾,一座孤城城门紧闭。

饮一杯浊酒,不由得想起万里之外的亲人,眼下战事未平,功名未立,还不能早作归计。远方传来羌笛的悠悠之声,天气寒冷,霜雪满地。夜深了,在外征战的人都难以入睡,无论是将军还是士兵,都被霜雪染白了头发,只好默默地流泪。

晏殊（991-1055），字同叔，抚州临川（今江西省抚州市）人。北宋著名文学家、政治家。才学甚高，诗学西昆，雅好填词，与欧阳修并称"晏欧"。一生仕途坦顺，官至宰相，有"富贵宰相"之称。爱提拔后进，范仲淹、欧阳修等皆出其门。今存《珠玉词》130 余首，主要表现富贵气象和闲愁别绪，含蓄深婉。

浣溪沙（一曲新词酒一杯）

晏 殊

一曲新词酒一杯，去年天气旧亭台。夕阳西下几时回？
无可奈何花落去，似曾相识燕归来。小园香径独徘徊。

注 释

①［浣（huàn）溪沙］唐玄宗时教坊曲名，后用为词调。沙，一作"纱"。
②［去年天气］跟去年此日相同的天气。旧亭台，曾经到过的或熟悉的亭台楼阁。
③［旧］旧时。
④［似曾相识］好像曾经认识。形容见过的事物再度出现。后用作成语，即出自晏殊此句。
⑤［小园香径］花草芳香的小径，或指落花散香的小径。因落花满径，幽香四溢，故云香径。香径，带着幽香的园中小径。
⑥［独］副词，用于谓语前，表示"独自"的意思。

译 文

填一曲新词喝一杯美酒，还是去年的天气旧日的亭台，西落的夕阳何时才能回来？

花儿总要凋落让人无可奈何，似曾相识的春燕又归来，独自在花香小径里徘徊留恋。

欧阳修（1007-1072），字永叔，号醉翁，晚号六一居士。庐陵（今江西省吉安市）人。北宋政治家、文学家、史学家。官至参知政事，谥号"文忠"，世称欧阳文忠公。欧阳修是在宋代文学史上最早开创一代文风的文坛领袖，与韩愈、柳宗元、苏轼、苏洵、苏辙、王安石、曾巩合称"唐宋八大家"，诗词文皆为宋代大家。

采桑子（轻舟短棹西湖好）

欧阳修

轻舟短棹西湖好，绿水逶迤。芳草长堤，隐隐笙歌处处随。
无风水面琉璃滑，不觉船移。微动涟漪，惊起沙禽掠岸飞。

注 释

① [轻舟] 轻便的小船。短棹，划船用的小桨。
② [棹（zhào）] 桨。
③ [西湖] 指颍州西湖。在今安徽省阜阳市。宋时属颍州。
④ [逶迤（wēi yí）] 形容道路或河道弯曲而长。
⑤ [笙歌] 指歌唱时有笙管伴奏。
⑥ [琉璃] 一种光滑细腻的釉料，多覆在盆、缸、砖瓦的外层。这里喻指水面平静澄碧。
⑦ [涟漪（lián yī）] 水的波纹。
⑧ [沙禽] 沙洲或沙滩上的水鸟。

译 文

西湖风光好，驾着小舟划着短桨多么逍遥。碧绿的湖水绵延不断。长堤上花草散出芳香。春风中隐隐传来柔和的笙歌声，像是随着船儿在湖上飘荡。

无风的水面，光滑得好似琉璃一样，不觉得船儿在前进，只见微微的细浪在船边荡漾。看！那被船儿惊起的水鸟，正掠过湖岸在飞翔。

宋辽金

王安石（1021-1086），字介甫，号半山，临川（今江西省抚州市）人，北宋著名思想家、政治家、文学家。发起北宋熙宁变法，对当时社会产生很大影响。王安石在诗歌上自成一体，号为"半山体"，又称"王荆公体"。

登飞来峰

王安石

飞来山上千寻塔，闻说鸡鸣见日升。
不畏浮云遮望眼，自缘身在最高层。

注　释

①［飞来峰］有两说：一说在浙江绍兴城外的林山。传说此峰是从琅琊郡东武县飞来的，故名飞来峰。一说在今浙江杭州西湖灵隐寺前。
②［千寻塔］很高很高的塔。
③［浮云］在山间浮动的云雾。
④［望眼］视线。
⑤［缘］因为。

译　文

登上飞来峰顶高高的塔，听人们说清晨鸡鸣时从这儿可以看到旭日升起。不怕层层浮云遮挡我远望的视线，只因为人已经站在山的最高处。

泊船瓜洲

王安石

京口瓜洲一水间，钟山只隔数重山。
春风又绿江南岸，明月何时照我还。

注　释

①［瓜洲］在今江苏扬州一带，位于长江北岸。
②［京口］在今江苏镇江，位于长江南岸。
③［钟山］今江苏南京紫金山。

译　文

京口和瓜洲不过一水之遥，钟山也只隔着几重青山。温柔的春风又吹绿了大江南岸，天上的明月呀，你什么时候才能够照着我回家呢？

元 日

王安石

爆竹声中一岁除,春风送暖入屠苏。
千门万户曈曈日,总把新桃换旧符。

注　释

① [元日] 农历正月初一。
② [爆（bào）竹] 古人烧竹子时使竹子爆裂发出的响声。用来驱鬼避邪,后来演变成放鞭炮。
③ [一岁除] 一年已尽。
④ [屠（tú）苏] 这里指一种酒,根据古代风俗,常在元日饮用。
⑤ [千门万户] 形容门户众多,人口稠密。
⑥ [曈（tóng）曈] 形容太阳出来后天色渐亮的样子。
⑦ [新桃换旧符] 用新桃符换下旧桃符。桃符是古代新年时悬挂于大门上的辟邪门饰,春联的前身。

译　文

人们在一片爆竹声中送走了旧的一年,饮着醇美的屠苏酒,感受到了春天的气息。初升的太阳照耀着千家万户,家家门上的桃符都换成了新的。

桂枝香·金陵怀古

王安石

登临送目,正故国晚秋,天气初肃。千里澄江似练,翠峰如簇。归帆去棹残阳里,背西风,酒旗斜矗。彩舟云淡,星河鹭起,画图难足。

念往昔,繁华竞逐,叹门外楼头,悲恨相续。千古凭高对此,谩嗟荣辱。六朝旧事随流水,但寒烟衰草凝绿。至今商女,时时犹唱,后庭遗曲。

注　释

① [桂枝香] 词牌名。
② [登临送目] 登山临水,放眼远眺。
③ [故国] 故都。这里指金陵。
④ [肃] 肃爽,天高气爽。
⑤ [簇] 聚集在一起的人或物。一说同"镞",箭头,形容山峰的尖峭。
⑥ [星河] 天河。这里指长江。

⑦ [画图难足] 图画难以完备（地展现）。
⑧ [繁华竞逐] 即竞逐繁华，争相追逐奢侈豪华生活。
⑨ [门外楼头] 语出唐杜牧《台城曲》："门外韩擒虎，楼头张丽华。"指隋军已经兵临城下，陈后主却还在和妃子们寻欢作乐。隋文帝开皇九年（589），隋军大将韩擒虎率兵从朱雀门攻入金陵，俘获了陈后主及其宠妃张丽华等人。门，指朱雀门。楼，指结绮阁，是陈后主特意为张丽华建造的。
⑩ [悲恨相续] 指各个王朝接连覆亡。
⑪ [凭高] 登临高处。
⑫ [谩嗟荣辱] 枉自感叹兴亡的荣耀和耻辱。谩，同"漫"，徒然。
⑬ [至今商女，时时犹唱，后庭遗曲] 语出唐杜牧《泊秦淮》："商女不知亡国恨，隔江犹唱后庭花。"后庭遗曲，即陈后主所作《玉树后庭花》，被视为亡国之音。

译 文

登山临水，举目望远，故都金陵正是深秋，天气已变得飒爽清凉。奔腾千里的长江澄澈得好像一条白练，青翠的山峰俊伟峭拔犹如一束束的箭簇。帆船在夕阳往来穿梭，西风起处，斜插的酒旗在小街飘扬。华丽的画船如同在淡云中浮游，江中洲上的白鹭时而停歇时而飞起，这清丽的景色就是丹青妙笔也难描画。

遥想当年，达官贵人争着过豪华的生活，可叹在朱雀门外结绮阁楼，六朝君主一个个地相继败亡。自古多少人在此登高怀古，无不对历代荣辱喟叹感伤。六朝的风云变化全都随着流水消逝，唯有江上的烟波与草上凝结的露珠常在。直到如今的商女，还不知亡国的悲恨，时时放声歌唱《后庭花》遗曲。

书湖阴先生壁

王安石

茅檐长扫净无苔，花木成畦手自栽。
一水护田将绿绕，两山排闼送青来。

注 释

① [湖阴先生] 杨骥（字德逢）的别号。杨骥是王安石退居江宁（今江苏南京）时的邻居。
② [苔] 青苔。
③ [畦（qí）] 这里指种有花木的一块块排列整齐的土地，周围有土埂围着。
④ [排闼（tà）] 推开门。闼，小门。

译 文

茅草房庭院经常打扫，洁净得没有一丝青苔。花草树木成行成垄，都是主人亲手栽种。庭院外一条小河保护着农田，并且环绕着绿野，两座大山打开门来为人们送去绿色景观。

梅 花

王安石

墙角数枝梅，凌寒独自开。
遥知不是雪，为有暗香来。

注 释

① [凌寒] 冒着严寒。
② [遥] 远远地。
③ [为（wèi）] 因为。
④ [暗香] 指梅花的幽香。

译 文

墙角有几枝梅花，正冒着严寒独自盛开。远远地就知道洁白的梅花不是雪，因为有梅花的幽香传来。

王观（1032—?），字通叟，号逐客，海陵（今江苏泰州）人。北宋词人，与高邮的秦观并称"二观"。宋仁宗嘉祐二年（1057）进士及第，官至翰林学士。其词构思、语言以新颖著称。有《冠柳集》。

卜算子·送鲍浩然之浙东

王 观

水是眼波横，山是眉峰聚。欲问行人去那边？眉眼盈盈处。
才始送春归，又送君归去。若到江南赶上春，千万和春住。

注 释

① [卜算子] 词牌名。
② [送鲍（bào）浩然之浙东] 词题。之，往，去。
③ [水是眼波横] 水像美人流动的眼波。
④ [山是眉峰聚] 山如美人蹙（cù）起的眉毛。
⑤ [那] 同"哪"。
⑥ [眉眼盈盈处] 山水交汇的地方。盈盈，仪态美好的样子。
⑦ [才始] 方才。

译 文

水像美人流动的眼波，山如美人蹙起的眉毛。想问行人去哪里？到山水交汇的地方。

刚送走了春天，又要送你回去。假如你到江南，还能赶上春天的话，千万要把春天的景色留住。

苏轼（1036—1101），字子瞻，号东坡居士，世称苏东坡。眉山（今属四川省眉山市）人，北宋著名文学家、书法家、画家。苏轼是中国历史上少有的大文豪，代表宋代文学的最高成就，他的诗与黄庭坚并称"苏黄"，词与辛弃疾并称"苏辛"。散文与欧阳修并称"欧苏"，为"唐宋八大家"之一。

饮湖上初晴后雨

苏 轼

水光潋滟晴方好，山色空蒙雨亦奇。
欲把西湖比西子，淡妆浓抹总相宜。

注 释

① [潋（liàn）滟（yàn）] 波光闪动的样子。
② [方] 正。
③ [空蒙（méng）] 迷茫飘渺的样子。
④ [亦] 也。
⑤ [西子] 即西施。春秋时代越国的美女。

译 文

晴天时，西湖碧波荡漾，波光粼粼；雨天时，西湖云雾迷蒙，群山若隐若现。若把西湖比作美人西施，淡妆浓抹都是十分适宜。

江城子·密州出猎

苏 轼

老夫聊发少年狂，左牵黄，右擎苍，锦帽貂裘，千骑卷平冈。为报倾城随太守，亲射虎，看孙郎。

酒酣胸胆尚开张。鬓微霜，又何妨！持节云中，何日遣冯唐？会挽雕弓如满月，西北望，射天狼。

注 释

① [江城子] 词牌名，密州，今山东诸城。宋神宗熙宁七年（1074），苏轼由杭州通判迁为密州知州。这首词是次年冬天与同僚出城打猎时所作。
② [老夫] 作者自称。
③ [聊] 姑且，暂且。
④ [左牵黄，右擎（qíng）苍] 左手牵着黄犬，右臂托着苍鹰。黄，指黄犬。擎，举着。苍，指苍鹰。

⑤〔千骑〕形容骑马的随从很多。骑（jì），一人一马的合称。
⑥〔为报倾城随太守〕为我报知全城百姓，使随我出猎。
⑦〔亲射虎，看孙郎〕即"看孙郎亲射虎"。孙郎，指孙权。据《三国志·吴书·吴主传》，孙权曾经"亲乘马射虎"。这里是作者自喻。
⑧〔胸胆尚开张〕胸襟开阔，胆气豪壮。尚，还。开张，开阔雄伟。
⑨〔鬓微霜〕鬓角稍白。
⑩〔持节云中，何日遣冯唐〕朝廷什么时候派遣冯唐到云中来赦免魏尚呢？云中，古郡名，治所在今内蒙古托克托东北。《史记·张释之冯唐列传》载：汉文帝时，云中郡守魏尚抵御匈奴有功，却因为上报战功时多报了六颗首级而获罪削职。冯唐为之向文帝辩白此事，文帝即派冯唐持节去赦免魏尚，复为云中郡守。这里作者以魏尚自许。
⑪〔会〕终将。
⑫〔雕弓〕饰以彩绘的弓。
⑬〔天狼〕星名。传说天狼星"主侵掠"（《晋书·天文志》）。《楚辞·九歌·东君》："青云衣兮白霓裳，举长矢兮射天狼。"词中喻指侵扰西北边境的西夏军队。

译 文

我年纪已经不轻，但还想显示出少年人的豪情，左手牵着黄色猎犬，右臂架着捕猎的苍鹰。随从武士头戴锦帽，身着貂皮猎装，千骑竞逐，像一阵狂飙卷过原野山冈。替我告知全城的人，随我出城打猎，看我如同当年孙权那样亲自射杀猛虎。

喝足了酒，胸襟还开阔，胆子也还壮。两鬓添些白发，对我又有何妨！什么时候派遣使臣冯唐，手持符节来到云中郡，重新起用魏尚？（我）将会把雕花的良弓拉得像圆月一样，瞄准西北的目标，射杀天狼。

江城子·乙卯正月二十日夜记梦

苏 轼

十年生死两茫茫。不思量，自难忘。千里孤坟，无处话凄凉。纵使相逢应不识，尘满面，鬓如霜。

夜来幽梦忽还乡。小轩窗，正梳妆。相顾无言，惟有泪千行。料得年年肠断处，明月夜，短松冈。

注 释

①这首词作于宋神宗熙宁八年（1075），是苏轼在密州（今山东诸城）做知州时悼念妻子王弗的作品。王弗去世于宋英宗治平二年（1065）。
②〔两茫茫〕指双方茫然不相知。
③〔千里孤坟〕王弗葬地在四川眉山，与苏轼任职的山东密州相距遥远，故称亡妻的坟为"千里孤坟"，有感伤自己不能与她同穴相伴之意。
④〔幽梦〕隐约迷离的梦。

⑤〔轩窗〕窗户。
⑥〔短松冈〕长着矮小松树的山冈，指王弗坟茔所在地。

译 文

你我夫妻诀别已经整整十年，强忍不去思念可终究难忘怀。孤坟远在千里之外，没有地方能诉说心中的悲伤凄凉。即使你我夫妻相逢怕是也认不出我来了，我四处奔波早已是灰尘满面两鬓如霜。

昨夜在梦中回到了家乡，看见你正在小窗前对镜梳妆。你我二人默默相对无言，只有泪落千行。料想你年年都为我柔肠寸断，在那凄冷的月明之夜，在那荒寂的短松冈上。

水调歌头

苏　轼

丙辰中秋，欢饮达旦，大醉，作此篇，兼怀子由。

明月几时有？把酒问青天。不知天上宫阙，今夕是何年。我欲乘风归去，又恐琼楼玉宇，高处不胜寒。起舞弄清影，何似在人间。

转朱阁，低绮户，照无眠。不应有恨，何事长向别时圆？人有悲欢离合，月有阴晴圆缺，此事古难全。但愿人长久，千里共婵娟。

注　释

①〔水调歌头〕词牌名。
②〔丙辰〕宋神宗熙宁九年（1076）。
③〔子由〕苏轼的弟弟苏辙，字子由。
④〔宫阙〕宫殿。
⑤〔归去〕回到天上去。
⑥〔琼楼玉宇〕美玉砌成的楼宇，指想象中的月中仙宫。
⑦〔起舞弄清影〕意思是诗人在月光下起舞，影子也随着舞动。
⑧〔何似〕哪里比得上。
⑨〔转朱阁，低绮（qǐ）户，照无眠〕月儿转过朱红色的楼阁，低低地挂在雕花的门窗上，照着不能入睡的人（指诗人自己）。
⑩〔不应有恨，何事长向别时圆〕（月儿）不该有什么怨恨吧，为什么偏在人们不能团聚时圆呢？何事，为什么。
⑪〔婵娟〕本义指妇女姿态美好的样子，这里指月亮。

译　文

丙辰年（公元1076年）的中秋节，通宵痛饮直至天明，大醉，趁兴写下这篇文章，同时抒发对弟弟子由的怀念之情。

像中秋佳节如此明月几时能有？我拿着酒杯遥问苍天。不知道高遥在上的宫阙，现在又是什么日子。我想凭借着风力回到天上去看一看，又担心美玉砌成的楼宇太高了，我经受不住寒冷。起身舞蹈玩赏着月光下自己清朗的影子，月宫哪里比得上人间烟火暖人心肠。

月儿移动，转过了朱红色的楼阁，低低地挂在雕花的窗户上，照着没有睡意的人。明月不应该对人们有什么怨恨吧，可又为什么总是在人们离别之时才圆呢？人生本就有悲欢离合，月儿常有圆缺，（想要人团圆时月亮正好也圆满）这样的好事自古就难以两全。只希望这世上所有人的亲人都能平安健康长寿，即使相隔千里也能共赏明月。

卜算子·黄州定慧院寓居作

苏 轼

缺月挂疏桐，漏断人初静。谁见幽人独往来，缥缈孤鸿影。
惊起却回头，有恨无人省。拣尽寒枝不肯栖，寂寞沙洲冷。

注 释

①［疏桐］枝叶稀疏的桐树。
②［漏断］指深夜。漏，指漏壶，古代计时的器具。深夜壶水渐少，很难听到滴漏声音了，所以说"漏断"。
③［幽人］幽居之人。
④［省（xǐng）］知晓。
⑤［沙洲］江河中泥沙淤积而成的小块陆地。

译 文

弯弯的钩月悬挂在疏落的梧桐树上，漏尽夜深人声已静。见到幽居的人独自往来，仿佛那缥缈的孤雁身影。

孤雁突然惊起又回过头来，心有怨恨却无人知情。挑遍了寒枝也不肯栖息，甘愿在沙洲忍受寂寞凄冷。

定风波

苏 轼

三月七日，沙湖道中遇雨，雨具先去，同行皆狼狈，余独不觉。已而遂晴，故作此词。

莫听穿林打叶声，何妨吟啸且徐行。竹杖芒鞋轻胜马，谁怕？一蓑烟雨任平生。

料峭春风吹酒醒,微冷,山头斜照却相迎。回首向来萧瑟处,归去,也无风雨也无晴。

注　释

①[三月七日]宋神宗元丰五年(1082)的三月七日,这时苏轼被贬居黄州(今湖北黄冈)。
②[沙湖]在今湖北黄冈东南三十里,又名螺丝店。
③[雨具先去]有人带雨具先走了。
④[吟啸]高声吟咏。
⑤[芒鞋]草鞋。
⑥[料峭]微寒的样子。
⑦[萧瑟]指风雨吹打树木的声音。

译　文

三月七日,在沙湖道上赶上了下雨,拿着雨具的仆人先前离开了,同行的人都觉得狼狈,只有我不这么觉得。过了一会儿天晴了,就做了这首词。

不用注意那穿林打叶的雨声,何妨放开喉咙吟咏长啸从容而行。拄竹杖、穿芒鞋,走得比骑马还轻便,一身蓑衣任凭风吹雨打,照样过我的一生!

春风微凉吹醒我的酒意,微微有些冷,山头初晴的斜阳却应时相迎。回头望一眼走过来的风雨萧瑟的地方,我信步归去,不管它是风雨还是放晴。

念奴娇·赤壁怀古

苏　轼

大江东去,浪淘尽、千古风流人物。故垒西边,人道是,三国周郎赤壁。乱石穿空,惊涛拍岸,卷起千堆雪。江山如画,一时多少豪杰。

遥想公瑾当年,小乔初嫁了,雄姿英发。羽扇纶巾,谈笑间、樯橹灰飞烟灭。故国神游,多情应笑我,早生华发。人生如梦,一尊还酹江月。

注　释

①[念奴娇]词牌名。这首词作于宋神宗元丰五年(1082)。苏轼所游的是黄州(今湖北黄冈)的赤鼻矶,并非三国时期赤壁大战处。
②[大江]指长江。
③[故垒]旧时军队营垒的遗迹。
④[周郎]即周瑜(175—210),字公瑾,孙权军中指挥赤壁大战的将领。二十四岁时即出任要职,军中皆呼为"周郎"。

⑤〔雄姿英发〕姿容雄伟，英气勃发。
⑥〔羽扇纶（guān）巾〕（手持）羽扇，（头戴）纶巾。这是儒者的装束，形容周瑜有儒将风度。纶巾，配有青丝带的头巾。
⑦〔樯（qiáng）橹〕代指曹操的战船。樯，挂帆的桅杆。橹，一种摇船的桨。
⑧〔故国〕指赤壁古战场。
⑨〔多情应笑我，早生华发〕应笑我多愁善感，过早地长出花白的头发。
⑩〔尊〕同"樽"，一种盛酒器。这里指酒杯。
⑪〔酹（lèi）〕将酒洒在地上，表示凭吊。

译 文

　　大江之水滚滚不断向东流去，滔滔巨浪淘尽千古英雄人物。那旧营垒的西边，人们说就是三国时周郎大破曹兵的赤壁。岸边乱石林立，像要刺破天空，惊人的巨浪拍击着江岸，激起的浪花好似千万堆白雪。雄壮的江山奇丽如图画，一时间涌现出多少英雄豪杰。

　　遥想当年的周瑜春风得意，小乔刚刚嫁给了他做妻子，英姿雄健风度翩翩神采照人。手摇羽扇头戴纶巾，谈笑之间，就把强敌的战船烧得灰飞烟灭。如今我身临古战场神游往昔，可笑我有如此多的怀古柔情，竟如同未老先衰般鬓发斑白。人生犹如一场梦，且洒一杯酒祭奠江上的明月。

浣溪沙（游蕲水清泉寺）

苏 轼

游蕲水清泉寺，寺临兰溪，溪水西流。

山下兰芽短浸溪，松间沙路净无泥。萧萧暮雨子规啼。
谁道人生无再少？门前流水尚能西！休将白发唱黄鸡。

注 释

①〔浣（huàn）溪沙〕词牌名。
②〔蕲（qí）水〕在今湖北浠水一带。
③〔短浸溪〕指初生的兰芽浸润在溪水中。
④〔萧萧〕这里形容雨声。
⑤〔子规〕杜鹃鸟。
⑥〔无再少〕不能再回到少年时代。
⑦〔休将白发唱黄鸡〕不要因老去而悲叹。唱黄鸡，语出白居易"黄鸡催晓丑时鸣"，比喻时光流逝。

译 文

　　游玩蕲水的清泉寺，寺庙在兰溪的旁边，溪水向西流淌。山脚下刚生长出来的幼芽浸泡在溪水中，松林间的沙路被雨水冲洗得一尘不染。傍晚下起了小雨，布谷鸟的叫声从松林中传出。

谁说人生就不能再回到少年时期？门前的溪水还能向西边流淌，不要在老年感叹时光的飞逝啊！

题西林壁

苏 轼

横看成岭侧成峰，远近高低各不同。
不识庐山真面目，只缘身在此山中。

注 释

①［题］书写，题写。
②［西林］西林寺，在今江西庐山脚下。
③［缘（yuán）］因为。

译 文

从正面看，山岭连绵起伏；从侧面看，山峰巍峨耸立；从远处、近处、高处、低处看，庐山会呈现出各种不同的样子。之所以认不清庐山真正的面貌，是因为我正身处庐山之中。

惠崇春江晚景

苏 轼

竹外桃花三两枝，春江水暖鸭先知。
蒌蒿满地芦芽短，正是河豚欲上时。

注 释

①［惠崇（chóng）春江晚景］惠崇是北宋名僧，能诗善画。这首诗是苏轼为惠崇的画作《春江晚景》所写的题画诗。
②［芦芽］芦苇的嫩芽。
③［蒌（lóu）蒿（hāo）］草名，有青蒿、白蒿等。
④［河豚（tún）］一种肉味鲜美的鱼，有毒性。

译 文

绿色的竹林，掩映着几枝粉红的桃花。江上春水荡漾、一群鸭子在欢快地嬉戏，它们最先感知到春天江水已经变暖。岸边长满初生的蒌蒿和刚刚发出嫩芽的芦苇，这正是河豚将要逆江而上产卵的季节。

赠刘景文

苏 轼

荷尽已无擎雨盖，菊残犹有傲霜枝。
一年好景君须记，最是橙黄橘绿时。

注 释

① [刘景文] 诗人的好朋友。
② [荷尽] 荷花枯萎，残败凋谢。
③ [擎（qíng）] 举，向上托。
④ [雨盖] 旧称雨伞，诗中比喻荷叶舒展的样子。
⑤ [菊残] 菊花凋谢。
⑥ [犹] 仍然。
⑦ [傲（ào）霜] 不怕霜冻寒冷，坚强不屈。
⑧ [君] 原指古代君王，后泛指对男子的敬称。
⑨ [须记] 一定要记住。
⑩ [橙（chéng）黄橘（jú）绿时] 橙子发黄、橘子将黄犹绿的时候，指农历秋末冬初。"最是橙黄橘绿时"一句，有两个常见版本，一个用"最是"，一个用"正是"。

译 文

荷花凋谢，连那擎雨的荷叶也枯萎了，只有那残菊的花枝还傲寒斗霜。朋友，一年最好的景致你要记住啊，那就是橙黄橘绿的秋天。

六月二十七日望湖楼醉书

苏 轼

黑云翻墨未遮山，白雨跳珠乱入船。
卷地风来忽吹散，望湖楼下水如天。

注 释

① [望湖楼] 在今浙江杭州西湖边。

译 文

乌云翻滚像泼洒的墨汁尚未遮住山，一颗颗雨点就像跳动的珍珠一样杂乱地落入船中。从地面上忽然刮起一阵大风把乌云吹散，望湖楼下水面像蓝天一样开阔明净。

黄庭坚（1045—1105），字鲁直，号山谷道人，晚号涪翁，洪州分宁（今江西修水）人，北宋著名文学家、书法家，"江西诗派"开山之祖。诗与苏轼齐名，称"苏黄"。与张耒、晁补之、秦观游学于苏轼门下，合称为"苏门四学士"。书法独树一格，与苏轼、米芾和蔡襄齐名，世称为"宋四家"。

登快阁

黄庭坚

痴儿了却公家事，快阁东西倚晚晴。
落木千山天远大，澄江一道月分明。
朱弦已为佳人绝，青眼聊因美酒横。
万里归船弄长笛，此心吾与白鸥盟。

注 释

①［快阁］在太和（今江西泰和）东的赣江边。这首诗作于宋神宗元丰五年（1082）秋，诗人时任太和县令。

②［痴儿了却公家事］意思是自己办完了公事。《晋书·傅咸传》载，杨济与傅咸书云："生子痴，了官事。官事未易了，了事正作痴，复为快耳。"此句借用其意，自嘲"痴儿"忙于公事。痴儿，痴人、呆子，这里是诗人自指。

③［倚］这里指倚栏欣赏。

④［朱弦已为佳人绝］这是借"伯牙绝弦"的典故慨叹世无知己。朱弦，指琴。佳人，指知己。

⑤［青眼聊因美酒横］这是说唯有美酒值得加以青眼。《晋书·阮籍传》载，阮籍善为青白眼，用白眼看世俗礼法之士，用青眼看他喜欢的人。横，睨视、斜着眼看。

⑥［与白鸥盟］这是说与白鸥订盟，表示自己决意归隐江湖，而不存世俗机心。盟，订盟、盟誓。《列子·黄帝》载，海边有一人常和鸥鸟玩耍，其父让他把鸥鸟捉来与自己玩。第二天此人来到海边，鸥鸟在空中飞舞而不落下。后人常用与鸥订盟表示归隐之志已决，再无俗念牵挂。

译 文

我办完了公事，登上快阁，在这晚晴的余辉里倚栏远眺。远望秋山无数，落叶飘零，天地更加辽远阔大。朗朗明月下澄江淙淙流过，月光下显得更加空明澄澈。友人远离，早已没有弄弦吹箫的兴致了，只有见到美酒，眼中才流露出喜色。我从万里之外的远地乘船归来，在船上吹起长笛；我的这颗心，将愿与白鸥结为朋友。

清平乐

黄庭坚

春归何处？寂寞无行路。若有人知春去处，唤取归来同住。

春无踪迹谁知？除非问取黄鹂。百啭无人能解，因风飞过蔷薇。

注　释

① [无行路] 没有留下春去的行踪。
② [啭（zhuàn）] 鸟婉转地鸣叫。
③ [因风] 借着风势。因，凭借。

译　文

不知春天回到了哪里？眼前景物只剩一片寂寥，找不到它来去的踪迹。如果有人知道春天去了什么地方，就喊它回来和我们在一起吧。

春天确实未有踪迹，谁会知道？除非问问黄莺。然而黄莺婉转啼鸣了许久，却没有人能听懂。最后这鸟儿趁着风势，飞过蔷薇花丛不见了。

秦观（1049—1100），字少游，一字太虚，号淮海居士。高邮（今属江苏）人，宋神宗元丰八年（1085）进士及第，官至国史院编修官。词最著名，被尊为婉约派代表词人，与黄庭坚、张耒、晁补之游学于苏轼门下，合称为"苏门四学士"。诗风清丽，时人说他"诗如词"。有《淮海集》传世。

行香子

秦　观

树绕村庄，水满陂塘。倚东风，豪兴徜徉。小园几许，收尽春光。有桃花红，李花白，菜花黄。

远远围墙，隐隐茅堂。飏青旗，流水桥旁。偶然乘兴，步过东冈。正莺儿啼，燕儿舞，蝶儿忙。

注　释

① [行香子] 词牌名。
② [陂（bēi）塘] 池塘。
③ [徜徉（cháng yáng）] 闲游，安闲自在地步行。
④ [几许] 多少，这里表示园子不大。
⑤ [飏（yáng）] 飞扬，飘扬。

⑥［青旗］酒店门口挂的青色酒幌（huǎng）。

译　文

绿树绕着村庄，春水溢满池塘，淋浴着东风，带着豪兴信步而行。小园很小，却收尽春光。桃花正红，李花雪白，菜花金黄。

远远一带围墙，隐约有几间茅草屋。青色的旗帜在风中飞扬，小桥矗立在溪水旁。偶然乘着游兴，走过东面的山冈。莺儿鸣啼，燕儿飞舞，蝶儿匆忙，一派大好春光。

鹊桥仙

秦　观

纤云弄巧，飞星传恨，银汉迢迢暗度。金风玉露一相逢，便胜却人间无数。

柔情似水，佳期如梦，忍顾鹊桥归路！两情若是久长时，又岂在朝朝暮暮。

注　释

①［纤云弄巧］纤细的云编织出各种巧妙的图案样式，比喻织女制作云锦的手艺高超。
②［飞星传恨］流星传递分别的愁苦。
③［银汉迢迢暗度］夜里渡过辽阔的天河。传说每年农历七月七日夜，织女、牛郎借鹊桥越过天河相会。银汉，天河、银河。
④［金风］秋风。五行学说以秋天与金相配。
⑤［胜却］胜过。
⑥［佳期］这里指重聚相守的美好时光。
⑦［忍顾鹊桥归路］怎么忍心回望由鹊桥回去的路。
⑧［朝朝暮暮］指朝夕相守。

译　文

轻盈的彩云在天空中幻化成各种巧妙的花样，天上的流星传递着相思的愁怨，遥远无垠的天河今夜我悄悄渡过。在秋风白露的七夕相会，就胜过尘世间那些长相厮守却貌合神离的夫妻。

缱绻的柔情像流水般绵绵不断，重逢的约会如梦影般缥缈虚幻，分别之时不忍去看那鹊桥路。若是两情相悦，至死不渝，又何必贪求卿卿我我的朝欢暮乐呢。

经典诗词联读

朱敦儒（1081-1159），字希真，号岩壑老人，河南洛阳人。所著《岩壑老人诗文集》《猎较集》等皆不传，有词集《樵歌》传世。

相见欢（金陵城上西楼）

朱敦儒

金陵城上西楼，倚清秋。万里夕阳垂地大江流。
中原乱，簪缨散，几时收？试倩悲风吹泪过扬州。

注 释

①［金陵］古城名，即今江苏南京。
②［倚清秋］倚楼观看清秋时节的景色。
③［中原乱］指公元1127年（宋钦宗靖康二年）金人侵占中原的大乱。
④［簪缨（zān yīng）］代指达官显贵。簪和缨都是古代贵族的帽饰。缨，帽带。
⑤［倩（qìng）］请人代自己做。
⑥［扬州］今属江苏。

译 文

独自登上金陵西门上的城楼，倚楼观看清秋时节的景色。万里的长江在夕阳下流去。
因金人侵占，中原大乱，达官贵族们纷纷逃散，什么时候才能收复国土？要请悲风将自己的热泪吹到扬州前线。

李清照（1084-1155?），号易安居士，济南（今山东省济南市）人。李格非之女，赵明诚之妻。婉约词派代表，有"千古第一才女"之称。词以南渡为界，前期多写离别相思，后期叹亡国之恸与身世孤苦。论词强调协律。常崇尚典雅，提出词"别是一家"之说。有《漱玉集》。

如梦令（常记溪亭日暮）

李清照

常记溪亭日暮，沉醉不知归路。
兴尽晚回舟，误入藕花深处。
争渡，争渡，惊起一滩鸥鹭。

注 释

① [常记] 时常记起。"难忘"的意思。
② [溪亭] 溪边的亭子。
③ [沉醉] 比喻沉浸在某事物或某境界中。
④ [藕花] 荷花。
⑤ [争渡] 奋力把船划出去。
⑥ [一滩] 一群。
⑦ [鸥鹭（lù）] 这里泛指水鸟。

译 文

时常记起溪边亭中游玩至日色已暮，沉迷在优美的景色中忘记了回家的路。尽了酒宴兴致才乘舟返回，不小心进入藕花深处。奋力把船划出去呀！奋力把船划出去！船儿抢着渡，结果把整个河滩上的鸥鹭惊得全都飞起来了。

夏日绝句

李清照

生当作人杰，死亦为鬼雄。
至今思项羽，不肯过江东。

注 释

① [人杰] 人中的豪杰。汉高祖曾称赞开国功臣张良、萧何、韩信是"人杰"。
② [鬼雄] 鬼中的英雄。屈原《国殇》：身既死兮神以灵，子魂魄兮为鬼雄。
③ [项羽] 秦朝末年的起义军领袖，后来与刘邦争夺天下，失败自杀。
④ [不肯过江东] 项羽在与刘邦的斗争中失败，有人劝他东渡长江，再作打算。但他觉得无颜见江东父老，不肯渡江，自杀身死。江东，长江在安徽芜湖、江苏南京间作西南、东北流向，古人习惯上称自此以下的长江南岸地区为江东。

译 文

活着就要当人中的俊杰，死了也要做鬼中的英雄。人们到现在还思念项羽，只因他不肯偷生回江东。

声声慢

李清照

寻寻觅觅，冷冷清清，凄凄惨惨戚戚。乍暖还寒时候，最难将息。三杯两盏淡酒，怎敌他、晚来风急！雁过也，正伤心，却是旧时相识。

满地黄花堆积，憔悴损，如今有谁堪摘？守着窗儿，独自怎生得黑！梧桐更兼细雨，到黄昏、点点滴滴。这次第，怎一个愁字了得！

注 释

① [声声慢] 词牌名。北宋末年李清照南渡避乱，不久北宋灭亡，丈夫病死，她只身逃难，境遇悲惨。这首词是作者南渡后晚年的作品。
② [戚戚] 悲愁、哀伤的样子。
③ [乍暖还（huán）寒] 忽暖忽冷，天气变化无常。
④ [将息] 养息，休息。
⑤ [黄花] 菊花。
⑥ [憔悴损] 枯萎，凋零殆尽。憔悴，凋零、枯萎。损，这里相当于"极"，表示程度很深。
⑦ [堪] 可以，能够。
⑧ [怎生得黑] 怎样挨到天黑。怎生，怎么、怎样。
⑨ [次第] 光景，状况。
⑩ [怎一个愁字了得] 意思是，一个"愁"字怎么能概括得尽啊！

译 文

苦苦地寻寻觅觅，却只见冷冷清清，怎不让人凄惨悲戚。秋天总是忽然变暖，又转寒冷，最难保养休息。喝三杯两杯淡酒，怎么能抵挡得住傍晚的寒风紧吹？一行大雁从头顶上飞过，更让人伤心，因为都是当年为我传递书信的旧日相识。

园中菊花堆积满地，唯独我因忧伤而憔悴瘦损，如今有谁可以摘取？孤独地守着窗前，独自一个人怎么熬到天黑？梧桐叶上细雨淋滴，到黄昏时分，那雨声还是点点滴滴。这般光景，怎么能用一个"愁"字了结！

渔家傲（天接云涛连晓雾）

李清照

天接云涛连晓雾，星河欲转千帆舞。仿佛梦魂归帝所，闻天语，殷勤问我归何处。

我报路长嗟日暮，学诗谩有惊人句。九万里风鹏正举。风休住，蓬舟吹取三山去！

注 释

① [渔家傲] 词牌名。这首词是记梦之作。
② [云涛] 如波涛翻滚的云。一说指海涛。
③ [星河欲转] 银河流转，指天快亮了。星河，银河。

④［帝所］天帝居住的地方。
⑤［殷（yīn）勤］情意恳切。
⑥［报］回答。
⑦［嗟（jiē）］叹息，慨（kǎi）叹。
⑧［谩（màn）］同"漫"，空、徒然。
⑨［九万里风鹏正举］（我要）像大鹏鸟那样乘风高飞。举，高飞。《庄子·逍遥游》："鹏之徙于南冥也，水击三千里，抟（tuán）扶摇而上者九万里。"
⑩［蓬（péng）舟］如飞蓬般轻快的船。
⑪［三山］神话中的蓬莱、方丈、瀛（yíng）洲三座海上仙山。

译 文

水天相接，晨雾蒙蒙笼云涛。银河转动，像无数的船只在舞动风帆。梦魂仿佛回天庭，听见天帝在对我说话。他热情而又有诚意地问我要到哪里去。我回答天帝路途还很漫长，现在已是黄昏却还未到达。即使我学诗能写出惊人的句子，又有什么用呢？长空九万里，大鹏冲天飞正高。风啊！千万别停息，将我这一叶轻舟，直送往蓬莱三仙岛。

> 曾几（1084—1166），字吉甫，号茶山居士，南宋诗人。传有《经说》《茶山集》等。后人将其列入江西诗派。其诗多属抒情遣兴、唱酬题赠之作，闲雅清淡。

三衢道中

曾 几

梅子黄时日日晴，小溪泛尽却山行。
绿阴不减来时路，添得黄鹂四五声。

注 释

①［三衢（qú）］地名，在今浙江衢州一带。
②［小溪泛尽］乘小船到小溪的尽头。
③［却］再，又。
④［阴］树荫。

译 文

梅子黄透了的时候，天天都很晴朗。乘小船来到小溪的尽头，再走山路继续前行。山路上绿树成荫，不亚于来时之路，树林中不时传来几声黄鹂悦耳的鸣叫。

陈与义（1090—1139），字去非，号简斋，洛阳（今属河南）人。北宋末、南宋初年的杰出诗人，有《简斋集》三十卷、《无住词》一卷。诗尊杜甫，前期清新明快，后期雄浑沉郁。其词别具风格，豪放处尤近于苏轼，语意超绝，笔力横空，疏朗明快，自然浑成。

临江仙·夜登小阁，忆洛中旧游

陈与义

忆昔午桥桥上饮，坐中多是豪英。长沟流月去无声。杏花疏影里，吹笛到天明。

二十余年如一梦，此身虽在堪惊。闲登小阁看新晴。古今多少事，渔唱起三更。

注释

① [临江仙] 词牌名。洛中，指洛阳。
② [午桥] 在洛阳城南十里。
③ [渔唱起三更] 渔歌在夜半响起。

译文

回忆当年在午桥畅饮，在座的都是英雄豪杰。月光映在河面，随水悄悄流逝，在杏花的淡淡影子里，吹起竹笛直到天明。

二十多年的岁月仿佛一场春梦，我虽身在，回首往昔却胆战心惊。百无聊赖中登上小阁楼观看新雨初晴的景致。古往今来多少历史事迹，都让渔人在半夜里当歌来唱。

陆游（1125—1210），字务观，号放翁。越州山阴（今浙江绍兴）人，南宋著名诗人。少时受爱国思想熏陶，一生以收复山河为己任。其一生笔耕不辍，今存诗9000多首，内容极为丰富。与王安石、苏轼、黄庭坚并称"宋代四大诗人"，又与杨万里、范成大、尤袤合称"中兴四大诗人"。

示 儿

陆 游

死去元知万事空，但悲不见九州同。
王师北定中原日，家祭无忘告乃翁。

注释

①［示儿］给儿子看。这首诗是陆游临终前写给儿子的。
②［元］同"原",本来。
③［九州］古代中国曾分为九个州,这里代指全国。
④［王师］南宋朝廷的军队。
⑤［乃(nǎi)翁］你们的父亲。

译文

原本知道死去之后就什么也没有了,只是感到悲伤,没能见到国家统一。

等大宋军队收复中原失地的那一天,你们举行家祭时不要忘了告诉我!

游山西村

陆 游

莫笑农家腊酒浑,丰年留客足鸡豚。
山重水复疑无路,柳暗花明又一村。
箫鼓追随春社近,衣冠简朴古风存。
从今若许闲乘月,拄杖无时夜叩门。

注释

①［腊酒浑］腊月所酿的酒,称为"腊酒"。浑,浑浊。酒以清为贵。
②［足鸡豚(tún)］备足鸡肉、猪肉。豚,小猪,这里指猪肉。
③［山重水复］一座座山、一道道水重重叠叠。
④［柳暗花明］柳色深绿,花色红艳。
⑤［箫鼓追随春社近］将近社日,一路上迎神的箫鼓声随处可闻。春社,古代把立春后第五个戊日作为春社日,拜祭社公(土地神)和五谷神,祈求丰收。
⑥［古风存］保留着淳朴古代风俗。
⑦［闲乘月］趁着月明来闲游。
⑧［无时］没有固定的时间,即随时。

译文

不要笑农家腊月里酿的酒浑浊不醇厚,丰收的年景农家待客菜肴非常丰盛。一重重山,一道道水,疑惑无路,可行进间忽见柳色浓绿,花色明丽,一个村庄出现在眼前。你吹着箫,我击着鼓,结队喜庆,社日将近,布衣素冠,简朴的古风依旧保存。今后如果还能乘着大好月色出外闲游,我这白发老翁也要随夜乘兴,拄着拐杖,敲开柴门。

十一月四日风雨大作（其二）

陆 游

僵卧孤村不自哀，尚思为国戍轮台。
夜阑卧听风吹雨，铁马冰河入梦来。

注 释

① [僵卧] 躺卧不起。这里形容自己穷居孤村，无所作为。僵，僵硬。
② [孤村] 孤寂荒凉的村庄。
③ [戍轮台] 指守卫边关。戍，守卫。
④ [夜阑（lán）] 夜深，夜将尽。
⑤ [铁马] 披着铁甲的战马。
⑥ [冰河] 冰封的河流，指北方地区的河流。

译 文

穷居孤村，躺卧不起，不为自己的处境而感到哀伤，心中还想着替国家戍守边疆。夜深了，我躺在床上倾听那风雨的声音，就梦见自己骑着披着盔甲的战马跨过冰封的河流出征北方疆场。

秋夜将晓出篱门迎凉有感

陆 游

三万里河东入海，五千仞岳上摩天。
遗民泪尽胡尘里，南望王师又一年。

注 释

① [三万里河] 指黄河。"三万里"形容很长。
② [五千仞（rèn）岳（yuè）] 指华山。"仞"，长度单位。"五千仞"形容很高。
③ [摩天] 碰到天，形容极高。
④ [遗民] 在金统治地区的原宋朝百姓。
⑤ [胡尘] 金统治地区的风沙，这里借指金政权。
⑥ [王师] 南宋朝廷的军队。

译 文

三万里长的黄河奔腾向东流入大海，五千仞高的华山耸入云霄触青天。中原人民在胡人压迫下眼泪已流尽，他们盼望王师北伐盼了一年又一年。

卜算子·咏梅

陆 游

驿外断桥边，寂寞开无主。已是黄昏独自愁，更着风和雨。
无意苦争春，一任群芳妒，零落成泥碾作尘，只有香如故。

注 释

① ［着（zhuó）］遭受。
② ［苦］苦苦，极力。
③ ［一任］任凭。
④ ［零落］凋谢。

译 文

驿站之外的断桥边，梅花孤单寂寞地绽开了，无人过问。暮色降临，梅花无依无靠，独自愁苦，却又遭到了风雨的摧残。

梅花并不想费尽心思去争艳斗宠，对百花的妒忌与排斥毫不在乎。即使凋零了，被碾作泥土，又化作尘土，梅花依然和往常一样散发出缕缕清香。

书 愤

陆 游

早岁那知世事艰，中原北望气如山。
楼船夜雪瓜洲渡，铁马秋风大散关。
塞上长城空自许，镜中衰鬓已先斑。
出师一表真名世，千载谁堪伯仲间！

注 释

① 该诗为淳熙十三年（1186）春于会稽石帆别业所作，当时诗人六十二岁。
② ［早岁］早年。
③ ［那］同"哪"。
④ ［中原北望］指北望淮河以北沦陷在金人手中的地区。
⑤ ［楼船夜雪瓜洲渡］指陆游40岁任镇江通判时的事。当时，右丞相张浚督视江淮兵马，过镇江，颇赏识陆游。张浚积极督练军马，防敌备战，但朝廷偏向议和，张浚处境艰难，最后被罢相。楼船，有楼的高大战船。瓜洲渡，长江渡口，在江苏扬州，与镇江隔江相对。
⑥ ［铁马秋风大散关］指陆游48岁时在陕南汉中的经历。当时，诗人入四川宣抚使王炎幕府，活跃在大散关前线，并曾经与金兵交战。铁马，配有铁甲的战马。大散关，即散关，在陕西宝鸡西南大散岭上。
⑦ ［塞上长城］化用南朝宋名将檀道济的事迹。檀道济率兵伐北魏，屡次建功，

后遭猜忌被杀。他被拘捕前曾说:"乃复坏汝万里之长城!"
⑧〔名世〕名显于世。
⑨〔伯仲间〕指不相上下。

译 文

年轻时哪里知道世事如此艰难,北望中原,收复故土的豪迈气概坚定如山。

记得在瓜洲渡痛击金兵,雪夜里飞奔着楼船战舰。秋风中跨战马纵横驰骋,收复了大散关捷报频传。

自己当年曾以守城大将檀道济来自我期许,到如今鬓发已渐渐变白,盼恢复都城已成空谈。

出师表真可谓名不虚传,有谁像诸葛亮鞠躬尽瘁,率三军收复汉室北定中原!

临安春雨初霁

陆 游

世味年来薄似纱,谁令骑马客京华。
小楼一夜听春雨,深巷明朝卖杏花。
矮纸斜行闲作草,晴窗细乳戏分茶。
素衣莫起风尘叹,犹及清明可到家。

注 释

①此诗作于宋孝宗淳熙十三年(1186)陆游六十二岁时。此年春,诗人奉诏自家乡山阴(今浙江绍兴)赴临安(今浙江杭州),在寓所等候召见,写下了此诗。
②〔世味〕人世情味。
③〔年来〕近年以来。
④〔京华〕京城的美称,这里指南宋行在临安。南宋称京城临安为行在,有不忘旧都汴京而认临安为行都之意。
⑤〔小楼〕指诗人临安砖街巷寓所的南楼。
⑥〔矮纸〕短纸。
⑦〔草〕草书。
⑧〔细乳〕茶中的精品。一说指烹茶时浮起的乳白色泡沫。
⑨〔分茶〕宋元时烹茶之法。注汤后用箸搅茶乳,使汤水波纹幻变出种种形状。
⑩〔素衣莫起风尘叹〕不要有白衣被京城的风尘染黑之叹。陆机诗《为顾彦先赠妇》有"京洛多风尘,素衣化为缁"之语,这里即用其意。
⑪〔犹及清明可到家〕意思是,事毕后返回,还来得及在清明节到家。

译 文

这些年世态人情淡薄得似纱,谁又让我乘马来到京都作客沾染繁华?住在小楼听尽了一夜的春雨淅沥滴答,明日一早,深幽的小巷便有人叫卖杏花。铺开小纸从容地斜写着草书，在小雨初晴的窗边细细地煮水、沏茶、撇沫，试品名茶。不要叹息那京都的尘土会弄脏洁白的衣衫，清明时节还来得及回到镜湖边的山阴故家。

范成大（1126-1193），字致能，号石湖居士，苏州吴县（今江苏苏州）人。有《石湖集》。绍兴二十四年（1154）进士，官至参知政事。诗风清新平易，题材广泛，以反映农村社会生活内容的田园诗成就最高，与杨万里、陆游、尤袤合称"中兴四大诗人"。

四时田园杂兴（其二十五）

范成大

梅子金黄杏子肥，麦花雪白菜花稀。
日长篱落无人过，惟有蜻蜓蛱蝶飞。

注　释

① ［杂兴（xìng）］随兴而写的诗。
② ［蛱（jiá）蝶］蝴蝶的一种。

译　文

初夏时节，金黄的梅子挂满枝头，杏子也变得鲜亮饱满，格外诱人。田里麦花已雪白，油菜花却谢了，显得稀稀落落。白天变长了，路边的篱笆在夏日映照下，没有行人经过，一切都是那样安静，只有蜻蜓和蝴蝶绕着篱笆飞来飞去。

四时田园杂兴（其三十一）

范成大

昼出耘田夜绩麻，村庄儿女各当家。
童孙未解供耕织，也傍桑阴学种瓜。

注　释

① ［耘（yún）田］在田间除草。
② ［绩麻］把麻搓成线。
③ ［解］理解，懂得。
④ ［供（gòng）］从事。
⑤ ［傍］靠近。
⑥ ［阴］树荫。

译 文

白天在田里锄草,夜晚在家中搓麻线,村中男男女女各有各的家务劳动。小孩子虽然不会耕田织布,也在那桑树阴下学着种瓜。

杨万里(1127—1206),字廷秀,号诚斋,吉州吉水(今江西省吉水县)人。绍兴二十四年(1154)进士,官至秘书监。其诗师法自然,自成一家,号"诚斋体",与尤袤、范成大、陆游合称"中兴四大诗人"。作诗20,000余首。今存诗4000多首,有《诚斋集》。

小 池

杨万里

泉眼无声惜细流,树阴照水爱晴柔。
小荷才露尖尖角,早有蜻蜓立上头。

注 释

① [泉眼] 泉水的出口。
② [惜] 珍惜,爱惜。
③ [照水] 映在水里。
④ [晴柔] 晴天柔和的风光。
⑤ [尖尖角] 初出水面还没有舒展的荷叶尖端。
⑥ [上头] 上面,顶端。

译 文

泉眼悄然无声,是因为舍不得细细的水流,树荫倒映水面,是喜爱晴天和风的轻柔。娇嫩的小荷叶刚从水面露出尖尖的角,早有一只调皮的小蜻蜓立在它的上头。

晓出净慈寺送林子方

杨万里

毕竟西湖六月中,风光不与四时同。
接天莲叶无穷碧,映日荷花别样红。

注 释

① [晓(xiǎo)] 太阳刚刚升起。
② [净慈(cí)寺] 全名"净慈报恩光孝禅寺"。
③ [林子方] 作者的朋友,官居直阁秘书。
④ [毕(bì)竟(jìng)] 到底。
⑤ [四时] 春夏秋冬四个季节。在这里指六月以外的其他时节。

⑥ [别样红] 红得特别出色。

译文

到底是西湖六月天的景色，风光与其他季节大不相同。密密层层的荷叶铺展开去，一片无边无际的青翠碧绿，像与天相接，阳光下的荷花分外鲜艳娇红。

宿新市徐公店

杨万里

篱落疏疏一径深，树头新绿未成阴。
儿童急走追黄蝶，飞入菜花无处寻。

注释

① [新市] 地名。今浙江省德清县新市镇。
② [徐公店] 姓徐的人家开的酒店名。
③ [公] 古代对男子的尊称。
④ [篱] 篱笆。
⑤ [疏（shū）疏] 稀疏。
⑥ [径] 小路。
⑦ [阴] 树荫。
⑧ [急走] 奔跑。

译文

稀稀疏疏的篱笆旁，一条乡间小路伸向远方，客店旁的树还未形成浓密的绿荫，树枝上绽出嫩绿的新叶，迎着春光生长。忽有几个儿童嬉笑着跑来，追捕两三只翻飞的黄蝴蝶，却见蝴蝶飞入黄灿灿的菜花丛中，怎么也找不到了。

稚子弄冰

杨万里

稚子金盆脱晓冰，彩丝穿取当银钲。
敲成玉磬穿林响，忽作玻璃碎地声。

注释

① [稚（zhì）子] 幼小的孩子。
② [金盆] 一般指铜盆。
③ [钲（zhēng）] 一种金属打击乐器。
④ [磬（qìng）] 一种打击乐器，形状像曲尺。

译文

儿童早晨起来，将冻结在铜盆里的冰块脱下，用彩线穿起来当钲。敲出的声音像玉磬一般穿越树林，忽然冰锣敲碎落地，发出美玉摔碎般的声音。

插秧歌

杨万里

田夫抛秧田妇接,小儿拔秧大儿插。
笠是兜鍪蓑是甲,雨从头上湿到胛。
唤渠朝餐歇半霎,低头折腰只不答:
"秧根未牢莳未匝,照管鹅儿与雏鸭。"

注释

① [兜鍪(móu)] 古代打仗时战士所戴的头盔。
② [胛] 肩胛。
③ [渠] 他。
④ [半霎(shà)] 极短的时间。
⑤ [莳(shì)未匝] 意思是,这块田里还没有栽插完毕。莳,移栽、种植。匝,布满、遍及。
⑥ [照管] 照料,照看。这里是"提防"的意思。

译文

农夫抛起秧苗,农妇接住秧苗,小儿子拔起秧苗,大儿子种下秧苗。斗笠当做头盔,蓑衣当做铠甲,雨水从头上流入,弄湿了肩胛。农妇呼唤农夫吃早饭,休息一会儿,农夫弯腰低头劳作,没有答应,只是说道:秧苗根部还不牢固,这块田里的秧苗还没有栽插完毕,你回家一定要提防小鹅小鸭,不要让它们来破坏秧苗。

过松源晨炊漆公店(其五)

杨万里

莫言下岭便无难,赚得行人错喜欢。
政入万山围子里,一山放出一山拦。

注释

① [松源、漆公店] 在今江西弋阳与余江之间。
② [莫言] 不要说。
③ [赚(zuàn)得] 骗得。
④ [错喜欢] 空欢喜。
⑤ [政] 同"正"。
⑥ [围子] 圈子。
⑦ [放出] 这里是把行人放过去的意思。

译 文

不要说从山岭上下来就没有困难,这句话骗得前来爬山的人空欢喜一场。当你进入到崇山峻岭的圈子里以后,你刚攀过一座山,另一座山便会将你阻挡。

朱熹(1130-1200),字元晦,号晦庵,谥"文",又称朱文公。祖籍徽州婺源(今江西省婺源县),一生中多数岁月在武夷山著述讲学。绍兴十八年(1148)进士,官至秘阁修撰。南宋著名的理学家、教育家、诗人,中国古代最杰出的儒学大师之一,是宋代理学的集大成者。

观书有感(其一)

朱　熹

半亩方塘一鉴开,天光云影共徘徊。
问渠那得清如许?为有源头活水来。

注 释

①[鉴]古代用来盛水或冰的青铜大盆。
②[徘徊]来回移动。
③[为]因为。
④[渠]它,第三人称代词,这里指方塘之水。
⑤[那得]怎么会。那,怎么的意思。
⑥[清如许]这样清澈。
⑦[源头活水]比喻知识是不断更新和发展的,从而不断积累,只有在人生的学习中不断地学习、运用和探索,才能使自己永保先进和活力,就像水源头一样。

译 文

半亩大的方形池塘像一面镜子一样展现在眼前,天空的光彩和浮云的影子都在镜子中一起移动。要问为何那方塘的水会这样清澈呢?是因为有那永不枯竭的源头为它源源不断地输送活水啊。

观书有感·其二

朱　熹

昨夜江边春水生,蒙冲巨舰一毛轻。
向来枉费推移力,此日中流自在行。

注释

① [蒙冲] 古代攻击性很强的战舰名,这里指大船。
② [一毛轻] 像一片羽毛一般轻盈。
③ [向来] 原先,指春水上涨之前。
④ [推移力] 浅水时行船困难,需人推挽而行。
⑤ [中流] 河流的中心。

译文

昨天夜晚江边的春水大涨,那艘大船就像一片羽毛一般轻盈。以往花费许多力量也不能推动它,今天却能在江水中央自在漂流。

春 日

朱 熹

胜日寻芳泗水滨,无边光景一时新。
等闲识得东风面,万紫千红总是春。

注释

① [胜日] 天气晴朗的好日子,也可看出人的好心情。
② [寻芳] 游春,踏青。
③ [滨] 水边,河边。
④ [光景] 风光,风景。
⑤ [等闲] 平常、轻易。"等闲识得"是容易识别的意思。
⑥ [东风] 春风。

译文

风和日丽游春在泗水之滨,无边无际的风光焕然一新。谁都可以看出春天的面貌,春风吹得百花开放、万紫千红,到处都是春天的景致。

张孝祥（1132-1170），字安国，号于湖居士，历阳乌江（今安徽省和县乌江镇）人，唐代诗人张籍的七世孙。南宋著名词人，书法家。绍兴二十四年（1154）状元及第。历任地方官，卒年39岁。善诗文，尤工于词，词风豪放，酷似东坡。

念奴娇·过洞庭

张孝祥

洞庭青草，近中秋，更无一点风色。玉鉴琼田三万顷，着我扁舟一叶。素月分辉，明河共影，表里俱澄澈。悠然心会，妙处难与君说。

应念岭海经年，孤光自照，肝肺皆冰雪。短发萧骚襟袖冷，稳泛沧浪空阔。尽挹西江，细斟北斗，万象为宾客。扣舷独啸，不知今夕何夕！

注 释

①宋孝宗乾道二年（1166），张孝祥因人进谗言而被罢官，由桂林北归，途经洞庭湖时作此词。

②[青草]即青草湖，在今湖南岳阳西南，属南洞庭湖。南朝宋盛弘之《荆州记》载："巴陵南有青草湖，周回数百里，日月出没其中。"

③[风色]风。

④[玉鉴琼田]形容月光下洞庭湖皎洁的水面。鉴，镜子。

⑤[素月分辉，明河共影，表里俱澄澈]意思是，明月光辉四射，银河与明月一同映入湖水之中，上上下下全都清亮明洁。明河，银河。

⑥[悠然心会]指内心优游自在，与眼前景物相合。

⑦[应念岭海经年，孤光自照，肝肺皆冰雪]意思是，应思量在岭外一年左右的官场生活中，月光本就在照耀陪伴，自己的心胸全部像冰雪一样明洁。岭海，五岭至南海之间的地域，指今两广一带。

⑧[萧骚]稀疏。

⑨[挹（yì）]舀（水）。

⑩[西江]长江。

⑪[细斟北斗]意思是，用天上的北斗舀取长江水细细品酌。北斗，北斗七星，排列成斗勺形，比喻酒器。

⑫[不知今夕何夕]这里是极度赞叹此夜之美好。

译 文

洞庭湖与青草湖相连，浩瀚无边，在这中秋将至的时节，更是没有一点风势。平静清澈的湖面像白玉磨成的镜子，像美玉铺成的田地，有三万顷那么宽阔，湖上只漂浮着我的一叶扁舟。皎洁的明月和灿烂的银河，在这浩瀚的玉镜中映出她们的芳姿，水面上下一片明亮澄澈。体会着万物的空明，这种美妙的体验却不知如何道出与君分享。

应思量在岭外一年左右的官场生活中，月光本就照耀陪伴，自己的心胸全部像冰雪一样明洁。如今我（虽）因年老而深感短发稀疏，衣襟单薄透着寒意，（但）我仍能平静地泛舟在这广阔浩淼的苍溟之中。让我捧尽西江清澈的江水，细细地斟在北斗星做成的酒勺中，请天地万象统统来做我的宾客，我尽情地拍打着船舷，独自放声高歌啊，怎能记得此时是何年！

辛弃疾（1140-1207），字幼安，号稼轩，历城（今山东济南）人，南宋豪放派词人，有"词中之龙"之称。21岁参加抗金义军，后领军归宋。曾任江西安抚使、福建安抚使等职。一生力主抗金，后被弹劾落职，长期乡居。其词风格悲壮激烈，与苏轼并称"苏辛"。有《稼轩长短句》，存词600多首。

丑奴儿·书博山道中壁

辛弃疾

少年不识愁滋味，爱上层楼。爱上层楼，为赋新词强说愁。
而今识尽愁滋味，欲说还休。欲说还休，却道"天凉好个秋"！

注 释

①[丑奴儿]词牌名，又名"采桑子"。博山，在今江西省广丰县西南。因状如庐山香炉峰，故名。淳熙八年（1181）辛弃疾罢职退居上饶，常过博山。
②[少年]指年轻的时候。
③[不识]不懂，不知道什么。
④[层楼]高楼。
⑤[强（qiǎng）]竭力，尽力。
⑥[识尽]尝够，深深懂得。

译 文

人年轻的时候不懂忧愁的滋味，喜欢登高远望。喜欢登高远望，为了写出新词，没有愁而硬要说有愁。

现在尝尽了忧愁的滋味，想说却说不出。想说却说不出，却说道："好个凉爽的秋天呀！"

南乡子·登京口北固亭有怀

辛弃疾

何处望神州？满眼风光北固楼。千古兴亡多少事？悠悠。不尽长江滚滚流。

年少万兜鍪，坐断东南战未休。天下英雄谁敌手？曹刘。生子当如孙仲谋。

注 释

①〔南乡子〕词牌名。
②〔京口〕今江苏省镇江市。北固亭，在今镇江东北的北固山上，下临长江，三面环水。
③〔神州〕中原地区。
④〔北固楼〕即北固亭。
⑤〔年少万兜鍪（móu）〕指孙权年轻时就统率千军万马。兜鍪，古代作战时兵士所戴的头盔。这里指代士兵。
⑥〔坐断〕占据。
⑦〔曹刘〕指曹操与刘备。
⑧〔东南〕指吴国在三国时地处东南方。
⑨〔生子当如孙仲谋〕曹操率大军南下，见孙权的军队军容整肃，感叹道："生子当如孙仲谋。"见《三国志·吴书·吴主传》注引《吴历》。仲谋，孙权的字。

译 文

从哪里可以眺望故土中原？眼前却只见北固楼一带的壮丽江山，千百年的盛衰兴亡，不知经历了多少变幻？说不清呀。往事连绵不断，如同没有尽头的长江水滚滚地奔流不息。

想当年孙权在青年时代，已统领着千军万马。坐镇东南，连年征战，没有向敌人低过头。天下英雄谁是孙权的敌手呢？只有曹操和刘备可以和他鼎足成三。难怪曹操说："生下的儿子就应当如孙权一般！"

破阵子·为陈同甫赋壮词以寄之

辛弃疾

醉里挑灯看剑，梦回吹角连营。八百里分麾下炙，五十弦翻塞外声，沙场秋点兵。

马作的卢飞快，弓如霹雳弦惊。了却君王天下事，赢得生前身后名。可怜白发生！

注 释

① [破阵子] 词牌名。陈同甫（1143—1194），名亮，婺（wù）州永康（今属浙江）人，南宋思想家、文学家。赋，写作。壮词，雄壮的词。
② [梦回] 梦中回到。
③ [连营] 连在一起的众多军营。
④ [八百里分麾（huī）下炙（zhì）] 意思是，把酒食分给部下享用。八百里，指牛，这里泛指酒食。《世说新语·汰侈》载：晋王恺（kǎi）有良牛，名"八百里驳"。王济与之比射，以此牛为赌物，恺输，杀牛作炙。麾下，军旗下面，指部下。炙，烤熟的肉食。
⑤ [五十弦翻塞外声] 五十弦，原指瑟，这里泛指乐器。翻，演奏。塞外声，指悲壮粗犷的军乐。
⑥ [沙场] 战场。
⑦ [马作的（dì）卢飞快] 战马像的卢马那样跑得飞快。的卢，额部有白色斑点的马。《三国志·蜀书·先主传》注引《世语》：刘备在荆州遇险，他所骑的的卢马"一踊三丈"，助他脱险。
⑧ [霹雳] 响雷，震雷。这里喻指射箭时弓弦的响声。
⑨ [了却] 了结，完成。
⑩ [天下事] 这里指收复北方失地的国家大事。

译 文

醉梦里挑亮油灯观看宝剑，恍惚间又回到了当年，各个军营里接连不断地响起号角声。把酒食分给部下享用，让乐器奏起雄壮的军乐鼓舞士气。这是秋天在战场上阅兵。

战马像的卢马一样跑得飞快，弓箭像惊雷一样震耳离弦。我一心想替君主完成收复国家失地的大业，取得世代相传的美名。一梦醒来，可惜已是白发人！

西江月·夜行黄沙道中

辛弃疾

明月别枝惊鹊，清风半夜鸣蝉。稻花香里说丰年，听取蛙声一片。

七八个星天外，两三点雨山前。旧时茅店社林边，路转溪桥忽见。

注 释

① [西江月] 词牌名。
② [夜行黄沙道中] 词题。黄沙即黄沙岭，在今江西上饶的西面。
③ [别枝] 横斜的树枝。

④［茅店］用茅草盖的旅舍。
⑤［社林］社庙丛林。社，社庙，土地庙。
⑥［见］同"现"。

译 文

天边的明月升上了树梢，惊飞了栖息在枝头的喜鹊。清凉的晚风仿佛传来了远处的蝉叫声。在稻花的香气里，人们谈论着丰收的年景，耳边传来一阵阵青蛙的叫声，好像在说着丰收年。

天空中轻云漂浮，闪烁的星星时隐时现，山前下起了淅淅沥沥的小雨，从前那熟悉的茅店小屋依然坐落在土地庙附近的树林中。拐了个弯，茅店忽然出现在眼前。

清平乐·村居

辛弃疾

茅檐低小，溪上青青草。醉里吴音相媚好，白发谁家翁媪？

大儿锄豆溪东，中儿正织鸡笼。最喜小儿亡赖，溪头卧剥莲蓬。

注 释

①［清平乐（yuè）］词牌名。
②［村居］词题。
③［茅檐］茅屋的屋檐。
④［吴音］这首词是辛弃疾闲居带湖（今属江西）时写的。此地古代属吴地，所以称当地的方言为"吴音"。
⑤［相媚好］这里指互相逗趣，取乐。
⑥［翁媪（ǎo）］老翁和老妇。
⑦［锄豆］锄掉豆田里的草。
⑧［织］编织。
⑨［亡（wú）赖］同"无赖"，在这里意思指顽皮、淘气。

译 文

低矮的茅屋旁，一条小溪缓缓流淌，溪边青草茂密，映衬得小溪更加清澈。那是谁家的老两口啊，在屋前用吴地方言聊着天，喝酒逗乐，真是其乐融融。

大儿勤劳，在溪东的豆田锄草；二儿手巧，正在编织鸡笼；小儿最淘气可爱，在溪边剥莲蓬，自由自在。

太常引·建康中秋夜为吕叔潜赋

辛弃疾

一轮秋影转金波,飞镜又重磨。把酒问姮娥:被白发,欺人奈何?

乘风好去,长空万里,直下看山河。斫去桂婆娑,人道是,清光更多。

注 释

①[太常引]词牌名。建康,今江苏南京。吕叔潜,名大虬(qiú),字叔潜,作者的朋友,生平不详。
②[姮(héng)娥]即嫦娥,传说中月宫的仙女。
③[斫(zhuó)去桂婆娑,人道是,清光更多]传说月中有桂树。杜甫《一百五日夜对月》诗:"斫却月中桂,清光应更多。"斫,砍。

译 文

中秋皓月洒下万里金波,好似那刚磨亮的铜镜飞上了夜空。我举起酒杯问那月中的嫦娥:怎么办呢?白发渐渐增多,欺负我拿它没有办法。

我要乘风飞上万里长空,俯视祖国的大好山河。还要砍去月中树影摇曳的桂树,因为人们都说,这将使月亮洒下人间的光辉更多。

永遇乐·京口北固亭怀古

辛弃疾

千古江山,英雄无觅,孙仲谋处。舞榭歌台,风流总被,雨打风吹去。斜阳草树,寻常巷陌,人道寄奴曾住。想当年,金戈铁马,气吞万里如虎。

元嘉草草,封狼居胥,赢得仓皇北顾。四十三年,望中犹记,烽火扬州路。可堪回首,佛狸祠下,一片神鸦社鼓。凭谁问:廉颇老矣,尚能饭否?

注 释

①[永遇乐]词牌名。这首词作于宋宁宗开禧元年(1205)。
②[寄奴曾住]寄奴是南朝宋武帝刘裕(363—422)的小名。刘裕的祖先移居京口,他在这里起事,晚年推翻东晋做了皇帝。
③[想当年,金戈铁马,气吞万里如虎]刘裕曾两次率领东晋军队北伐,收复洛阳、长安等地。

④〔元嘉草草〕南朝宋文帝刘义隆好大喜功，仓促北伐，遭到重创。元嘉，宋文帝刘义隆的年号（424-453）。草草，轻率。

⑤〔封狼居胥〕汉武帝元狩四年（前119），霍去病远征匈奴，歼敌七万余，封狼居胥山而还。封，登山祭天，以纪功勋。狼居胥，山名，即今蒙古国境内的肯特山。这里用"元嘉北伐"暗示南宋朝廷要汲取历史教训。《宋书·王玄谟传》载刘义隆对殷景仁说："用王玄谟陈说，使人有封狼居胥意。"

⑥〔北顾〕败逃中回头北望。

⑦〔四十三年〕作者于宋高宗绍兴三十二年（1162）南归，到写这首词时正好四十三年。

⑧〔烽火扬州路〕扬州一带抗金的烽火。

⑨〔佛（bì）狸祠〕北魏太武帝拓跋焘（408—452）小名"佛狸"。公元450年，他反击刘宋，兵锋南下，在长江北岸瓜步山上建立行宫，后称"佛狸祠"。

⑩〔神鸦〕指在庙里吃祭品的乌鸦。

⑪〔社鼓〕社日祭祀土地神的鼓声。南宋时期，当地老百姓只把佛狸祠当作一般祠庙来祭祀供奉，而不知道它过去曾是北魏皇帝的行宫。

⑫〔廉颇老矣，尚能饭否〕据《史记·廉颇蔺相如列传》，战国时赵国名将廉颇被免职后跑到魏国，后来赵王想重新起用他，派人去探看他的身体状况。廉颇在使者面前吃下饭一斗、肉十斤，披甲上马，以示尚可大用。使者受廉颇仇人郭开的贿赂，回来报告赵王说："廉将军虽老，尚善饭，然与臣坐，顷之三遗矢矣。"（矢，同"屎"。）赵王以为廉颇已老，遂不召。

译 文

历经千古的江山，再也难找到像孙权那样的英雄。当年的舞榭歌台还在，英雄人物却随着岁月的流逝早已不复存在。斜阳照着长满草树的普通小巷，人们说那是当年刘裕曾经住过的地方。遥想当年，他指挥着强劲精良的兵马，气吞骄虏一如猛虎！

元嘉帝兴兵北伐，想建立不朽战功封狼居胥，却落得仓皇逃命，北望追兵泪下无数。四十三年过去了，如今瞭望长江北岸，还记得扬州战火连天的情景。真是不堪回首，拓跋焘祠堂香火盛，乌鸦啄祭品，祭祀擂大鼓。还有谁会问，廉颇老了，自己还能吃饭吗？

经典诗词联读

姜夔（1155-1209），字尧章，号白石道人，鄱阳（今属江西）人。南宋著名文学家、音乐家。一生布衣，多才多艺，姜夔对诗词、散文、书法、音乐，无不精善，是继苏轼之后又一难得的艺术全才。其词空灵含蓄，对后世影响较大。有《白石道人诗集》《白石道人歌曲》。

扬州慢·淮左名都

姜　夔

淳熙丙申至日，予过维扬。夜雪初霁，荠麦弥望。入其城则四顾萧条，寒水自碧。暮色渐起，戍角悲吟。予怀怆然，感慨今昔，因自度此曲。千岩老人以为有《黍离》之悲也。

淮左名都，竹西佳处，解鞍少驻初程。过春风十里，尽荠麦青青。自胡马窥江去后，废池乔木，犹厌言兵。渐黄昏，清角吹寒，都在空城。

杜郎俊赏，算而今，重到须惊。纵豆蔻词工，青楼梦好，难赋深情。二十四桥仍在，波心荡，冷月无声。念桥边红药，年年知为谁生？

注　释

①［扬州慢］词牌名。姜夔（1155-1221），字尧章，号白石道人，饶州鄱阳（今属江西）人，南宋文学家、音乐家。
②［淳熙丙申至日］宋孝宗淳熙三年（1176）冬至。至日，这里指冬至。
③［维扬］扬州的别称。
④［初霁（jì）］指雪方止，天刚晴。
⑤［荠麦］野生麦子。一说，荠菜与麦子。
⑥［戍角］指驻防部队的号角。
⑦［度］谱写，作曲。
⑧［千岩老人］南宋诗人萧德藻的自号。姜夔娶其侄女为妻，并跟他学诗。
⑨［黍离之悲］指故国残破的悲思。《黍离》，《诗经·王风》中的一首诗。《毛诗序》称，周大夫见故都的宗庙宫室倾覆，遗址上长满了茂盛的黍子，于是写了《黍离》一诗表达自己的忧伤。
⑩［淮左］今淮河以东地区，当时设置淮南东路。
⑪［竹西］竹西亭，在扬州北门外。
⑫［解鞍少驻］解下马鞍短暂停留。
⑬［春风十里］指原本十分繁华的扬州长街。杜牧诗《赠别》（其一）有"春风十里扬州路"之语。

⑭〔胡马窥江〕指金兵进犯长江北岸。宋高宗在位时，金兵两次南下攻宋，扬州均遭劫难。

⑮〔清角〕清越的号角。

⑯〔杜郎俊赏〕指杜牧曾快意游赏扬州。

⑰〔纵豆蔻词工，青楼梦好，难赋深情〕意思是，纵使杜牧能极为工巧地描绘扬州的妙龄少女和青楼之梦，也难以表达对扬州遭劫的悲痛之情。杜牧诗《赠别》（其一）有"娉娉袅袅十三余，豆蔻梢头二月初"之语，《遣怀》有"十年一觉扬州梦，赢得青楼薄幸名"之语。

⑱〔二十四桥〕指吴家砖桥，因古有二十四位美人吹箫于此，故名。一说，扬州在唐时极为富盛，著名的桥有二十四座，故名。杜牧诗《寄扬州韩绰判官》有"二十四桥明月夜，玉人何处教吹箫"之语。

⑲〔红药〕芍药花。

译 文

丙申年冬至这天，我经过扬州。夜雪初晴，放眼望去，全是荠草和麦子。进入扬州，一片萧条，河水碧绿凄冷，天色渐晚，城中响起凄凉的号角。我内心悲凉，感慨于扬州城今昔的变化，于是自创了这支曲子。千岩老人认为这首词有《黍离》的悲凉意蕴。

扬州自古是著名的都会，这里有著名游览胜地竹西亭，初到扬州我解鞍下马停留一会儿。昔日繁华热闹的扬州路，如今长满了青青荠麦，一片荒凉。金兵侵略长江流域地区，洗劫扬州后，只留下残存的古树和废毁的池台，都不愿再谈论那残酷的战争。临近黄昏，凄清的号角声响起，回荡在这座凄凉残破的空城。

杜牧俊逸清赏，料想他现在再来的话也会感到震惊。即使"豆蔻"词语精工，青楼美梦的诗意很好，也难抒写此刻深沉悲怆感情。二十四桥依然还在，桥下江水水波荡漾，月色凄冷，四周寂静无声。想那桥边红色的芍药花年年花叶繁荣，可它们是为谁生长为谁开放呢？

林升（生卒年不详），字梦屏，平阳（今浙江省苍南县）人。号平山居士，南宋诗人。他的作品《题临安邸》被选入人教版五年级上学期的课文中。

题临安邸

林 升

山外青山楼外楼，西湖歌舞几时休？
暖风熏得游人醉，直把杭州作汴州。

注 释

①〔临安〕在今浙江杭州，曾为南宋都城。

② [邸（dǐ）] 旅店。
③ [汴（biàn）州] 在今河南开封，曾为北宋都城。

译 文

青山无尽楼阁连绵望不见头，西湖上的歌舞几时才能停休？暖洋洋的香风吹得游人如痴如醉，简直是把杭州当成了汴州。

赵师秀（1170-1219），字紫芝，号灵秀，温州永嘉（今浙江温州）人。宋太祖八世孙，绍熙元年（1190）进士。南宋诗人，人称"鬼才"。赵师秀是"永嘉四灵"中较出色的诗人。诗学姚合、贾岛，多闲逸写景之作。

约 客

赵师秀

黄梅时节家家雨，青草池塘处处蛙。
有约不来过夜半，闲敲棋子落灯花。

注 释

① [约客] 邀请客人来相会。
② [黄梅时节] 夏初江南梅子黄熟的时节，即梅雨季节。
③ [灯花] 灯芯燃烧后结成的花状物。

译 文

黄梅时节一个梅雨绵绵的夜晚，乡村的青草池塘中传来阵阵蛙声。已经过了午夜，约好的客人还没有来，我无聊地轻轻敲着棋子，灯灰震落在棋盘上。

翁卷（生卒年不详），字续古，一字灵舒，温州乐清（今属浙江）人。"永嘉四灵"之一。一生布衣，诗学姚合、贾岛，风格闲雅秀润。

乡村四月

翁 卷

绿遍山原白满川，子规声里雨如烟。
乡村四月闲人少，才了蚕桑又插田。

注 释

① [山原] 山陵和原野。
② [白满川] 指稻田里的水色映着天光。

③［子规］鸟名，杜鹃鸟。
④［才了］刚刚结束。
⑤［蚕桑］种桑养蚕。

译 文

山坡田野间草木茂盛，稻田里的水色与天光相辉映。天空中烟雨蒙蒙，杜鹃声声啼叫。乡村的四月正是最忙的时候，刚刚结束了蚕桑的事又要插秧了。

叶绍翁（1194-？），字嗣宗，处州龙泉（今属浙江）人。长期隐居钱塘西湖之滨，属于江湖诗派，与真德秀、葛天民友善。其名句"春色满园关不住，一枝红杏出墙来""知有儿童挑促织，夜深篱落一灯明"皆写隐居生活所见，清新可喜。

夜书所见

叶绍翁

萧萧梧叶送寒声，江上秋风动客情。
知有儿童挑促织，夜深篱落一灯明。

注 释

①［萧（xiāo）萧］这里形容风吹梧桐叶发出的声音。
②［挑］用细长的东西拨弄。
③［促织］蟋蟀，也叫蛐蛐。
④［篱（lí）落］篱笆。

译 文

萧萧秋风吹动梧叶，送来阵阵寒意，客游在外的诗人看到远处篱笆下的灯火，料想是小孩在逗蟋蟀，不禁思念起自己的家乡。

游园不值

叶绍翁

应怜屐齿印苍苔，小扣柴扉久不开。
春色满园关不住，一枝红杏出墙来。

注 释

①［不值］没有遇到人。值，遇到。
②［应］大概，表示猜测。
③［怜］怜惜。
④［屐（jī）齿］指木屐底下突出的部分。屐，木鞋。
⑤［印苍苔］在青苔上留下印迹。

⑥〔小扣〕轻轻地敲。
⑦〔柴扉（fēi）〕用木柴、树枝编成的门。

译 文

也许是园主担心我的木屐踩坏他那爱惜的青苔，轻轻地敲柴门，久久没有人来开。可是这满园的春色毕竟是关不住的，你看，那儿有一枝粉红色的杏花伸出墙头来。

文天祥（1236—1282），字履善，又字宋瑞，号文山，吉州庐陵（今江西吉安）人。南宋末大臣，文学家，民族英雄。宝祐四年（1256）状元，官至右丞相兼枢密使。前往元军军营谈判，被扣留。后脱险南归，坚持抗元。祥兴元年（1278）兵败被俘，后被囚于元大都三年，屡拒威逼利诱，视死如归，临刑作《正气歌》。

过零丁洋

文天祥

辛苦遭逢起一经，干戈寥落四周星。
山河破碎风飘絮，身世浮沉雨打萍。
惶恐滩头说惶恐，零丁洋里叹零丁。
人生自古谁无死？留取丹心照汗青。

注 释

①〔遭逢〕遇到朝廷选拔。
②〔起一经〕指因精通某一经籍而通过科举考试得官。文天祥在宋理宗宝祐四年（1256）中进士第一名。
③〔干戈〕指战争。干和戈本是两种兵器。
④〔寥（liáo）落〕稀少。指宋朝抗元战事逐渐消歇。
⑤〔四周星〕四周年。从德祐元年（1275）起兵抗元至被俘恰是四年。
⑥〔风飘絮〕形容大宋国事如风中柳絮，失去根基，即将覆灭。写此诗后不久，南宋流亡朝廷覆灭。絮，柳絮。
⑦〔雨打萍〕比喻自己身世坎坷，如雨中浮萍，漂泊无根，时起时沉。萍，浮萍。
⑧〔惶恐滩〕在今江西省万安境内赣江中，水流湍急，极为险恶。宋端宗景炎二年（1277），文天祥在江西兵败，经惶恐滩退往广东。
⑨〔零丁〕孤苦无依的样子。
⑩〔丹心〕红心，比喻忠心。
⑪〔汗青〕古代在竹简上写字，先以火炙烤竹片，以防虫蛀。因竹片水分蒸发如汗，所以称之为"汗青"。这里指史册。

宋辽金

译 文

回想我早年由科举入仕历尽千辛万苦，如今战火消歇已经过四年的艰苦岁月。国家危在旦夕似那狂风中的柳絮，自己一生的坎坷如雨中浮萍，漂泊无根，时起时沉。惶恐滩的惨败让我至今依然惶恐，可叹我零丁洋里身陷元虏自此孤苦无依。自古以来，人终不免一死，倘若能为国尽忠，死后仍可光照千秋，青史留名。

南安军

文天祥

梅花南北路，风雨湿征衣。
出岭同谁出？归乡如此归！
山河千古在，城郭一时非。
饿死真吾志，梦中行采薇。

注 释

①［梅花南北路］指经过梅岭。梅岭，即大庾岭，山上多梅树，是广东和江西的分界岭。
②［采薇］周武王伐纣灭商，伯夷、叔齐（商末孤竹国君的两个儿子）不食周粟，逃到首阳山，采薇而食，后来饿死。薇，一种野菜。文天祥到了南安军曾绝食八天。

译 文

由南往北走过大庾岭口，一路风雨打湿衣裳。想到去南岭时有哪些同伴，回到家乡却身为俘囚。祖国的河山千年万世永存，城郭只是暂时落入敌手。绝食而死是我真正的意愿，梦中也学伯夷叔齐，吃野菜充饥等死。

卢钺，字威仲，号梅坡，永福（今属福建）人．寓居苏州。淳祐四年（1244）进士及第，官至户部尚书。以两首《雪梅》诗流芳百世。

雪 梅

卢 钺

梅雪争春未肯降，骚人阁笔费评章。
梅须逊雪三分白，雪却输梅一段香。

注 释

① [降（xiáng）] 服输。
② [骚（sāo）人] 诗人。
③ [阁（gē）笔] 同"搁",放下。
④ [评章] 评议。这里指评议梅与雪的高下。
⑤ [逊（xùn）] 不及,比不上。

译 文

梅和雪都认为自己占尽春色,谁也不肯服输。这可愁坏了文人墨客,难以评议二者的高下。其实,梅在晶莹洁白上应是比雪差三分的,而雪却又输给梅所带的一段清香。

雷震,南宋诗人,生卒不详。被认为是眉州（今四川眉山）人,宋宁宗嘉定年间进士。但又说是南昌（今属江西）人,宋度宗咸淳元年（1265）进士。其作《村晚》入选人教版语文课本五年级下册。

村　晚

雷　震

草满池塘水满陂,山衔落日浸寒漪。
牧童归去横牛背,短笛无腔信口吹。

注 释

① [陂（bēi）] 池岸。
② [漪（yī）] 水中的波纹。
③ [腔] 曲调。
④ [信口] 随口。

译 文

在一个长满水草的池塘里,池水灌得满满的,山衔住落日淹没了水波。
放牛的孩子横坐在牛背上,随意地用短笛吹奏着不成调的乐曲。

元明清

经典诗词联读

王冕（1287-1359），字元章，号煮石山农，诸暨（今属浙江）人，元朝著名画家、诗人、篆刻家。出身农家，幼年替人放牛，靠自学成才，后隐居会稽九里山，以卖画为生。善画梅，其咏梅诗多表现清高孤傲的情怀。有《竹斋集》。

墨 梅

王 冕

我家洗砚池头树，朵朵花开淡墨痕。
不要人夸好颜色，只留清气满乾坤。

注 释

①[墨梅]用墨笔勾勒出来的梅花。
②[洗砚（yàn）池]传说会稽（今浙江绍兴）戢（jí）山下有晋代大书法家王羲之的洗砚池。由于经常洗笔砚，池塘的水都染黑了。
③[乾坤]天地间。

译 文

梅花生长在池水边，那一朵朵开放的梅花上都点染着淡淡的墨痕。墨梅不要别人夸赞颜色好看，只愿留下一股清香弥漫在天地间。

马致远（约1250-约1324），元曲家。号东篱，大都（今北京）人。作品或写历史兴亡之爱国主题，或士人怀才不遇穷困潦倒，然而大多数写隐居乐道，神仙道化以寄孤愤。马致远与关汉卿、郑光祖、白朴并称为"元曲四大家"。

天净沙·秋思

马致远

枯藤老树昏鸦，小桥流水人家，古道西风瘦马。
夕阳西下，断肠人在天涯。

注 释

①[天净沙]曲牌名。
②[思]思绪。
③[枯藤（téng）]枯萎的枝蔓。
④[昏鸦]黄昏时将要回巢的乌鸦。
⑤[断肠]形容悲伤到极点。
⑥[天涯]天边，指远离家乡的地方。

译 文

干枯的藤，衰老的树，树上栖息着黄昏归巢的乌鸦。小桥下流水哗哗作响，小桥边庄户人家炊烟袅袅。古道上一匹瘦马，顶着西风艰难地前行。夕阳渐渐地失去了光泽，从西边落下。凄寒的夜色里，只有孤独的旅人漂泊在遥远的地方。

> 张养浩（1270-1329），字希孟，号云庄，又称齐东野人，济南（今山东省济南市）人。元代著名政治家、文学家。历官礼部尚书等。著有散曲集《云庄休居自适小乐府》。

山坡羊·潼关怀古

张养浩

峰峦如聚，波涛如怒，山河表里潼关路。望西都，意踌躇。伤心秦汉经行处，宫阙万间都做了土。兴，百姓苦；亡，百姓苦。

注 释

①〔峰峦如聚〕形容群峰攒集，层峦叠嶂。聚，聚拢、包围。
②〔波涛如怒〕形容黄河波涛的汹涌澎湃。怒，指波涛汹涌。
③〔山河表里〕外有黄河，内有华山，是为表里。形容潼关一带地势险要。表里，即内外。
④〔西都〕指长安（今陕西西安）。这是泛指秦汉以来在长安附近所建的都城。
⑤〔踌躇〕迟疑不决。这里形容心潮起伏。
⑥〔秦汉经行处〕途中所见的秦汉宫殿遗址。秦朝都城咸阳和西汉都城长安都在潼关西面。经行处，行程中经过的地方。
⑦〔兴〕指政权的统治稳固。

译 文

华山的山峰从四面八方会聚，黄河的波涛像发怒似的汹涌。潼关古道内接华山，外连黄河。遥望古都长安，我徘徊不定，心潮起伏。

令人伤心的是走过那些秦宫汉阙的地方，万间宫殿早已化作了尘土。一朝兴盛，百姓受苦；一朝灭亡，百姓依旧受苦。

山坡羊·骊山怀古

张养浩

骊山四顾，阿房一炬，当时奢侈今何处？只见草萧疏，水萦纡。至今遗恨迷烟树。列国周齐秦汉楚。赢，都变做了土；输，都变做了土。

注 释

①［骊（lí）山］在今陕西临潼东南。
②［阿房（ē páng）］即阿房宫，秦朝宫殿群，规模宏大，建筑华丽。故址在今陕西西安的阿房村。
③［一炬］一把火。相传公元前206年，项羽攻入咸阳，放火焚毁阿房宫。
④［萦纡（yū）］回环曲折。

译 文

站在骊山上环望四周，雄伟瑰丽的阿房宫已被付之一炬，当年奢侈的场面现在到哪里去了呢？呈现在眼前的只有稀疏寥落的草木，回旋迂曲的水流。到现在那些遗恨已消失在烟雾弥漫的树林中了。想想周、齐、秦、汉、楚等国多少帝王为了天下，征战杀伐，赢的如何？输的如何？不都变做了土！

于谦（1398-1457），字廷益，号节庵，杭州钱塘（今浙江省杭州市）人。明朝大臣、民族英雄、军事家、政治家。永乐十九年（1421）进士，官至少保，世称于少保。后因"谋逆"罪被冤杀。谥曰"忠肃"。

石灰吟

于 谦

千锤万凿出深山，烈火焚烧若等闲。
粉骨碎身浑不怕，要留清白在人间。

注 释

①［等闲］平常。
②［浑］全，全然。
③［清白］高尚的节操。

译 文

只有经过千万次锤打才能从深山里开采出来，它把熊熊烈火的焚烧当做很平常的一件事。即使粉身碎骨也毫不惧怕，甘愿把一身清白留在人世间。

唐寅（1470-1523），字伯虎，号六如居士、桃花庵主，苏州吴县（今江苏省苏州市吴中区）人。著名画家、文学家。玩世不恭而又才气横溢，与祝允明、文徵明、徐祯卿并称"吴中四才子"，画与沈周、文徵明、仇英并称"明四家"。其古体诗《把酒对月歌》《桃花庵歌》、七绝《画鸡》《言志》皆脍炙人口。

画 鸡

唐 寅

头上红冠不用裁，满身雪白走将来。
平生不敢轻言语，一叫千门万户开。

注 释

① [寅（yín）]
② [裁]裁剪，这里指制作的意思。
③ [平生]平常。
④ [轻]轻易。
⑤ [一]一旦。
⑥ [千门万户]指众多的人家。

译 文

头上如红花的帽子不用裁剪，是天生的，它满身雪白走过来了。平日里它从来不敢随便说话，但是一旦喊起来，千门万户就随着打开门窗了。

元明清

夏完淳（1631-1647），原名复，字存古，号小隐，又号灵胥。华亭（今上海松江）人。其父夏允彝为江南名士，与其师陈子龙创立几社。清军南下，随父、师起兵抗清，顺治四年被杀，年仅17岁。

别云间

夏完淳

三年羁旅客，今日又南冠。
无限山河泪，谁言天地宽。
已知泉路近，欲别故乡难。
毅魄归来日，灵旗空际看。

注 释

① [云间]上海松江区古称云间，是作者家乡。
② [三年]作者自参加抗清斗争，共三年。
③ [羁旅]寄居他乡，生活漂泊不定。

④ [南冠（guān）]《左传·成公九年》载，楚国人钟仪被俘，仍戴着"南冠"（楚国的冠）。后世遂以"南冠"为俘虏的代称。
⑤ [泉路] 地下。指阴间。
⑥ [毅魄] 英魂。语出屈原《九歌·国殇》："身既死兮神以灵，魂魄毅兮为鬼雄。"
⑦ [灵旗] 战旗。古代出征前必祭祷之，以求旗开得胜，故称。

译 文

三年来我奔走四海，今天却又成为俘虏。我为山河流了多少泪，谁又说天地宽广四海为家？我已经知道自己与世长辞的日子不远了，想要与故乡诀别却又难舍。待到我英魂归来的那一天，一定能看到抗清的义旗在空中飘扬。

王磐（约1470年－1530年）字鸿渐，江苏高邮人。明代散曲作家、画家，亦通医学。一生没有作过官，尽情放纵于山水诗画之间，筑楼于城西，终日与文人雅士歌吹吟咏，因自号"西楼"。所作散曲，题材广泛。称为南曲之冠。著有《王西楼乐府》《王西楼先生乐府》《野菜谱》《西楼律诗》。

朝天子·咏喇叭

王 磐

喇叭，唢呐，曲儿小腔儿大。官船来往乱如麻，全仗你抬声价。军听了军愁，民听了民怕。哪里去辨甚么真共假？眼见的吹翻了这家，吹伤了那家，只吹的水尽鹅飞罢！

注 释

① [曲儿小腔儿大] 曲子短小，声音响亮。
② [官船] 官府的船。这里指扰民的宦官船只。
③ [乱如麻] 形容来往频繁，出现次数很多。
④ [声价] 声望和社会地位。
⑤ [水尽鹅飞罢] 水干了，鹅也飞光了。比喻民穷财尽。

译 文

喇叭和唢呐，吹的曲子虽短，声音却很响亮。官船来往频繁乱如麻，全凭借你抬高名誉地位。军队听了军队发愁，百姓听了百姓害怕。哪里会去辨别什么真和假？眼看着使有的人家倾家荡产，有的人家元气大伤，直吹得江水枯竭鹅飞跑，家破人亡啊！

查慎行（1650—1727），初名嗣琏，字夏重，后改名慎行，字悔余，号他山，又号初白。海宁（今属浙江）人。康熙四十二年（1703年）进士，特授翰林院编修。其诗以空灵创新为尚，为清初效法宋诗较有成就的作者。

舟夜书所见

查慎行

月黑见渔灯，孤光一点萤。
微微风簇浪，散作满河星。

注　释

①［查（zhā）慎（shèn）行］
②［孤光］孤零零的灯光。
③［萤］萤火虫，比喻灯光像萤火虫一样微弱。
④［簇（cù）浪］拥起，泛起波浪。

译　文

漆黑之夜不见月亮，只能看到渔船上的灯光，孤独的灯光在茫茫的夜色中，像萤火虫般发出微亮。微风阵阵，河水泛起层层波浪，渔灯微光在水面上散开，河面好像撒落无数的星星。

纳兰性德（1655—1685），字容若，号楞伽山人，满洲正黄旗人。大学士明珠之子。康熙十五年（1676）进士，官一等侍卫。善骑射，好读书。词以小令见长，多感伤情调，间有雄浑之作。与朱彝尊、陈维崧并称"清词三大家"。其词在中国词史上享有较高声誉。词集名《纳兰词》。

长相思

纳兰性德

山一程，水一程，身向榆关那畔行，夜深千帐灯。
风一更，雪一更，聒碎乡心梦不成，故园无此声。

注　释

①［长相思］词牌名。
②［榆（yú）关］山海关。
③［那畔（pàn）］那边，这里指关外。
④［聒（guō）］声音嘈杂，这里指风雪声。

译　文

跋山涉水走过一程又一程，将士们马不停蹄地向着山海关进发。夜已经深了，千万个帐篷里都点起了灯。

帐篷外风声不断，雪花不住，嘈杂的声音打碎了思乡的梦，想到远隔千里的家乡没有这样的声音啊。

浣溪沙（身向云山那畔行）

纳兰性德

身向云山那畔行，北风吹断马嘶声，深秋远塞若为情。一抹晚烟荒戍垒，半竿斜日旧关城。古今幽恨几时平！

注 释

① [那畔] 那边。
② [若为] 怎样为。
③ [戍垒] 边防驻军的营垒。
④ [关城] 关塞上的城堡。

译 文

向着北方边疆一路前行，凛冽的北风吹散了骏马的嘶鸣。在遥远的边塞，萧瑟的深秋季节，我的心情久久不能平静。

落日时分，一抹晚烟缭绕在荒凉萧瑟的营垒上，半竿红日斜挂在旧时关城，令人不禁想起古往今来金戈铁马的故事，心潮起伏不平。

郑燮（1693—1765），字克柔，号板桥，江苏兴化人。画家、文学家。乾隆元年（1736）进士，任知县长达12年，后罢官归乡，以卖书画为生，为"扬州八怪"之一。其诗、书、画世称"三绝"。其诗多关心民生疾苦。

竹 石

郑 燮

咬定青山不放松，立根原在破岩中。
千磨万击还坚劲，任尔东西南北风。

注 释

① [燮（xiè）]
② [任] 任凭。
③ [坚劲（jìng）] 坚韧。
④ [尔] 你。

译 文

竹子抓住青山一点儿也不放松，它的根牢牢地扎在岩石缝中。经历千万次的磨炼仍然坚韧挺拔，任凭东西南北风的呼啸也不移步。

袁枚（1716—1798），字子才，号简斋、仓山居士。钱塘（今浙江杭州）人。乾隆四年（1739年）进士，授翰林院庶吉士。曾官江宁等地任知县。袁枚大半生从事诗文著述，活跃诗坛40余年，倡导性灵说，与赵翼、蒋士铨并称"乾隆三大家"。

所　见

袁　枚

牧童骑黄牛，歌声振林樾。
意欲捕鸣蝉，忽然闭口立。

注　释

①［牧（mù）童］指放牛的孩子。
②［振（zhèn）］振荡，回荡。说明牧童的歌声嘹亮。
③［林樾（yuè）］道旁成荫的树。

译　文

牧童骑在黄牛背上，嘹亮的歌声在树林里回荡。牧童大概是想要捕捉那正在鸣叫的蝉，突然停止了行走，不再高声歌唱了。

龚自珍（1792—1841），字瑟人，号定盦，浙江仁和（今杭州市）人。为近代著名启蒙思想家。主张"更法"、"改图"，揭露清统治者的腐朽，洋溢着爱国热情，被柳亚子誉为"三百年来第一流"。著有《定庵文集》，留存文章300余篇，诗词近800首，今人辑为《龚自珍全集》。著名诗作《己亥杂诗》共315首。多咏怀和讽喻之作。

己亥杂诗（其五）

龚自珍

浩荡离愁白日斜，吟鞭东指即天涯。
落红不是无情物，化作春泥更护花。

注　释

①［己亥（hài）杂诗］《己亥杂诗》是龚自珍在己亥年（1839）写的一组诗，共315首。这里选的是其中一首。
②［吟鞭］诗人的马鞭。吟，指吟诗。
③［东指］东方故里。
④［天涯］指离京都遥远。

⑤〔落红〕落花。后两句诗言外之意是说，自己虽然辞官，但仍会关心国家的前途和命运。

译 文

离别京都的愁思浩如水波，向着日落西斜的远处延伸，马鞭向东一挥，这一起身，从此就是天涯海角了。我辞官归乡，如从枝头上掉下来的落花，但它却不是无情之物，即使化作春泥，还能起着培育下一代的作用。

己亥杂诗（其二百二十）

龚自珍

九州生气恃风雷，万马齐喑究可哀。
我劝天公重抖擞，不拘一格降人材。

注 释

①〔生气〕活力，生命力。这里指朝气蓬勃的局面。
②〔恃（shì）〕依靠。
③〔万马齐喑（yīn）〕所有的马都沉寂无声。比喻人们沉默不语，不敢发表意见。喑，沉默。
④〔抖擞（sǒu）〕振作。

译 文

只有依靠风雷激荡般的巨大力量，才能使中国大地焕发勃勃生机。然而沉默不语，终究是一种悲哀。我奉劝上天要重新振作精神，不要拘泥一定规格以降下更多的人才。

高鼎（生卒年不详），字象一，又字拙吾，仁和（今浙江杭州市）人。清末诗人，生活在鸦片战争之后，因写《村居》诗而知名。有《拙吾诗稿》。

元明清

村 居

高 鼎

草长莺飞二月天，拂堤杨柳醉春烟。
儿童散学归来早，忙趁东风放纸鸢。

注 释

①〔村居〕在乡村里居住时见到的景象。

②[莺（yīng）]黄莺。
③[拂（fú）堤（dī）杨柳]杨柳枝条很长，垂下来，微微摆动，像是在抚摸堤岸。
④[醉（zuì）]陶醉。
⑤[春烟]春天水泽、草木等蒸发出来的雾气。
⑥[纸鸢（yuān）]泛指风筝，它是一种纸做的形状像老鹰的风筝。

译　文

农历二月，青草渐渐发芽生长，黄莺飞来飞去，轻拂堤岸的杨柳陶醉在春天的雾气中。村里的孩子们放了学急忙跑回家，趁着东风把风筝放上蓝天。

近现代

谭嗣同（1865—1898），字复生，号壮飞，又号华相众生等，湖南浏阳人。中国近代著名政治家、思想家，维新派人士。致力于维新变法，开湖南维新之风。倡办时务学堂、南学会、《湘报》等，又倡导开矿山、修铁路，宣传变法维新。戊戌变法失败后，谭嗣同拒绝出走，为清廷捕杀。

潼 关

谭嗣同

终古高云簇此城，秋风吹散马蹄声。
河流大野犹嫌束，山入潼关不解平。

注 释

①［谭嗣（sì）同］清末戊戌变法"六君子"之一。
②［潼（tóng）关］在今陕西潼关北，关城临黄河，依秦岭，当山西、陕西、河南三省要冲，历来为军事重地。
③［终古］久远。
④［簇（cù）］簇拥。
⑤［河流］指奔腾而过的黄河。
⑥［束］拘束。
⑦［不解平］不知道什么是平坦。
⑧［山入潼关］指秦岭山脉进入潼关（以西）。

译 文

自古以来高高云层就簇拥在这座雄关之上，清脆的马蹄声被猎猎西风吹散。黄河奔向平坦广阔的原野，好像仍嫌河床箍得太紧，秦岭山脉进入潼关以后就再也不知道何为平坦。

秋瑾（1875-1907），字琳卿，号竞雄，别号鉴湖女侠。浙江山阴（今绍兴）人。自幼爱读书，工诗文，好骑马击剑。光绪三十年（1904年）夏，赴日本留学，并创办《白话报》，后加入同盟会。曾主持大通学堂校务，并联络会党。1907年冬，武装暴动失败，被害于绍兴。

满江红·小住京华

秋 瑾

小住京华，早又是中秋佳节。为篱下黄花开遍，秋容如拭。四面歌残终破楚，八年风味徒思浙。苦将侬强派作蛾眉，殊未屑！

身不得，男儿列，心却比，男儿烈。算平生肝胆，因人常热。俗子胸襟谁识我？英雄末路当磨折。莽红尘何处觅知音？青衫湿！

注 释

①〔小住京华〕到京不久。小住，暂时居住。京华，京城的美称，这里指北京。
②〔秋容如拭〕秋天的景色仿佛擦拭过一般明净。拭，擦。
③〔四面歌残终破楚〕《史记·项羽本纪》载，公元前202年楚汉交兵时，楚军被围在垓（gāi）下（今安徽灵璧东南），项羽夜闻四面汉军都唱楚歌，以为楚地尽失，丧失信心，引兵突围至乌江（今安徽和县东北），自刎（wěn）而死。后用"四面楚歌"比喻四面受敌、孤立无援的困境。
④〔八年风味徒思浙〕八年来空想着故乡浙江的风味。八年，作者光绪二十二年（1896）在湖南结婚，到作词时恰好八年。徒，空，徒然。思浙，思念浙江故乡。
⑤〔苦将侬〕苦苦地让我。侬，我。
⑥〔蛾眉〕指女子细长而略弯的眉毛。这里借指女子。
⑦〔殊〕很，甚。
⑧〔未屑〕不屑、轻视，意思是不甘心做女子。
⑨〔列〕属类，范围。
⑩〔因人常热〕为别人而屡屡激动。热，激动。
⑪〔末路〕路途的终点，比喻失意潦倒或没有前途的境地。
⑫〔莽红尘〕莽莽人世。莽，广大。
⑬〔青衫湿〕指因悲叹无知音而落泪。语出白居易《琵琶行》"座中泣下谁最多？江州司马青衫湿"诗意。青衫，唐代文官八品、九品服以青，为官职最低的服色。

译 文

我在北京小住了一段时间，转眼间就又到了中秋佳节。篱笆下的菊花都已盛开，秋色明净，就像刚刚擦洗过一般。国家四面受敌，陷入孤立无援的困境，八年来空想着故乡浙江的风味。他们苦苦地想让我做一个贵妇人,其实,我是多么的不屑啊!

今生我虽然身子不在男儿的行列,但是我的心,要比男子的心还要刚烈。想想平日,我的一颗心,常为别人而热。那些俗人,心胸狭窄,怎么能懂我呢?英雄在无路可走的时候,难免要经受磨难挫折。在这莽莽红尘之中,哪里才能觅到知音呢?眼泪打湿了我的衣襟。

沁园春·长沙

毛泽东

独立寒秋,湘江北去,橘子洲头。看万山红遍,层林尽染;漫江碧透,百舸争流。鹰击长空,鱼翔浅底,万类霜天竞自由。怅寥廓,问苍茫大地,谁主沉浮?

携来百侣曾游。忆往昔峥嵘岁月稠。恰同学少年,风华正茂;书生意气,挥斥方遒。指点江山,激扬文字,粪土当年万户侯。曾记否,到中流击水,浪遏飞舟?

注 释

① [沁园春] 词牌名。
② [橘(jú)子洲] 又名水陆洲,在长沙城西的湘江中。
③ [层林尽染] 山上一层层的树林全都经霜变红,像染过一样。
④ [漫江] 满江。漫,遍布。
⑤ [舸(gě)] 大船。这里泛指船只。
⑥ [鹰击长空,鱼翔浅底] 鹰在广阔的天上飞,鱼在清澈的水里游。击,搏击,这里形容飞得矫健有力。翔,本指鸟盘旋飞翔,这里形容鱼游得轻快自由。
⑦ [万类霜天竞自由] 万物都在深秋竞相自由地活动。霜天,深秋天气。
⑧ [怅(chàng)] 失意,不畅快。这里用来表达由深思而引发的激昂慷慨的心绪。
⑨ [寥廓] 指宇宙高远辽阔。
⑩ [苍茫] 旷远迷茫。
⑪ [主] 主宰。
⑫ [沉浮] 这里指盛衰。
⑬ [百侣] 众多同伴。侣,这里指同学。
⑭ [峥嵘岁月稠] 不寻常的日子很多。峥嵘,不平凡、不寻常。稠,多。
⑮ [风华正茂] 风采才华正盛。
⑯ [书生意气,挥斥方遒(qiú)] 同学们意气奔放,正强劲有力。挥斥,纵放、奔放。遒,强劲有力。
⑰ [指点江山,激扬文字] 评论国家大事,写出激浊扬清的文章。指点,评论。江山,指国家。激扬,激浊扬清,抨击恶浊,褒扬清明。
⑱ [粪土当年万户侯] 意思是把当时的军阀官僚看得同粪土一样。粪土,视……如粪土,表鄙视。万户侯,本指食邑万户的封侯者,这里借指大军阀、大官僚。

⑲ [中流] 江河水流中央。
⑳ [击水] 指游泳。
㉑ [遏（è）] 阻止。

译 文

深秋季节，我独自站立在橘子洲头，望着滔滔的湘水向北奔流。

万千山峰全都变成了红色，层层树林好像染过颜色一样；江水清澈澄碧，一艘艘大船乘风破浪，争先恐后。鹰在广阔的天空上飞，鱼在清澈的水里游，万物都在深秋中争着过自由自在的生活。面对广阔的宇宙惆怅感慨：这旷远苍茫大地的盛衰沉浮，该由谁来主宰呢？

曾经我和我的同学，经常携手结伴来到这里漫游。那无数不平凡的岁月至今还萦绕在我的心头。同学们正值青春年少，风华正茂；大家意气奔放，劲头正足。评论国家大事，写出这些激浊扬清的文章，视当时那些军阀官僚如粪土。可曾还记得，那时的我们到江心水深流急的地方游泳，激起的浪几乎阻挡了飞速行驶的船只。

菩萨蛮·大柏地

毛泽东

赤橙黄绿青蓝紫，谁持彩练当空舞？雨后复斜阳，关山阵阵苍。

当年鏖战急，弹洞前村壁。装点此关山，今朝更好看。

注 释

① [赤橙黄绿青蓝紫] 彩虹的七色。
② [彩练] 彩色绢带。
③ [当空] 在正前方的天空中央。
④ [关山] 泛指附近群山。
⑤ [苍] 青黑色。
⑥ [鏖（áo）战] 苦战。
⑦ [急] 激烈。
⑧ [弹洞] 枪眼。

译 文

天上挂着七色的彩虹，而又是谁手持着彩虹在空中翩翩起舞？黄昏雨之后又见夕阳，苍翠的群山仿如层层军阵。

当年这里曾经进行了一次激烈的苦战，子弹穿透了前面村子的墙壁。那前村墙壁上留下的累累弹痕，把这里装扮得更加美丽。

七律·长征

毛泽东

红军不怕远征难，万水千山只等闲。
五岭逶迤腾细浪，乌蒙磅礴走泥丸。
金沙水拍云崖暖，大渡桥横铁索寒。
更喜岷山千里雪，三军过后尽开颜。

注 释

①〔五岭〕越城岭、都庞岭、萌渚岭、骑田岭、大庾岭的总称。位于湖南、江西、广东、广西四省区交界处。
②〔逶迤（wēi yí）〕形容道路、山脉、河流等弯弯曲曲、连绵不断的样子。
③〔乌蒙〕即乌蒙山，位于贵州、云南两省交界处。
④〔磅礴（páng bó）〕气势雄伟，山很险峻，这里指山势高大、险峻。
⑤〔金沙〕即金沙江，指长江上游从青海玉树到四川宜宾这一段。
⑥〔云崖〕高耸入云的山崖。
⑦〔大渡〕即大渡河，位于四川中西部。
⑧〔岷（mín）山〕位于四川、甘肃两省交界处。
⑨〔三军〕这里指红军队伍。

译 文

红军不怕万里长征路上的一切艰难困苦，把千山万水都看得极为平常。绵延不断的五岭，在红军看来只不过是微波细浪在起伏，气势雄伟的乌蒙山，在红军眼里也不过是一颗泥丸。金沙江浊浪滔天，拍击着高耸入云的峭壁悬崖，给人温暖的感受。大渡河险桥横架，晃动着凌空高悬的根根铁索，使人感到深深的寒意。更加令人喜悦的是踏上千里积雪的岷山，红军翻越过去以后个个笑逐颜开。

沁园春·雪

毛泽东

北国风光，千里冰封，万里雪飘。望长城内外，惟余莽莽；大河上下，顿失滔滔。山舞银蛇，原驰蜡象，欲与天公试比高。须晴日，看红装素裹，分外妖娆。

江山如此多娇，引无数英雄竞折腰。惜秦皇汉武，略输文采；唐宗宋祖，稍逊风骚。一代天骄，成吉思汗，只识弯弓射大雕。俱往矣，数风流人物，还看今朝。

注　释

①〔北国〕指我国北方。
②〔惟余莽（mǎng）莽〕只剩下白茫茫一片。
③〔滔滔〕这里指黄河波涛滚滚的样子。
④〔山舞银蛇，原驰蜡象〕群山好像（一条条）银蛇在舞动，高原（上的丘陵）好像（许多）白象在奔跑。原，作者自注："原指高原，即秦晋高原。"蜡象，白色的象。
⑤〔天公〕指天。
⑥〔须〕等到。
⑦〔红装素裹（guǒ）〕形容雪后天晴，红日和白雪交相辉映的壮丽景色。
⑧〔妖娆（ráo）〕娇艳美好。
⑨〔折腰〕弯腰行礼，这里是倾倒的意思。
⑩〔秦皇汉武〕指秦始皇嬴政（前259-前210）和汉武帝刘彻（前156－前87）。
⑪〔略输文采〕文采本指辞藻、才华。这里是说秦皇汉武武功甚盛，对比之下，文治方面的成就略有逊（xùn）色。
⑫〔唐宗宋祖〕指唐太宗李世民（599-649）和宋太祖赵匡胤（927－976）。
⑬〔稍逊风骚〕意近"略输文采"。风骚，本指《诗经》里的《国风》和《楚辞》中的《离骚》，后来泛指文章辞藻。
⑭〔天骄〕天之骄子。
⑮〔成吉思汗（hán）〕即元太祖铁木真（1162—1227）。
⑯〔弯弓〕拉弓。
⑰〔雕〕一种猛禽。
⑱〔俱往矣〕都过去了。俱，都。
⑲〔风流人物〕这里指能建功立业的英雄人物。作者自注："末三句，是指无产阶级。"

译　文

　　北方的风光，千里冰封冻，万里雪花飘。望长城内外，只剩下无边无际白茫茫一片。整条黄河，立刻失去了波涛滚滚的水势。被白雪覆盖的群山好像银蛇在舞动，高原好像白象在奔跑，它们都想试着和老天爷比一下谁更高。等到晴天的时候，看红日和白雪交相辉映，格外娇艳美好。

　　江山是如此的媚娇，引得无数英雄竞相倾倒。可惜秦始皇、汉武帝，略差文治功劳；唐太宗、宋太祖，稍逊文学才华。称雄一世的英雄人物，成吉思汗，只知道拉弓射大雕。这些人物都已经过去了，称得上能建功立业的英雄人物，还要看今天的人们。

卜算子·咏梅

毛泽东

风雨送春归,飞雪迎春到。已是悬崖百丈冰,犹有花枝俏。俏也不争春,只把春来报。待到山花烂漫时,她在丛中笑。

注释

①[丛中笑]百花盛开时,感到欣慰和高兴。
②[犹]还,仍然。
③[烂漫(màn)]颜色鲜明而美丽。

译文

风雨将春天送走了,飞雪又把春光迎来。正是悬崖结下百丈冰柱的时节,但仍然有花枝俏丽竞放。

俏丽但不掠春光之美,只是把春天的消息来报告。等到满山遍野开满鲜花之时,梅花却在花丛中欢笑。

陈毅(1901-1972),字仲弘,四川乐至人,中国人民解放军创建人和领导人之一,中华人民共和国十大元帅之一。无产阶级革命家、军事家。1935年春,他在敌人重兵围攻下,率部突围到江西、广东两省交界的油山和梅山地区开展游击战争,直到1937年抗日战争全面爆发才离开。这三首诗就写于这一时期。

梅岭三章

陈 毅

一九三六年冬,梅山被围。余伤病伏丛莽间二十余日,虑不得脱,得诗三首留衣底。旋围解。

一

断头今日意如何?
创业艰难百战多。
此去泉台招旧部,
旌旗十万斩阎罗。

二

南国烽烟正十年,
此头须向国门悬。
后死诸君多努力,

捷报飞来当纸钱。
三
投身革命即为家，
血雨腥风应有涯。
取义成仁今日事，
人间遍种自由花。

注 释

①〔梅岭〕即大庾（yǔ）岭，在今江西大余和广东南雄交界处。
②〔虑不得脱〕估计不能脱险。
③〔衣底〕衣服最里面。
④〔旋围解〕不久围困解除了。旋，不久、随即。
⑤〔意如何〕心里想些什么呢？
⑥〔泉台〕指人死后埋葬的地方，也指阴间。
⑦〔旧部〕过去的部下。这里指为革命牺牲的同志。
⑧〔旌旗〕旗帜的总称。这里借指军士。
⑨〔阎罗〕即阎罗王，也称"阎王"，民间传说中掌管阴间的神。
⑩〔烽烟〕古代边境有敌人入侵时，在烽火台上点起的报警用的烟火，后泛指战火或战争。这里指1927年以后的国内革命战争。
⑪〔捷报飞来当纸钱〕意思是，希望幸存的同志们用胜利的消息来祭奠和安慰我。纸钱，也叫"冥币"，民间烧给死者的纸做的假钱。
⑫〔取义成仁〕即"舍生取义""杀身成仁"。为了成全仁义，不惜牺牲生命。这里指为了人民的解放事业而勇于牺牲。取，选取。成，成全、实现。

译 文

1936年冬天，梅山游击队根据地遭敌围困，当时我受伤又生病，在树丛草莽中隐伏了20多天，心想这次大概不能突围了，就写了三首诗留藏在衣底。可是不久，我们又有幸地突破了敌人的包围。

一

今天即将兵败身死，我该写些什么？身经百战才创立了这番革命事业，多么的不易啊！这次我要到阴间去召集已经牺牲过的同志，带领十万英灵击败国民党反动派！

二

南方已经打了十年的仗了，我死后，我的头颅要挂在城门上，那些还活着的同志要多多努力，一定要用胜利的消息来祭奠我。

三

革命者四海为家，含有血腥味的风雨应当有止境，今天为正义的事业牺牲生命，反动派必将失败，自由幸福的美好理想必将实现。

下编

主题篇

丹心报国

荆轲（?—前227），战国末期卫国朝歌（今河南省鹤壁市淇县）人。后入燕，燕人称呼他为荆卿，在燕与高渐离友善，被燕太子丹尊为上卿。后为太子丹刺杀秦王，图穷匕见，不成功被杀。事迹见《战国策》《史记·刺客列传》。

易水歌

荆 轲

风萧萧兮易水寒，
壮士一去兮不复还！

注 释

①［易水］河名，在今河北西部。易水歌，古代歌谣。

译 文

北风萧萧啊易水寒冷，壮士一去啊不再回来！

李世民（599—649），即唐太宗，唐朝第二位皇帝，在位23年，年号贞观。陇西成纪（今甘肃省天水市秦安县）人。李世民不仅是著名的政治家、军事家，还是一位书法家和诗人。他开创了著名的贞观之治，为后来唐朝全盛时期的开元盛世奠定了重要基础，为后世明君之典范。死后葬于昭陵。

赐萧瑀

李世民

疾风知劲草，板荡识诚臣。
勇夫安识义，智者必怀仁。

注 释

①［萧瑀］字时文，隋朝将领，被李世民俘后归唐，封宋国公。
②［疾风］大而急的风。
③［劲（jìng）草］强劲有力的草。
④［板荡］动乱之世。
⑤［勇夫］有胆量的人。

译 文

在狂风中才能识别出坚韧的草木，在乱世里方能分辨出忠诚的臣子。一勇之夫怎么懂得为国为民为社稷的正义的道理，而有智慧的人，必定心中怀有仁爱。

永王东巡歌十一首（其二）

李 白

三川北虏乱如麻，四海南奔似永嘉。
但用东山谢安石，为君谈笑净胡沙。

注 释

① [三川] 指洛阳。以其有河、洛、伊三川。
② [北虏] 指安禄山叛军。
③ [东山] 谢安隐居处。

译 文

北方的胡虏在三川一带纷乱如麻，中原地区的人民争相南奔避难，似晋朝的永嘉之难。如果起用东山谢安石来辅佐平叛，一定能为君在谈笑中扫净胡沙。

对 雪

杜 甫

战哭多新鬼，愁吟独老翁。
乱云低薄暮，急雪舞回风。
瓢弃尊无绿，炉存火似红。
数州消息断，愁坐正书空。

注 释

① [战哭] 指在战场上哭泣的士兵。
② [新鬼] 新死去士兵的鬼魂。
③ [愁吟] 哀吟。
④ [回风] 旋风。
⑤ [瓢] 葫芦，古人诗文中习称为瓢，通常拿来盛茶酒的。
⑥ [弃] 一作"弄"。
⑦ [樽] 又作"尊"，似壶而口大，盛酒器。
⑧ [绿] 新酿的酒还未滤清时，酒面浮起酒渣，色微绿（即绿酒），细如蚁（即酒的泡沫），称为"绿蚁"。后世用以代指新出的酒，并因延伸开来有多个称呼，有偏用蚁来代称酒的，也有偏用绿来代称酒的。文人常用此典故。
⑨ [愁坐] 含忧默坐。
⑩ [书空] 是晋人殷浩的典故，意思是忧愁无聊，用手在空中划着字。

译 文

悲叹痛哭的是数万战死的将士，怀愁吟唱的是独坐床边的杜陵老翁。乱云低垂笼罩着淡薄的暮霭，急雪翻腾回舞于凛冽的寒风。瓢已丢弃，酒杯中再无滴酒，炉内无火仍映得眼前一片通红。数座州府的消息已被隔断，忧愁无聊，用手在空中划着字。

春宿左省

杜 甫

花隐掖垣暮，啾啾栖鸟过。
星临万户动，月傍九霄多。
不寝听金钥，因风想玉珂。
明朝有封事，数问夜如何？

注 释

① [宿] 值夜。
② [左省] 即门下省。
③ [掖垣] 这里指门下省。门下省和中书省位于宫墙的两边，像人的两腋，故名。
④ [啾啾] 鸟鸣声。
⑤ [金钥] 金锁。
⑥ [玉珂] 马铃。
⑦ [封事] 臣下向皇帝的上书。

译 文

门下省被花丛遮蔽包围，日已将暮，栖宿的鸟儿鸣叫着飞过。星临宫中，千门万户如在闪烁，宫殿高耸入云，仿佛照到的月光也特别多。夜中不敢寝眠，听着宫门金锁声；晚风阵阵，想起上朝时马铃的声音。明早上朝，还有很多上书奏章，因此多次地探问几更天了？

秦州杂诗二十首（其七）

杜 甫

莽莽万重山，孤城山谷间。
无风云出塞，不夜月临关。
属国归何晚，楼兰斩未还。
烟尘一长望，衰飒正摧颜。

注 释

① [莽莽] 无涯无际貌。
② [属国] 典属国的简称。指唐朝使节。
③ ["楼兰"句] 用汉傅介子斩楼兰王的典故,说明边境战事未休。
④ [衰飒] 环境萧条。

译 文

无涯无际万重青山,一座孤城立于山谷之间。虽然地面无风,云在高空却翩然出塞,还未入夜,而月亮先升上天空接近关隘。出关使臣未回,关外夷狄也尚未收服。望着满目烟尘,四顾萧条,我满面愁容。

南园十三首(其五)

李 贺

男儿何不带吴钩,收取关山五十州。
请君暂上凌烟阁,若个书生万户侯。

注 释

① [南园] 泛指作者昌谷故居以南一大片田畴平地。
② [吴钩] 一种头部呈弯钩状的佩刀。
③ [五十州] 指当时被藩镇所占领割据的山东及河南、河北五十余州郡。
④ [暂(zàn)上] 一上,试上。
⑤ [凌(líng)烟阁] 唐太宗为表彰开国功臣所建的殿阁。
⑥ [若个] 哪个。
⑦ [万户侯] 受封食邑达一万户的侯爵,借指高位厚禄。

译 文

男子汉大丈夫为什么不腰带武器,去收复黄河南北被割据的关塞河山五十州呢?请你暂且登上那凌烟阁去看一看,有哪一个书生曾被封为食邑万户的列侯?

陈陶（约公元812-约885年），字嵩伯，号三教布衣。《全唐诗》卷七百四十五"陈陶"传作"岭南（一云鄱阳，一云剑浦）人"。早年游学长安，善天文历象，尤工诗。举进士不第，遂恣游名山。有诗十卷，已散佚，后人辑有《陈嵩伯诗集》一卷。

陇西行四首（其二）

陈 陶

誓扫匈奴不顾身，五千貂锦丧胡尘。
可怜无定河边骨，犹是春闺梦里人。

注 释

①[匈奴]代指北方少数民族边患。
②[貂锦]貂裘，锦衣，这里代指装备精良的战士。
③[无定河]在陕西省榆林地区，黄河一级支流。

译 文

唐军战士发誓扫荡北方边患，奋不顾身，激战之后，五千精兵战死在边疆。可怜他们的爱人在闺房中做梦也想念着，却不知他们已变成了无定河边的白骨。

岳飞（1103-1141），字鹏举，相州汤阴（今属河南）人。抗金名将。官至枢密副使，封武昌郡开国公。因拒绝和议，为秦桧所害。宋孝宗时冤狱平反，追谥"武穆"，宋宁宗时追封鄂王。有《岳武穆集》。

满江红·写怀

岳 飞

怒发冲冠，凭栏处、潇潇雨歇。抬望眼、仰天长啸，壮怀激烈。三十功名尘与土，八千里路云和月。莫等闲、白了少年头，空悲切。

靖康耻，犹未雪。臣子恨，何时灭。驾长车、踏破贺兰山缺。壮志饥餐胡虏肉，笑谈渴饮匈奴血。待从头、收拾旧山河，朝天阙。

注　释

① [怒发冲冠] 形容大怒时头发竖立，上冲冠帽，冠指帽子。
② [凭] 倚靠。
③ [潇潇] 急骤的雨声。
④ [等闲] 轻易，随便。
⑤ [靖康耻] 靖康是宋钦宗的年号，这里指靖康二年（1127）金人灭北宋，掳走宋徽宗、宋钦宗二宗以及后妃宫女、百官工匠之事，给汉民族造成了奇耻大辱。
⑥ [长车] 指战车。
⑦ [贺兰山] 在今宁夏回族自治区内。后来贺兰山逐渐转为金人本土内军事屏障的代名词。
⑧ [缺] 指险隘的关口。
⑨ [餐] 把……当饭吃。
⑩ [胡虏] 对金兵的蔑称。中国古代汉民族将少数民族统称为"胡"。
⑪ [饮] 把……当水喝。
⑫ [匈奴] 中国古代北方的一个少数民族，多次南侵汉王朝。这里借指金人。
⑬ [朝天阙] 朝拜皇帝。天阙，指皇帝的宫殿。这里指北宋故都汴京的宫殿。

译　文

愤怒的头发根根直竖将帽子顶起，我倚靠栏杆之时，急骤的风雨才刚刚停止。我抬头遥望，仰面朝天，放声长啸，悲壮的心潮澎湃不已。自己年已三十，但所建立的功业如尘土般微不足道。为国家南征北战跋涉数千里，一路只有云和月相伴。不要轻易浪费光阴，否则等到年老发白之时，只能徒然地悲戚悔恨。

靖康之难的耻辱至今仍未洗雪。为人臣子的国恨何时才能泯灭？我要驾着战车直奔贺兰山，冲破金人的军事屏障。壮志在胸，恨不得把金人的肉当饭吃；谈笑败敌，恨不得要把敌人的血当水喝。等到我重新收复失地，重整大宋山河，再去汴京朝拜朝廷。

小重山（昨夜寒蛩不住鸣）

岳　飞

昨夜寒蛩不住鸣。惊回千里梦，已三更。起来独自绕阶行。人悄悄，帘外月胧明。

白首为功名。旧山松竹老，阻归程。欲将心事付瑶琴。知音少，弦断有谁听？

注　释

① [小重山] 词牌名。
② [蛩（qióng）] 蟋蟀。

③［千里梦］指光复中原的梦。
④［月胧明］月光微明，半明半暗。
⑤［旧山］指故乡。
⑥［瑶琴］琴的美称。

译　文

　　昨天夜里的蟋蟀不住地鸣叫，将我从光复中原的梦境中惊醒，醒来之时已是三更时分。我起来以后独自绕着台阶徘徊。夜晚静悄悄，不闻半点人声，窗帘外的月光微明幽暗。

　　为建立功业、追求功名直至白头。家乡的松竹等我都等老了，我依然无法回归故乡。我想把我的心事付诸琴声，奈何知音太少，就算我把琴弦弹断了又有谁听？

诉衷情（当年万里觅封侯）

陆　游

当年万里觅封侯。匹马戍梁州。关河梦断何处，尘暗旧貂裘。胡未灭，鬓先秋。泪空流。此生谁料，心在天山，身老沧洲。

注　释

　　①［"尘暗旧貂裘"句］《战国策》记载，苏秦游说秦王未果，说秦王"书十上而不行。黑貂之裘弊，黄金百斤尽，资用乏绝，去秦而归"。

译　文

　　当年不远万里携笔从戎，想要寻觅建功封侯的机会。曾经单骑匹马奔驰于广阔复杂的梁州前线。而今关塞河流在哪里呢？徒然梦中肠断。好多年过去了，岁月的灰尘使黑貂皮裘变得暗淡。

　　敌人尚未灭亡，我的两鬓已染星霜。每每想起，泪水就止不住地流淌。这一生谁能料到会是这样的结果啊：一颗雄心始终惦记着边塞，人在江湖却已经苍老衰迈。

水龙吟·登建康赏心亭

辛弃疾

楚天千里清秋，水随天去秋无际。遥岑远目，献愁供恨，玉簪螺髻。落日楼头，断鸿声里，江南游子。把吴钩看了，栏干拍遍，无人会，登临意。

休说鲈鱼堪脍，尽西风，季鹰归未？求田问舍，怕应羞见，刘郎才气。可惜流年，忧愁风雨，树犹如此！倩何人唤取，红巾翠袖，揾英雄泪！

注释

①[玉簪螺髻]玉指碧玉簪，螺髻指螺旋盘结的发髻，二者代指远山秀美。
②[季鹰]晋代张翰，字季鹰。他在洛阳做官，秋风起，想起家乡吴中莼鲈等美味，遂弃官而归。
③[揾（wèn）]擦拭。

译文

楚地的天空千里空阔，一片清秋景象。江水随着天空流去，一望无际。远山如碧玉簪和女子的发髻，虽然秀美却让人感到了一些愁苦愤恨。夕阳中我站在赏心亭上，听着掉队的鸿雁的啼声，就像江南游子一样孤寂。我拍遍栏杆，一遍遍看手中的吴钩，但是没有人能领会我这登临的深意。

不要说鲈鱼诱人可以烹饪美味，秋风来了，张翰弃官而归了吗？许汜求田问舍只想自己的家事，恐怕会愧对德才兼备的刘备。可惜时光流逝，一路风雨令人忧愁，树犹不堪时间的流逝而变老，何况人呢。请何人来唤取歌儿舞女，为我擦去英雄的眼泪？

菩萨蛮·书江西造口壁

辛弃疾

郁孤台下清江水，中间多少行人泪。西北望长安，可怜无数山。

青山遮不住，毕竟东流去。江晚正愁余，山深闻鹧鸪。

注释

①[郁孤台]在今江西万安县西南六十里，有皂口溪，水自此入赣江。
②[长安]今陕西省西安市，为汉唐故都。
③[可怜]可惜。
④[鹧鸪（zhè gū）]鸟名，啼声凄苦。

译文

郁孤台下清江的水默默流着，这水中有多少行人流的眼泪啊！往西北方向望长安，可是被无数青山遮住了视线。但是这些青山遮不住的赣江水，毕竟向东流去。天色已晚，流动的江水使我产生了愁绪，在大山的深处听到了鹧鸪的啼声。

正气歌（节选）

文天祥

天地有正气，杂然赋流形。下则为河岳，上则为日星。
于人曰浩然，沛乎塞苍冥。皇路当清夷，含和吐明庭。
时穷节乃见，一一垂丹青。在齐太史简，在晋董狐笔。
在秦张良椎，在汉苏武节。为严将军头，为嵇侍中血。

注释

① [苍冥（míng）] 天地之间。
② [皇路] 国运，国家的局势。
③ [清夷（yí）] 清平，太平。
④ [吐] 表露。
⑤ [见] 同"现"，表现，显露。
⑥ [垂丹青] 见于画册，传之后世。
⑦ [太史] 史官。
⑧ [简] 古代用以写字的竹片。

译文

天地之间有一股堂堂正气，它赋予万物而变化为各种体形。在下面就表现为山川河岳，在上面就表现为日月辰星。在人间被称为浩然之气，它充满了天地和寰宇。国运清明太平的时候，它呈现为祥和的气氛和开明的朝廷。时运艰危的时刻义士就会出现，他们的光辉形象一一垂于丹青。在齐国有舍命记史的太史简，在晋国有坚持正义的董狐笔。在秦朝有为民除暴的张良椎，在汉朝有赤胆忠心的苏武节。它还表现为宁死不降的严将军的头，表现为拼死抵抗的嵇侍中的血。

林则徐（1785-1850），字少穆，晚号俟村老人，福建侯官（今福建福州）人。嘉庆十六年（1811）进士，官至一品，曾任湖广总督。政治家、思想家、诗人，曾主持虎门销烟，是中华民族抵御外侮过程中伟大的民族英雄。

赴戍登程口占示家人（其二）

林则徐

力微任重久神疲，再竭衰庸定不支。
苟利国家生死以，岂因祸福避趋之！
谪居正是君恩厚，养拙刚于戍卒宜。
戏与山妻谈故事，试吟断送老头皮。

注 释

① [衰庸] 义近"衰朽",衰老而无能,这里是自谦之词。
② [苟利国家] 如果对国家有利,《左传·昭公四年》记郑国大夫子产改革军赋,受到时人的诽谤,子产曰:"何害?苟利社稷,死生以之。"杨伯峻注:"以,由也。"生死以,无论生死皆不计较。避,退避。趋,趋前。
③ [谪居] 因有罪被遣戍远方。养拙,犹言藏拙,有守本分、不显露自己的意思。刚,正好。戍卒宜,做一名戍卒为适当。这句诗谦恭中含有愤激与不平。
④ ["戏与"两句] 作者自注,宋真宗闻隐者杨朴能诗,召对,问:"此来有人作诗送卿否?"对曰:"臣妻有一首,云:'更休落魄耽杯酒,且莫猖狂爱咏诗。今日捉将官里去,这回断送老头皮。'"上大笑,放还山。东坡赴诏狱,妻子送出门,皆哭。坡顾谓曰:"子独不能如杨处士妻作一首诗送我乎?"妻子失笑,坡乃出。这两句诗用此典故,表达作者的旷达胸襟。山妻,对自己妻子的谦称。故事,旧事,典故。

译 文

我能力低微而肩负重任,早已感到精疲力尽。一再担当重任,以我衰老之躯,平庸之才,是定然不能支撑了。如果对国家有利,我可以不顾生死。岂能因祸而逃避,见福就趋附呢?我被流放伊犁,正是君恩高厚。我还是退隐不仕,当一名戍卒适宜。我开着玩笑,同老妻谈起《东坡志林》所记宋真宗召对杨朴和苏东坡赴诏狱的故事,说你不妨吟诵一下"这回断送老头皮"那首诗来为我送行。

对 酒

秋 瑾

不惜千金买宝刀,貂裘换酒也堪豪。
一腔热血勤珍重,洒去犹能化碧涛。

注 释

① [瑾(jǐn)]
② [对酒] 指此诗为对酒痛饮时所作。
③ [宝刀] 吴芝瑛《记秋女侠遗事》提到,秋瑾在日本留学时曾购一宝刀。
④ [貂裘换酒] 以貂皮制成的衣裘换酒喝。多用来形容名士或富贵者的风流放诞和豪爽。
⑤ [堪(kān)] 能够,可以。
⑥ [勤] 常常,多。
⑦ [珍重] 珍惜重视。
⑧ [碧涛] 血的波涛。
⑨ [涛] 在此处意即掀起革命的风暴。

译 文

不惜一掷千金买宝刀,用华美的皮袍换美酒真是爽气干云的豪举。一腔热血,善自珍惜,美酒入肠,犹可化作忠肝义胆的澎湃热血。

丹心报国

金戈铁马

项羽（前232-前202），名籍，字羽，秦末下相（今江苏宿迁）人，世为楚将。秦二世元年（前209）跟随叔父项梁起义。曾在灭秦的巨鹿之战中破釜沉舟，灭秦后称"西楚霸王"，后与刘邦进行了四年的楚汉战争，公元前202年兵败于垓下，自刎于乌江边。

垓下歌

项 羽

力拔山兮气盖世。时不利兮骓不逝。
骓不逝兮可奈何！虞兮虞兮奈若何！

注 释

①[垓（gāi）下]古地名，在今安徽灵璧县东南。
②[兮]文言助词，类似于现代汉语的"啊"或"呀"。
③[骓（zhuī）]项羽所骑战马名乌骓。
④[虞]即虞姬，项羽钟爱的侍姬。
⑤[奈若何]拿你怎么办。

译 文

力量可以拔起大山，豪气世上无人能比。可时运不济，宝马也再难奔驰。乌骓马不前进了我又能怎样呢？虞姬啊！虞姬啊！我又该拿你怎么办？

刘邦（前256-前195），即汉高祖，沛县（今属江苏徐州）人，汉朝开国皇帝，中国历史上杰出的政治家、战略家和指挥家。对汉族的发展，以及中国的统一和强大有突出贡献。

大风歌

刘 邦

大风起兮云飞扬，
威加海内兮归故乡。
安得猛士兮守四方？

注 释

①[威]威望，权威。
②[加]施加。

译 文

大风刮起来了，云随着风翻腾奔涌啊，威武平天下，我回到故乡。怎样才能得到勇士啊为国家镇守四方！

金戈铁马

经典诗词联读

杨炯（650-692），字令明，弘农华阴（今属陕西）人，排行第七。唐朝诗人，与王勃、卢照邻、骆宾王并称"初唐四杰"。后人称他为"杨盈川"。文学才华出众，善写散文，尤擅诗歌。现存诗30余首，在内容和艺术风格上以突破齐梁"宫体诗风"为特色，在诗歌发展史上起到承前启后的作用，明代童佩辑有《杨盈川集》十卷。

从军行

杨 炯

烽火照西京，心中自不平。
牙璋辞凤阙，铁骑绕龙城。
雪暗凋旗画，风多杂鼓声。
宁为百夫长，胜作一书生。

注 释

①［从军行］为乐府旧题，多写军旅生活。
②［西京］长安。
③［牙璋（zhāng）］古代发兵所用之兵符，分为两块，相合处呈牙状，朝廷和主帅各执其半。
④［凤阙（què）］阙名。汉建章宫的圆阙上有金凤，故以凤阙指皇宫。
⑤［龙城］又称龙庭，在今蒙古国鄂尔浑河的东岸。汉时匈奴的要地。汉武帝派卫青出击匈奴，曾在此获胜。这里指塞外敌方据点。
⑥［凋］原意指草木枯败凋零，此指失去了鲜艳的色彩。
⑦［百夫长］古代军职，一百个士兵的头目，泛指下级军官。

译 文

边塞的报警烽火传到了长安，壮士的心怀哪能够平静。辞别皇宫，将军手执兵符而去；围敌攻城，精锐骑兵勇猛异常。大雪纷飞，军旗黯然失色；狂风怒吼，夹杂咚咚战鼓。我宁愿做个低级军官为国冲锋陷阵，也胜过当个白面书生只会雕句寻章。

出塞二首（其二）

王昌龄

骝马新跨白玉鞍，战罢沙场月色寒。
城头铁鼓声犹震，匣里金刀血未干。

注释

① [骝（liú）马] 黑鬣（liè），黑尾巴的红马，骏马的一种。
② [新] 刚刚。
③ [沙场] 战场。
④ [震] 响。

译文

将军刚跨上配了白玉鞍的骏马出战，战斗结束后战场上只剩下凄寒的月色。

城头上的战鼓声还在旷野里震荡回响，将军刀匣里宝刀上的血迹仍然没干。

从军行七首（其一）

王昌龄

烽火城西百尺楼，黄昏独坐海风秋。
更吹羌笛关山月，无那金闺万里愁。

注释

① [羌笛] 羌族竹制乐器。
② [关山月] 乐府曲名。
③ [无那] 无奈，指无法消除思亲之愁。一作"谁解"。

译文

在烽火台的西边高高地耸立着一幢百尺高楼，黄昏时分，独坐在戍楼上，任凭从沙海吹来的秋风撩起自己的战袍。此时又传来一阵幽怨的羌笛声，吹奏的是《关山月》的调子，无奈这笛声更增添了对万里之外的妻子的相思之情。

从军行七首（其五）

王昌龄

大漠风尘日色昏，红旗半卷出辕门。
前军夜战洮河北，已报生擒吐谷浑。

注释

① [前军] 唐军的先头部队。
② [洮（táo）河] 河名，源出甘肃临洮西北的西倾山，最后流入黄河。
③ [吐谷（yù）浑] 中国古代少数民族名称，晋时鲜卑慕容氏的后裔。

译文

大漠风起尘土飞扬，天色为之昏暗，红旗半卷飘出军门，接到战报后迅速出击。先锋部队已经于昨夜在洮河北岸和敌人展开了激战，中途捷报传来，敌酋已被生擒。

观 猎

王 维

风劲角弓鸣,将军猎渭城。
草枯鹰眼疾,雪尽马蹄轻。
忽过新丰市,还归细柳营。
回看射雕处,千里暮云平。

注 释

① 诗题一作《猎骑》。猎,狩猎。
② [劲]强劲。
③ [角弓]用兽角装饰的硬弓,使用动物的角、筋等材料制作的传统复合弓。
④ [渭(wèi)城]秦时咸阳城,汉改称渭城,在今西安市西北,渭水北岸。
⑤ [鹰]指猎鹰。
⑥ [眼疾]目光敏锐。
⑦ [新丰市]故址在今陕西省临潼县东北,是古代盛产美酒的地方。
⑧ [细柳营]在今陕西省长安县,是汉代名将周亚夫屯军之地。借此指打猎将军所居军营。
⑨ [射雕处]借射雕处表达对将军的赞美。雕:猛禽,飞得快,难以射中;射雕:北齐斛律光精通武艺,曾射中一雕,人称"射雕都督",此引用其事以赞美将军。
⑩ [暮云平]傍晚的云层与大地连成一片。

译 文

劲风吹过,绷紧的弓弦发出尖锐的颤声,只见将军正在渭城郊外狩猎。冬草枯黄,鹰眼更加锐利;冰雪消融,飞驰的马蹄格外轻快。转眼已经路过新丰市,不久之后又骑着马回到那细柳营。回首观望方才纵横驰骋之处,傍晚的云层已与大地连成一片。

陇西行

王 维

十里一走马,五里一扬鞭。
都护军书至,匈奴围酒泉。
关山正飞雪,烽火断无烟。

注 释

① [陇西]陇山之西,在今甘肃省陇西县以东。
② [都护]官名。

③〔匈奴〕这里泛指中国北部和西部的少数民族。
④〔酒泉〕郡名，在今酒泉市东北。
⑤〔关山〕泛指边关的山岳原野。
⑥〔断〕中断联系。

译 文

告急的军使跃马扬鞭，十里又十里纵马飞驰，五里又五里不断扬鞭。西北都护府的军使传来了加急的军书，匈奴的军队已经围困西域重镇酒泉。边关的山岳原野，却只见漫天飞雪，不见烽火狼烟。

关山月

李 白

明月出天山，苍茫云海间。
长风几万里，吹度玉门关。
汉下白登道，胡窥青海湾。
由来征战地，不见有人还。
戍客望边色，思归多苦颜。
高楼当此夜，叹息未应闲。

注 释

①〔关山月〕乐府旧题，属横吹曲辞，多抒离别哀伤之情。
②〔天山〕即祁连山。在今甘肃、新疆之间，连绵数千里。因汉时匈奴称"天"为"祁连"，所以祁连山也叫做天山。
③〔玉门关〕故址在今甘肃敦煌西北，古代通向西域的交通要道。
④〔下〕指出兵。
⑤〔白登〕今山西大同东有白登山。汉高祖刘邦领兵征匈奴，曾被匈奴在白登山围困了七天。
⑥〔胡〕此指吐蕃。
⑦〔窥〕有所企图，窥伺，侵扰。
⑧〔青海湾〕即今青海省青海湖，湖因青色而得名。由来，自始以来，历来。
⑨〔戍（shù）客〕征人也。驻守边疆的战士。
⑩〔高楼〕古诗中多以高楼指闺阁，这里指戍边兵士的妻子。

译 文

一轮明月从祁连山升起，穿行在苍茫云海之间。浩荡的长风吹越几万里，吹过将士驻守的玉门关。当年汉兵直指白登山道，吐蕃觊觎青海大片河山。这里就是历代征战之地，出征将士很少能够生还。戍守兵士远望边城景象，思归家乡不禁满面愁容。此时将士的妻子在高楼，哀叹何时能见远方亲人。

塞下曲六首（其一）

李 白

五月天山雪，无花只有寒。
笛中闻折柳，春色未曾看。
晓战随金鼓，宵眠抱玉鞍。
愿将腰下剑，直为斩楼兰。

注 释

①[塞下曲]出于汉乐府题《出塞》《入塞》等曲，唐代一种新乐府辞，内容多写边塞征戍之事。

译 文

五月的天山仍在飘雪，不见花草只有凛冽的寒气。只听见笛曲《折杨柳》，却从来就没有见过桃红柳绿的春天。战士们白天在金鼓声中与敌人殊死战斗，晚上还抱着马鞍睡觉。但愿悬挂于腰间的宝剑，能够早日助我平定边疆，报效祖国。

塞上听吹笛

高 适

雪净胡天牧马还，月明羌笛戍楼间。
借问梅花何处落，风吹一夜满关山。

注 释

①[戍楼]边防驻军的瞭望楼。
②[梅花何处落]中国传统笛曲有《梅花落》，善述离情。这里应该是说羌笛所吹的《梅花落》曲，作者听之，故设此问，问梅花落向何处。
③[关山]关隘山岭。

译 文

一场大雪让边塞的天变得更加干净，牧马归来，月光皎洁，悠扬的羌笛声回荡在戍楼之间。试问这曲《梅花落》中，梅花飘向何处？这笛曲声声经风吹来，传遍了整个关隘山岭。

前出塞九首（其六）

杜 甫

挽弓当挽强，用箭当用长。
射人先射马，擒贼先擒王。
杀人亦有限，列国自有疆。
苟能制侵陵，岂在多杀伤。

注 释

① [挽弓] 拉弓。
② [列国] 各国。
③ [苟能] 如果能。
④ [侵陵] 侵略。

译 文

拉弓应该拉硬弓，用箭应该用长箭。射人要先射他的马，擒贼应该先擒他们的王。杀人有个限度，各个国家也自有疆界。拥兵只为有朝一日能制止侵略，岂是为了多伤人命。

后出塞五首（其二）

杜 甫

朝进东门营，暮上河阳桥。
落日照大旗，马鸣风萧萧。
平沙列万幕，部伍各见招。
中天悬明月，令严夜寂寥。
悲笳数声动，壮士惨不骄。
借问大将谁？恐是霍嫖姚。

注 释

① [河阳桥] 横跨黄河的浮桥。在今河南省境内。
② ["马鸣"句] 用《诗经·车攻》"萧萧马鸣，悠悠旌旆"。
③ [令严] 军令严格。
④ [霍嫖姚] 西汉大将霍去病。武帝时，霍去病为嫖姚校尉，尝从大将军卫青出塞。这里用霍去病来比喻唐将。

译 文

早上进入军营大门，傍晚又踏上河阳浮桥。落日照射军中大旗，战马在风中萧萧嘶鸣。平沙之上排列着层层营帐，士兵被一一征召。半夜天上悬挂着一轮明月，军令威严，寒夜寂寥。悲壮的号角频频吹动，战士听之，肃然而生凄惨之感。请问谁是军中统帅？大概是一位如汉大将霍去病一样的人物。

和张仆射塞下曲（其二）

卢 纶

林暗草惊风，将军夜引弓。
平明寻白羽，没在石棱中。

注 释

① [引弓] 拉弓，开弓。
② [平明] 天刚亮的时候。
③ [白羽] 箭杆后部的白色羽毛，这里指箭。
④ [没] 陷入，这里是钻进的意思。
⑤ [石棱（léng）] 多边角的山石。

译 文

昏暗的树林中，草突然被风吹动，将军在夜色中连忙开弓射箭。早上起来寻找昨晚射的白羽箭，箭头深深插入坚硬多棱的山石之上。

从军北征

李 益

天山雪后海风寒，横笛偏吹行路难。
碛里征人三十万，一时回首月中看。

注 释

① [偏] 一作"遍"。
② [行路难] 乐府曲调名，多描写旅途的辛苦和离别的悲伤。
③ [碛（qì）] 沙漠的意思。这里指边关。
④ [回首] 一作"回向"。
⑤ [月中] 一作"月明"。

译 文

天山下了一场大雪，从青海湖刮来的风更添寒冷。行军途中，战士吹起笛曲《行路难》。听到这悲伤的别离曲，驻守边关的三十万将士，都抬起头来望着东升的月亮。

黄巢（820-884），曹州冤句（今山东菏泽）人。出身盐商家庭，以贩私盐为业。善于骑射，亦有诗才，但屡试不第。乾符五年（878）王仙芝死，黄巢被推为主帅，次年冬攻入长安，即皇帝位，国号"大齐"，建元金统。中和四年（884）六月，黄巢败死狼虎谷。今仅存诗两首。

不第后赋菊

黄 巢

待到秋来九月八，我花开后百花杀。
冲天香阵透长安，满城尽带黄金甲。

注 释

①[不第]科举落第。
②[九月八]九月九日为重阳节，有登高赏菊的风俗。这里用"九月八"主要出于押韵的角度所做的变通。

译 文

等到秋天九月重阳节来临的时候，菊花盛开以后别的花就凋零了。
盛开的菊花香气弥漫整个长安，遍地都是金黄如铠甲般的菊花。

水调歌头·舟次扬州和人韵

辛弃疾

落日塞尘起，胡骑猎清秋。汉家组练十万，列舰耸层楼。谁道投鞭飞渡，忆昔鸣髇血污，风雨佛狸愁。季子正年少，匹马黑貂裘。

今老矣，搔白首，过扬州。倦游欲去江上，手种橘千头。二客东南名胜，万卷诗书事业，尝试与君谋。莫射南山虎，直觅富民侯。

注 释

①[水调歌头]词牌名，又名"元会曲""台城游""凯歌""江南好""花犯念奴"等。
②[次]停泊。
③[塞尘起]边疆发生了战事。
④[胡骑猎清秋]古代北方的敌人经常于秋高马肥之时南犯。胡骑，此指金兵。
⑤[猎]借指发动战争。
⑥[组练]组甲练袍，指装备精良的军队。
⑦[投鞭飞渡]用投鞭断流事。前秦苻坚举兵南侵东晋，号称九十万大军，他曾自夸说："以吾之众旅，投鞭于江，足断其流。"（《晋书·苻坚载记》）结果淝水一

金戈铁马

战,大败而归。此喻完颜亮南侵时的嚣张气焰,并暗示其最终败绩。

⑧〔忆昔〕指绍兴三十一年(1161年)金主完颜亮南侵失败为其部下所杀事。

⑨〔鸣髇(xiāo)〕即鸣镝,是一种响箭,射时发声。

⑩〔血污〕指死于非命。《史记·匈奴传》谓匈奴头曼单于之太子冒顿作鸣镝,令左右曰:"鸣镝所射而不悉射者斩之。"后从其父头曼猎,以鸣镝射头曼,其左右亦随鸣镝而射头曼。

⑪〔佛(bì)狸〕后魏太武帝拓跋焘小字佛狸,曾率师南侵,此借指金主完颜亮。

⑫〔季子〕苏秦字季子,战国时的策士,以合纵策游说诸侯佩六国相印。《战国策·赵策》载,李兑送苏秦明月之珠,和氏之璧,黑貂之裘,黄金百镒。苏秦得以为用,西入于秦。这里指自己如季子年少时一样有一股锐气,寻求建立功业,到处奔跑貂裘积满灰尘,颜色变黑。

⑬〔今老〕谓今过扬州,人已中年,不堪回首当年。搔白首,暗用杜甫《梦李白》诗意:"出门搔白首,若负平生志。"

⑭〔倦游〕欲退隐江上,种橘消愁。

⑮〔橘千头〕(李)衡每欲治家,妻辄不听,后密遣客十人于武陵龙阳氾洲上作宅,种甘橘千株。临死,敕儿曰:"汝母恶我治家,故穷如是。然吾州里有千头木奴,不责汝衣食,岁上一匹绢,亦可足用耳。"(《襄阳耆旧传》)

⑯〔二客〕称颂友人学富志高,愿为之谋划。

⑰〔名胜〕名流。

译 文

落日雄浑,边境上战争的烟尘涌起,秋高气爽,金兵大举进犯我领地。看我雄壮的十万大军奋勇迎敌,江面上排列的战舰如高楼耸立。谁说苻坚的士兵投鞭就能截断江流,想当年冒顿谋杀生父,响箭上染满血迹,佛狸南侵在风雨中节节败退,最终也死在他自己的亲信手里。年轻时我像苏秦一样英姿飒爽,跨着战马身披貂裘为国奔走效力。

如今我一事无成人已渐老,搔着白发又经过这扬州旧地。我已经厌倦了官宦生涯,真想到江湖间种橘游憩。你们二位都是东南的名流,胸藏万卷诗书前程无比。让我尝试着为你们出谋划策:不要学李广在南山闲居射虎,去当个"富民侯"才最为相宜。

故土情深

山 中

王 勃

长江悲已滞,万里念将归。
况属高风晚,山山黄叶飞。

注 释

① [滞(zhì)] 停滞,不流通。
② [念将归] 有归乡之愿,但不能成行。
③ [况属] 何况是。
④ [高风] 山中吹来的风。

译 文

长江好似已经停滞,在为我悲伤。远游万里之人,想着可以早日归乡。何况是秋风四起,满山枯黄的落叶处处飘零的时节呢。

宋之问(656—713),字延清,弘农(今河南灵宝)人。初唐时期著名诗人。多才多艺,富文辞,且工书,有力绝人,世称三绝。身材魁梧,能言善辩,20岁时就被武则天召进宫。武后游龙门,令群臣赋诗,宋之问得第一、被赐锦袍。宋之问与沈佺期并称"沈宋",为唐代律诗的成型做出了一定的贡献。

渡汉江

宋之问

岭外音书断,经冬复历春。
近乡情更怯,不敢问来人。

注 释

关于作者另一说,此诗是李频由贬所泷州逃归洛阳,途经汉江(指襄阳附近的汉水)时所作。
① [汉江] 汉水。长江最大支流,源出陕西,经湖北流入长江。
② [岭外] 五岭以南的广东省广大地区,通常称岭南。唐代常作罪臣的流放地
③ [书] 信。
④ [怯(qiè)] 胆怯。

译 文

客居岭南的日子里与家人音信断绝,经过了冬天又到了春天。离故乡越近心中

越胆怯,不敢向家乡那边过来的人打听家里的消息。

回乡偶书(其二)

贺知章

离别家乡岁月多,近来人事半消磨。
惟有门前镜湖水,春风不改旧时波。

注 释

①[消磨]逐渐消失、消除。
②[镜湖]湖泊名,在今浙江绍兴会稽山的北麓,方圆三百余里。贺知章的故乡就在镜湖边上。

译 文

我离别家乡的时间实在是很长久了,回家后才感觉到家乡的人事变迁实在是太大了。只有门前那镜湖的碧水,在春风吹拂下泛起一圈一圈的波纹,还和五十多年前一模一样。

杂诗三首(其二)

王维

君自故乡来,应知故乡事。
来日绮窗前,寒梅著花未?

注 释

①[来日]动身来的那天。
②[绮窗]雕饰精美的窗子。
③[著花]开花。

译 文

你从故乡而来,应该知道故乡的一些情况。你来的那天,我家那雕饰精美的窗前,梅花是不是开了?

菩萨蛮(平林漠漠烟如织)

李白

平林漠漠烟如织,寒山一带伤心碧。暝色入高楼,有人楼上愁。
玉阶空伫立,宿鸟归飞急。何处是归程?长亭更短亭。

注 释

① [平林] 树林远望，如平展貌，故称"平林"。
② [漠漠] 平远貌。
③ [暝色] 夜色。
④ [长亭、短亭] 古人设在路边供行人休息的亭舍。庾信《哀江南赋》："十里五里，长亭短亭。"

译 文

远处平展的树林烟雾缭绕，如织物般，寒山如带，一片碧绿，触目伤心。夜色笼罩高楼，有人正在楼上独自哀愁。

站在玉阶上空自凝望，只见归巢的鸟儿在空中飞翔，似乎急着归巢。哪条路才是我等待的人的归途？只见路上长亭连着短亭。

除夜作

高 适

旅馆寒灯独不眠，客心何事转凄然？
故乡今夜思千里，霜鬓明朝又一年。

注 释

① [除夜] 除夕的晚上。
② [转] 变得。
③ [凄（qī）然] 凄凉悲伤。
④ [霜鬓（bìn）] 白色的鬓发。

译 文

我独自在旅馆里躺着，寒冷的灯光照着我，久久难以入眠。是什么事情，让我这个游客的心情变得凄凉悲伤？今夜想起千里之外的故乡，然而，伴随自己守岁的，只有两鬓白发，过了今晚，新的一年又开始了。

余干旅舍

刘长卿

摇落暮天迥，青枫霜叶稀。
孤城向水闭，独鸟背人飞。
渡口月初上，邻家渔未归。
乡心正欲绝，何处捣寒衣。

注 释

① [余干] 今属江西省。
② [迥（jiǒng）] 远。
③ [捣寒衣] 捣衣一种是指把脏衣服放在石板上用木杵捶击的洗衣方法；另一种是指把布帛铺在平滑砧板上，用木棒敲平，使其柔软伏贴，好裁制衣服。

译 文

草木摇落，暮色中的天空显得更加高远，青枫树上的霜叶十分稀疏。面对着河水的孤城城门已经关闭，一只单飞的鸟儿背着人的方向远去。水边渡头一轮新月升起，邻人渔夫出外打鱼还没回来。此时此地乡情愁思使人肝肠欲绝，何处砧声错落，有人在捣寒衣？

戴叔伦（732-789），字幼公，又字次公，润州金坛（今属江苏镇江）人。年少拜萧颖士为师。官至容管经略使，后人称为"戴容州"。诗歌题材丰富，有的表现隐逸生活和闲适情调，有的反映民生疾苦，有的表达报国之情。

除夜宿石头驿

戴叔伦

旅馆谁相问，寒灯独可亲。
一年将尽夜，万里未归人。
寥落悲前事，支离笑此身。
愁颜与衰鬓，明日又逢春。

注 释

① [除夜] 除夕夜。
② [石头驿] 在今江西省南昌市赣江西岸
③ [支离] 流浪，流离。

译 文

住在寂寞的旅店中，谁会来看望慰问，只有一盏冷清的孤灯与人相伴相亲。一年的最后一个夜晚，我却还在万里之外作客漂泊，未能归家。想从前一事无成，悲凉伤心；笑自己一生孤独，飘转流离。看看镜中我愁苦的容颜与稀疏的霜鬓，明天又迎来一个新春。

闻 雁

韦应物

故园眇何处，归思方悠哉。
淮南秋雨夜，高斋闻雁来。

注 释

① [眇] 细看。
② [高斋] 对书房的雅称。

译 文

故园远隔，细细搜寻，究竟在何处？归思正慢慢袭来，涌上心头。淮南秋雨季节，漫漫长夜里，书斋中独坐，听雁声阵阵传来。

春夜闻笛

李益

寒山吹笛唤春归，迁客相看泪满衣。
洞庭一夜无穷雁，不待天明尽北飞。

注 释

① [寒山] 地名，在今江苏省徐州市东南。是东晋以来的战略要地。
② [迁客] 遭贬迁的官员；迁移客居。

译 文

在寒山有人吹着笛子呼唤春回大地，贬谪之人彼此对望涕泪满衣。一夜间洞庭湖的无数大雁，不等到天明就都向北飞去。

与浩初上人同看山寄京华亲故

柳宗元

海畔尖山似剑铓，秋来处处割愁肠。
若为化得身千亿，散上峰头望故乡。

注 释

① [剑铓（máng）] 剑锋。
② [若为] 怎能。

译 文

海边耸立的尖山像剑锋一般，在这萧瑟秋天里，每一处都在切割着人的愁肠。怎么能如佛祖般化身千千万万，散落到每一个峰顶去眺望故乡。

刘皂，咸阳（今陕西咸阳市）人，贞元间（785—805）在世，身世无可考。代表作是《渡桑干》（一名《旅次朔方》）《全唐诗》录存其诗五首。

旅次朔方

刘 皂

客舍并州已十霜，归心日夜忆咸阳。
无端更渡桑干水，却望并州是故乡。

注 释

①［旅次朔方］作者刘皂。一说贾岛。
②［旅］旅行。
③［次］临时住宿。
④［朔方］古都名，自西汉始建，至唐代，辖区多变，治所不一。桑干河以北，属朔方地区。
⑤［舍］居住。
⑥［并州］即今太原一带。
⑦［十霜］一年一霜，故称十年为"十霜"。
⑧［咸阳］陕西咸阳是作者故乡。
⑨［无端］没有缘由，不知为什么。
⑩［桑干水］即桑干河，源出山西省西北部管涔山，向东北流入河北官厅水库。相传，在每年桑葚成熟时干涸，故有此名。

译 文

离开家乡后客宿在并州这个地方已经有十年，我回归的心日日夜夜在思念着故乡咸阳。当初为了博取功名图谋出路，千里迢迢渡过桑干河，现在并州已经成了我的第二家乡。

清平乐（别来春半）

李 煜

别来春半，触目柔肠断。砌下落梅如雪乱，拂了一身还满。
雁来音信无凭，路遥归梦难成。离恨恰如春草，更行更远还生。

注　释

① [砌] 台阶。
② [雁来] 古人传说大雁可以传递书信。
③ [无凭] 没有凭证，指没有书信。

译　文

分别以来，春天已过了一半，看到的任何景物，都会使我伤心欲绝。白梅花纷纷落下，台阶下如雪般乱堆了一地，身上拂落了又飘满新的。大雁飞来却未带有书信，难以得知你的音信。归路太过遥远，以致梦里也回不去。离别的愁绪正像春天的草，我越走越远，它越是滋长。

浪淘沙令（帘外雨潺潺）

李　煜

帘外雨潺潺，春意阑珊。罗衾不耐五更寒。梦里不知身是客，一晌贪欢。

独自莫凭栏，无限江山，别时容易见时难，流水落花春去也，天上人间。

注　释

① [阑珊] 衰残。
② [衾] 被子。
③ [一晌（shǎng）] 一会儿，片刻。

译　文

门帘外雨声潺潺，春意差不多衰歇了。丝绸被子禁不住五更天的寒冷，把我冻醒。之前我在梦里不知自己客居在外地，还以为仍在故都南京，因而享受了片刻的欢乐。

孤身一人不要倚着楼上的栏杆远眺，无边无际的江山，告别很容易，想再见却很难。就如同这春天，与落花一道被流水冲走，见不到了。今昔境遇对比，有人世与天堂之间的区别那么大。

八声甘州（对潇潇暮雨洒江天）

柳　永

对潇潇暮雨洒江天，一番洗清秋。渐霜风凄紧，关河冷落，残照当楼。是处红衰翠减，苒苒物华休。惟有长江水，无语东流。

不忍登高临远，望故乡渺邈，归思难收。叹年来踪迹，何事苦淹留？想佳人、妆楼颙望，误几回、天际识归舟。争知我，倚栏杆处，正恁凝愁！

注 释

① [潇潇] 雨势急骤的样子。
② [关河] 山河。
③ [苒（rǎn）苒] 逐渐。
④ [物华] 景物。
⑤ [淹留] 羁留。
⑥ [颙（yóng）望] 凝望。
⑦ [争] 怎么。
⑧ [恁（nèn）] 这么，那么。
⑨ [凝愁] 愁解不开。

译 文

看着傍晚雨势急骤，从天空倾泻到江面上，洗涤出一个秋天来。秋风日劲，山河萧条。夕阳照在楼上，到处花凋叶落，景物逐渐消失。只有长江仍旧不说话，只顾向东流去。不忍心登高楼望远方，故乡遥远归家之心难以收束。

不忍心登高望远，思归故乡心意难收。叹息一年多来我的行迹，为什么苦苦羁留在外？想念故乡佳人，在住处楼上向外凝望。好几次误以为天边开来的船，是我回去了。她怎会知道，我现在倚着栏杆，也正愁绪难解呢！

苏幕遮（碧云天）

范仲淹

碧云天，黄叶地，秋色连波，波上寒烟翠。山映斜阳天接水，芳草无情，更在斜阳外。

黯乡魂，追旅思，夜夜除非，好梦留人睡。明月楼高休独倚，酒入愁肠，化作相思泪。

注 释

① [黯（àn）乡魂] 因思念家乡而黯然伤神。
② [追旅思] 撇不开羁旅的愁思。

译 文

碧云浮在天上，枯叶飘落地面，秋日景物连接着江波，绿色烟霭弥漫水面。夕阳余光映射在山头,远处天水交接。青草仿佛绵延到夕阳之外,犹未穷尽;青草尽处的故乡,更是不见踪影。

因乡愁而黯然神伤,羁旅愁思缠绕不放。每晚除非做到归乡的美梦,方能睡个好觉。月上高楼,不要再在楼上独自倚栏远眺了,那会倍增忧伤。还是进屋举杯饮酒吧,然而一接触愁绪,又转化成了思乡的泪。

周邦彦(1056-1121),字美成,号清真居士,钱塘(今浙江杭州)人,历任庐州教授、国子监主簿、大晟府提举。精通音律,擅填词,在婉约词人中被尊为"正宗",尤其擅长化用唐人诗句。作品多写闺情、羁旅,也有咏物之作。格律谨严,语言曲丽精雅,长调尤善铺叙。为后来格律词派词人所宗。有《清真集》。

苏幕遮(燎沉香)

周邦彦

燎沉香,消溽暑。鸟雀呼晴,侵晓窥檐语。叶上初阳干宿雨、水面清圆,一一风荷举。

故乡遥,何日去。家住吴门,久作长安旅。五月渔郎相忆否。小楫轻舟,梦入芙蓉浦。

注 释

① [溽暑]夏天潮湿闷热。
② [侵晓]拂晓。
③ [初阳]旭日。

译 文

点起沉香来消除夏日的潮湿闷热。拂晓之时,天气放晴,鸟雀都欢呼着,在屋檐下叽叽喳喳地叫着。旭日初升,蒸发了树叶上昨夜的雨滴。水面上荷叶清润圆正,风阵阵吹来,荷花挺拔,枝干高举。

故乡遥远,何时才能归去。家乡在钱塘,却长久地在长安漂泊。此时的五月,家乡的渔翁还记得我吗?在梦中轻轻地摇着小船,回到了家乡的荷塘。

永遇乐(落日熔金)

李清照

落日熔金,暮云合璧,人在何处。染柳烟浓。吹梅笛怨,春意知几许。元宵佳节,融和天气,次第岂无风雨。来相召、香车宝马,谢他酒朋诗侣。

中州盛日，闺门多暇，记得偏重三五。铺翠冠儿，捻金雪柳，簇带争济楚。如今憔悴，风鬟霜鬓，怕见夜间出去。不如向、帘儿底下，听人笑语。

注 释

① [次第] 转眼。
② [铺翠] 翠羽或翡翠。
③ [雪柳] 元宵节所戴的雪白如柳叶之头饰。
④ [簇带] 插戴满头。
⑤ [济楚] 整齐、美丽。

译 文

太阳快落山了，红红的像溶入了一层金色，天上的云朵像璧玉一样合成一块。心中怀念的那个人此时在何处呢？时间又至元宵佳节，烟雾浓密，熏染柳枝。笛曲《落梅花》吹得满怀怨情，春天已来，春意并不浓厚。元宵佳节天气和融，过几日难道不会有风雨吗？一起喝酒作诗的朋友坐着马车，来邀请我一起出去，被我谢绝了。

遥想北宋中州佳节，那时深处闺门，整日闲暇。最喜欢元宵节，戴上翡翠装饰的帽子和雪柳等装饰物，大家争着打扮得漂漂亮亮的一起出游。可是如今年老憔悴，历经战乱，头发已白，生活素朴，很怕在元宵节的夜间出去。不如就在家里，隔着门帘，听窗外人们的热闹笑语吧。

> 蒋捷（1245?—1314?），字胜欲，号竹山，常州宜兴（今属江苏）人。生活在宋、元朝代交替之际，咸淳十年（1274）进士，宋亡后在流浪、隐居中度过余生。与周密、王沂孙、张炎并称"宋末四大家"。有《竹山词》。

一剪梅·舟过吴江

蒋捷

一片春愁待酒浇，江上舟摇，楼上帘招。秋娘渡与泰娘桥，风又飘飘，雨又萧萧。

何日归家洗客袍？银字笙调，心字香烧。流光容易把人抛，红了樱桃，绿了芭蕉。

注 释

① [江] 吴江，在苏州南，太湖之东。

②[秋娘渡与泰娘桥]秋娘与泰娘都为唐代著名歌女,此处指秋娘渡与泰娘桥,皆为吴江地名,是引起文人墨客想象的游览之地。
③[银字笙调]给银有银字的笙调
④[心字香]末段带有"心"字的盘香。

译 文

在吴江之上的小舟里起伏摇晃,看见远处酒楼的旗帜飘扬,心中满是春愁,准备饮酒来加以消除。风雨交加中,眼前虽是名闻遐迩的秋娘渡与泰娘桥,却无心欣赏。

何日才能结束羁旅回到家乡呢?到时我要给镶有银字的笙调调音,吹上一曲,再点上带有"心"字的香,让烟雾缭绕。可惜时光如此匆匆,眼见樱桃红了,芭蕉叶又绿了,春去夏又到。

故土情深

敬老爱亲

蓼 莪

诗 经

蓼蓼者莪,匪莪伊蒿。
哀哀父母,生我劬劳!
蓼蓼者莪,匪莪伊蔚。
哀哀父母,生我劳瘁!
瓶之罄矣,维罍之耻。
鲜民之生,不如死之久矣。
无父何怙?无母何恃?
出则衔恤,入则靡至。
父兮生我,母兮鞠我。
拊我畜我,长我育我,
顾我复我,出入腹我。
欲报之德,昊天罔极!
南山烈烈,飘风发发。
民莫不穀,我独何害?
南山律律,飘风弗弗。
民莫不穀,我独不卒!

注 释

① [蓼(lù)蓼] 高高的。莪(é),莪蒿。
② [伊] 是。蒿,青蒿。
③ [蔚] 牡蒿。
④ [鲜(xiǎn)民] 孤儿。
⑤ [怙(hù)] 依靠。
⑥ [恤] 哀伤。
⑦ [至] 亲人。
⑧ [鞠] 养。
⑨ [拊] 通"抚",爱抚。畜,喜欢。
⑩ [复] 庇护。
⑪ [腹] 抱。
⑫ [昊(hào)天] 苍天。罔极,无常。
⑬ [烈烈] 与下文的"律律",都是高峻的样子。
⑭ [飘风] 暴风。发发,风呼啸声。
⑮ [穀(gǔ)] 赡养。

⑯［弗弗］风声。
⑰［卒］送终。

译文

莪蒿长得高，不是莪蒿是青蒿。可怜爹和娘，生我真辛劳！
莪蒿长得高，不是莪蒿是牡蒿。可怜爹和娘，生我真辛劳！
酒瓶早已空，这要怪酒坛。孤儿活世上，不如早死掉。
没爹能靠谁？没娘能依谁？出门多伤心，进门没亲人。
爹呀让我活，娘呀哺育我。爱我喜欢我，养我培育我，照顾庇护我，出入怀抱我。想报爹娘恩，老天太无情！
南山好高峻，风儿呼呼吹。人家养爹娘，为啥我遭难？
南山好高峻，风儿呼呼吹。人家养爹娘，偏我难送终！

七步诗

曹 植

煮豆持作羹，漉菽以为汁。
萁在釜下燃，豆在釜中泣。
本自同根生，相煎何太急？

注释

①［羹（gēng）］用肉或菜做成的糊状食物。
②［漉（lù）］过滤。菽（shū），豆。
③［萁］豆类植物脱粒后剩下的茎。
④［釜］锅。
⑤［煎］煎熬，这里指迫害。

译文

煮豆来做豆羹，想把豆子的残渣过滤出去，留下豆汁来作羹。豆秸在锅底下燃烧，豆子在锅里面哭泣。豆子和豆秸本来是同一条根上生长出来的，豆秸怎能这样急迫地煎熬豆子呢？

寄东鲁二稚子

李 白

吴地桑叶绿，吴蚕已三眠。
我家寄东鲁，谁种龟阴田？
春事已不及，江行复茫然。

南风吹归心，飞堕酒楼前。
楼东一株桃，枝叶拂青烟。
此树我所种，别来向三年。
桃今与楼齐，我行尚未旋。
娇女字平阳，折花倚桃边。
折花不见我，泪下如流泉。
小儿名伯禽，与姊亦齐肩。
双行桃树下，抚背复谁怜？
念此失次第，肝肠日忧煎。
裂素写远意，因之汶阳川。

注　释

①［东鲁］即今山东一带，春秋时此地属鲁国。
②［吴地］即今江苏一带，春秋时此地属吴国。
③［三眠］蚕蜕皮时，不食不动，其状如眠；蚕历经三眠，方能吐丝结茧。
④［龟阴田］《左传·哀公十年》：齐国归还鲁国龟阴田。杜预注："泰山博县北有龟山，阴田在其北也。"这里借此指李白在山东的田地。
⑤［春事］春日耕种之事。
⑥［酒楼］据《太平广记》所载，李白在山东寓所曾修建酒楼。
⑦［拂青烟］拂动的青烟，形容枝繁叶茂状。
⑧［向三年］快到三年了。向：近。
⑨［旋］还，归。
⑩［娇女字平阳］此句下一作"娇女字平阳，有弟与齐肩。双行桃树下，折花倚桃边。折花不见我，泪下如流泉。"
⑪［抚背］抚摩肩背；长辈对晚辈的抚爱举动。
⑫［此失次第］失去了常态，指心绪不定，七上八下。次第，常态，次序。
⑬［裂素］指准备书写工具之意。素，绢素，古代作书画的白绢。
⑭［汶阳川］指汶水，因汶阳靠近汶水故称。

译　文

　　吴地的桑叶已经碧绿，吴地的蚕儿已经三眠。我的家室远寄东鲁，我家的田地谁人劳作？我欲春日耕种已经赶不上了，能否乘船江行而返也心感茫然。南方来风吹着我的思乡之心，飞堕在家乡的酒楼门前。楼的东边有一株桃树，枝条高耸被青烟笼罩。这株桃树是我临行时所栽，一别至今已是三年。桃树如今与酒楼一样高了，我出行在外仍未回返。我的娇女名叫平阳，手折花朵倚在桃树边盼我回家。折下桃花不见父亲的面，眼泪哗哗如同泉水流淌。我的小儿名叫伯禽，已经与姐姐一样高了。他俩并肩双行在桃树之下，谁能抚背怜爱他俩？想到这里心中不定七上八下，肝肠忧煎日甚一日。撕片素帛写下远别的心怀，借此我仿佛也回到了汶水。

月 夜

杜 甫

今夜鄜州月，闺中只独看。
遥怜小儿女，未解忆长安。
香雾云鬟湿，清辉玉臂寒。
何时倚虚幌，双照泪痕干。

注 释

① [鄜（fū）州] 今陕西省境内。
② [闺中] 指妻子所在之处。
③ [云鬟（huán）] 指高耸的环形发髻。
④ [清辉] 清冷的月光。
⑤ [虚幌（huǎng）] 透明的窗帷。
⑥ [双照] 与上面的"独看"对应，表示对未来团聚的期望。

译 文

今夜鄜州的月亮，闺中的妻子只能独自观赏。可怜我那双幼小的儿女，应该还不懂得要思念在长安的父亲。雾气应是沾湿了妻子的鬟发，清冷的月光，映照着她的玉臂，有些寒冷。何时才能团圆，倚靠着帘帷共赏明月。那时月色依旧，就让月光默默照干我俩的泪痕。

羌村三首（其一）

杜 甫

峥嵘赤云西，日脚下平地。
柴门鸟雀噪，归客千里至。
妻孥怪我在，惊定还拭泪。
世乱遭飘荡，生还偶然遂！
邻人满墙头，感叹亦歔欷。
夜阑更秉烛，相对如梦寐。

注 释

① [峥嵘] 山高峻貌；这里形容云峰。
② [妻孥（nú）] 妻子和儿女。

敬老爱亲

③［歔（xū）欷（xī）］哽咽、悲泣之声。
④［夜阑］深夜。
⑤［更（gèng）］夜深当去睡，今反高烧蜡烛，所以说"更"。这是因为万死一生，久别初逢，过于兴奋，不忍去睡，也不能入睡。
⑥［梦寐］瞌睡做梦。

译 文

西天布满重峦叠嶂似的红云，阳光透过云脚斜射在地面上。经过千里跋涉到了家门，目睹萧瑟的柴门和鸟雀的聒噪，好生萧条啊！

妻子和孩子们没想到我还活着，愣了好一会儿才喜极而泣。在这兵荒马乱的时候，能够活着回来，确实有些偶然。

邻居闻讯而来，围观的人在矮墙后挤得满满的，无不感慨叹息。夜很深了，烛光高照，夫妻相对而坐，仿佛在梦中，不敢相信这都是真的。

羌村三首（其二）

杜 甫

晚岁迫偷生，还家少欢趣。
娇儿不离膝，畏我复却去。
忆昔好追凉，故绕池边树。
萧萧北风劲，抚事煎百虑。
赖知禾黍收，已觉糟床注。
如今足斟酌，且用慰迟暮。

注 释

①［迫偷生］指这次奉诏回家。杜甫心在国家，故直以诏许回家为偷生苟活。
②［少欢趣］正因为杜甫认为当此万方多难的时候却待在家里是一种可耻的偷生，所以感到"少欢趣"。
③［忆昔］指上一年六七月间。
④［追凉］追逐凉爽的地方。
⑤［赖知］赖字有全亏它的意思，要是再没酒，简直就得愁死。
⑥［糟床］即酒醡。
⑦［注］流也，指酒。
⑧［足斟酌］是说有够喝的酒。斟酌，酒倒在酒杯里慢慢喝。

译 文

人到晚年了，还感觉是在苟且偷生，回到家里，终日郁郁寡欢。
儿子整日缠在我膝旁，寸步不离，害怕我回家没几天又要离开。

回忆过去天气热时，常常围坐池边树下乘凉。一阵凉风吹来，更觉自己报国无门，百感交集，备受煎熬。

幸好知道已经秋收了，新酿的家酒虽未出糟，但已感到醇香美酒正从糟床汩汩渗出。现在这些酒已足够喝的了，姑且用它来麻醉一下自己吧。

羌村三首（其三）

杜 甫

群鸡正乱叫，客至鸡斗争。
驱鸡上树木，始闻叩柴荆。
父老四五人，问我久远行。
手中各有携，倾榼浊复清。
莫辞酒味薄，黍地无人耕。
兵革既未息，儿童尽东征。
请为父老歌：艰难愧深情！
歌罢仰天叹，四座泪纵横。

注 释

① [柴荆] 犹柴门，也有用荆柴、荆扉的。
② [问] 问遗，即带着礼物去慰问人，以物遥赠也叫做"问"。
③ [榼（kē）] 酒器。浊清，指酒的颜色。
④ [兵革] 一作"兵戈"，指战争。

译 文

成群的鸡正在乱叫，客人来的时候，鸡还在争斗。把鸡赶上了树端，这才听到有人在敲柴门。四五位村中的年长者，来慰问我由远地归来。每个人手里都带着礼物，从榼里往外倒酒，酒有的清，有的浊。一再解释说："酒味之所以淡薄，是由于田地没人去耕耘。战争尚未平息，年轻人全都东征去了。"

请让我为父老歌唱，在艰难的日子里，感谢父老携酒慰问的深情。歌唱完毕，不禁仰天长叹，在座的客人也都热泪纵横不绝，悲伤之至。

经典诗词联读

李冶（？－公元784年），字季兰（《太平广记》中作"秀兰"），乌程（今浙江吴兴）人，后为女道士，是中唐诗坛上享受盛名的女诗人。李冶的诗以五言擅长，多酬赠遣怀之作。宋人陈振孙《直斋书录解题》著录《李季兰集》一卷，今已失传，仅存诗十六首。

寄校书七兄

李 冶

无事乌程县，蹉跎岁月余。
不知芸阁吏，寂寞竟何如。
远水浮仙棹，寒星伴使车。
因过大雷岸，莫忘几行书。

注 释

①〔校书〕即校书郎，官名，掌管整理图书工作的。
②〔七兄〕名不详，当时任校书郎。
③〔乌程县〕在今浙江湖州吴兴南。作者家乡。
④〔蹉（cuō）跎（tuó）〕光阴虚度。岁月余，岁晚、年终。
⑤〔芸（yún）阁（gé）吏〕即校书郎，此处代指七兄。"芸阁"即秘书省，系朝廷藏书馆。因为芸香可辟纸蠹，故藏书馆称"芸台"或"芸阁"。
⑥〔何如〕是"如何"的倒置。
⑦〔仙棹（zhào）〕仙人所乘之船。这里指七兄所乘之船。棹，本摇船工具，船桨。常用来代指船。
⑧〔寒星伴使车〕过去传说天上有使星，伴着地上的使者。《后汉书·李郃传》曾记载。和帝派遣了一些使者，穿着便服到各州县去。李郃根据天上有两颗使星到了益州分野而预知将有二个使者到益州。因为七兄出使是在年终，所以称天上的使星为寒星。
⑨〔大雷岸〕即《水经》中所说的大雷口，也叫雷池，在今安徽望江县。南朝宋诗人鲍照受临川王征召，由建业赴江州途经此地。写下了著名的《登大雷岸与妹书》。

译 文

我百无聊赖地居住在乌程，虚度光阴，转眼又到了年终。七兄啊，你在芸阁那样清冷的地方供职，不知你的寂寞该是怎样的情形？
滔滔的江水裹挟着你的仙舟远去，天上的寒星伴随着你的使车前行。你路过大雷岸时，不要忘记像鲍照一样，给我寄几个字，以告慰小妹的思念之情。

喜见外弟又言别

李益

十年离乱后，长大一相逢。
问姓惊初见，称名忆旧容。
别来沧海事，语罢暮天钟。
明日巴陵道，秋山又几重。

注释

①［外弟］表弟。言别，话别。
②［十年离乱］在社会大动乱中离别了十年。离乱，一作"乱离"。
③［一］副词。可作"竟然"或"忽而"解。
④［"问姓"两句］"问姓"与"称名"互文见义。
⑤［别来］指分别十年以来。来，后也。
⑥［沧海事］比喻世事的巨大变化，有如沧海变桑田，桑田变沧海那样。
⑦［语罢］谈话停止。
⑧［暮天钟］黄昏寺院的鸣钟。
⑨［巴陵］即岳州（治今湖南省岳阳市），即诗中外弟将去的地方。

译文

在社会大动乱中离别了十年，竟然在长大成人时意外相逢。初见不相识还惊问名和姓，称名后才想起旧时的面容。

说不完别离后世事的变化，畅谈停止时已听到黄昏寺院的鸣钟。明日你又要登上巴陵古道，秋山添忧愁不知又隔几重？

望月有感

白居易

自河南经乱，关内阻饥，兄弟离散，各在一处。因望月有感，聊书所怀，寄上浮梁大兄、於潜七兄、乌江十五兄，兼示符离及下邽弟妹。

时难年荒世业空，弟兄羁旅各西东。
田园寥落干戈后，骨肉流离道路中。
吊影分为千里雁，辞根散作九秋蓬。
共看明月应垂泪，一夜乡心五处同。

注释

①［河南］唐时河南道，辖今河南省大部和山东、江苏、安徽三省的部分地区。

②〔关内〕关内道，辖今陕西大部及甘肃、宁夏、内蒙古的部分地区。
③〔阻饥〕遭受饥荒等困难。
④〔浮梁大兄〕白居易的长兄白幼文，贞元十四、十五年（798—799 年）间任饶州浮梁（今属江西景德镇）主簿。
⑤〔於潜七兄〕白居易叔父白季康的长子，时为於潜（今浙江临安县）县尉。
⑥〔乌江十五兄〕白居易的从兄白逸，时任乌江（今安徽和县）主簿。
⑦〔符离〕在今安徽宿县内。白居易的父亲在彭城（今江苏徐州）做官多年，就把家安置在符离。
⑧〔下邽〕县名，治所在今陕西省渭南县。白氏祖居曾在此。
⑨〔时难年荒〕指遭受战乱和灾荒。荒，一作"饥"。
⑩〔世业〕祖传的产业。唐代初年推行授田制度，所授之田分"口分田"和"世业田"，人死后，子孙可以继承"世业田"。
⑪〔羁旅〕漂泊流浪。
⑫〔寥落〕荒芜零落。
⑬〔干戈〕古代两种兵器，此代指战争。
⑭〔吊影〕一个人孤身独处，形影相伴，没有伴侣。
⑮〔千里雁〕比喻兄弟们相隔千里，皆如孤雁离群。
⑯〔辞根〕草木离开根部，比喻兄弟们各自背井离乡。
⑰〔九秋蓬〕深秋时节随风飘转的蓬草，古人用来比喻游子在异乡漂泊。九秋，秋天。
⑱〔乡心〕思亲恋乡之心。
⑲〔五处〕即诗题所言五处。

译　文

自从河南地区经历战乱，关内一带漕运受阻致使饥荒四起，我们兄弟也因此流离失散，各在一处。因为看到月亮而有所感触，便随性写成诗一首来记录感想，寄给在浮梁的大哥、在於潜的七哥，在乌江的十五哥和在符离、下邽的弟弟妹妹们看。

战乱灾荒祖先产业荡然空，弟兄漂泊寄居他乡各西东。战乱过后田园荒芜寥落，逃亡途中骨肉同胞流落离散。顾影自怜好像离群的旅雁，行踪不定酷似无根的秋蓬。同看明月，分散的亲人都会伤心落泪，一夜思乡心情五地相同。

别舍弟宗一

柳宗元

零落残魂倍黯然，双垂别泪越江边。
一身去国六千里，万死投荒十二年。
桂岭瘴来云似墨，洞庭春尽水如天。
欲知此后相思梦，长在荆门郢树烟。

注 释

① [宗一] 柳宗一,作者堂弟。
② [去国] 离开京城。
③ [投荒] 贬谪到辽远荒凉之地。
④ [荆门郢(yǐng)树] 荆门山,在江陵一带。郢,楚地。这里泛指宗一所住的江陵一带。

译 文

想到衰退的残生,在离别时倍加黯然,我和你都含着泪水站在柳江边。我孤身一人离开京城六千里,罪该万死在这荒凉之地待了十二年。

桂岭云瘴缠绕,暗无天日;洞庭湖春尽花残,水阔天长。想要知道今后的相思之梦,会常常在你所居住的荆门楚地烟水之间。

陈去疾(约公元835年前后在世)字文医,唐代侯官人。约生于唐太宗太和末前后。元和十四年,(公元819年)举进士及第。历官邕管副使。去疾所作诗,今存十三首。

西上辞母坟

陈去疾

高盖山头日影微,黄昏独立宿禽稀。
林间滴酒空垂泪,不见丁宁嘱早归。

注 释

① [丁宁] 叮咛,反复地嘱咐。

译 文

高盖山头映射在落日余晖下,黄昏时我独立林中,只有几只鸟儿归宿窝巢。母亲坟墓前祭奠几滴白酒,止不住泪水流了下来,再也听不到母亲叮嘱我早早回家的声音了。

经典诗词联读

张籍（766—830），字文昌，苏州（今属江苏）人，幼时移家到和州乌江（今安徽和县东北）。贞元十五年（799）进士及第，曾任水部员外郎，故称"张水部"，官至国子司业，世称"张司业"。他生活很清贫，与王建、韩愈、孟郊、白居易、元稹、刘禹锡、李贺、贾岛等人皆友善。张籍擅作乐府诗，与王建齐名，称"张王乐府"。

秋　思

张　籍

洛阳城里见秋风，欲作家书意万重。
复恐匆匆说不尽，行人临发又开封。

注　释

① [意万重] 形容思绪万千。
② [复恐] 又恐怕。
③ [行人] 指送信的人。
④ [临发] 将出发。
⑤ [开封] 拆开已经封好的家书。

译　文

洛阳城里刮起了秋风，心中思绪翻涌想写封家书问候平安，又担心时间匆忙，有什么没有写到之处，便在送信之人即将出发前再次打开信封检查。

和子由渑池怀旧

苏　轼

人生到处知何似？应似飞鸿踏雪泥。
泥上偶然留指爪，鸿飞那复计东西。
老僧已死成新塔，坏壁无由见旧题。
往日崎岖还记否？路长人困蹇驴嘶。

注　释

① [子由] 苏辙，字子由，苏轼之弟。
② [渑（miǎn）池] 在今河南省。
③ [那] 哪里。
④ [老僧] 指奉闲。新塔：古代僧人圆寂后不墓葬，而是火化、建塔安置其骨灰。
⑤ [坏壁] 奉闲往日僧舍中破败的墙壁。
⑥ [蹇（jiǎn）] 跛脚。

译 文

人生在世漂泊各地，像什么？就像大雁踩上雪地，偶尔在地面留下爪印，可是飞走后，谁又知道它去了哪里？

老和尚奉闲已经去世，只见到为安放他骨灰而建的新塔。他原先住的僧舍，墙壁也已破败，看不到从前我们在上头题的字了。你是否还记得当时去池的崎岖旅程？路远人疲，骑的跛脚驴子也累得直叫。

蒋士铨（1725—1784）清代戏曲家，文学家。字心馀、苕生，号藏园，又号清容居士，晚号定甫。铅山（今属江西）人。乾隆二十二年进士，官翰林院编修。乾隆二十九年辞官后主持蕺山、崇文、安定三书院讲席。精通戏曲，工诗古文，与袁枚、赵翼合称江右三大家。士铨所著《忠雅堂诗集》存诗二千五百六十九首，存于稿本的未刊诗达数千首，其戏曲创作存《红雪楼九种曲》等四十九种。

岁暮到家

蒋士铨

爱子心无尽，归家喜及辰。
寒衣针线密，家信墨痕新。
见面怜清瘦，呼儿问苦辛。
低徊愧人子，不敢叹风尘。

注 释

①［及辰］及时，正赶上时候。这里指过年之前能够返家。
②［寒衣针线密］唐诗人孟郊《游子吟》："慈母手中线，游子身上衣。临行密密缝，意恐迟迟归。谁言寸草心，报得三春晖。"
③［低徊（huái）］迟疑徘徊，扪心自问。
④［风尘］这里指的是旅途的劳累。

译 文

疼爱儿子的感情没有尽头，今日回家正好赶得及时。准备寄出的棉衣缝得针脚细密，还未发出的家书墨迹还未干。见面就怜惜地说儿子在外面辛苦奔波，人都消瘦了。身为人子，低头惭愧，不敢在母亲面前感叹风尘劳碌。

敬老爱亲

友谊长存

木 瓜

诗 经

投我以木瓜,报之以琼琚。
匪报也,永以为好也。
投我以木桃,报之以琼瑶。
匪报也,永以为好也。
投我以木李,报之以琼玖。
匪报也,永以为好也。

注 释

①[琼琚(jū)]美玉,下"琼玖""琼瑶"同。
②[匪(fěi)]非。
③[木桃]桃子。
④[木李]李子。

译 文

你送我木瓜,我还你美玉。不是为报答,表示我永远爱你。你送我木桃,我还你美玉。不是为报答,表示我永远爱你。你送我木李,我还你美玉。不是为报答,表示我永远爱你。

陆凯(生卒年不详),东晋至南朝宋时江南人,与范晔友善。东晋义熙十三年冬至十四年春(417-418),范晔随檀道济北伐军在长安,陆凯从江南寄梅花一枝给范晔,传为佳话。

赠范晔

陆 凯

折花逢驿使,寄与陇头人。
江南无所有,聊赠一枝春。

注 释

①[范晔]字蔚宗,顺阳山阴(今河南省淅川县东)人,南朝宋史学家、文学家。
②[驿使]古代递送官府文书的人。
③[陇(lǒng)头人]即陇山人,在北方的朋友,指范晔。
④[一枝春]指梅花,人们常常把梅花作为春天的象征。

译 文

我去折梅花的时候恰好遇见驿使,于是托他带花给身在陇头的你。江南没有好东西可以表达我的情感，姑且送给你一枝报春的梅花以表春天的祝福。

送朱大入秦

孟浩然

游人五陵去，宝剑值千金。
分手脱相赠，平生一片心。

注　释

① [朱大] 孟浩然的好友。
② [秦] 指长安。
③ [游人] 游子或旅客，此诗指的是朱大。
④ [五陵] 地点在长安，唐朝的时候是贵族聚居的地方。
⑤ [值千金] 形容剑之名贵。值，价值。
⑥ [脱] 解下。

译　文

朱大你要到长安去，我有宝剑可值千金。现在我就把这宝剑解下来送给你，以表示我今生对你的友情。

洛中访袁拾遗不遇

孟浩然

洛阳访才子，江岭作流人。
闻说梅花早，何如北地春。

注　释

① [洛中] 指洛阳。
② [拾遗] 古代官职的名称。
③ [才子] 指袁拾遗。
④ [江岭] 江南岭外之地。岭，这里指大庾岭。唐代时期的罪人常被流放到岭外。
⑤ [流人] 被流放的人，这里指袁拾遗。
⑥ [梅花早] 梅花早开。
⑦ [北] 一作"此"。

译　文

到洛阳是为了和才子袁拾遗相聚，没想到他已成为江岭的流放者。听说那里的梅花开得早，可是怎么能比得上洛阳的春天更美好呢？

送魏二

王昌龄

醉别江楼橘柚香,江风引雨入舟凉。
忆君遥在潇湘月,愁听清猿梦里长。

注　释

①［魏二］作者友人。排行第二,名字及生平均不详。
②［潇湘月］一作"湘江上"。潇湘：潇水在零陵县与湘水汇合,称潇湘。泛指今湖南一带。
③［清猿］即猿。因其啼声凄清,故称。

译　文

在橘柚飘香的江楼上醉饮话别,江风把那细雨吹进小舟,顿感丝丝寒凉。想象你独自远行在潇湘明月下,满怀愁绪在梦里静听猿啼悠长。

送柴侍御

王昌龄

沅水通波接武冈,送君不觉有离伤。
青山一道同云雨,明月何曾是两乡。

注　释

①［柴侍御］诗人的一位知己,他可能是在武冈县（今武冈市）任职。侍御：指监察御史,行使监察、弹劾等权力。唐代常为地方官所带虚衔。
②［武冈］县名,在湖南省西部,即今武冈市。
③［不觉］没有觉得。
④［一道］一片。

译　文

沅江四处水路相通连接着武冈,送你离开没有感到悲伤。两地的青山同承云朵荫蔽、雨露润泽,同顶一轮明月又何曾身处两地呢？

山中送别

王　维

山中相送罢,日暮掩柴扉。
春草明年绿,王孙归不归？

注 释

① [掩] 关闭。
② [柴扉] 柴门。
③ [王孙] 贵族的子孙,这里指送别的友人。

译 文

在深山中送走了好友,夕阳西坠把柴门关闭。待到明年春草又绿的时候,朋友啊你能不能回还?

送 别

王 维

下马饮君酒,问君何所之?
君言不得意,归卧南山陲。
但去莫复问,白云无尽时。

注 释

① [饮君酒] 请你喝酒。
② [何所之] 去哪里。
③ [归卧] 隐居。
④ [南山陲] 终南山边。

译 文

请你下马来喝一杯酒,想问问朋友你要去哪里?你说因为生活不得意,要回乡隐居在终南山旁。只管去吧我不会再追问,那里正有绵延不尽的白云,在天空中飘荡。

送梓州李使君

王 维

万壑树参天,千山响杜鹃。
山中一夜雨,树杪百重泉。
汉女输橦布,巴人讼芋田。
文翁翻教授,不敢倚先贤。

注 释

① [梓州] 隋唐州名,治所在今四川省境内。
② [树杪(miǎo)] 树梢。
③ [橦(tóng)布] 橦花织成的布。
④ [芋田] 蜀中产芋,当时为主粮之一。

⑤ [文翁] 汉景帝时为蜀郡太守，见蜀地僻陋，乃建造学宫，使巴蜀日渐开化。

译 文

万壑古树高耸参天，千山深处有杜鹃鸣叫。山中下了一夜春雨，远远看去，百重山泉好似挂在树梢。汉水边的女子辛勤织布纳税，巴蜀父老常为农田事争讼不已。希望你学文翁一样在蜀地有所作为，而不是依靠先贤的治绩碌碌无为。

金陵酒肆留别

李 白

风吹柳花满店香，吴姬压酒劝客尝。
金陵子弟来相送，欲行不行各尽觞。
请君试问东流水，别意与之谁短长？

注 释

① [酒肆] 酒店。
② [吴姬] 吴地的女子，此指酒店中的侍女。
③ [压酒] 压糟取酒。古时新酒酿熟，临饮时压糟取用。
④ [尽觞] 喝尽杯中的酒。觞，酒杯。

译 文

风吹柳絮，酒肆中满屋飘香，酒家女刚刚压完美酒，叫客人品尝。金陵年轻的朋友们，纷纷赶来相送。远行者与相送者，都各自痛饮酣畅。请您问问这东流的江水，别情流水，孰短孰长？

赠孟浩然

李 白

吾爱孟夫子，风流天下闻。
红颜弃轩冕，白首卧松云。
醉月频中圣，迷花不事君。
高山安可仰，徒此揖清芬。

注 释

① [孟夫子] 指孟浩然。夫子，一般的尊称。
② [风流] 古人以风流赞美文人。
③ [白首] 白头，指老年。
④ [醉月句] 月下醉饮。

⑤ [迷花] 迷恋花草，此指陶醉于自然美景。
⑥ [事君] 侍奉皇帝。
⑦ [高山] 言孟品格高尚，令人敬仰。

译 文

我喜爱孟先生，因为他为人风流倜傥，闻名天下。少年时鄙弃当官不走仕途，年老后归隐山林卧于松下闲看流云。常常对着月亮饮酒而醉，迷恋山中花草，不事君王。他的品格如高山一般，连仰望都困难，只有在此向您清高的人品致敬了！

山中与幽人对酌

李 白

两人对酌山花开，一杯一杯复一杯。
我醉欲眠卿且去，明朝有意抱琴来。

注 释

① [幽人] 隐士。
② ["我醉"二句] 用了陶渊明的典故。《宋书·隐逸传》载，陶渊明不通音律，家里却有一把无弦琴，喝酒的时候就抚摸古琴。来访者无论贵贱，有酒就摆出共饮，如果陶渊明先醉，便对客人说"我醉欲眠，卿可去。"

译 文

我们两人相对而饮，两旁山花盛开。喝了一杯又一杯，十分尽兴。如果我喝醉了想要睡觉，你可以自己离开，如果明天还想喝酒，就可以抱着古琴继续来喝。

客中作

李 白

兰陵美酒郁金香，玉碗盛来琥珀光。
但使主人能醉客，不知何处是他乡。

注 释

① [郁金] 一种香草，用以浸酒，使酒呈金黄色。
② [但使] 只要。
③ [醉客] 醉，使动用法。让客人喝醉酒。

译 文

兰陵美酒浸过郁金草后芬芳四溢，盛在玉碗中，泛出琥珀似的光泽。只要主人端出此酒，定能使客人醉倒，醉后便分不清这里是他乡还是故乡了。

哭晁卿衡

李 白

日本晁卿辞帝都，征帆一片绕蓬壶。
明月不归沉碧海，白云愁色满苍梧。

注　释

①［晁卿衡］即晁衡，日本人，原名安倍仲麻吕。公元717年，来中国求学，改姓名为晁衡。

②［蓬壶］指蓬莱、方壶，都是神话传说中东海上的仙山。这里指晁衡在东海航行。

③［苍梧］苍梧山，今江苏省连云港市云台山山脉，又称郁州山。

译　文

日本友人晁衡辞别长安回日本，乘船在东海航行。如今他（溺海身亡）如同明月沉入大海一般一去不返，我思念的心情如同苍白的云朵笼罩着苍梧山。

丘为，苏州嘉兴人。事继母孝，常有灵芝生堂下。累官太子右庶子。致仕，给俸禄之半以终身。年八十余，母尚无恙。及居忧，观察使韩滉以致仕官给禄，所以惠养老臣，不可在丧而异，惟罢春秋羊酒。卒年九十六。与刘长卿善，其赴上都也，长卿有诗送之，亦与王维为友。诗十三首。

寻西山隐者不遇

丘 为

绝顶一茅茨，直上三十里。
扣关无僮仆，窥室唯案几。
若非巾柴车，应是钓秋水。
差池不相见，黾勉空仰止。
草色新雨中，松声晚窗里。
及兹契幽绝，自足荡心耳。
虽无宾主意，颇得清净理。
兴尽方下山，何必待之子。

注 释

① ［茅茨］茅屋。
② ［扣关］敲门。
③ ［僮仆］指书童。
④ ［唯案几］只有桌椅茶几，表明居室简陋。
⑤ ［巾柴车］指乘小车出游。
⑥ ［钓秋水］到秋水潭垂钓。
⑦ ［差池］原为参差不齐，这里指此来彼往而错过。
⑧ ［黾勉］勉力，尽力。
⑨ ［仰止］仰望，仰慕。
⑩ ［"草色"二句］这是诗人经过观察后亦真亦幻地描写隐者居所的环境。
⑪ ［"及兹"二句］及兹，来此。契，惬意。荡心耳，涤荡心胸和耳目。一本无此二句。
⑫ ［"虽无"二句］意谓虽没有受到主人待客的厚意，却悟得了修养身心的真理。
⑬ ［兴尽］典出《世说新语》晋王子猷雪夜访戴的故事。
⑭ ［之子］这个人，这里指隐者。一作"夫子"。

译 文

高高的山顶上有一座茅屋，从山下走上去足有三十里。轻叩柴门竟无童仆回问声，窥看室内只有桌案和茶几。主人不是驾着巾柴车外出，一定是到秋水碧潭去钓鱼。

错过了时机不能与他见面，空负了殷勤仰慕一片心意。新雨中草色多么青翠葱绿，晚风将松涛声送进窗户里。这清幽境地很合我的雅兴，足可以把身心和耳目荡涤。

我虽然还没有和主人交谈，却已经领悟到清净的道理。玩到兴尽就满意地下山去，何必非要和这位隐者相聚。

重送裴郎中贬吉州

刘长卿

猿啼客散暮江头，人自伤心水自流。
同作逐臣君更远，青山万里一孤舟。

注 释

① ［重送］再次赠予。刘、裴二人曾一起被召回长安又同遭贬谪。此前诗人已写一首同题五言律诗，故云"重送"。
② ［裴郎中］不详何人，当是作者好友。
③ ［逐臣］被朝廷放逐的官吏。

译 文

日暮江边，猿啼凄厉，送客四散。送别之人内心忧伤，江水却兀自流淌。同是被逐漂泊之人，但你去的地方更加遥远；青山连绵，千里万里间只飘荡着你的一叶扁舟。

春日忆李白

杜 甫

白也诗无敌，飘然思不群。
清新庾开府，俊逸鲍参军。
渭北春天树，江东日暮云。
何时一樽酒，重与细论文。

注 释

①［不群］不平凡，高出于同辈。
②［庾（yǔ）开府］指庾信。
③［鲍参军］指鲍照。南朝宋时任荆州前军参军，世称鲍参军。
④［渭北］渭水北岸，借指长安（今陕西西安）一带，当时杜甫在此地。
⑤［江东］指今江苏省南部和浙江省北部一带，当时李白在此地。
⑥［论文］即论诗。
⑦［樽（zūn）］

译 文

李白的诗作无人能敌，他的诗思潇洒飘逸，豪放不拘，诗风超群，不同凡俗。李白的诗作既有庾信诗作的清新之气，也有鲍照作品那种俊秀飘逸之风。

我在渭北独对着春日的树木，而你在江东远望那日暮薄云，天各一方，只能遥相思念。什么时候才能一起喝酒，与你慢慢品论文章呢？

贫交行

杜 甫

翻手为云覆手雨，纷纷轻薄何须数。
君不见管鲍贫时交，此道今人弃如土。

注 释

①［贫交行］描写贫贱之交的诗歌。
②［"翻手"句］喻人反复无常。
③［覆（fù）］颠倒。
④［轻薄（bó）］轻佻浮薄，不敦厚。

⑤ [何须数（shǔ）] 数不胜数。
⑥ [管鲍（bào）] 指管仲和鲍叔牙。管仲早年与鲍叔牙相处很好，管仲贫困也欺骗过鲍叔牙，但鲍叔牙始终善待管仲。现在人们常用"管鲍"来比喻情谊深厚的朋友。
⑦ [今人] 轻薄之辈。
⑧ [弃] 抛弃。

译文

富贵之交总是翻手覆手之间，忽云忽雨反复无常，轻薄之辈却纷纷追随，无法计数。可是你看，古人管仲、鲍叔牙那种贫富不移的深厚交情，已被今人视如粪土抛弃净尽了。

不　见

杜　甫

不见李生久，佯狂真可哀。
世人皆欲杀，吾意独怜才。
敏捷诗千首，飘零酒一杯。
匡山读书处，头白好归来。

注释

① [李生] 指李白。
② [佯（yáng）狂] 故作癫狂。李白常佯狂纵酒，来表示对污浊世俗的不满。
③ [怜才] 爱才。
④ [匡山] 指四川彰明县（今江油县）境内的大匡山，李白早年曾读书于此。

译文

没有见到李白已经好久，他佯为狂放真令人悲哀。世上那些人都要杀了他，只有我怜惜他是个人才。
文思敏捷下笔成诗千首，飘零无依消愁唯酒一杯。匡山那里有你读书的旧居，头发花白了就应该归来。

寄全椒山中道士

韦应物

今朝郡斋冷，忽念山中客。
涧底束荆薪，归来煮白石。
欲持一瓢酒，远慰风雨夕。
落叶满空山，何处寻行迹？

注 释

① [郡斋] 指滁州刺史衙署的斋舍。
② [荆薪] 柴草。
③ [煮白石]《神仙传》中有煮白石为粮者,时人号为白石先生。

译 文

今日坐于郡斋,感觉很冷,忽然想起山中隐居的友人。你此刻可能在涧底捆柴,回来以后煮白石为粮。很想带一瓢酒去看望你,让你在远方的风雨夜中得到些安慰。可是空山飘满秋叶,什么地方才能找到你的行迹?

寄李儋元锡

韦应物

去年花里逢君别,今日花开已一年。
世事茫茫难自料,春愁黯黯独成眠。
身多疾病思田里,邑有流亡愧俸钱。
闻道欲来相问讯,西楼望月几回圆。

注 释

① [李儋(dān)元锡] 李儋,武威人,曾任殿中侍御史。元锡,字君贶,曾任淄王傅。二人皆是韦应物好友。
② [茫茫] 渺茫。
③ [黯黯] 心情郁闷。
④ [俸钱] 当地方官的俸禄。

译 文

去年花开时节恰逢我们依依惜别,今日又是花开时节,我们分别已经一年。世事渺茫,命运哪可自我预料,春天来临引起的抑郁哀愁让我孤枕难眠。

多病的身躯总想着归隐田园,看着邑中流亡的百姓便觉得愧对那份俸禄。听说你们将要来此地与我相见,我在西楼眺望,明月缺了又圆都好几回了。

秋夜寄丘二十二员外

韦应物

怀君属秋夜,散步咏凉天。
空山松子落,幽人应未眠。

注　释

① [属] 适逢。
② [幽（yōu）人] 幽居隐逸的人，悠闲的人，此处指丘员外。
③ [应]（yīng）。

译　文

在这秋夜我心中怀念着你，一边散步一边咏叹这初凉的天气。寂静的山中传来松子落地的声音，猜想幽居的友人应该也未安眠吧。

杨巨源，唐代诗人。字景山，后改名巨济。河中（治所今山西永济）人。关于杨巨源生年，据方崧卿《韩集举正》考订。韩愈《送杨少尹序》作于长庆四年（824），序中述及杨有"年满七十"、"去归其乡"语。由此推断，杨当生于755年，卒年不详。

和练秀才杨柳

杨巨源

水边杨柳曲尘丝，立马烦君折一枝。
惟有春风最相惜，殷勤更向手中吹。

注　释

① [曲尘] 酒曲上所生菌。因色淡黄如尘，故又多指鹅黄色的嫩柳枝。
② [殷勤] 急切。

译　文

看那水边曲尘般的鹅黄色嫩柳枝，停下马来请你折一枝送给我。只有春风最懂得珍惜即将远行之人，急切地将那柳枝吹向我的手中。

同李十一醉忆元九

白居易

花时同醉破春愁，醉折花枝当酒筹。
忽忆故人天际去，计程今日到梁州。

注　释

① [元九] 即元稹，中唐时期与白居易齐名的诗人，也是他的好友。

② [酒筹] 饮酒时用以记数或行令的筹子。
③ [计程] 计算路程。

译 文

花开时节与李十一一同醉酒消除春愁,喝醉了就折下花枝当作酒筹。忽然想起远行的老朋友元稹去了很远的地方,算算行程,此时他应该到了梁州。

问刘十九

白居易

绿蚁新醅酒,红泥小火炉。
晚来天欲雪,能饮一杯无?

注 释

① [刘十九] 白居易好友,白居易的诗中经常出现"刘二十八",即刘禹锡,此人可能是他的堂兄。
② [绿蚁] 浮在新酿的没有过滤的米酒上的绿色泡沫。
③ [醅(pēi)] 酿造。

译 文

我准备好了新酿的米酒,上面还漂浮着新鲜的泡沫,小小红泥炉,也烧得殷红。数九寒冬,天将降雪,晚上可否一起小酌几杯?

登柳州城楼寄漳汀封连四州

柳宗元

城上高楼接大荒,海天愁思正茫茫。
惊风乱飐芙蓉水,密雨斜侵薜荔墙。
岭树重遮千里目,江流曲似九回肠。
共来百越文身地,犹自音书滞一乡。

注 释

① [大荒] 旷远的广野。
② [飐(zhǎn)] 风吹物使颤动摇曳。
③ [薜荔] 一种蔓生植物,也称木莲。
④ [九回肠] 愁肠九转,形容愁绪缠结难解。
⑤ [文身] 古代南方少数民族有在身上刺花纹的风俗。

译 文

从城上望去高楼连接着空旷的荒野,茫茫愁思便如海天般涌了出来。急风胡乱地吹动水中的荷花,细密的雨点斜打在长满薜荔的墙上。

岭上的树遮住了远望家乡的视线,江流曲折就像充满愁思的九转回肠。我们一起来到百越这个少数民族之地,虽然在一个地区音信却阻滞难通。

元稹(779-831),字微之,别字威明,河南洛阳人。族中排行第九,世称"元九"。唐朝大臣、诗人、文学家。元稹是中国情诗的代表人物之一。他和白居易是知己,诗风又相近,并称"元白"。有《元氏长庆集》,存诗830余首。

重赠乐天

元 稹

休遣玲珑唱我诗,我诗多是别君词。
明朝又向江头别,月落潮平是去时。

注 释

①[玲珑]即商玲珑,当时的一个歌女。

译 文

不要让玲珑演唱我的诗作了,我的诗歌大多都是与你道别的篇章。明天又要在江头与你分别;月亮将落,潮水渐平,那就是我离开的时候。

闻乐天授江州司马

元 稹

残灯无焰影幢幢,此夕闻君谪九江。
垂死病中惊坐起,暗风吹雨入寒窗。

注 释

①[九江]即九江郡。
②[幢(chuáng)幢]灯影昏暗摇曳之状。

译 文

残灯已没有火焰,周围留下模糊不清的影子,这时听说你被贬官九江。在垂死的重病中,我被这个消息震惊得忽地坐了起来,暗夜的风雨吹进我窗户,感觉分外寒冷。

谢亭送别

许浑

劳歌一曲解行舟，红叶青山水急流。
日暮酒醒人已远，满天风雨下西楼。

注 释

①［谢亭］谢公亭，在宣城北面，南齐诗人谢朓所建，是著名的送别之地。
②［劳歌］送别的歌。
③［西楼］指谢亭。

译 文

饯别宴上听罢一曲送别的歌，友人开船动身。两岸远处青山，近处红叶，夹着一道湍急流水，送舟离去。傍晚我酒醒后，友人早已走远，只剩下大风大雨吹落谢亭，更添孤单。

杨敬之（约公元820年前后在世），字茂孝，祖籍虢州弘农（今河南灵宝）人，安史之乱中移家吴地（今苏州）。唐代文学家杨凌之子。宪宗元和二年（807）登进士第，平判入等，迁右卫胄曹参军。元和十年在吉州司户任，累迁屯田、户部郎中。

赠项斯

杨敬之

几度见诗诗总好，及观标格过于诗。
平生不解藏人善，到处逢人说项斯。

注 释

①［标格］风范，风度。
②［不解］不会。
③［善］优点。

译 文

每当读到项斯的诗，都觉得那么好，待看到他本人，发现他的风度更超过了他的诗。我这个人平生不会隐瞒别人的优点，不管在哪里，总喜欢对人称赞项斯。

经典诗词联读

寄扬州韩绰判官

杜 牧

青山隐隐水迢迢,秋尽江南草未凋。
二十四桥明月夜,玉人何处教吹箫?

注 释

①[二十四桥]一说为二十四座桥,一说有一座桥名叫二十四桥。
②[玉人]容貌美丽的人,此处指韩绰。

译 文

青山隐隐约约绿水绵延千里,秋天快要过完江南草木还未凋枯。二十四桥明月映照的清夜,美丽的人儿现在何处教人吹箫?

宿骆氏亭寄怀崔雍崔衮

李商隐

竹坞无尘水槛清,相思迢递隔重城。
秋阴不散霜飞晚,留得枯荷听雨声。

注 释

①[崔雍、崔衮]李商隐的从表兄弟。
②[竹坞]四面竹林环合之处。
③[水槛]临水亭榭的栏杆,这里指骆氏亭。
④[迢递]遥远的样子。
⑤[重城]都城,这里指长安。

译 文

竹林环合中有一座临水的亭子,风景清幽,思念着远方长安城中的你们。秋天阴云迟迟不散开,霜下得晚,还留着枯干的荷叶,以便听雨打在上面的萧瑟声。

友谊长存

郑谷（约851-910）唐朝末期著名诗人。字守愚，汉族，江西宜春市袁州区人。僖宗时进士，官都官郎中，人称郑都官。又以《鹧鸪诗》得名，人称郑鹧鸪。其诗多写景咏物之作，表现士大夫的闲情逸致，风格清新通俗，但流于浅率。曾与许棠、张乔等唱和往还，号"芳林十哲"。原有集，已散佚，存《云台编》。

淮上与友人别

郑 谷

扬子江头杨柳春，杨花愁杀渡江人。
数声风笛离亭晚，君向潇湘我向秦。

注 释

① [淮上] 扬州。
② [扬子江] 长江在江苏镇江、扬州的一段。
③ [杨花] 柳絮。
④ [风笛] 风中传来的笛声。
⑤ [离亭] 驿亭，古人多在此送别，故又名离亭。
⑥ [潇湘] 今湖南一带。
⑦ [秦] 指唐代都城长安。

译 文

春天扬子江畔，杨柳依依。空中柳絮飞舞，让人愁绪满怀。驿亭惜别，逗留良久，风中传来笛声，方知天色已晚。我们不得不就此别过，你去往湖南，我则北上长安。

浪淘沙（把酒祝东风）

欧阳修

把酒祝东风，且共从容。垂杨紫陌洛城东。总是当时携手处，游遍芳丛。

聚散苦匆匆，此恨无穷。今年花胜去年红。可惜明年花更好，知与谁同？

注 释

① [从容] 留恋徘徊。
② [紫陌（mò）] 紫路。洛阳曾是东周、东汉的都城，据说当时曾用紫色土铺路，

译 文

端起酒杯向东风祈祷,请你再留些时日不要匆匆离去。洛阳城东郊外的小道已是柳枝满垂。大多是我们去年携手同游的地方,我们游遍了姹紫嫣红的花丛。

为人生短暂的相聚和分别所苦,离别的遗憾久久激荡在我的心田。今年的花红胜过去年,明年的花儿肯定会更加美好,可惜不知那时将和谁一起欣赏?

高启(1336-1374),汉族,元末明初著名诗人,文学家。字季迪,号槎轩,自号青丘子,长洲(今江苏苏州市)人。高启才华高逸,学问渊博,能文,尤精于诗,与刘基、宋濂并称"明初诗文三大家",又与杨基、张羽、徐贲被誉为"吴中四杰"。又与王行等号"北郭十友"。著有《高太史大全集》《凫藻集》等。

寻胡隐君

高 启

渡水复渡水,看花还看花。
春风江上路,不觉到君家。

注 释

① [胡隐君] 姓胡的隐士,作者友人,事履待考。

译 文

渡河渡河,看花看花。春风吹过江上,不觉间就到了朋友胡隐士家。

仁者爱人

古代歌谣·南风歌

佚 名

南风之薰兮,可以解吾民之愠兮。
南风之时兮,可以阜吾民之财兮。

注 释

① [南风] 东南风,又称薰风("薰",是清凉温和的意思)。
② [愠(yùn)] 含怒,怨恨,忧愁。
③ [时] 适时,及时,合时宜的。
④ [阜(fù)] 增加。

译 文

那温和的东南风啊,可以解除万民的愁苦。南风适时缓缓吹啊,可以增加百姓的财富。

古代歌谣·卿云歌(节选)

佚 名

卿云烂兮,糺缦缦兮。
日月光华,旦复旦兮。
明明上天,烂然星陈。
日月光华,弘于一人。
日月有常,星辰有行。
四时从经,万姓允诚。
于予论乐,配天之灵。
迁于贤圣,莫不咸听。
鼚乎鼓之,轩乎舞之。
精华已竭,褰裳去之。

注 释

① [卿云] 祥云。卿,通"庆"。
② [糺] 即"纠",集结。
③ [旦] 明亮。
④ [从] 遵从。[经] 常。
⑤ [论] 通"伦",次序。
⑥ [鼚(chāng)] 鼓声。

⑦［褰（qiān）］撩起。［裳］下衣。

译 文

祥云多绚烂，聚结又舒展。日月照大地，光明又辉煌。上天真高明，星辰多灿烂。日月照大地，祥瑞降圣人。

日月常出没，星辰循轨行。四季交替至，百姓讲诚信。音乐依次奏，享配诸天神。帝位禅圣人，万民都依顺。鼓声咚咚响，舞蹈多轻盈。精力既已衰，起身去归隐。

硕 鼠

诗经

硕鼠硕鼠，无食我黍！三岁贯女，莫我肯顾。
逝将去女，适彼乐土。乐土乐土，爰得我所！
硕鼠硕鼠，无食我麦！三岁贯女，莫我肯德。
逝将去女，适彼乐国。乐国乐国，爰得我直！
硕鼠硕鼠，无食我苗！三岁贯女，莫我肯劳。
逝将去女，适彼乐郊。乐郊乐郊，谁之永号！

注 释

①［硕鼠］大老鼠或大田鼠。
②［黍（shǔ）］黍子，也叫黄米，谷类，是重要粮食作物之一。
③［爰］于是，在此。
④［德］感激。
⑤［直］通"值"，值得，合适。

译 文

大田鼠呀大田鼠，不许吃我种的小米！养了你三年，你却对我不照顾。发誓定要摆脱你，去那乐土有幸福。那乐土啊那乐土，才是我的好去处！

大田鼠呀大田鼠，不许吃我种的麦！养了你三年，你却对我不感激。发誓定要摆脱你，去那乐国有仁爱。那乐国啊那乐国，才是我的好所在！

大田鼠呀大田鼠，不许吃我种的禾苗！养了你三年，你却对我不慰劳！发誓定要摆脱你，去那乐郊有欢笑。那乐郊啊那乐郊，谁还悲叹常叹气！

兵车行（节选）

杜 甫

车辚辚，马萧萧，行人弓箭各在腰。
耶娘妻子走相送，尘埃不见咸阳桥。

牵衣顿足拦道哭，哭声直上干云霄。
道旁过者问行人，行人但云点行频。
或从十五北防河，便至四十西营田。
去时里正与裹头，归来头白还戍边。
边庭流血成海水，武皇开边意未已。
君不闻汉家山东二百州，千村万落生荆杞。
纵有健妇把锄犁，禾生陇亩无东西。
况复秦兵耐苦战，被驱不异犬与鸡。
长者虽有问，役夫敢申恨？
且如今年冬，未休关西卒。
县官急索租，租税从何出？
信知生男恶，反是生女好。
生女犹得嫁比邻，生男埋没随百草。
君不见，青海头，古来白骨无人收。
新鬼烦冤旧鬼哭，天阴雨湿声啾啾！

注 释

①[辚（lín）辚]车轮声。《诗经·秦风·车辚》："有车辚辚"。
②[萧萧]马嘶叫声。《诗经·小雅·车攻》："萧萧马鸣"。
③[行（xíng）人]指被征出发的士兵。
④[耶]通假字，同"爷"，父亲。
⑤[走]奔跑。
⑥[咸阳桥]指便桥，汉武帝所建，故址在今陕西咸阳市西南，唐代称咸阳桥，唐时为长安通往西北的必经之路。
⑦[干（gān）]冲。
⑧[过者]过路的人，这里是杜甫自称。
⑨[但云]只说。
⑩[点行（háng）]按户籍名册强征服役。古以'行伍'，泛指军队。
⑪[或]不定指代词，有的、有的人。
⑫[防河]当时常与吐蕃发生战争，曾征召陇右、关中、朔方诸军集结河西一带防御。因其地在长安以北，所以说"北防河"。
⑬[西营田]古时实行屯田制，军队无战事即种田，有战事即作战。"西营田"也是防备吐蕃的。
⑭[里正]唐制，每百户设一里正，负责管理户口。检查民事、催促赋役等。
⑮[裹头]男子成丁，就裹头巾，犹古之加冠。新兵因为年纪小，所以需要里正给他裹头。

⑯〔边庭〕边疆。
⑰〔武皇〕汉武帝刘彻。唐诗中常有以汉指唐的委婉避讳方式。这里借武皇代指唐玄宗。唐人诗歌中好以"汉"代"唐",下文"汉家"也是指唐王朝。
⑱〔开边〕用武力开拓边疆。
⑲〔汉家〕汉朝。这里借指唐。
⑳〔山东〕崤山或华山以东。古代秦居西方,秦地以外,统称山东。
㉑〔荆杞(qǐ)〕荆棘与杞柳,都是野生灌木。
㉒〔陇(lǒng)亩〕田地。陇,通"垄",在耕地上培成一行的土埂,田埂,中间种植农作物。
㉓〔无东西〕不分东西,意思是行列不整齐。
㉔〔况复〕更何况。
㉕〔秦兵〕指关中一带的士兵。
㉖〔长者〕即上文的"道旁过者",也指有名望的人,即杜甫。征人敬称他为"长者"。
㉗〔役夫〕行役的人。
㉘〔敢〕岂敢,怎么敢。
㉙〔役夫敢申恨〕征人自言不敢诉说心中的冤屈愤恨。这是反诘语气,表现士卒敢怒而不敢言的情态。
㉚〔且如〕就如。
㉛〔关西〕当时指函谷关以西的地方。
㉜〔县官〕官府。
㉝〔比邻〕近邻。
㉞〔青海头〕即青海边。这里是自汉代以来,汉族经常与西北少数民族发生战争的地方。唐初也曾在这一带与突厥、吐蕃发生大规模的战争。
㉟〔烦冤〕愁烦冤屈。
㊱〔啾啾〕象声词,形容凄厉的哭叫声。

译 文

兵车辚辚,战马萧萧,出征士兵弓箭各自佩在腰。爹娘妻子儿女奔跑来相送,行军时扬起的尘土遮天蔽日以致看不见咸阳桥。拦在路上牵着士兵衣服顿脚哭,哭声直上天空冲入云霄。路旁经过的人询问行人怎么回事,行人只说官府征兵实在太频繁。有的人十五岁到黄河以北去戍守,便是四十岁还要被派到河西去营田。

从军出征时尚未成丁,还要里长替裹头巾,回来时已经满头白发,却仍要去戍守边疆。边疆战士血流成河,皇上开拓边疆的念头还没停止。您没听说汉家华山以东两百州,千村万寨野草丛生田地荒芜。即使有健壮的妇女手把锄头、步犁操劳农务,田土里的庄稼也得不到许多粮食。更何况关中的士兵能顽强苦战,像鸡狗一样被赶上战场卖命。尽管长者询问,征人哪里敢诉说心中的冤屈愤恨?

就像今年冬天,还没有停止征调函谷关以西的士兵。官府紧急地催逼百姓交租税,租税从哪里出?百姓相信生男孩是坏事情,反而不如生女孩好。生下女孩还能够嫁给近邻,生下男孩只能战死沙场埋没在荒草间。你没看见在那青海的边上,自古以来战死士兵的白骨无人掩埋。那里的新鬼含冤旧鬼痛哭,阴天冷雨时凄惨哀叫声不断。

江 亭

杜 甫

坦腹江亭暖,长吟野望时。
水流心不竞,云在意俱迟。
寂寂春将晚,欣欣物自私。
故林归未得,排闷强裁诗。

注 释

①[坦腹]袒露腹部仰卧。东晋郗鉴择婿王氏,遍观子弟,唯见王羲之坦腹东床,遂以之为婿,典出于此。
②[野望]在野外远望。
③[欣欣]繁盛貌。
④[排闷]排解烦闷。
⑤[裁诗]作诗。

译 文

坦腹仰卧于江亭之中,感到一股暖意,远望四野,长吟诗句。见水流缓缓,心中澄净;白云飘飘,意态悠闲。春日悄悄步入尾声,万物繁盛,兀自生长。故乡再也不能归去,只能作诗来排解愁闷之情。

又呈吴郎

杜 甫

堂前扑枣任西邻,无食无儿一妇人。
不为困穷宁有此?只缘恐惧转须亲。
即防远客虽多事,便插疏篱却甚真。
已诉征求贫到骨,正思戎马泪盈巾。

注 释

①[吴郎]杜甫的亲戚。
②[扑枣]打落枣子。
③[宁有此]怎么会做这样的事情呢?
④[征求]指赋税征敛。
⑤[贫到骨]一贫如洗。

译 文

西边邻居来我堂前打枣从不阻拦,因为她是一个无食无儿的老妇人。不是因为穷困怎会做这样的事?她还心存恐惧,我们反而应该亲善一些。她一见远道而来的你在院中插上篱笆就疑心你不让她打枣,未免多心,但你一来就插上篱笆却像是真的在防她。她诉苦说官府苛捐杂税使得她已一贫如洗,我想起时局兵荒马乱不禁涕泪满巾。

山房春事二首(其二)

岑 参

梁园日暮乱飞鸦,极目萧条三两家。
庭树不知人去尽,春来还发旧时花。

注 释

① [山房] 山中的书房。
② [梁园] 原指汉梁孝王所建园林。这里借指豪门官苑。
③ [极目] 纵目远望。

译 文

暮色笼罩官苑,天空几只乌鸦乱飞。纵目远望,萧条冷落之中,远近只有两三户人家。庭中树木却不知此地早已人去楼空,春天到来之时,还像往年一样开出花朵。

观刈麦

白居易

田家少闲月,五月人倍忙。
夜来南风起,小麦覆陇黄。
妇姑荷箪食,童稚携壶浆。
相随饷田去,丁壮在南冈。
足蒸暑土气,背灼炎天光,
力尽不知热,但惜夏日长。
复有贫妇人,抱子在其旁。
右手秉遗穗,左臂悬敝筐。
听其相顾言,闻者为悲伤。
家田输税尽,拾此充饥肠。
今我何功德?曾不事农桑。

吏禄三百石，岁晏有余粮。
念此私自愧，尽日不能忘。

注　释

① [刈（yì）]割。题下注"时任盩厔县尉"。
② [覆（fù）陇（lǒng）黄]小麦黄熟时遮盖住了田埂。
③ [妇姑]媳妇和婆婆，这里泛指妇女。
④ [荷（hè）箪（dān）食（shí）]提着用竹篮盛的饭。
⑤ [童稚（zhì）携壶浆（jiāng）]小孩子提着用壶装的汤与水。
⑥ [饷（xiǎng）田]给在田里劳动的人送饭。
⑦ [惜]珍惜。
⑧ [闻者]白居易自指。
⑨ [为（wèi）悲伤]为之悲伤。
⑩ [吏禄（lì lù）三百石（dàn）]当时白居易任盩厔县尉，一年的薪俸大约是三百石米。
⑪ [岁晏（yàn）]年底。

译　文

农家很少有空闲的月份，五月到来人们更加繁忙。夜里刮起了南风，覆盖田垄的小麦已成熟发黄。妇女们担着竹篮盛的饭食，儿童手提壶装的水，相互跟随着到田间送饭，收割小麦的男子都在南冈。

他们双脚受地面的热气熏蒸，脊梁上烤晒着炎热的阳光。精疲力竭仿佛不知道天气炎热，只是珍惜夏日天长。又见一位贫苦妇女，抱着孩儿站在割麦者身旁，右手拿着捡的麦穗，左臂挂着一个破筐。听她望着别人说话，听到的人都为她感到悲伤。因为缴租纳税，家里的田地都已卖光，只好拾些麦穗充填饥肠。

现在我有什么功劳德行，却不用从事农耕蚕桑。一年领取薪俸三百石米，到了年底还有余粮。想到这些暗自惭愧，整日整夜念念不忘。

曹邺（约816—875），字业之，一作邺之，桂州（今广西桂林阳朔）人。晚唐诗人。与刘驾、聂夷中、于濆、邵谒、苏拯齐名，而以曹邺才颖最佳。曹邺曾担任吏部郎中、洋州刺史、祠部郎中等职务。

官仓鼠

曹　邺

官仓老鼠大如斗，见人开仓亦不走。
健儿无粮百姓饥，谁遣朝朝入君口。

注 释

①［官仓］官府的粮仓。
②［斗］古代容量单位,十升为一斗。
③［健儿］士兵。

译 文

官府粮仓里的老鼠,肥得有一斗那么大,见人开仓门进来,也毫不躲避。国家的士兵与百姓都没饭吃,是谁把这些粮食天天送到你的嘴里呢?

曹松(831?—902?),字梦徵,舒州(今安徽省潜山县)人。屡试不第,直到光化四年(901)才以71岁高龄及第,因同榜中王希羽、刘象、柯崇、郑希颜等皆年逾古稀,故时称"五老榜"。今存诗140首,主要学贾岛,工于炼字炼句。

己亥岁二首(其一)

曹 松

泽国江山入战图,生民何计乐樵苏。
凭君莫话封侯事,一将功成万骨枯。

注 释

①［己亥岁］唐僖宗乾符六年(879)。这年高骈在淮南以镇压黄巢为名,滥杀无辜而得封赏。
②［泽国］泛指南方。
③［樵苏］砍柴割草。
④［凭］请求。

译 文

南方地区全被画入了作战指挥图,这里的老百姓想砍柴割草,过普通日子,都不可能了。请求你别再说什么靠战功博个封侯的话了,因为一个将军的成功,是要拿千千万万士兵的性命换取的。

雪

罗 隐

尽道丰年瑞,丰年事若何。
长安有贫者,为瑞不宜多。

注 释

①［瑞］好兆头。一般认为冬天下雪,是来年庄稼丰收的好兆头。
②［若何］什么样子。

译 文

人人都说下雪是来年丰收的好兆头,若真的丰收了,还不知道是好事还是坏事呢。朝廷因此更加重了对百姓的盘剥,也不一定。就连京城长安,也还有不少穷人,更别说其他地方了。雪这样的好兆头,不适合下太多。

聂夷中(约公元871前后在世),字坦之,唐末诗人,其籍贯有河东(今山西运城)人,河南(今河南洛阳)人两种历史记载。咸通十二年(871)登第,官华阴尉。到任时,除琴书外,身无余物。其诗语言朴实,辞浅意哀。不少诗作将封建统治阶级对人民的残酷剥削进行了深刻揭露,对广大田家农户的疾苦则寄予极为深切的同情。

咏田家

聂夷中

二月卖新丝,五月粜新谷。
医得眼前疮,剜却心头肉。
我愿君王心,化作光明烛。
不照绮罗筵,只照逃亡屋。

注 释

①［粜(tiào)］出卖谷物。
②［眼前疮(chuāng)］指眼前的困难,眼前的痛苦。
③［剜(wān)却］挖掉,用刀挖除。
④［心头肉］身体的关键部位,这里喻指赖以生存的劳动果实。
⑤［绮(qǐ)罗］贵重的丝织品。这里指穿绫罗绸缎的人。
⑥［筵(yán)］宴席。
⑦［逃亡屋］贫苦农民无法生活,逃亡在外留下的空屋。

译 文

二月还未开始养蚕,就已成为抵债之物;五月谷未成熟,新谷已忍痛卖出。这是用刀挖掉心头好肉,来补眼前烂疮。希望帝王之心,化作光明的烛火。不照那豪华筵席,只照灾民空屋。

杜荀鹤（846-904），唐代诗人。字彦之，号九华山人。汉族，池州石埭（今安徽石台）人。大顺进士，以诗名，自成一家，尤长于宫词。自序其文为《唐风集》十卷，今编诗三卷。事迹见孙光宪《北梦琐言》、何光远《鉴诫录》、《旧五代史·梁书》本传、《唐诗纪事》及《唐才子传》。

再经胡城县

杜荀鹤

去岁曾经此县城，县民无口不冤声。
今来县宰加朱绂，便是生灵血染成。

注 释

①［胡城县］在今安徽阜阳市西北。
②［经］路过。
③［县宰］县令。
④［朱绂（fú）］红色官服。唐代四品官穿深红色官服，五品穿浅红色官服。县令一般六、七品，穿红色官服意味升官了。

译 文

去年我途经胡城县，县民没有一个不喊冤的。今年再来，县令新穿红色官服，如愿升了官。但他这身红色，都是百姓用鲜血染成的。

陆龟蒙（830?-881），字鲁望，号天随子、江湖散人、甫里先生，吴郡（今江苏省苏州市）人。举进士不第，隐居松江甫里（今江苏省甪直镇），不与流俗交接，与皮日休、罗隐、吴融为友，其中与皮日休唱和很多，世称"皮陆"。今存诗600余首。诗歌之外，小品文亦有重要成就。

新 沙

陆龟蒙

渤澥声中涨小堤，官家知后海鸥知。
蓬莱有路教人到，应亦年年税紫芝。

仁者爱人

注 释

① [新沙] 指海边新淤沙地。
② [渤(bó)澥(xiè)] 渤海的古称,这里泛指海。
③ [官家] 旧指官府,朝廷。
④ [税] 收税。
⑤ [紫芝] 神话中的仙草,紫色灵芝。

译 文

在潮涨潮落声中,海边逐渐淤积出一片小小的沙地。官府知道这件事,竟比整日盘桓于此的海鸥更快。看样子,就算传说中的蓬莱仙山,只要有路可以到达,朝廷也会远赴那里,征收紫芝等产物的税吧。

题兴化寺园亭

贾 岛

破却千家作一池,不栽桃李种蔷薇。
蔷薇花落秋风起,荆棘满庭君始知。

注 释

① [兴化寺园亭] 唐文宗时权臣裴度任中书令修建的一处有水池亭阁的憩园。
② [破却] 毁坏。
③ [始知] 方才知道。
④ [荆(jīng)棘(jí)]

译 文

兴化寺中就连一方池塘,都是破坏掉太多户普通人家才换来的。造好后,园里不种会结实的桃李,却种华而不实的蔷薇。秋风吹起时,蔷薇凋败,只剩下荆棘一片,你自会看到后果。

李纲(1083年-1140年2月5日),北宋末、南宋初抗金名臣,民族英雄。字伯纪,号梁溪先生,祖籍福建邵武,祖父一代迁居江苏无锡。李纲能诗文,写有不少爱国篇章。亦能词,其咏史之作,形象鲜明生动,风格沉雄劲健。著有《梁溪先生文集》《靖康传信录》《梁溪词》。

病 牛

李 纲

耕犁千亩实千箱,力尽筋疲谁复伤?
但得众生皆得饱,不辞羸病卧残阳。

注 释

① [实千箱] 粮食装满了许多粮仓。
② [伤] 哀怜，同情。
③ [但得] 只要能让。
④ [羸病] 身体羸弱多病。

译 文

辛苦地在田地耕作，让沉甸甸的粮食充满粮仓。可是在我筋疲力尽的时候，谁又会来体贴我呢？然而，只要能让大家有粮食，哪怕我最后病弱得卧倒在残阳之中也是值得的。

州 桥

范成大

州桥南北是天街，父老年年等驾回。
忍泪失声询使者：几时真有六军来？

注 释

① [州桥] 即天汉桥，在汴京城南汴河上，正对北宋皇宫前的街。

译 文

州桥南北两边都是繁华的御街，京城的父老乡亲年年岁岁在期待皇帝的御驾能够回到中原。他们勉强忍住眼泪，用颤抖的声音询问南方来的使者："什么时候才真的有朝廷的六军到北方故国来啊？"

潍县署中画竹呈年伯包大中丞括

郑 燮

衙斋卧听萧萧竹，疑是民间疾苦声。
些小吾曹州县吏，一枝一叶总关情。

注 释

① [年伯包大中丞括] 年伯，科举时代对和父亲同年登科者的尊称，后用以泛指父辈。中丞，明清时用作巡抚的别称。
② [些小] 微小，卑微。

译 文

在衙门后堂躺着听见风动竹林声，那就像老百姓的疾苦声一样。像我们这样卑微的州县小官，老百姓的一针一线之事，都始终关心着呢。

仁者爱人

万物有灵

房兵曹胡马

杜 甫

胡马大宛名,锋棱瘦骨成。
竹批双耳峻,风入四蹄轻。
所向无空阔,真堪托死生。
骁腾有如此,万里可横行。

注 释

①[大宛(yuān)]汉代西域国名,盛产良马。
②[锋棱]锋利的棱角。形容马的神清骨俊之貌。
③[峻]尖锐。
④[骁腾]奔驰。

译 文

这匹胡马是大宛国的名马,它棱角分明,十分瘦削健悍。两耳如斜削的竹尖一般,跑起来四蹄生风,十分轻快。它万里可行,似乎没有什么地方是空阔辽远的,真可以生死相托。能够如此奔驰,即使横行万里之外也毫无问题。

戎昱,(744—800)唐代诗人。荆州(今湖北江陵)人,郡望扶风(今属陕西)。少年举进士落第,游名都山川,后中进士。宝应元年(762),从滑州、洛阳西行,经华阴,遇见王季友,同赋《苦哉行》。中唐前期比较注重反映现实的诗人之一。

移家别湖上亭

戎 昱

好是春风湖上亭,柳条藤蔓系离情。
黄莺久住浑相识,欲别频啼四五声。

注 释

①[移家]搬家。
②[好是]正是。
③[浑]全。

译 文

春风吹拂,湖上亭正是好时节。(然而我即将搬走)亭边的柳条和藤蔓仿佛要拉住我的衣襟，不让我离去。一直住在这里，树上的黄莺和我是老相识了，在这别离时刻，他们频频啼叫，仿佛为我送行。

春 雪

韩 愈

新年都未有芳华，二月初惊见草芽。
白雪却嫌春色晚，故穿庭树作飞花。

注 释

① [芳华] 芬芳的花朵。
② [故] 故意。

译 文

新年初至，还看不到芬芳的鲜花，二月时才惊喜地发现有小草冒出了新芽。白雪大概嫌春色来得太晚，故意化作白花在庭院树间穿飞。

秋风引

刘禹锡

何处秋风至？萧萧送雁群。
朝来入庭树，孤客最先闻。

注 释

① [引] 一种文学或乐曲体裁之一，有序奏之意，即引子，开头。
② [至] 到。
③ [萧萧] 形容风吹树木的声音。
④ [雁群] 大雁的群体。
⑤ [朝] 凌晨。
⑥ [庭树] 庭园的树木。
⑦ [孤客] 单身旅居外地的人。这里指诗人自己。
⑧ [闻] 听到。

译 文

秋风是从哪里吹来？萧萧落叶声中送来了一群群大雁。早晨秋风撩动庭中的树木，独自漂泊他乡的人最先听到了秋声。

惜牡丹花二首（其一）

白居易

惆怅阶前红牡丹，晚来唯有两枝残。
明朝风起应吹尽，夜惜衰红把火看。

注释

①［衰红］即将凋谢的花朵。

译文

惆怅地看着台阶前的红牡丹，夜幕降临时只有两枝残花还开着。明天早晨刮风的话可能就会把花朵全部吹落，心中对这些花朵产生怜悯惋惜之情，只能拿火把照着花朵看看。

题菊花

黄 巢

飒飒西风满院栽，蕊寒香冷蝶难来。
他年我若为青帝，报与桃花一处开。

注释

①［飒飒］形容风声。
②［青帝］司春之神。古代传说中的五天帝之一，住在东方，主行春天时令。

译文

秋风飒飒摇动满院菊花，花蕊花香充满寒意，再难有蝴蝶飞来采蜜。若是有朝一日我成为司春之神，一定要让菊花和桃花同在春天盛开。

小 松

杜荀鹤

自小刺头深草里，而今渐觉出蓬蒿。
时人不识凌云木，直待凌云始道高。

注释

①［刺头］指长满松针的小松树。
②［蓬蒿（hāo）］即蓬草、蒿草。
③［直待］直等到。

④ [凌云] 高耸入云。
⑤ [始道] 才说。

译 文

长满松针的小松树长在深草丛中看不出来,现在发现已经长得比蓬蒿高出了许多。世上的人不认识这是将来可以高入云霄的树木,一直要等到它已经高入云霄了,才承认它的伟岸。

菊 花

元 稹

秋丛绕舍似陶家,遍绕篱边日渐斜。
不是花中偏爱菊,此花开尽更无花。

注 释

① [秋丛] 指丛丛秋菊。
② [舍(shè)] 居住的房子。
③ [陶家] 陶渊明的家。
④ [遍绕] 环绕一遍。
⑤ [篱] 篱笆。

译 文

一丛一丛的秋菊环绕着房屋好似到了陶渊明的家。一遍遍绕着篱笆观赏菊花,不知不觉太阳已经快落山了。不是因为百花中偏爱菊花,只是因为菊花开过之后再无花可赏。

张九龄(678—740),曲江(今广东韶关)人。唐玄宗开元年间做过三年宰相,后罢相,为荆州长史。张九龄是一位有胆识、有远见的著名政治家、文学家、诗人、名相。诗歌成就颇高,独具"雅正冲淡"的神韵。誉为"岭南第一人"。

感遇十二首(其一)

张九龄

兰叶春葳蕤,桂华秋皎洁。
欣欣此生意,自尔为佳节。
谁知林栖者,闻风坐相悦。
草木有本心,何求美人折!

注　释

① ［兰］此指兰草。
② ［葳（wēi）蕤（ruí）］枝叶茂盛而散乱。
③ ［林栖者］山中隐士。

译　文

兰草逢春，枝叶茂盛，桂花遇秋，皎洁清新。世间的草木生机勃勃，自然地顺应美好的季节。谁想到山林隐逸的高人，因为闻到芬芳而满怀喜悦。草木散发香气源于天性，怎么会求观赏者攀折呢！

感遇十二首（其七）

张九龄

江南有丹橘，经冬犹绿林。
岂伊地气暖？自有岁寒心。
可以荐嘉客，奈何阻重深。
运命唯所遇，循环不可寻。
徒言树桃李，此木岂无阴？

注　释

① ［伊］语助词。
② ［岁寒心］耐寒的特性。
③ ［荐（jiàn）］进奉。
④ ［树］种植。

译　文

江南有丹橘树，经过冬天，依然不枯谢而保持绿色。哪里是因为它所处地方的气候温暖？而是具有松柏耐寒的品性吧。橘可以用来敬奉给嘉宾，然而又奈何敬奉之路遥远，险阻重重。命运遭遇往往不一，因果循环奥秘难寻。世俗之人只知道种植桃树李树，难道橘树成林就没有树荫？

经典诗词联读

在狱咏蝉

骆宾王

西陆蝉声唱,南冠客思深。
那堪玄鬓影,来对白头吟。
露重飞难进,风多响易沉。
无人信高洁,谁为表予心?

注 释

① [西陆] 秋天。
② [南冠] 此指囚徒。
③ [玄鬓(bìn)] 指蝉的黑色翅膀,这里比喻自己正当盛年。
④ [白头吟] 乐府曲名。
⑤ [露重(zhòng)] 秋露浓重。
⑥ [予心] 我的心。

译 文

秋天蝉声不停,使得被囚之人思乡愁情更深。看见蝉翼,就想到自己正当盛年的样子,现在却满头白发吟咏着悲伤的诗歌。霜露太重,蝉难举翅高飞,大风起时蝉鸣声也容易被淹没。没有人相信蝉是高洁的昆虫,又有谁能证明我有一片冰心?

咏 风

王 勃

肃肃凉风生,加我林壑清。
驱烟寻涧户,卷雾出山楹。
去来固无迹,动息如有情。
日落山水静,为君起松声。

注 释

① [肃肃] 形容快速。
② [加] 给予。
③ [林壑(hè)] 树林和山沟,指有树林的山谷。
④ [驱] 驱散,赶走。
⑤ [涧户] 山沟里的人家。
⑥ [卷] 卷走,吹散。
⑦ [楹(yíng)] 堂屋前的柱子。山楹,指山间的房屋。
⑧ [固] 本来。

⑨［迹］行动留下的痕迹。
⑩［动息］活动与休息。
⑪［松声］松树被风吹动发出像波涛一样的声音。

译 文

清凉的山风萧萧地吹过来，使我的林壑变得清爽凉快。驱散烟云寻到涧底的人家，卷走雾霭现出山间的房屋。风的去来本就是没有踪迹，但动息之间却仿似有情谊。红日西下山水沉静，风为您吹响阵阵松涛之声。

林逋（967-1028）字君复，汉族，浙江大里黄贤村人（一说杭州钱塘）。幼时刻苦好学，通晓经史百家。书载性孤高自好，喜恬淡，勿趋荣利。每逢客至，叫门童子纵鹤放飞，林逋见鹤必棹舟归来。作诗随就随弃，从不留存。1028年（天圣六年）卒。其侄林彰（朝散大夫）、林彬（盈州令）同至杭州，治丧尽礼。宋仁宗赐谥"和靖先生"。

山园小梅（其一）

林 逋

众芳摇落独暄妍，占尽风情向小园。
疏影横斜水清浅，暗香浮动月黄昏。
霜禽欲下先偷眼，粉蝶如知合断魂。
幸有微吟可相狎，不须檀板共金尊。

注 释

①［暄妍］花开得鲜丽。
②［黄昏］这里是朦胧的意思。
③［霜禽］白羽毛的鸟。
④［偷眼］偷偷打量。
⑤［断魂］极度喜欢。
⑥［相狎］亲切相处。
⑦［檀板］檀木做的拍板，打节拍的乐器。这里指歌舞。

译 文

众多花卉都凋落了，只有梅花开得鲜丽，占尽了小园中的美。稀疏的花枝斜横在清浅的湖水上方，梅花的淡香飘浮在空气里，月色朦胧。禽鸟想落在梅枝上，都会先偷偷打量一番。如果蝴蝶知道了梅花，一定高兴极了。幸好我会低声吟诗这正与梅花相配，不需要歌舞和美酒来助兴了。

画眉鸟

欧阳修

百啭千声随意移,山花红紫树高低。
始知锁向金笼听,不及林间自在啼。

注 释

① [啭(zhuǎn)] 宛转的鸟鸣声。
② [随意] 随心。

译 文

高高低低的树枝上,开满红红紫紫的山花。画眉鸟在其间随心移动、放声歌唱。这时才明白,与其听贵重笼子里的鸟鸣叫,不如听林子里的鸟鸣叫,后者更为自由自在。

北陂杏花

王安石

一陂春水绕花身,花影妖娆各占春。
纵被春风吹作雪,绝胜南陌碾成尘。

注 释

① [陂(bēi)] 池塘。
② [花影] 花在水中的倒影。
③ [妖娆] 妩媚。
④ [陌(mò)] 道路。

译 文

池塘的春水围绕着杏树,杏花和水中的花影同样妩媚,占尽了春色。即使被春风吹落,漂浮在水面上,像点点白雪一样,也远远胜过落在南面路上,被来往的车马碾压成灰尘。

海 棠

苏 轼

东风袅袅泛崇光,香雾空蒙月转廊。
只恐夜深花睡去,故烧高烛照红妆。

注 释

① [袅袅] 微风吹拂的样子。
② [崇光] 高洁的光泽。
③ [香雾] 雾气,海棠一般没有香气。

④[睡去]这里比喻海棠萎缩。

译 文

春风轻轻吹拂，海棠泛出高洁的光泽。月光转过回廊离去，雾气迷蒙。我只担心夜深了，海棠会困倦而萎缩，所以点一支特别长的蜡烛久久地照着它。

元好问，字裕之，号遗山，太原秀容人。幼从郝天挺学，淹贯经史百家，六年学成。下太行，渡大河，为礼部赵秉文赏识，名震京师，时称"元才子"。元好问蔚为一代文宗，以文章独步天下三十年，元初文士多经其指授。有《遗山集》《中州集》《壬辰杂编》等传世。其散曲虽存不多，但于时影响极大。

万物有灵

摸鱼儿·雁丘词

元好问

问世间、情是何物，直教生死相许。天南地北双飞客，老翅几回寒暑。欢乐趣，离别苦。就中更有痴儿女。君应有语。渺万里层云，千山暮雪，只影向谁去。

横汾路，寂寞当年箫鼓。荒烟依旧平楚。招魂楚些何嗟及，山鬼暗啼风雨。天也妒。未信与、莺儿燕子俱黄土。千秋万古。为留待骚人，狂歌痛饮，来访雁丘处。

注 释

①[直]竟。
②[许]报答。
③[双飞客]成双成对的大雁。
④[就中]于此，在这里面。
⑤[痴儿女]意指因失去伴侣而殉情的大雁，犹如人世间痴情的儿女。
⑥["横汾"句]这里以汉武帝当日游幸之盛况反衬今日的冷落。
⑦[平楚]远望树梢齐平，故称平楚。楚指丛木。
⑧["招魂"二句]《招魂》《山鬼》皆为《楚辞》篇目。
⑨[与]通"欤"，疑问语气词。

译 文

请问世间的各位，爱情究竟是什么？竟然可以让两只大雁生死与共。天南地北，一路双宿双飞，任多少寒冬酷暑，依旧相依为命。比翼双飞很快乐，但离别才是真正的痛苦。此刻，这对痴情的双雁竟比世间痴情儿女更加的痴情。痴情的大雁心里应该知道：伴侣已逝，此去万里，烟云层层，前程渺渺。飞万里越千山，晨风暮雪，形单影只，即使苟活下去又有什么意义呢？

汾水一带曾是汉武帝巡幸游乐的地方，当年箫鼓喧天，而今却是衰草冷烟，草木丛生，一派萧索。招魂无济于事，女山神也枉自悲啼，死者却不会再归来了。雁之殉情，高义震世，令上天也嫉妒。莺燕死后埋于黄土，无人过问。殉情之雁，千古流芳，文人墨客定会狂歌纵酒，来到雁丘处凭吊。

同儿辈赋未开海棠（其一）

元好问

翠叶轻笼豆颗均，胭脂浓抹蜡痕新。
殷勤留著花梢露，滴下生红可惜春。

注 释

① ［赋］作诗。
② ［笼］笼罩。豆颗，形容海棠花苞一颗一颗像豆子一样。
③ ［胭脂］指红色。
④ ［蜡痕新］谓花苞光泽娇嫩。
⑤ ［殷（yīn）勤］情意深切。
⑥ ［花梢］花蕾的尖端。
⑦ ［生红］深红，指花瓣。

译 文

被绿叶轻巧地包笼——豆粒般的蓓蕾是那么均匀。被胭脂浓浓地涂抹——蜡痕般的花蒂是那么鲜新。我怀着满腔的情意，再三要留住花梢的露水。只怕它滴下花蕾的红艳，可惜了这片明媚的阳春。

白 梅

王 冕

冰雪林中著此身，不同桃李混芳尘。
忽然一夜清香发，散作乾坤万里春。

注 释

① ［著（zhù）］放进，置入。
② ［此身］指白梅。
③ ［混］混杂。
④ ［芳尘］香尘。
⑤ ［清香发］指梅花开放，香气传播。

⑥ [乾坤] 天地。

译　文

白梅生长在冰天雪地的寒冬，傲然开放不与桃李凡花相混同。忽然在某个夜里花儿盛开清香散发出来，竟散作了天地间的万里新春。

新　竹

郑　燮

新竹高于旧竹枝，全凭老干为扶持。
下年再有新生者，十丈龙孙绕凤池。

注　释

① [龙孙] 指新笋。
② [凤池] 这里指生长竹子的池塘。

译　文

今年长出的新竹比去年的要高，但新竹全凭着旧竹的扶持护惜。来年若再有新生的竹子，就会有更高的竹子环绕在池塘边了。

田园苦乐

弹　歌

佚　名

断竹，续竹；
飞土，逐宍。

注　释

①［弹（dàn）歌］古歌谣名。
②［宍（ròu）］"肉"的古字。

译　文

去砍伐野竹，连接起来制成弓；打出泥弹，追捕猎物。

击壤歌

佚　名

日出而作，日入而息。
凿井而饮，耕田而食。
帝力于我何有哉！

注　释

①［壤］据论是古代儿童玩具，以木做成，前宽后窄，长一尺多，形如鞋。玩时先将一壤置于地，然后在三四十步远处，以另一壤击之，中者为胜。
②［作］劳动。

译　文

太阳升起就去耕作田地，太阳下山就回家去休息。凿一眼井就可以有水喝，耕田劳作就可获取食物。这样的日子有何不自在，谁还去羡慕帝王的权力。

归园田居五首（其三）

陶渊明

种豆南山下，草盛豆苗稀。
晨兴理荒秽，带月荷锄归。
道狭草木长，夕露沾我衣。
衣沾不足惜，但使愿无违。

注　释

①［南山］指庐山。
②［稀（xī）］稀少。
③［兴］起身，起床。

④ [荒秽（huì）] 野草之类。
⑤ [荷（hè）锄] 扛着锄头。
⑥ [狭] 狭窄。
⑦ [草木长] 草木丛生。
⑧ [夕露] 傍晚的露水。
⑨ [沾] 打湿。
⑩ [足] 值得。

译 文

南山下田野里种植豆子，结果是草茂盛豆苗疏稀。清晨下田地铲除杂草，暮色降临月光扛锄回去。狭窄的小路上草木丛生，傍晚时有露水沾湿我衣。身上衣沾湿了并不可惜，只愿我不违背归隐心意。

吴均（469年－520年），字叔庠，南朝梁文学家、史学家，吴兴故鄣（今浙江安吉）人。出身贫寒，性格耿直，好学有俊才。吴均既是历史学家，著《齐春秋》三十卷、注《后汉书》九十卷等；又是著名的文学家，有《吴均集》二十卷，惜皆已亡佚。

山中杂诗三首（其一）

吴 均

山际见来烟，竹中窥落日。
鸟向檐上飞，云从窗里出。

注 释

① [山际] 山与天相接的地方。
② [窥] 从缝隙中看。

译 文

山峰上缭绕着袅袅云烟，从竹林的缝隙中窥见夕阳的余晖。鸟儿在房檐上飞来飞去，云朵从窗户里飘了出来。

秋夜喜遇王处士

王 绩

北场芸藿罢，东皋刈黍归。
相逢秋月满，更值夜萤飞。

注 释

① [处士] 对有德才而不愿做官隐居民间的人的敬称。
② [北场] 房舍北边的场圃。
③ [芸藿（yún huò）] 锄豆。芸，
④ [东皋（gāo）] 房舍东边的田地。皋，水边高地。
⑤ [刈（yì）] 割。
⑥ [黍（shǔ）] 即黍子。单子叶禾本科植物，生长在北方，耐干旱。籽实淡黄色，常用来做黄糕和酿酒。
⑦ [萤] 萤火虫。

译 文

在屋北的菜园锄豆完毕，又从东边田野收割黄米归来。在今晚月圆的秋夜，恰与老友王处士相遇，更有穿梭飞舞的萤火虫从旁助兴。

辋川闲居赠裴秀才迪

王 维

寒山转苍翠，秋水日潺湲。
倚杖柴门外，临风听暮蝉。
渡头余落日，墟里上孤烟。
复值接舆醉，狂歌五柳前。

注 释

① [辋川] 在今陕西省西安市蓝田县南。王维晚年隐居之地。
② [潺湲] 水流徐缓的样子。
③ [墟里] 村落。
④ [接舆] 相传春秋时楚国隐士，名陆通。曾痛饮狂歌，此处用来比喻裴迪。
⑤ [五柳] 陶渊明曾因住宅边种植了五棵柳树而自号"五柳先生"，曾作《五柳先生传》，此处自比。

译 文

山色苍翠，秋水潺潺。倚杖于柴门之外，听晚风中秋蝉长鸣。暮色渐浓，渡头无人，唯余落日。村中炊烟已袅袅而起。这时，好友裴迪正找我喝酒叙话，喝到高兴时，便在我面前高歌一曲。

渭川田家

王 维

斜光照墟落，穷巷牛羊归。
野老念牧童，倚杖候荆扉。
雉雊麦苗秀，蚕眠桑叶稀。
田夫荷锄至，相见语依依。
即此羡闲逸，怅然吟式微。

注 释

① [雉雊（zhì gòu）] 野鸡鸣叫。
② [荷] 肩负。

译 文

夕阳的余晖洒向村庄，偏僻的街巷中，牛羊自野外归来。村中老人惦念着放牧的小牧童，倚着拐杖在柴门边等候。野鸡鸣叫，小麦抽芽；桑叶稀少，春蚕休眠。农夫们三三两两扛着锄头归来，彼此见面说话没完没了。如此景色我不禁羡慕起农村生活，内心怅然吟起《式微》诗来。

田园乐七首（其六）

王 维

桃红复含宿雨，柳绿更带朝烟。
花落家童未扫，莺啼山客犹眠。

注 释

① [宿雨] 昨夜下的雨。
② [朝烟] 指清晨的雾气。
③ [家童] 童仆。
④ [山客] 隐居山庄的人，这里指诗人自己。
⑤ [犹眠] 还在睡眠。

译 文

红色的桃花还含着隔夜的新雨，碧绿的柳丝更带着淡淡的春烟。花瓣洒落家中的小童没有打扫，黄莺啼叫闲逸的山客犹自酣眠。

山中问答

李白

问余何意栖碧山,笑而不答心自闲。
桃花流水窅然去,别有天地非人间。

注 释

①［窅(yǎo)然］深远貌。

译 文

有人问我为何幽居碧山?我笑而不答,心里一片悠闲。桃花随着溪水远远流去,此处别有天地,真如仙境一般。

江 村

杜甫

清江一曲抱村流,长夏江村事事幽。
自去自来堂上燕,相亲相近水中鸥。
老妻画纸为棋局,稚子敲针作钓钩。
但有故人供禄米,微躯此外更何求?

注 释

①［抱］环绕。
②［自去自来］随意来去。
③［"但有"句］一作"多病所须唯药物"。
④［微躯］微贱之躯。

译 文

清江弯弯曲曲地环绕着小村,夏日江村里,一切都是那么幽静。屋上燕子飞来飞去,好不惬意;江上白鸥相伴而游,好不快活!老妻用纸画的棋盘来下棋,孩子们把缝衣针敲弯来钓鱼。这时,又有好友提供禄米,接济于我。这样的生活,我这微贱之身夫复何求?

南 邻

杜 甫

锦里先生乌角巾,园收芋栗未全贫。
惯看宾客儿童喜,得食阶除鸟雀驯。
秋水才深四五尺,野航恰受两三人。
白沙翠竹江村暮,相对柴门月色新。

注 释

①〔南邻〕杜甫在成都草堂时的邻居,即"锦里先生"。
②〔乌角巾〕古代葛制黑色有折角的头巾。常为隐士所戴。
③〔阶除〕台阶和庭院。

译 文

锦里先生头戴乌角巾,园子里种了许多芋头栗子,每年都有收成,算不得穷。他的孩子们都习惯看见宾客,总是十分高兴,鸟雀常常在台阶庭院中觅食,十分驯从。秋天江水深不过四五尺,野渡的船恰能容下两三个人。江村天色已晚,白沙滩与翠绿的竹林渐渐笼罩在夜色中,与他柴门相对的,是一轮刚升起的明月。

雨过山村

王 建

雨里鸡鸣一两家,竹溪村路板桥斜。
妇姑相唤浴蚕去,闲着中庭栀子花。

注 释

①〔竹溪〕小溪旁长着翠竹。
②〔妇姑〕指农家的媳妇和婆婆。
③〔相唤〕互相呼唤。
④〔浴蚕〕古时候将蚕种浸在盐水中,用来选出优良的蚕种,称为浴蚕。
⑤〔闲着〕农人忙着干活,没有人欣赏盛开的栀子花。
⑥〔中庭〕庭院中间。
⑦〔栀子〕常绿灌木,春夏开白花,很香。

译 文

雨中传来鸡鸣,山村里依稀一两户人家。小溪夹岸绿竹苍翠,窄窄板桥连接着一线山路。婆媳相互呼唤一起去浴蚕选种,那庭院中间的栀子花独自开放无人欣赏。

逢雪宿芙蓉山主人

刘长卿

日暮苍山远，天寒白屋贫。
柴门闻犬吠，风雪夜归人。

注 释

① [宿] 投宿；借宿。
② [芙蓉山主人] 芙蓉山，各地以芙蓉命山名者甚多，这里大约是指湖南桂阳或宁乡的芙蓉山。
③ [日暮] 傍晚的时候。
④ [白屋] 未加修饰的简陋茅草房。一般指贫苦人家。
⑤ [犬吠（fèi）] 狗叫。
⑥ [夜归人] 夜间回来的人。

译 文

日暮时分，天色昏暗，更觉得前行山路遥远。天寒地冻，借宿在一户清贫人家。柴门外忽然传来一阵狗叫声，原来是有人冒着风雪归家门。

题李凝幽居

贾岛

闲居少邻并，草径入荒园。
鸟宿池边树，僧敲月下门。
过桥分野色，移石动云根。
暂去还来此，幽期不负言。

注 释

① [邻并] 邻居。
② [云根] 石头，这里指石头周围的云气。
③ [幽期] 一同隐居的约定。

译 文

你的居处很少有邻居，只有一条长满草的小路，通向荒僻的家。鸟在池边树上安然栖息，月下不时有僧人敲门拜访。过得桥来回望，这座桥把山野景色分成两边；移动石头时，周边云气随之晃动。我暂时离开这里，以后一定回来；我们约好了在此一同隐居，我决不会食言的。

东　坡

苏　轼

雨洗东坡月色清，市人行尽野人行。
莫嫌荦确坡头路，自爱铿然曳杖声。

注　释

①〔东坡〕苏轼谪居黄州时，在城东门外耕种的数十亩荒地。取名东坡，是效仿白居易在忠州种花植树的"东坡"，并以此作为自己的别号。
②〔野人〕村野之人，这里是诗人自指。
③〔荦（luò）确〕崎岖不平。

译　文

雨水冲洗过东坡，月色明澈。夜深了，城市中人散尽，只剩下我这村野之人在此漫步。不要嫌弃坡头的路崎岖不平，我爱听手杖在这地面拖行，发出的响亮声音。

阮元（1764—1849）字伯元，号云台、雷塘庵主，晚号怡性老人，江苏仪征人，乾隆五十四年进士。历乾隆、嘉庆、道光三朝，体仁阁大学士，太傅，谥号文达。他是著作家、刊刻家、思想家，在经史、数学、天算、舆地、编纂、金石、校勘等方面都有着非常高的造诣，被尊为三朝阁老、九省疆臣，一代文宗。

吴兴杂诗

阮　元

交流四水抱城斜，散作千溪遍万家。
深处种菱浅种稻，不深不浅种荷花。

注　释

①〔吴兴〕今浙江省湖州市。
②〔杂诗〕题目中不指明题材内容的诗。
③〔交流四水〕即"四水交流"，四条河流交错地流通。交流，交叉沟通。四水，湖州城附近有西苕溪、东苕溪，二水合成霅溪，另有一条东去的运河。
④〔抱城斜（xiá）〕绕着城斜流。斜，指环城的河流并不是和城墙构成平行直线而是斜斜地流着。
⑤〔散作〕分散成。
⑥〔千溪〕很多条流水。千，与后面的"万"同用以形容数量多，均不是确数。
⑦〔遍〕遍及。

⑧ [深处] 水深的地方。
⑨ [菱（líng）] 水生草本植物，果实叫菱角，可食。

译　文

　　四条河流交错环抱着吴兴城，它们的流向与城墙偏斜。这四条河又分出许多溪水，溪水边居住着许多人家。居民们利用这大好的自然条件，在水深的地方种上菱角，水浅的地方种植水稻，在那不深不浅的水域里种上荷花。

四季如画

感遇三十八首（其二）

陈子昂

兰若生春夏，芊蔚何青青。
幽独空林色，朱蕤冒紫茎。
迟迟白日晚，袅袅秋风生。
岁华尽摇落，芳意竟何成。

注 释

①〔兰〕兰草。
②〔若〕杜若，杜衡，生于水边的香草。
③〔芊（qiān）蔚〕指草木茂盛状。
④〔朱〕红花。
⑤〔蕤（ruí）〕花下垂状。
⑥〔迟迟〕徐行貌。
⑦〔岁华〕草木一年一度开花，故云。
⑧〔摇落〕凋零。

译 文

兰草杜若生长在春夏时节，茎叶茂盛多么美好青葱。
幽雅孤高独擅林中美色，红花下垂着覆盖了紫色的株茎。
白天慢慢变短，袅袅的秋风已悄悄来临。
一年一开花的草木都飘摇零落，美好意愿终究如何完成？

夏日南亭怀辛大

孟浩然

山光忽西落，池月渐东上。
散发乘夕凉，开轩卧闲敞。
荷风送香气，竹露滴清响。
欲取鸣琴弹，恨无知音赏。
感此怀故人，中宵劳梦想。

注 释

①〔山光〕傍山的日影。
②〔池月〕池边的月色。
③〔东上〕从东面升起。
④〔开轩〕开窗。
⑤〔卧闲敞〕躺在幽静宽敞的地方。
⑥〔恨〕遗憾。
⑦〔感此〕有感于此。

⑧［中宵］整夜。
⑨［劳］苦于。
⑩［梦想］想念。

译 文

傍山的日影忽然西落了，池塘上的月亮从东面慢慢升起。披散着头发在夜晚乘凉，打开窗户躺卧在幽静宽敞的地方。一阵阵的晚风送来荷花的香气，露水从竹叶上滴下发出清脆的响声。正想拿琴来弹奏，可惜没有知音来欣赏。感慨良宵，怀念起老朋友来，整夜在梦中也苦苦地想念。

宿业师山房期丁大不至

孟浩然

夕阳度西岭，群壑倏已暝。
松月生夜凉，风泉满清听。
樵人归欲尽，烟鸟栖初定。
之子期宿来，孤琴候萝径。

注 释

① ［业师］法名业的僧人。
② ［丁大］作者同乡。
③ ［倏］一下子。
④ ［满清听］满耳都是清脆的响声。
⑤ ［烟鸟］烟雾中的鸟。
⑥ ［之子］这个人。指丁大。

译 文

夕阳落下，越过西边的山岭，群山万壑一下子昏暗了下来。松林中透过一丝月光，使人觉得夜晚清凉，风吹泉鸣，满耳都是清脆的响声。山中樵夫差不多走尽，烟霭中的鸟儿刚归巢安息。丁大原本约定今晚来寺中住宿，我独自抱着琴站在山间小径等候。

祖咏（699-746），唐代诗人，洛阳（今河南洛阳）人。少有文名，擅长诗歌创作。与王维友善。王维在济州赠诗云："结交二十载，不得一日展。贫病子既深，契阔余不浅。"（《赠祖三咏》）其流落不遇的情况可知。开元十二年（724），进士及第，长期未授官。后入仕，又遭迁谪，仕途落拓，后归隐汝水一带。

终南望余雪

祖 咏

终南阴岭秀，积雪浮云端。
林表明霁色，城中增暮寒。

注 释

①［终南］山名，在唐京城长安（今陕西西安）南面六十里处。
②［余雪］指未融化之雪。
③［阴岭］北面的山岭，背向太阳，故曰阴。
④［霁（jì）］雨、雪后天气转晴。

译 文

终南山的北面山色秀美，山上的皑皑白雪好似与天上的浮云相连。雪后初晴林梢之间闪烁着夕阳余晖，傍晚时分城中又添了几分积寒。

山 中

王 维

荆溪白石出，天寒红叶稀。
山路元无雨，空翠湿人衣。

注 释

①［荆溪］本名长水，又称浐水、荆谷水，源出陕西蓝田县西南秦岭山中，北流至长安东北入灞水。一作"溪清"。
②［红叶］秋天，枫、槭、黄栌等树的叶子都变成红色，统称红叶。
③［元］原，本来。
④［"空翠"句］形容山中翠色浓重，似欲流出，使人有湿衣之感。
⑤［空翠］指绿色的草木。

译 文

荆溪潺潺流过露出嶙嶙白石，天气变得寒冷红叶也变得稀稀落落。山间小路上本来没有下雨，但苍翠的山色却浓得仿佛要润湿人的衣裳。

刘眘虚（约714年－约767年），亦作慎虚，字全乙，亦字挺卿，号易轩，洪州新吴（今江西奉新县）人，盛唐著名诗人。20岁中进士，22岁参加吏部宏词科考试，得中，初授左春坊司经局校书郎，为皇太子校勘经史；旋转崇文馆校书郎，为皇亲国戚的子侄们校勘典籍，均为九品小吏。殷璠《河岳英灵集》录其诗十一首。

阙　题

刘眘虚

道由白云尽，春与青溪长。
时有落花至，远随流水香。
闲门向山路，深柳读书堂。
幽映每白日，清辉照衣裳。

注　释

①［阙题］"阙"通"缺"。或因诗题在流传过程中遗失，后人在编诗时以"阙题"为名。眘（shèn），古同"慎"，谨慎。
②［幽映］被树林遮蔽故而变得隐约的日光。

译　文

山路因白云而被隔断，春光犹如清溪这般悠长。常常有落花随水漂流而至，在远处就可闻到水中的芬芳。闲静的柴门面对崎岖的山路，柳荫深处隐藏着隐士的读书堂。太阳穿过树荫变得隐约，清幽的光辉便洒满我的衣裳。

贾至（718-772）字幼隣，唐代洛阳人，贾曾之子。后封京兆尹，兼御史大夫。年五十五岁。卒，谥文。至著有文集三十卷，《唐才子传》有其传。

春思二首（其一）

贾　至

草色青青柳色黄，桃花历乱李花香。
东风不为吹愁去，春日偏能惹恨长。

注 释

① [历乱] 纷乱，杂乱。

译 文

小草颜色青青，柳色正黄，桃花纷乱绽放成一片繁盛，李花散发出阵阵芳香。东风吹不走我的忧愁，春日偏偏使人沾上无尽的惆怅。

洛桥晚望

孟 郊

天津桥下冰初结，洛阳陌上人行绝。
榆柳萧疏楼阁闲，月明直见嵩山雪。

注 释

① [天津桥] 即洛桥。在今河南洛阳西郊洛水之上。
② [萧疏] 形容树叶稀疏。

译 文

天津桥下刚开始结冰，洛阳大道上便几乎没什么行人了。榆柳树叶稀疏，掩映着楼台亭阁，万籁俱寂，悄无人声。在皎洁的月光之下，一眼便看到了嵩山上的皑皑白雪。

刘方平（生卒年不详），洛阳人。天宝中，举进士不第，遂隐居，终生未仕。与李颀、皇甫冉、元德秀、严武为诗友。善写闺情宫怨、咏物写景，多寓情于景，意蕴无穷。其《月夜》《春怨》等都是历来为人传诵的名作。

月 夜

刘方平

更深月色半人家，北斗阑干南斗斜。
今夜偏知春气暖，虫声新透绿窗纱。

注 释

① [更深] 夜深。
② [月色半人家] 月光只照亮了人家房屋的一半，另一半隐藏在黑暗里。
③ [北斗] 在北方天空排列成斗形的七颗亮星。
④ [阑（lán）干] 横斜的样子。
⑤ [偏知] 才知道，表示出乎意料。

⑥[新透]第一次透过。

译 文

夜静更深，朦胧的斜月撒下点点清辉，映照着家家户户。夜空中，北斗星和南斗星都已横斜。今夜出乎意料地感觉到了初春暖意，还听得春虫叫声穿透绿色窗纱。

夜 雪

白居易

已讶衾枕冷，复见窗户明。
夜深知雪重，时闻折竹声。

注 释

①[衾（qīn）枕]被子和枕头。

译 文

已经讶异为何今天的床褥异常冷，又看见窗户外变得十分明亮。夜深了才知道外面下起了很大的雪，因为时常能听见竹子被雪压断的声音。

杭州春望

白居易

望海楼明照曙霞，护江堤白蹋晴沙。
涛声夜入伍员庙，柳色春藏苏小家。
红袖织绫夸柿蒂，青旗沽酒趁梨花。
谁开湖寺西南路，草绿裙腰一道斜。

注 释

①[望海楼]诗人原注："城东楼名望海楼。"
②[伍员（yún）]字子胥，春秋时楚国人。
③[苏小]即苏小小，南朝钱塘名妓。
④[梨花]酒名。诗人原注："其俗，酿酒趁梨花时熟，号为'梨花春'。"

译 文

望海楼披着明丽的朝霞，行人在护江堤上踏着松软的白沙。钱塘涛声春夜传入伍员庙，绿柳春色包蕴在苏小小家。

红袖少女夸耀杭绫柿蒂织工好，青旗门前争买美酒饮"梨花"。是谁开辟了通向湖心孤山的道路，长满青草的小道像少女的绿色裙腰弯弯斜斜。

早 冬

白居易

十月江南天气好，可怜冬景似春华。
霜轻未杀萋萋草，日暖初干漠漠沙。
老柘叶黄如嫩树，寒樱枝白是狂花。
此时却羡闲人醉，五马无由入酒家。

注 释

①[春华]比喻季节盛况美丽自然风貌，又有初春形态气候之盛貌。

译 文

江南的十月天气很好，冬天的景色仍然有春天的盛貌。小草上落着轻轻的一层薄霜，在阳光的照耀下显得像被风干了的沙粒一般。

老柘树叶子是黄色的，犹如一棵娇嫩的小树。寒樱不依时序，开出枝枝白花。

这个时候的我只羡慕喝酒人的那份清闲，作为太守的我被公务缠身，没有进入酒家的理由。

高骈（pián）（821年-887年9月24日），字千里。幽州（今北京西南）人。祖籍渤海蓨县（今河北景县），先世为山东名门"渤海高氏"。唐朝后期名将、诗人，南平郡王高崇文之孙。高骈能诗，计有功称"雅有奇藻"。他身为武臣，而好文学，被称为"落雕侍御"。《全唐诗》编诗一卷。

山亭夏日

高 骈

绿树阴浓夏日长，楼台倒影入池塘。
水晶帘动微风起，满架蔷薇一院香。

注 释

①[骈]pián。
②[浓]树丛的阴影很浓稠。
③[水晶帘]是一种质地精细而色泽莹澈的帘，比喻晶莹华美的帘子。

译 文

夏天白昼时间长，绿树浓荫蔽地，楼台倒映在池塘水面上。忽然一阵微风吹过，水晶帘晃动起来，满花架蔷薇的香气，弥漫了整个庭院。

韩偓（844年-923年），字致光，号致尧，小字冬郎，号玉山樵人，京兆万年（今陕西省西安市）人。晚唐大臣、诗人，翰林学士韩仪之弟，"南安四贤"之一。信仰道教，擅写宫词，辞藻华丽，人称"香奁体"。后梁龙德三年（923年），病逝于南安县龙兴寺，安葬于葵山。著有《玉山樵人集》。

夜 深

韩 偓

恻恻轻寒翦翦风，小梅飘雪杏花红。
夜深斜搭秋千索，楼阁朦胧烟雨中。

注 释

① ［恻恻］寒冷的样子。
② ［翦（jiǎn）翦］轻微而带寒意的样子。
③ ［斜搭］斜挂。

译 文

现在的天气，风中带着微微的寒意。白梅花像雪花般飘落，杏花逐渐红艳起来。夜深人静，秋千索斜搭在木架上。烟雨迷蒙之中，那座楼阁隐约可见。

王驾（851-?），字大用，自号守素先生，河中（今山西永济）人。唐昭宗大顺元年（890）进士及第，官至礼部员外郎，后弃官归隐。与郑谷、司空图友善，诗风亦相近。今存诗六首。其绝句自然流畅，构思巧妙。

雨 晴

王 驾

雨前初见花间蕊，雨后全无叶底花。
蜂蝶纷纷过墙去，却疑春色在邻家。

注 释

① ［蕊（ruǐ）］花朵开放后中间露出的柱头花丝等，分雌蕊、雄蕊。
② ［叶底］绿叶中间。底，底部。

译　文

下雨之前初次见到花朵吐蕊，雨停之后却只见绿叶不见花。蜜蜂与蝴蝶纷纷飞过墙那边去，让人怀疑春天景色都留在邻居家了。

城东早春

杨巨源

诗家清景在新春，绿柳才黄半未匀。
若待上林花似锦，出门俱是看花人。

注　释

① [城] 唐代京城长安。
② [诗家] 诗人的统称，并不仅指作者自己。
③ [上林] 上林苑，汉代皇家花园。这里指唐代长安城东的芙蓉苑。
④ [新春] 即早春。

译　文

早春清丽的景色是诗人的最爱，柳树冒出鹅黄的新芽，黄绿之色还未调匀。倘若等到上林苑繁花似锦之时，出门都是看花之人，摩肩接踵，宛如闹市，诗人赏春之情，也消失殆尽。

曾巩（1019年9月30日-1083年4月30日），字子固，世称"南丰先生"。汉族，建昌南丰（今属江西）人，后居临川（今江西抚州市西）。嘉祐二年（1057）进士。北宋政治家、散文家，"唐宋八大家"之一，为"南丰七曾"（曾巩、曾肇、曾布、曾纡、曾纮、曾协、曾敦）之一。在学术思想和文学事业上贡献卓越。

西　楼

曾　巩

海浪如云去却回，北风吹起数声雷。
朱楼四面钩疏箔，卧看千山急雨来。

注　释

① [钩] 用钩子挂起来。
② [疏箔（bó）] 稀疏的竹帘。

译 文

海面浪潮如白云一般，离开又回来。北风劲吹，夹杂几声响雷。躺在楼上，用钩子挂起四面竹帘，闲看急骤的雨敲打在重峦上。

夜 直

王安石

金炉香烬漏声残，翦翦轻风阵阵寒。
春色恼人眠不得，月移花影上栏杆。

注 释

① [夜直] 在官署中值夜班。直，通"值"。
② [金炉] 铜制香炉。
③ [漏] 古代滴水计时的工具。
④ [翦（jiǎn）翦（jiǎn）] 形容风轻且带有点寒意。
⑤ [恼] 撩拨。

译 文

铜炉里香快烧完了，漏壶里水也快滴完了，微风吹拂，带来阵阵凉意。春天的景色挑逗人心，使人难以入睡，只能醒着看月亮慢慢移动，月光下花的影子随之移动，罩上了栏杆。

大好河山

经典诗词联读

张旭（约685年－约759年），字伯高，一字季明，汉族，唐朝吴县（今江苏苏州）人。善草书，性好酒，世称张颠。与李白、贺知章等人共列饮中八仙之一。唐文宗曾下诏，以李白诗歌、裴旻剑舞、张旭草书为"三绝"。又工诗，与贺知章、张若虚、包融号称"吴中四士"。传世书迹有《肚痛帖》《古诗四帖》。

山行留客

张　旭

山光物态弄春晖，莫为轻阴便拟归。
纵使晴明无雨色，入云深处亦沾衣。

注 释

① [山行] 一作"山中"。
② [春晖] 春光。
③ [莫] 不要。
④ [轻阴] 阴云。
⑤ [便拟归] 就打算回去。
⑥ [纵使] 纵然，即使。
⑦ [云] 指雾气、烟霭。

译 文

春光幻照之下，山景气象万千。何必初见阴云，就要匆匆回家？就算天气晴朗，没有一丝雨意，走入云山深处，也会沾湿衣裳。

渡浙江问舟中人

孟浩然

潮落江平未有风，扁舟共济与君同。
时时引领望天末，何处青山是越中。

注 释

① [浙江] 即钱塘江。
② [江] 指钱塘江。
③ [未有] 没有。
④ [扁舟] 小船。
⑤ [引领] 伸长脖子远望。多以形容期望殷切。
⑥ [越中] 即今浙江绍兴。

大好河山

译 文

潮落后江面平静还没有起风，乘一只小船渡江与您相从。不时探头向天边眺望，您可知哪座青山是我要去的越中？

青 溪

王 维

言入黄花川，每逐青溪水。
随山将万转，趣途无百里。
声喧乱石中，色静深松里。
漾漾泛菱荇，澄澄映葭苇。
我心素已闲，清川澹如此。
请留磐石上，垂钓将已矣。

注 释

① [青溪] 在今陕西勉县之东。
② [言] 发语词，无义。
③ [黄花川] 在今陕西凤县东北黄花镇附近。
④ [趣途] 趣，同"趋"，指走过的路途。
⑤ [声] 溪水声。色，山色。
⑥ [漾漾] 水波动荡。
⑦ [菱荇（líng xìng）] 泛指水草。
⑧ [葭（jiā）苇] 泛指芦苇。"漾漾"二句描写菱荇在青溪水中浮动，芦苇影照于清澈的流水。
⑨ [素] 一向。
⑩ [闲] 悠闲淡泊。
⑪ [澹（dàn）] 恬静安然。澹，溪水澄澈平静。
⑫ [磐石] 大石。
⑬ [将已矣] 将以此度过终生。已，结束。

译 文

进入黄花川游览，每每都去追逐那条青溪。溪水随着山势，百转千回，经过的路途，却不足百里。水声在山间乱石中喧嚣，山色在深密的松林里幽静深沉。水草在溪水中轻轻摇荡，芦苇清晰地倒映在碧水之中。我的心一向悠闲，如同清澈的溪水淡泊安宁。但愿我能留在溪边的盘石上，在垂钓中度过我的一生。

汉江临泛

王 维

楚塞三湘接,荆门九派通。
江流天地外,山色有无中。
郡邑浮前浦,波澜动远空。
襄阳好风日,留醉与山翁。

注 释

① [汉江] 即汉水。
② [楚塞] 楚国的边境地带。
③ [三湘] 湘水合漓水称"漓湘",合蒸水称"蒸湘",合潇水称"潇湘",故又称"三湘"。此处泛指湘江流域及洞庭湖地区。
④ [荆门] 在今湖北省南部。
⑤ [九派] 长江在湖北、江西一带,分为很多支流,因以"九派"称这一带的长江。
⑥ [浦] 水边。
⑦ [山翁] 一作"山公"。山简,西晋将领,镇守襄阳,有政绩,好酒,每饮必醉。这里借指襄阳地方官。

译 文

汉江流经楚地边境又接三湘,西起荆门又与长江相通。远远望去,江水好像流到了天地之外,近看则山色缥缈若有似无。岸边城邑似乎在水面浮动,水天相接,波澜仿佛荡漾在远空。襄阳风光令人陶醉,我愿留在此地与山翁对饮沉酣。

终南山

王 维

太乙近天都,连山接海隅。
白云回望合,青霭入看无。
分野中峰变,阴晴众壑殊。
欲投人处宿,隔水问樵夫。

注 释

① [终南山] 秦岭主峰之一,在今陕西省境内。
② [天都] 天帝所居,这里指帝都长安。
③ [青霭] 山中的岚气。
④ [海隅(yú)] 海边。

⑤[分野]古天文学名词。古人以天上的二十八个星宿的位置来区分中国境内的地域，被称为分野。
⑥[壑（hè）]山谷。
⑦[人处]有人烟处。

译文

终南山靠近长安城，山连着山一直延伸到海边。白云缭绕，回望连成一片；青色的云气进入山中都看不见。中央主峰把终南山东西隔开，各山谷阴晴多变，气候迥异。想在山中找个人家去投宿，只能隔着小河向山间樵夫打听哪里有人家。

访戴天山道士不遇

李白

犬吠水声中，桃花带露浓。
树深时见鹿，溪午不闻钟。
野竹分青霭，飞泉挂碧峰。
无人知所去，愁倚两三松。

注释

①[戴天山]又名大康山、大匡山，在今四川省境内。李白年少时曾经在此山中的大明寺读书。
②[青霭]青色的云气。

译文

淙淙的流水声中夹杂着几声犬吠，带着露水的桃花更显浓艳。树林深处，常有几只麋鹿出没；正午时分，溪边却听不见山寺的钟声。野竹随意生长，高耸入云，似乎划破了青色的云气；瀑布高挂在碧绿的山峰前。无人知晓道士的去向，我只能忧愁地斜靠在几棵松树旁边。

秋下荆门

李白

霜落荆门江树空，布帆无恙挂秋风。
此行不为鲈鱼鲙，自爱名山入剡中。

注释

①[荆门]荆门山，在今湖北省境内。
②[布帆无恙]运用了顾恺之的典故。《晋书·顾恺之传》载，顾恺之从殷仲

堪那里借到布帆船，驶船回家，行至破冢，遭大风，他写信给殷仲堪，说"行人安稳，布帆无恙。"表示旅途平安。

③［鲈鱼鲙（kuài）］《世说新语．识鉴》载，西晋吴人张翰在洛阳做官时，见秋风起，想到家乡菰菜、鲈鱼鲙的美味，遂辞官回乡。

④［剡中］指今浙江省嵊州市一带。

译 文

秋天来临，荆门山上渐渐泛起秋霜，江边树木凋落，行船平稳，秋风涨满布帆，旅途平安。这次远离家乡游历，不是为了吃江南的鲈鱼鲙，是为了游览中的名山大川。

陪侍郎叔游洞庭醉后三首（其三）

李 白

划却君山好，平铺湘水流。
巴陵无限酒，醉杀洞庭秋。

注 释

①［侍郎叔］即李白的族叔李晔。
②［刬（chǎn）却］削去。

译 文

如果把君山削去多好，那样洞庭湖水平铺开去，任湘水奔流。巴陵的美酒饮之不尽，让我们共同醉倒在这洞庭湖的秋色之中。

江畔独步寻花（其六）

杜 甫

黄四娘家花满蹊，千朵万朵压枝低。
留连戏蝶时时舞，自在娇莺恰恰啼。

注 释

①［黄四娘］杜甫住成都草堂时的邻居。
②［蹊（xī）］小路。
③［恰恰］连续不断貌。

译 文

黄四娘家的花儿将通往她家中的小径遮蔽，千朵万朵花儿压弯枝条，低低地垂向地面。流连花丛的彩蝶时时飞舞，自由自在的娇莺连续不断地欢啼。

于良史，唐代诗人，肃宗至德年间曾任侍御史，代宗大历年间任监察御史。德宗贞元年间，徐州、泗州节度使张建封辟为从事。其五言诗词语清丽超逸，讲究对仗，十分工整。

春山夜月

于良史

春山多胜事，赏玩夜忘归。
掬水月在手，弄花香满衣。
兴来无远近，欲去惜芳菲。
南望鸣钟处，楼台深翠微。

注释

①［胜事］美好的事物。
②［掬（jū）水］捧水在手。
③［芳菲］盛美的花草。
④［翠微］青翠掩映的深山。

译文

春山之中有许多美好的事物，在其中游赏玩乐，夜而忘返。捧水在手，水中有月；抚弄花朵，花香沾衣。游兴正浓，哪管路途远近；下定决心离开，却又依恋山中花草。向南望那钟鸣之处，原来是隐于翠绿丛中的楼台。

徐凝，唐代（约公元813年、唐宪宗元和中前后在世）诗人，浙江睦州人，代表作《奉酬元相公上元》。《全唐诗》录存一卷。

庐山瀑布

徐 凝

虚空落泉千仞直，雷奔入江不暂息。
今古长如白练飞，一条界破青山色。

注释

①［虚空］高空。
②［落泉］比瀑布。
③［千仞］约合八千尺。
④［雷奔］发巨响而奔泻。
⑤［界破］划开。

译文

瀑布临空千仞从天直下，声如雷鸣奔入大江永不停息。古往今来它都像一条巨大的白练飞悬在空中，这一条白练划开了绿色的青山。

大好河山

张祜（hù）（约785年-849年?），字承吉，唐代清河（今邢台市清河县）人，诗人。家世显赫，被人称作张公子，有"海内名士"之誉。早年曾寓居姑苏。张祜的一生，在诗歌创作上取得了卓越成就。"故国三千里，深宫二十年"，张祜以是得名，《全唐诗》收录其349首诗歌。

题金陵渡

张 祜

金陵津渡小山楼，一宿行人自可愁。
潮落夜江斜月里，两三星火是瓜洲。

注 释

① ［金陵渡］渡口名，在今江苏省镇江市附近。
② ［津］渡口。
③ ［斜月］西斜的落月。
④ ［星火］光，小火点。
⑤ ［瓜洲］在长江北岸，与镇江市隔江相对，是长江南北水运的交通要冲。

译 文

金陵渡口有座小山楼，在此地过夜，心中满怀旅愁。斜月朦胧，江潮正在退去，星火闪闪的对岸便是瓜洲。

李涉（约806年前后在世），唐代诗人。自号清溪子，洛（今河南洛阳）人。早岁客梁园，与弟李渤同隐庐山香炉峰下。文宗大和（827-835）中，任国子博士，世称"李博士"。著有《李涉诗》一卷。存词六首。

题鹤林寺僧舍

李 涉

终日昏昏醉梦间，忽闻春尽强登山。
因过竹院逢僧话，偷得浮生半日闲。

注 释

① ［强（qiáng）］勉强。
② ［浮生］人生在世，虚浮不定，因称人生为"浮生"。

译 文

整日昏昏沉沉恍若梦中,忽然发现春天即将过去,便强打精神登山赏景。经过一个种满竹子的寺院,与一僧人攀谈许久,难得在这纷扰的世事中暂且得到片刻的清闲。

韦庄(约836年-约910年),字端己,汉族,长安杜陵(今陕西省西安市附近)人,晚唐诗人、词人,五代时前蜀宰相。韦庄工诗,与温庭筠同为"花间派"代表作家,并称"温韦"。所著长诗《秦妇吟》在当时颇负盛名,与《孔雀东南飞》《木兰诗》并称"乐府三绝"。有《浣花集》十卷。《全唐诗》录其诗三百一十六首。

菩萨蛮(人人尽说江南好)

韦 庄

人人尽说江南好,游人只合江南老。春水碧于天,画船听雨眠。

垆边人似月,皓腕凝霜雪。未老莫还乡,还乡须断肠。

注 释

①[合]应当。
②[垆]酒家放置酒瓮的土台。
③[皓腕凝霜雪]形容双臂洁白如雪。

译 文

每个人都说江南很好,游子只应该在这里待到年老。春天江水比天色更蓝,可以睡在船上,听着雨声入眠。酒家垆边卖酒的女子很美,露出一截手腕白如霜雪。未到年老不要回乡,因为离开江南,定会令人极为伤心。

曾公亮(998年-1078年)北宋著名政治家、军事家、军火家、思想家。字明仲,号乐正,汉族,泉州晋江(今福建泉州市)人。封兖国公,鲁国公,卒赠太师、中书令,配享英宗庙廷,赐谥宣靖。曾公亮与丁度承旨编撰《武经总要》,为中国古代第一部官方编纂的军事科学百科全书。

宿甘露寺僧舍

曾公亮

枕中云气千峰近,床底松声万壑哀。
要看银山拍天浪,开窗放入大江来。

注 释

① [甘露寺] 在江苏镇江北固山上。

译 文

枕上环绕着山中云气，林立的峰峦近在眼前。床下传来无数山壑里风吹松树的哀响。如果想看浪涛拍天，翻起银白波峰的壮景，只要打开窗子，长江就会涌入眼帘。

池州翠微亭

岳 飞

经年尘土满征衣，特特寻芳上翠微。
好水好山看不足，马蹄催趁月明归。

注 释

① [池州] 今安徽贵池。
② [翠微亭] 在贵池南齐山顶上。
③ [经年] 多年。
④ [征衣] 这里指从军的衣服。
⑤ [特特] 特地，特别。
⑥ [寻芳] 游春看花。

译 文

多年行军生活的尘埃积满了军服，趁着想赏花的兴致特地登上翠微亭。祖国的大好河山永远看不够，但由于公务在身，只能在哒哒马蹄的催促声中，趁着明亮的月色归来。

徐俯（1075—1141）宋代官员，江西派著名诗人之一。字师川，自号东湖居士。徐禧之子，黄庭坚之甥。因父死于国事，授通直郎，累官右谏议大夫。绍兴二年（1132），赐进士出身。三年，迁翰林学士，擢端明殿学士，签书枢密院事，官至参知政事。后以事提举洞霄宫。工诗词，著有《东湖集》，不传。

春游湖

徐 俯

双飞燕子几时回？夹岸桃花蘸水开。
春雨断桥人不度，小舟撑出柳阴来。

注 释

① [双飞] 成对。
② [春雨断桥] 春雨淹没了桥。

译 文

  这双燕子几时回来的呀？两岸的桃花贴着水面已经盛开了。春雨淹没了小桥，让人无法渡过。一艘小船从柳荫中慢慢驶了出来。

咏史怀古

左思（约250-305）字太冲，齐国临淄（今山东淄博）人。西晋著名文学家，其《三都赋》颇被当时称颂，造成"洛阳纸贵"。左思自幼其貌不扬却才华出众。永康元年（300年），因贾谧被诛，遂退居宜春里，专心著述。太安二年（303年），因张方进攻洛阳而移居冀州，不久病逝。

咏史八首（其二）

左 思

郁郁涧底松，离离山上苗。
以彼径寸茎，荫此百尺条。
世胄蹑高位，英俊沉下僚。
地势使之然，由来非一朝。
金张藉旧业，七叶珥汉貂。
冯公岂不伟，白首不见招。

注 释

①［郁郁］茂密浓绿的样子。
②［涧底松］比喻才高位卑的寒士。
③［苗］初生的草木。
④［彼］指山上苗。
⑤［径（jìng）寸茎］即一寸粗的茎。
⑥［荫］遮蔽。
⑦［胄（zhòu）］长子。
⑧［沉下僚］沉没于下级的官职。

译 文

郁郁葱葱的高松屹立在涧底，离离下垂的小草生长在山上，小草凭借它短小的根茎，竟遮盖了百尺高的松枝。世袭子弟生来身居高位，有才志士却无奈屈做小官。如同小草之高于青松，是地势使然，这已是长久以来的现象了。金氏、张氏这样的显赫家族凭借先人的遗业，七代做汉朝的贵官。而冯唐难道没有才能吗？却到老都没有被招用。

读山海经十三首（其十）

陶渊明

精卫衔微木，将以填沧海。
刑天舞干戚，猛志固常在。
同物既无虑，化去不复悔。
徒设在昔心，良辰讵可待！

注 释

① [精卫] 神话中的鸟名。
② [刑天] 神话人物。
③ [徒] 徒然、白白地。
④ [讵（jù）] 岂，怎么。

译 文

精卫含着微小的木块，要用它填平沧海。刑天挥舞着盾斧，刚毅的斗志始终存在。同样是生灵不存余哀，化成了异物并无悔改。可是精卫和刑天昔日的猛志徒然存在，实现他们理想的好日子又岂能等待得到！

于易水送人

骆宾王

此地别燕丹，壮士发冲冠。
昔时人已没，今日水犹寒。

注 释

① [此地] 原意为这里，这个地方。这里指易水岸边。
② [别燕丹] 指的是荆轲作别燕太子丹。
③ [壮士] 意气豪壮而勇敢的人；勇士。这里指荆轲，战国卫人，刺客。
④ [发冲冠（guān）] 形容人极端愤怒，因而头发直立，把帽子都冲起来了。
⑤ [人] 一种说法为单指荆轲，另一种说法为当时在场的人。
⑥ [犹] 仍然。

译 文

在这个地方荆轲告别燕太子丹，临别时，慷慨悲歌、怒发冲冠。昔日的英豪人已经长逝，今天的易水还是那样的寒冷。

滕王阁诗

王 勃

滕王高阁临江渚，佩玉鸣鸾罢歌舞。
画栋朝飞南浦云，珠帘暮卷西山雨。
闲云潭影日悠悠，物换星移几度秋。
阁中帝子今何在？槛外长江空自流。

咏史怀古

注 释

① [滕王阁] 故址在今江西南昌赣江之滨，江南三大名楼之一。
② [渚] 江中小舟。

③［佩玉鸣鸾（luán）］身上佩戴的玉饰、响铃。
④［西山］南昌名胜，又名南昌山、厌原山。
⑤［日悠悠］每日无拘无束地游荡。
⑥［物换星移］形容时代变迁、万物更替。
⑦［帝子］指滕王李元婴。
⑧［槛（jiàn）］栏杆。

译 文

巍峨高耸的滕王阁俯临着江心的沙洲，佩戴玉鸾铃鸣响的华丽歌舞早已停止。早晨南浦飞来的轻云在画栋边上掠过，傍晚时分西山的雨吹打着珠帘。潭中白云的倒影每日悠然浮荡，时光易逝人事变迁，不知已经度过几个春秋。修建这滕王阁的滕王如今在哪里呢？只有那栏杆外的滔滔江水空自向远方奔流。

燕昭王

陈子昂

南登碣石馆，遥望黄金台。
丘陵尽乔木，昭王安在哉？
霸图今已矣，驱马复归来。

注 释

①［碣（jié）石馆］即碣石宫。燕昭王时，梁人邹衍入燕，昭王筑碣石亲师事之。
②［黄金台］是燕昭王所筑。昭王置金于台上，在此延请天下奇士。未几，召来了乐毅等贤豪之士，昭王亲为推毂，国势骤盛。

译 文

从南面登上碣石宫，望向远处的黄金台。丘陵上已满是乔木，燕昭王到哪里去了？宏图霸业今已不再，我也只好骑马归营。

与诸子登岘山

孟浩然

人事有代谢，往来成古今。
江山留胜迹，我辈复登临。
水落鱼梁浅，天寒梦泽深。
羊公碑尚在，读罢泪沾襟。

注 释

① [诸子] 指诗人的几个朋友。
② [岘（xiàn）山] 一名岘首山，在今湖北襄阳城以南。
③ [代谢] 交替变化。
④ [登临] 登山观看。
⑤ [鱼梁] 沙洲名，在襄阳鹿门山的沔水中。
⑥ [梦泽] 云梦泽，古大泽，即今江汉平原。
⑦ [羊公碑] 也叫堕泪碑，在羊祜去世后，官员百姓来碑前祭拜无不落泪，所以杜预将此碑称为堕泪碑。后人为纪念西晋名将羊祜而建。羊祜镇守襄阳时，常与友人到岘山饮酒诗赋，有过江山依旧人事短暂的感伤。
⑧ [襟（jīn）] 上衣的前幅。

译 文

人间的事情都有更替变化，来来往往的时日形成古今。江山各处保留的名胜古迹，而今我们又可以登攀亲临。鱼梁洲因水落而露出江面，云梦泽由天寒而迷濛幽深。羊祜碑如今依然巍峨矗立，读罢碑文泪水沾湿了衣襟。

越中览古

李 白

越王勾践破吴归，战士还家尽锦衣。
宫女如花满春殿，只今惟有鹧鸪飞。

注 释

① [勾践] 春秋时期的越国君主。公元前494年，越王勾践为吴王夫差所败，此后他卧薪尝胆二十年，于公元前473年灭吴。

译 文

越王勾践灭吴之后，跟随他的战士们都衣锦还乡。当时如花似玉的宫女们站满了宫殿，如今只剩下几只鹧鸪在古城上盘旋。

夜泊牛渚怀古

李 白

牛渚西江夜，青天无片云。
登舟望秋月，空忆谢将军。
余亦能高咏，斯人不可闻。
明朝挂帆席，枫叶落纷纷。

注 释

① [牛渚] 山名,在今安徽当涂县西北。诗题下有注:此地即谢尚闻袁宏咏史处。
② [西江] 从南京以西到江西境内的一段长江,古代称西江。牛渚也在西江这一段中。
③ [谢将军] 东晋谢尚,今河南太康县人,官镇西将军,镇守牛渚时,秋夜泛舟赏月,适袁宏在运租船中诵己作《咏史》诗,音辞都很好,遂大加赞赏,邀其前来,谈到天明。袁从此名声大振,后官至东阳太守。
④ [高咏] 谢尚赏月时,曾闻诗人袁宏在船中高咏,大加赞赏。
⑤ [斯人] 指谢尚。
⑥ [挂帆席] 一作"洞庭去"。挂帆,扬帆。
⑦ [落] 一作"正"。

译 文

秋夜行舟停泊在西江牛渚山,蔚蓝的天空中没有一丝游云。我登上小船仰望明朗的秋月,徒然地怀想起东晋谢尚将军。我也能够朗吟袁宏的咏史诗,可惜没有那识贤的将军倾听。明早我将挂起船帆离开牛渚,这里只有满天枫叶飘落纷纷。

南都行

李 白

南都信佳丽,武阙横西关。
白水真人居,万商罗鄽闤。
高楼对紫陌,甲第连青山。
此地多英豪,邈然不可攀。
陶朱与五羖,名播天壤间。
丽华秀玉色,汉女娇朱颜。
清歌遏流云,艳舞有馀闲。
遨游盛宛洛,冠盖随风还。
走马红阳城,呼鹰白河湾。
谁识卧龙客,长吟愁鬓斑。

注 释

① [南都] 即南阳之旧称,唐时为山南东道邓州,即今河南南阳市。
② [武阙(quē)] 山名。《文选》张衡《南都赋》:"尔其地势,则武阙关其西,桐柏揭其东。"李善注:"武阙山为关,在西也。"西关,即武关。在今陕西丹凤县东南。
③ [白水真人] 指汉光武帝。汉光武帝起于青陵之白水乡,故曰白水真人。《文选》张衡《东京赋》:"我世祖忿之,用龙飞白水。"薛综注:"世祖,光武也。白水,

渭南阳白水县，世祖所起之处也。"《文选》张衡《南部赋》："真人革命之秋也。"李善注："真人，光武也。"

④〔鄽阓〕指市井。鄽，市宅。阓，市垣。

⑤〔陶朱〕即范蠡。五羖，指百里奚。虢为晋所灭，百里奚逃至楚，被执为奴，秦穆公闻其贤，以五羖羊皮赎之，授以国政，号曰五羖大夫。见《史记·秦本纪》。史载，范蠡和百里奚皆南阳人。

⑥〔丽华〕即阴丽华，汉光武帝皇后。

⑦〔汉女〕汉水旁的女子。《文选》张衡《南都赋》："游女弄珠于汉皋之曲。"李善注："《韩诗外传》曰：'郑交甫将南适楚，遵彼汉皋台下，乃遇二女，佩两珠大如荆鸡之卵。'"

⑧〔遨游盛宛洛〕《古诗十九首》："驱车策驽马，游戏宛（南阳）与洛（洛阳）。"此用其句意。

⑨〔红阳〕地名。即今河南舞阳县西北。

⑩〔白河〕一作白水，源出今河南嵩县西南，南流经今南阳市东，至湖北襄樊市入汉水。俗称白河。

⑪〔卧龙〕即诸葛亮。

译 文

南都果然是佳丽之地，名不虚传。巍峨的武阙山就横在西关。这是白水真人汉光武帝的老家。市井繁荣，万商云集。峨峨高楼对着紫色的大道，房宅栉次鳞比，直连城外的青山。此地出了许多英豪，他们的业绩巍巍，渺不可攀。

如号曰陶朱公的范蠡和五羖大夫的百里奚，他们都名播天地。这里还是出美人的地方，如以美色著名的汉光武皇后阴丽华，娇艳美丽的汉皋游女等。她们清歌响遏流云，舞姿优游从容，令人赞叹。南阳之盛与洛阳齐名，古来都是有名的游览胜地，冠盖来往，车马不断。

我在红阳城外走马，在白河湾呼鹰逐猎。有谁能像刘备那样的明王来识我这个卧龙客呢？长吟着诸葛亮的《梁父吟》，我的头发都要愁白了。

登金陵凤凰台

李 白

凤凰台上凤凰游，凤去台空江自流。
吴宫花草埋幽径，晋代衣冠成古丘。
三山半落青天外，二水中分白鹭洲。
总为浮云能蔽日，长安不见使人愁。

注 释

①〔凤凰台〕在金陵凤凰山上。
②〔吴宫〕指三国孙吴的宫殿。孙吴曾定都于此。

③［晋代］东晋曾建都于金陵。
④［衣冠］士人，当时的名门贵族。
⑤［古丘］古墓。
⑥［二水］一作"一水"。
⑦［白鹭洲］长江中的沙洲，洲上多集白鹭，故名。

译 文

凤凰台上曾有凤凰悠游，凤凰飞去凤凰台空空，只有江水依旧不停地流。曾经繁华的孙吴宫殿已掩埋在花草幽径之中，东晋的王族贵人都埋进了荒冢古丘。三山在云雾中若隐若现，如落青天之外，江水被白鹭洲分成两条支流。天上总有浮云能遮挡太阳的光芒，站在此处，望不见长安，心中哀愁。

秋登宣城谢朓北楼

李 白

江城如画里，山晚望晴空。
两水夹明镜，双桥落彩虹。
人烟寒橘柚，秋色老梧桐。
谁念北楼上，临风怀谢公。

注 释

①［谢朓北楼］即谢朓楼，为南朝齐诗人谢朓任宣城太守时所建，故址在陵阳山顶，是宣城的登览胜地。谢朓是李白很佩服的诗人。
②［江城］泛指水边的城，这里指宣城。唐代江南地区的方言，无论大水小水都称之为"江"。
③［两水］指宛溪、句溪。宛溪上有凤凰桥，句溪上有济川桥。
④［明镜］指拱桥桥洞和它在水中的倒影合成的圆形，像明亮的镜子一样。
⑤［双桥］指凤凰桥和济川桥，隋开皇（隋文帝年号，公元581-600年）年间所建。
⑥［彩虹］指水中的桥影。
⑦［人烟］人家里的炊烟。
⑧［北楼］即谢朓楼。
⑨［谢公］谢朓。

译 文

江边的城池好像在画中一样美丽，山色渐晚，我登上谢朓楼远眺晴空。两条江之间，一潭湖水像一面明亮的镜子；凤凰桥和济川桥好似落入人间的彩虹。

村落间泛起的薄薄寒烟缭绕于橘柚间，深秋时节梧桐已是枯黄衰老之象。除了我还有谁会想着到谢朓北楼来，迎着萧瑟的秋风，怀念谢先生呢？

登 楼

杜 甫

花近高楼伤客心，万方多难此登临。
锦江春色来天地，玉垒浮云变古今。
北极朝廷终不改，西山寇盗莫相侵。
可怜后主还祠庙，日暮聊为梁甫吟。

注 释

① [锦江] 岷江支流，流经成都入岷江。
② [玉垒] 山名，在今成都西北。
③ [北极] 即北极星，古人常用以指代朝廷。
④ [寇盗] 指当时入侵中原的吐蕃。
⑤ [后主] 三国时蜀国后主刘禅。
⑥ [梁甫吟] 诸葛亮躬耕陇亩，喜欢诵读《梁甫吟》。

译 文

高楼边繁花触目，却令人黯然，举国多难之际我在此登临高楼。锦江两岸春色自天地间涌来，玉垒山上的浮云古往今来，变化不定。朝廷像北极星一样不会改变，西山寇盗不要来侵扰。

可叹蜀后主如此昏庸竟还能专居祠庙，供享香火，如今却没有诸葛亮一样的人物，我只能在日暮之际吟一首《梁甫吟》聊以自遣。

咏怀古迹五首（其五）

杜 甫

诸葛大名垂宇宙，宗臣遗像肃清高。
三分割据纡筹策，万古云霄一羽毛。
伯仲之间见伊吕，指挥若定失萧曹。
运移汉祚终难复，志决身歼军务劳。

注 释

① [诸葛] 诸葛亮，字孔明。三国蜀著名政治家、军事家。
② [宗臣] 世所敬仰的名臣。
③ [纡] 曲折。这里有细致周密的意思。
④ [筹策] 谋划。
⑤ [伊吕] 伊尹、吕尚。商朝与周朝的功臣贤相。
⑥ [萧曹] 萧何、曹参。汉初功臣。

译 文

诸葛亮名声流传今古四方,他是世所敬仰的名臣,遗像肃穆清高。三分天下是他周密的谋划,建立万古功业对他来说也只是雄风一羽罢了。

他的才能与伊尹、吕尚在伯仲之间,指挥军队镇定自若让萧何、曹参失色。蜀汉气数迁移、国运衰落终究难以扭转,他意志坚定、操劳军务,鞠躬尽瘁。

八阵图

杜 甫

功盖三分国,名成八阵图。
江流石不转,遗恨失吞吴。

注 释

① [八阵图] 由八种阵势组成的图形,用来操练军队或作战,传说由诸葛亮所创。
② [三分国] 三国时魏、蜀、吴三国。
③ [石不转(zhuǎn)] 涨水时,八阵图的石块仍然不动。
④ [失吞吴] 两种说法,一说以未吞吴之憾,一说以吞吴为失策之举。

译 文

三国鼎立你(诸葛亮)建立了盖世功绩,创八阵图你成就了永久声名。任凭江流冲击,八阵图遗址的石头却依然如故,唯一的遗憾就是没有吞并吴国。

过三闾庙

戴叔伦

沅湘流不尽,屈子怨何深!
日暮秋风起,萧萧枫树林。

注 释

① [三闾(lú)庙] 屈原庙。
② [沅(yuán)湘] 沅水和湘水的并称。战国楚诗人屈原遭放逐后,曾长期流浪沅湘间。

译 文

沅江湘江长流不止,就像屈子的悲怨那么深长。日暮之后,秋风骤起,吹进枫林,满耳萧萧。

蜀先主庙

刘禹锡

天地英雄气，千秋尚凛然。
势分三足鼎，业复五铢钱。
得相能开国，生儿不象贤。
凄凉蜀故妓，来舞魏宫前。

注 释

①诗题下原有注："汉末谣：黄牛白腹，五铢当复。"
②[凛（lǐn）然]严肃，令人敬畏的样子。
③["势分"句]指刘备创立蜀汉，与魏、吴三分天下。五铢钱，汉武帝时的货币。此代指刘汉帝业。"业复"句：王莽代汉时，曾废五铢钱，至光武帝时，又从马援奏重铸，天下称便。这里以光武帝恢复五铢钱，比喻刘备想复兴汉室。
④[相]此指诸葛亮。不象贤：此言刘备之子刘禅不肖，不能守业。
⑤["凄凉"两句]刘禅降魏后，东迁洛阳，被封为安乐县公。魏太尉司马昭在宴会中使蜀国的女乐表演歌舞，旁人见了都为刘禅感慨，独刘禅"喜笑自若"，乐不思蜀。妓，女乐，实际也是俘虏。

译 文

刘备的英雄气概真可谓顶天立地，经历千秋万代威风凛凛至今依然。创立基业与吴魏三分天下成鼎足，恢复五铢钱币志在振兴汉室。

等到丞相诸葛亮的帮助开创了国基，可惜生个儿子不像其父贤明。最凄惨的还是那蜀宫中的歌伎，在魏宫歌舞刘禅也毫无羞情。

西塞山怀古

刘禹锡

王濬楼船下益州，金陵王气黯然收。
千寻铁锁沉江底，一片降幡出石头。
人世几回伤往事，山形依旧枕江流。
今逢四海为家日，故垒萧萧芦荻秋。

注 释

①[西塞山]在今湖北省黄石市。
②[王濬]晋朝大将、益州刺史。
③[金陵]即南京。当时是东吴的都城。
④[千寻铁锁]当时东吴的孙皓命人在江中设置铁索，拦截晋的战船。

⑤［降幡］降旗。
⑥［石头］石头城，指金陵。

译 文

王濬的战船从益州向吴国进发，吴国的王气便黯然消失。八千尺的横江铁索沉入江底，一面降旗高挂石头城。

人世间已经经历了多少伤心往事，但自然界依然是山水相依，形势不变。如今是四海一同的和平年代，只有那芦荻还在秋日旧垒上萧萧飘摇。

金陵五题·石头城

刘禹锡

山围故国周遭在，潮打空城寂寞回。
淮水东边旧时月，夜深还过女墙来。

注 释

①［周遭］周围。
②［女墙］城上矮墙。

译 文

群山依然围绕在旧都周围，潮水日日拍打着空旷的古城，然后寂寞地弹回。淮水东面升起一轮旧时明月，夜深后悄悄探过城边矮墙来。

乌衣巷

刘禹锡

朱雀桥边野草花，乌衣巷口夕阳斜。
旧时王谢堂前燕，飞入寻常百姓家。

注 释

①［乌衣巷］古地名，在江苏省南京市秦淮河南岸。
②［朱雀桥］秦淮河上的一座桥。
③［王谢］指东晋的两个世家大族，即王导、谢安家族。

译 文

朱雀桥边生长着野草野花，乌衣巷口夕阳斜挂。旧时王家、谢家堂前的燕子，如今飞进了寻常百姓的家里。

金谷园

杜 牧

繁华事散逐香尘，流水无情草自春。
日暮东风怨啼鸟，落花犹似坠楼人。

注 释

①〔金谷园〕西晋巨富石崇的园子。
②〔香尘〕沉香屑。石崇曾把沉香屑铺在象牙床上，让家中舞姬践踏其上，无足迹者赐以珍珠。
③〔坠楼人〕石崇爱妾绿珠。后石崇被捕，绿珠面临掳走的命运，毅然跳楼自尽。

译 文

石崇当年园中的豪奢景象，如今就像他铺下的沉香屑，早被吹散。只剩园中溪水，无情地依然流动；青草春天依然生长。
晚上春风吹来鸟啼声，却仿佛带着哀怨；落花飘舞空中，姿态犹如当年石崇被捕时，跳楼自尽的侍妾绿珠。

过华清宫（其一）

杜 牧

长安回望绣成堆，山顶千门次第开。
一骑红尘妃子笑，无人知是荔枝来。

注 释

①〔华清宫〕唐代皇帝的行宫，在骊山上。
②〔绣成堆〕骊山右侧有东绣岭，左侧有西绣岭。唐玄宗在岭上广种林木花卉，郁郁葱葱。
③〔千门〕形容宫殿壮丽，门户众多。
④〔次第〕依次。
⑤〔红尘〕扬起的飞尘。

译 文

在长安回头远望骊山宛如一堆堆锦绣，山顶上华清宫一道道门依次打开。一骑驰来，烟尘滚滚，妃子欢心一笑，没有人知道是南方送来了新鲜的荔枝。

题乌江亭

杜 牧

胜败兵家事不期,包羞忍耻是男儿。
江东子弟多才俊,卷土重来未可知。

注 释

① [乌江亭] 在今安徽和县东北的乌江浦,相传为西楚霸王项羽自刎之处。
② [不期] 难以预料。
③ [包羞忍耻] 意谓大丈夫能屈能伸,应有忍受屈耻的胸襟气度。
④ [江东] 自汉至隋唐称自安徽芜湖以下的长江南岸地区为江东。

译 文

胜败乃是兵家常事,难以事前预料。能够忍受失败和耻辱的才是真正男儿。江东子弟人才济济,若能重整旗鼓,楚汉相争,谁输谁赢还很难说。

苏武庙

温庭筠

苏武魂销汉使前,古祠高树两茫然。
云边雁断胡天月,陇上羊归塞草烟。
回日楼台非甲帐,去时冠剑是丁年。
茂陵不见封侯印,空向秋波哭逝川。

注 释

① [苏武] 汉武帝时出使匈奴被扣,坚贞不屈,汉昭帝时才被迎回。
② [古祠] 指苏武庙。
③ [茫然] 无知无觉。
④ [雁断] 没有音信;古人认为大雁可以传信,即从苏武故事而来。
⑤ [非甲帐] 指汉武帝已死甲帐,武帝所设。
⑥ [丁年] 壮年。
⑦ [茂陵] 汉武帝陵墓,这里代指武帝。
⑧ [逝川] 流逝的水,古人常用以比时间。

译 文

苏武出使匈奴被扣多年,一朝遇到来接自己回国的汉朝使者,百感交集。而今苏武庙与庙里高耸的树木,对这种心路历程却都无知无觉。当年他在塞外少数民族地方,抬头望月,直望到天边的云那里,也不见雁来传信。只等到土埂上羊群归来,

咏史怀古

草原升起了炊烟。

终于回国,未料汉武帝已死;追忆奉命出使之际,自己还是壮年,归来则早已衰老。汉武帝来不及亲睹苏武封侯,他也只能对着秋天不断逝去的流水哭泣,哀悼自己被消磨的年华。

隋　宫

李商隐

紫泉宫殿锁烟霞,欲取芜城作帝家。
玉玺不缘归日角,锦帆应是到天涯。
于今腐草无萤火,终古垂杨有暮鸦。
地下若逢陈后主,岂宜重问后庭花。

注　释

①［隋宫］指隋炀帝杨广在江都(今江苏扬州市)所建的行宫。
②［紫泉］即紫渊,长安河名,因唐高祖名李渊,为避讳而改。司马相如《上林赋》描写皇帝的上林苑"丹水亘其南,紫渊径其北"。此用紫泉宫殿代指隋朝京都长安的宫殿。锁烟霞,空有烟云缭绕。
③［芜城］即广陵(今扬州)。帝家,帝都。
④［玉玺(xǐ)］皇帝的玉印。日角,额角突出,古人以为此乃帝王之相。此处指唐高祖李渊。
⑤［锦帆］隋炀帝所乘的龙舟,其帆用华丽的宫锦制成。
⑥［腐草无萤火］古人以为萤火虫是腐草变化出来的。
⑦［垂杨］隋炀帝自板渚引河达于淮,河畔筑御道,树以柳,名曰隋堤,一千三百里。
⑧［陈后主］南朝陈末代皇帝陈叔宝,荒淫亡国之君。
⑨［后庭花］即《玉树后庭花》,陈后主所创,歌词绮艳。

译　文

长安的殿阁千门闲闭,空自笼罩着一片烟霞,又想在繁丽的江都,把宫苑修建得更加豪华。若不是皇帝的玉印归到了李家,隋炀帝的锦帆或许会游遍天涯。当年放萤的场所只剩下腐草,萤火早就断绝了根芽;多少年来隋堤寂寞凄冷,两边的垂杨栖息着归巢乌鸦。他若是在地下与陈后主重逢,难道能再去赏一曲《后庭花》。

章碣（836—905年），唐代诗人，字丽山，章孝标之子。唐乾符三年（876年）进士。乾符中，侍郎高湘自长沙携邵安石（广东连县人）来京，高湘主持考试，邵安石及第。

焚书坑

章　碣

竹帛烟销帝业虚，关河空锁祖龙居。
坑灰未冷山东乱，刘项元来不读书。

注　释

① [竹帛] 秦汉以前，文字多刻在竹上或写在帛上，这里指书籍。
② [虚] 成空。
③ [关河] 函谷关、黄河。
④ [祖龙] 代指秦始皇。
⑤ [山东] 崤山以东。
⑥ [刘项] 刘邦、项羽。
⑦ [元] 通"原"。

译　文

秦始皇为巩固统治，一把火烧掉了大量书籍，可他建立的皇帝基业，仍旧很快成空，留下函谷关与黄河，空空地卫护着始皇旧宫。想当初，焚书坑里的灰尚未冷却，崤山以东已经大动乱。起来结束秦朝的刘邦、项羽，却都不是始皇小心提防的读书人。

皮日休，字袭美，一字逸少，生于公元834至839年间，卒于公元902年以后。曾居住在鹿门山，自号鹿门子，又号间气布衣、醉吟先生。晚唐文学家、散文家，与陆龟蒙齐名，世称"皮陆"。今湖北天门人，汉族。诗文兼有奇朴二态，且多为同情民间疾苦之作。《新唐书·艺文志》录有《皮日休集》《皮子》《皮氏鹿门家钞》多部。

汴河怀古二首（其二）

皮日休

尽道隋亡为此河，至今千里赖通波。
若无水殿龙舟事，共禹论功不较多。

注释

① [汴河] 通济渠，将黄河与淮河连通，隋炀帝所开凿。
② [水殿] 龙舟上的房间。
③ [龙舟] 隋炀帝曾派人到江南造龙舟，以备南巡。
④ [禹] 大禹，传说中疏浚水道，治好水患，有功于民。

译文

人人都说隋朝之所以灭亡，是因为开凿通济渠，太伤民力。但至今南北水道，还依靠它加以连通。如果当初隋炀帝开渠，不是为了满足自己南巡的私欲，那么他的功劳和大禹治水也差不了多少。

杨慎（1488—1559），字用修，号升庵，四川新都（今成都市新都区）人。正德六年（1511）状元，官至翰林学士。因故贬谪云南终老。其诗清新绮丽又善文、词及散曲。著作达百余种。后人辑为《升庵集》。

临江仙

杨 慎

滚滚长江东逝水，浪花淘尽英雄。是非成败转头空。青山依旧在，几度夕阳红。

白发渔樵江渚上，惯看秋月春风。一壶浊酒喜相逢。古今多少事，都付笑谈中。

注释

① [临江仙] 原唐教坊曲名，后用作词牌名。
② [东逝水] 是江水向东流逝而去，这里将时光比喻为江水。
③ [淘尽] 荡涤一空。
④ [渔樵] 此处作名词，指隐居不问世事的人。
⑤ [渚（zhǔ）] 原意为水中的小块陆地，此处意为江岸边。
⑥ [秋月春风] 指良辰美景，也指美好的岁月。

译文

滚滚长江，流水东去，千古英雄，都像流水一样消逝于历史的烟云当中。是非成败，到头都是一场空，青山还在，夕阳仍红。

水边白发苍苍的渔翁和樵夫，看惯了春风来去，明月圆缺。见面时，他们一壶老酒对饮闲谈。古往今来的多少历史，都在他们的笑谈中弹指而过。

自述自勉

沧浪歌

先秦　佚名

沧浪之水清兮，可以濯我缨。
沧浪之水浊兮，可以濯我足。

注释

①〔沧浪（làng）〕河名，即浈水，在今湖北，是汉水支流。
②〔濯（zhuó）〕洗。
③〔缨（yīng）〕结冠的带子，系于冠的两侧，着冠后挽结于颔下。

译文

沧浪江的水清澈哟，可以洗我的冠缨。沧浪江的水浑浊哟，可以洗我的脚。

岁暮归南山

孟浩然

北阙休上书，南山归敝庐。
不才明主弃，多病故人疏。
白发催年老，青阳逼岁除。
永怀愁不寐，松月夜窗虚。

注释

①〔岁暮〕年终。
②〔南山〕唐人歌中常以南山代指隐居之题。这里指作者家乡的岘山。一说指终南山。
③〔北阙（quē）〕皇宫北面的门楼，汉代尚书奏事和群臣谒见都在北阙，故后用作朝廷的别称。
④〔敝庐〕称自己破落的家园。
⑤〔不才〕不成材，没有才能，作者自谦之词。
⑥〔青阳〕指春天。
⑦〔永怀〕悠悠的思怀。
⑧〔愁不寐（mèi）〕因忧愁而睡不着觉。
⑨〔虚〕空寂。

译文

不要再给北面朝廷上书，让我回到南山破旧茅屋。因为没有才能，君主弃我不用；身多病痛，与旧友们也都生疏了。白发频生催人日渐衰。
春天一到便知一年又过去了。忧思愁怀总萦绕心头，夜深人难眠月夜的松林透着清光,洒进窗户平添空寂。

上李邕

李　白

大鹏一日同风起,扶摇直上九万里。
假令风歇时下来,犹能簸却沧溟水。
世人见我恒殊调,闻余大言皆冷笑。
宣父犹能畏后生,丈夫未可轻年少。

注　释

① [上] 呈上。
② [摇] 由下而上的大旋风。
③ [假令] 假使,即使。
④ [簸却] 激起。
⑤ [沧溟] 大海。
⑥ [恒(héng)] 常常。
⑦ [殊调] 不同流俗的言行。
⑧ [余] 我。
⑨ [大言] 言谈自命不凡。
⑩ [宣父] 即孔子,唐太宗贞观年间诏尊孔子为宣父。
⑪ [丈夫] 古代男子的通称,此指李邕。

译　文

大鹏总有一天会和风飞起,凭借风力直上九天云外。如果风停了,大鹏飞下来,还能扬起江海里的水。世间人们见我老是唱高调,听到我的豪言壮语都冷笑。孔子还说过"后生可畏也,焉知来之不如今也",大丈夫不可轻视少年人。

宣州谢朓楼饯别校书叔云

李　白

弃我去者,昨日之日不可留;
乱我心者,今日之日多烦忧。
长风万里送秋雁,对此可以酣高楼。
蓬莱文章建安骨,中间小谢又清发。
俱怀逸兴壮思飞,欲上青天揽明月。
抽刀断水水更流,举杯消愁愁更愁。
人生在世不称意,明朝散发弄扁舟。

注　释

①李白另有五言诗《饯校书叔云》，作于某春季，且无登楼事，与此诗无涉。

②〔宣州〕今安徽宣城一带。

③〔谢朓（tiǎo）楼〕又名北楼、谢公楼，在陵阳山上，谢朓任宣城太守时所建，并改名为叠嶂楼。

④〔饯（jiàn）别〕以酒食送行。

⑤〔校（jiào）书〕官名，即秘书省校书郎，掌管朝廷的图书整理工作。

⑥〔叔云〕李云，又名李华（此诗《文苑英华》题作《陪侍御叔华登楼歌》），是当时著名的古文家，任秘书省校书郎，专门负责校对图书。李白称他为叔，但并非族亲关系。

⑦〔长风〕远风，大风。

⑧〔此〕指上句的长风秋雁的景色。

⑨〔酣（hān）高楼〕畅饮于高楼。

⑩〔蓬莱〕此指东汉时藏书之东观。《后汉书》卷二三《窦融列传》附窦章传："是时学者称东观为老氏藏室，道家蓬莱山。"李贤注："言东观经籍多也。蓬莱，海中神山，为仙府，幽经秘籍并皆在也。"蓬莱文章：借指李云的文章。建安骨：汉末建安（汉献帝年号，196—220）年间，"三曹"和"七子"等作家所作之诗风骨遒上，后人称之为"建安风骨"。

⑪〔小谢〕指谢朓，字玄晖，南朝齐诗人。后人将他和谢灵运并称为大谢、小谢。这里用以自喻。

⑫〔清发〕指清新秀发的诗风。发，秀发，诗文俊逸。

⑬〔俱怀〕两人都怀有。

⑭〔逸兴（xìng）〕飘逸豪放的兴致，多指山水游兴，超远的意兴。王勃《滕王阁序》："遥襟甫畅，逸兴遄飞。"李白《送贺宾客归越》："镜湖流水漾清波，狂客归舟逸兴多。"壮思飞，卢思道《卢记室诔》："丽词泉涌，壮思云飞。"

⑮〔壮思〕雄心壮志，豪壮的意思。

⑯〔揽〕摘取。

⑰〔消〕另一版本为"销"。

⑱〔称（chèn）意〕称心如意。

⑲〔明朝（zhāo）〕明天。

⑳〔散发（fà）〕不束冠，意谓不做官。这里是形容狂放不羁。古人束发戴冠，散发表示闲适自在。

㉑〔弄扁（piān）舟〕乘小舟归隐江湖。扁舟，小舟，小船。春秋末年，范蠡辞别越王勾践，"乘扁舟浮于江湖"（《史记·货殖列传》）。

译　文

弃我而去的昨天，早已不可挽留。乱我心绪的今天，使人无限烦忧。万里长风吹送南归的鸿雁，面对此景，正可以登上高楼开怀畅饮。先生的文章颇具建安风骨，而我的诗风，也像谢朓那样清新秀丽。

我们都满怀豪情逸兴，飞跃的神思像要腾空而上高高的青天，去摘取那皎洁的明月。拔刀断水水却更加汹涌奔流，举杯消愁愁情上却更加浓烈。人生在世不能称心如意，不如披头散发，登上长江一叶扁舟。

秋浦歌十七首（其十五）

李 白

白发三千丈，缘愁似个长。
不知明镜里，何处得秋霜。

注　释

① [个] 如此，这般。
② [秋霜] 形容头发白如秋霜。

译　文

满头白发有三千丈那么长，是因为忧愁才长得这样长。望着明镜中的白发，恍然不知是何处的秋霜落在了我的头上。

绝句漫兴九首（其五）

杜 甫

肠断春江欲尽头，杖藜徐步立芳洲。
癫狂柳絮随风舞，轻薄桃花逐水流。

注　释

① [杖藜（lí）] 拄着藤杖。

译　文

望着一江春水的尽头，不禁感到伤感，拄着藤杖漫步江头，站立于芳草丛生的小洲之上。癫狂的柳絮随风飞舞，轻薄的桃花飘落，追逐流水而去。

江　汉

杜 甫

江汉思归客，乾坤一腐儒。
片云天共远，永夜月同孤。
落日心犹壮，秋风病欲苏。
古来存老马，不必取长途。

注　释

①〔江汉〕长江、汉水交汇处，这里指湖北江陵、公安一带。
②〔腐儒〕此处是作者自指。
③〔永夜〕长夜。

译　文

我是漂泊在江汉一带而急切想要归乡之人，茫茫天地间，竟还存在着像我这样一个迂腐的老书生。我的愁思就像远天的一缕云彩，我的孤独就像长夜的一轮孤月。我虽年老力衰，但壮心犹在；秋风吹过，我觉得病情有所好转。自古以来人们存养老马，不是要它跑远路，而是因为老马识途。

边　思

李　益

腰悬锦带佩吴钩，走马曾防玉塞秋。
莫笑关西将家子，只将诗思入凉州。

注　释

①〔吴钩〕钩，形似剑而曲。后泛指利剑。
②〔"走马"句〕古代西北各游牧部落，往往趁秋高马肥时南侵。届时边军特加警卫，调兵防守，称为"防秋"。这里是说在玉门关防秋。玉塞，玉门关。
③〔关西将家子〕指自己，李益为陇西人，常认自己为李广的后代。

译　文

曾经腰悬锦带身背利剑，在玉门关走马防秋。如今不要笑我这个关西将家子弟，自能把赋诗的情思带入边地凉州。

登科后

孟　郊

昔日龌龊不足夸，今朝放荡思无涯。
春风得意马蹄疾，一日看尽长安花。

注　释

①〔登科〕唐朝实行科举考试制度，考中进士称及第，经吏部复试取中后授予官职称登科。
②〔龌（wò）龊（chuò）〕原意是肮脏，这里指不如意的处境。
③〔不足夸〕不值得提起。

④[放荡]自由自在，不受约束。
⑤[得意]考取功名，称心如意。
⑥[疾]飞快。

> 译 文

　　过去生活上局促、不如意，所以不值得夸耀，今天终于金榜题名，得意自由，不禁思绪万千。策马春花烂漫的长安道上，马蹄格外轻盈，不知不觉中已把长安繁盛的花朵都看完了。

玄都观桃花

刘禹锡

紫陌红尘拂面来，无人不道看花回。
玄都观里桃千树，尽是刘郎去后栽。

> 注 释

①[紫陌（mò）]京城长安的道路。
②[红尘]尘埃，人马往来扬起的尘土。

> 译 文

　　长安道上行人车马川流不息，扬起的灰尘扑面而来，人们都说自己刚从玄都观里赏花回来。玄都观里栽种着许多株桃树，全都是在我被贬离开京城后栽下的。

再游玄都观

刘禹锡

百亩庭中半是苔，桃花净尽菜花开。
种桃道士归何处，前度刘郎今又来。

> 注 释

①[苔]青苔。
②[净尽]都尽，一点儿不剩。

> 译 文

　　玄都观偌大庭院中大半都是青苔，原盛开的桃花已经全不见了，只有菜花在盛开着。先前那些辛勤种桃的道士也不知去向何处，前次因看花题诗而被贬出长安的我刘禹锡又回来了。

柳州二月榕叶落尽偶题

柳宗元

宦情羁思共凄凄，春半如秋意转迷。
山城过雨百花尽，榕叶满庭莺乱啼。

注 释

① [榕] 常绿乔木，有气根，树茎粗大，枝叶繁盛。产于广东、广西等地。
② [宦（huàn）情] 做官的情怀。
③ [羁（jī）思] 客居他乡的思绪。
④ [凄凄] 形容悲伤难过。
⑤ [春半] 春季二月。
⑥ [迷] 凄迷。
⑦ [山城] 这里指柳州。
⑧ [尽] 凋零。

译 文

官场上的失意和寄居他乡的忧思一起涌上心头，阳春二月的景象也好像到了寒秋一样，令人心意凄迷。山城的雨后，百花凋零，榕树叶落满庭院，黄莺的啼叫也显得十分嘈杂。

中夜起望西园值月上

柳宗元

觉闻繁露坠，开户临西园。
寒月上东岭，泠泠疏竹根。
石泉远逾响，山鸟时一喧。
倚楹遂至旦，寂寞将何言。

注 释

① [泠（líng）泠] 形容声音清越。
② [楹] 厅堂的前柱。

译 文

夜半惊醒听见繁露坠落，打开门来面对西园。一轮寒月渐渐升上东岭，水声清越，洗刷着稀疏的竹根。泉水从岩石上飞泻而下，越远声音越觉响亮，山中的鸟儿不时鸣叫一声。斜靠在楹柱上一直等到天亮，心中寂寞，还有什么话可说？

剑 客

贾岛

十年磨一剑,霜刃未曾试。
今日把示君,谁有不平事?

注 释

①[霜刃]凛凛似有寒意的剑锋。
②[把]拿。

译 文

这把剑我磨了十年,锋刃寒意凛凛,却未曾用过一次。今天拿给你看,谁若遭受了冤屈不平,请告诉我,好让它有用武之地。

南园十三首(其六)

李贺

寻章摘句老雕虫,晓月当帘挂玉弓。
不见年年辽海上,文章何处哭秋风。

注 释

①[寻章摘句]搜求、摘取词句、典故来创作文章。
②[雕(diāo)虫]比喻从事不足道的小技艺,古代有指写作诗文辞赋。

译 文

搜求典故,摘取辞章,创作辞赋,老于雕虫小技,面对拂晓的残月犹如玉弓一样挂在帘前。你没看见年年辽海之上战乱频发,这些悲秋的文章又有什么用!

遣 怀

杜牧

落魄江湖载酒行,楚腰纤细掌中轻。
十年一觉扬州梦,赢得青楼薄幸名。

注 释

①[落魄]放荡不羁。
②[楚腰]指细腰。传说楚王爱细腰,故称细腰为楚腰。
③[掌中轻]传说汉皇后赵飞燕体态轻盈,可以在手掌上跳舞。

④［青楼］妓院。
⑤［薄幸］薄情，负心。

译 文

想当年困顿江湖，携酒漂泊，沉溺于细腰女子的轻盈舞姿。扬州十年的纵情声色好像从梦中醒来，只在青楼女子中落得一个薄情的名声。

乐游原

李商隐

向晚意不适，驱车登古原。
夕阳无限好，只是近黄昏。

注 释

① ［向晚］傍晚。
② ［不适］不悦，不快。
③ ［古原］指乐游原。
④ ［近］快要。

译 文

傍晚时分我心情不太好，独自驱车登上了乐游原。这夕阳晚景的确十分美好，只不过已是黄昏。

晚 晴

李商隐

深居俯夹城，春去夏犹清。
天意怜幽草，人间重晚晴。
并添高阁迥，微注小窗明。
越鸟巢干后，归飞体更轻。

注 释

① ［夹城］城门与之外一道小城墙中间的地方，又称瓮城或月城。
② ［怜］怜爱。
③ ［并］更。

译 文

在一个俯瞰夹城的地方深居简出。春去入夏，但天气仍保持清爽。上天仿佛也怜爱这幽僻处的小草，在它饱经雨水之后，傍晚终于放晴。我住的楼阁较高，夕阳只向小窗中投注些许柔和的光线，带来一点明亮。越地的鸟等巢晒干了往回飞，这时它们身上的羽毛也干了，体态更为轻盈。

相见欢（林花谢了春红）

李 煜

林花谢了春红，太匆匆。无奈朝来寒雨晚来风。
胭脂泪，相留醉，几时重。自是人生长恨水长东。

注 释

①［胭脂泪］比喻红花上的雨滴。
②［重］重逢。

译 文

树林间的红花已经凋谢，可惜过于迅速，但也没有办法，因为频繁的刮风下雨，人力无从阻止。残留红花上的露滴，仿佛女子擦了胭脂的脸上流下泪来，令人怜惜，于是留下对花饮酒，直至喝醉不忍离去。花与我何时才能重逢呢？人生本来遗憾就多，有如东逝的江水，无休无止。

相见欢（无言独上西楼）

李 煜

无言独上西楼，月如钩。寂寞梧桐深院锁清秋。
剪不断，理还乱，是离愁。别是一般滋味在心头。

注 释

①［锁清秋］被秋色所笼罩。
②［离愁］被迫告别故国、君主生活、江南人物与风景的忧伤。

译 文

一言不发独自登上西楼，天上弯月形似钩子，院中只有梧桐树孤单地挺立，秋色笼罩了一切。我不得不辞别故国，这种愁绪，要剪却剪不断，整理起来又乱成一团，心里另有一种滋味，和普通的愁绪不尽相同。

戏答元珍

欧阳修

春风疑不到天涯,二月山城未见花。
残雪压枝犹有橘,冻雷惊笋欲抽芽。
夜闻归雁生乡思,病入新年感物华。
曾是洛阳花下客,野芳虽晚不须嗟。

注 释

① [元珍] 丁宝臣,字元珍,作者友人。
② [天涯] 指夷陵(今湖宜昌),时欧阳修贬为夷陵县令。
③ [冻雷] 春雷。
④ [物华] 美好的景物。
⑤ [洛阳花下客] 欧阳修曾在洛阳任河南留守推官,洛阳之花以牡丹闻名。
⑥ [野芳] 野花。

译 文

我怀疑春风吹不到夷陵这么偏远的地方来,农历二月,这座山城还不见花开。树枝上残留着雪,还结着橘子;竹笋仿佛被春雷惊醒,抽出一点点芽来。晚上听到北归大雁的鸣声,惹起我思乡之情。带病由冬入春,所有景物都引发感触。我曾有幸在洛阳观赏牡丹,如今虽在夷陵观赏野花,也不必为此叹息。

临江仙·夜归临皋

苏轼

夜饮东坡醒复醉,归来仿佛三更。家童鼻息已雷鸣。敲门都不应,倚杖听江声。

长恨此身非我有,何时忘却营营?夜阑风静縠纹平。小舟从此逝,江海寄余生。

注 释

① [临皋] 地名,在黄州江边。
② [此身非我有] 自身不由自主,无法按理想生活。
③ [营营] 奔波忙碌的样子。
④ [夜阑] 夜深。
⑤ [縠(hú)纹] 细小的波纹。

译 文

晚上在东坡这地方喝酒,醉了又醒,醒了又醉。等到兴尽回家,好像已是三更时候。家中僮仆鼾声如雷,怎么敲门都不回应,我只好拄杖听江水声。

经常遗憾身不由己,无法按理想生活,何时方能忘掉去奔波忙碌,追逐功名呢?夜深风停,水面只有微细的波纹。真想乘小船从此远去,把余下生涯花费在江湖之间。

蝶恋花·春景

苏　轼

花褪残红青杏小。燕子飞时,绿水人家绕。枝上柳绵吹又少,天涯何处无芳草!

墙里秋千墙外道。墙外行人,墙里佳人笑。笑渐不闻声渐悄,多情却被无情恼。

注 释

① [褪(tuì)]萎谢。
② [柳绵]柳絮。
③ [多情]过分多情的路人
④ [无情]毫不知觉的荡秋千女子。
⑤ [恼]使烦闷。

译 文

杏花萎谢,只剩一点残存的花朵,青色小杏子刚刚结出。燕子飞舞,绿水环绕着人家院落。枝上柳絮被风吹走,越来越少,但世界上哪里找不到青草呢!

一墙之隔,里面院子有女子在荡秋千,笑声传出,被外面路人经过听到。笑声逐渐减弱,最终听不到了。墙内女子完全不知道,墙外发生了什么,路人却因笑声消失而烦闷不已。

雨中登岳阳楼望君山二首(其一)

黄庭坚

投荒万死鬓毛斑,生入瞿塘滟滪关。
未到江南先一笑,岳阳楼上对君山。

注 释

① [岳阳楼]湖南岳阳西门古城楼。
② [投荒]贬谪到荒远边地。

③ 〔君山〕又称湘山，在湖南洞庭湖口。
④ 〔滟滪〕滟滪堆，在瞿塘峡口。

译 文

贬谪到荒远之地，万死一生，两鬓头发都花白了。不料还有机会出来，渡过了瞿塘峡一带极其危险的水道而生还。尚未抵达故乡，中途到岳阳楼上，遥看君山，先将往日苦难付之一笑。

踏莎行·郴州旅舍

秦 观

雾失楼台，月迷津渡。桃源望断无寻处。可堪孤馆闭春寒，杜鹃声里斜阳暮。

驿寄梅花，鱼传尺素。砌成此恨无重数。郴江幸自绕郴山，为谁流下潇湘去。

注 释

① 〔津渡〕渡口。
② 〔可堪〕怎能忍受。
③ 〔驿寄梅花〕化自陆凯寄赠范晔的诗："折梅逢驿使，寄与陇头人。江南无所有，聊赠一枝春。"表示朋友知音间的通信。

译 文

楼台在浓雾中不见踪影，渡口在朦胧的月色中也难以觅见，陶渊明笔下的世外桃源更是了无踪迹。春寒中，怎能忍受这驿馆中的孤独。杜鹃鸟的叫声中太阳已经落山了。因不能相见，与朋友们之间虽仍有消息往来，却反而更加重了心中的离愁。这江水本来应是围绕着郴山而流淌的，为何竟流往了湘江呢？

武陵春·春晚

李清照

风住尘香花已尽，日晚倦梳头。物是人非事事休，欲语泪先流。

闻说双溪春尚好，也拟泛轻舟。只恐双溪舴艋舟，载不动许多愁。

注 释

① 〔武陵春〕词牌名。

② [梳头] 古代的妇女习惯，起床后的第一件事是梳妆打扮。
③ [物是人非] 事物依旧在，人不似往昔了。
④ [双溪] 水名，在浙江金华。
⑤ [拟] 准备、打算。
⑥ [舴（zé）艋（měng）舟] 小船，两头尖如蚱蜢。

译 文

风停了，尘土里带有花的香气，花儿已凋落殆尽。日头已经升得老高，我却懒得来梳妆。景物依旧，人事已变，一切事情都已经完结。想要倾诉自己的感慨，还未开口，眼泪先流下来。

听说双溪春景尚好，我也打算泛舟前去。只恐怕双溪蚱蜢般的小船，载不动我许多的忧愁。

剑门道中遇微雨

陆 游

衣上征尘杂酒痕，远游无处不消魂。
此身合是诗人未，细雨骑驴入剑门。

注 释

① [消魂] 灵魂离散，形容极度的悲愁、欢乐、恐惧等。
② [骑驴] 唐诗人多有骑驴觅诗之举，如李贺常骑驴觅灵感，贾岛骑驴赋诗等。驴子也是不少诗人的日常交通工具，如杜甫在长安时也曾"骑驴三十载，旅食京华春"。

译 文

衣服上的鞍马风尘夹杂着酒水的痕迹，漫游远方没一个地方不让人黯然销魂。我这个人是不是应该成为一个诗人啊？你看我在沙沙细雨中骑着驴子进入了剑门关。

西江月·遣兴

辛弃疾

醉里且贪欢笑，要愁那得工夫。近来始觉古人书，信著全无是处。

昨夜松边醉倒，问松我醉何如。只疑松动要来扶，以手推松曰去。

注 释

① [遣兴] 遣发意兴,抒写意兴。
② [曰(yuē)] 说。

译 文

在醉酒中贪恋欢声笑语,没有工夫去愁苦。近来感觉古人的书,没有一处是可信的。

昨夜我醉倒在松树边,问松树我醉得怎么样?我怕松树要来搀扶我,于是用手把松树推走,并说"松树过去"。

定风波·暮春漫兴

辛弃疾

少日春怀似酒浓,插花走马醉千钟。老去逢春如病酒,唯有,茶瓯香篆小帘栊。

卷尽残花风未定,休恨,花开元自要春风。试问春归谁得见?飞燕,来时相遇夕阳中。

注 释

① [暮春] 春末,农历三月。
② [漫兴] 漫不经意,兴到之作。
③ [少日] 少年之时。
④ [插花] 戴花。
⑤ [走马] 骑马疾走。
⑥ [钟] 酒杯。
⑦ [病酒] 饮酒沉醉。
⑧ [茶瓯(ōu)] 一种茶具。
⑨ [香篆] 指焚香时所起的烟缕。
⑩ [帘栊(lóng)] 挂有帘子的窗户。
⑪ [残花] 将谢的花;未落尽的花。
⑫ [元自] 原来,本来。
⑬ [飞燕] 飞翔的燕子。

译 文

少年之时,春天游玩的兴致比那美酒还浓烈,插花、骑马疾驰,醉倒于美酒中。年老之时一到春天就像因喝酒过量而感到难受一样,而今只能在自己的小房子里烧一盘香,喝上几杯茶来消磨时光。

春风把将谢的花全都卷走后还是没有停息。可是我不恨它,因为花儿开放需要春风的吹拂。想问一下，有谁能看见春天离去呢？是那飞来的燕子，在金色的夕阳中与春相遇。

虞美人（少年听雨歌楼上）

蒋　捷

少年听雨歌楼上，红烛昏罗帐。壮年听雨客舟中，江阔云低，断雁叫西风。

而今听雨僧庐下，鬓已星星也。悲欢离合总无情，一任阶前，点滴到天明。

注释

① [罗帐] 床上的纱帐。
② [断雁] 失群落单的雁。

译文

少年时候在歌楼上听雨，红烛闪闪，纱幔昏暗，好不浪漫。壮年时在客船上听雨，见江面广阔，水天相连，孤雁在西风中悲鸣。

如今呢，却是在寺庙中听雨，两鬓已斑白。已经尝尽人生悲欢离合的滋味，且听那台阶上滴答的雨声持续到天明。

狱中题壁

谭嗣同

望门投止思张俭，忍死须臾待杜根。
我自横刀向天笑，去留肝胆两昆仑。

注释

① [望门投止] 望门投宿。
② [忍死] 冒死。
③ [须臾（yú）] 不长的时间。
④ [横刀] 屠刀，意谓就义。

译文

望门投止的张俭和冒死上书的杜根两位先贤，都是忠臣烈士。我拿着刀仰天大笑，视死如归。为变法而出走及牺牲的人都永垂不朽，彪炳史册。

经典诗词联读

鲁迅（1881年9月25日-1936年10月19日），原名周樟寿，后改名周树人，字豫山，后改字豫才，浙江绍兴人。著名文学家、思想家、革命家、教育家、民主战士，新文化运动的重要参与者，中国现代文学的奠基人之一。

自题小像

鲁 迅

灵台无计逃神矢，风雨如磐暗故园。
寄意寒星荃不察，我以我血荐轩辕。

注 释

①［灵台］指心，古人认为心有灵台，能容纳各种智慧。
②［神矢］爱神之箭。
③［磐（pán）］扁而厚的大石。

译 文

我的心无法逃避爱神射来的神箭，我炽爱着仍遭受侵略和封建压迫的家园。这份情感寄托给天上的星星却没有人明了，我誓将我的一腔热血报效我的祖国。

自述自勉

童真童趣

娇女诗

左 思

吾家有娇女，皎皎颇白皙。
小字为纨素，口齿自清历。
鬓发覆广额，双耳似连璧。
明朝弄梳台，黛眉类扫迹。
浓朱衍丹唇，黄吻烂漫赤。
娇语若连琐，忿速乃明集。
握笔利彤管，篆刻未期益。
执书爱绨素，诵习矜所获。
其姊字惠芳，面目粲如画。
轻妆喜楼边，临镜忘纺绩。
举觯拟京兆，立的成复易。
玩弄眉颊间，剧兼机杼役。
从容好赵舞，延袖象飞翮。
上下弦柱际，文史辄卷襞。
顾眄屏风画，如见已指摘。
丹青日尘暗，明义为隐赜。
驰骛翔园林，果下皆生摘。
红葩缀紫蒂，萍实骤柢掷。
贪华风雨中，眴忽数百适。
务蹑霜雪戏，重綦常累积。
并心注肴馔，端坐理盘鬲。
翰墨戢闲案，相与数离逖。
动为垆钲屈，屣履任之适。
止为荼菽据，吹嘘对鼎立。
脂腻漫白袖，烟熏染阿锡。
衣被皆重地，难与沉水碧。
任其孺子意，羞受长者责。
瞥闻当与杖，掩泪俱向壁。

童真童趣

注 释

①［娇女］据《左棻墓志》记载，左思有两个女儿，长名芳，次名媛。这里的娇女，即左芳及左媛。

②［皎皎］光彩的样子。白皙，面皮白净。

③［小字］即乳名。左媛，字纨素。

④［清历］清楚历落。

⑤［广额］宽广的额头。晋时女子习尚广额。

⑥［连璧］即双璧，形容双耳的白润。这两句是说鬓发覆盖着广额，双耳像一对玉璧那样圆润。

⑦［明朝］犹清早。

⑧［黛］画眉膏，墨绿色。

⑨［类扫迹］像扫帚扫的似的。形容天真烂漫，随意涂抹。这两句是说自己早晨在梳妆台前画眉，把眉毛画得像扫帚扫的一样。

⑩［浓朱］即口红。

⑪［衍］漫，染。

⑫［黄吻］即黄口，本指小孩，这里指小孩的嘴唇。吻，唇两边。烂漫，淋漓的样子。这两句是说把口红涂得不但没有规则而且超过嘴唇范围，颜色也过浓。

⑬［连琐］滔滔不绝。

⑭［怠速］恼急。

⑮［明］明晰干脆。

⑯［利］贪爱。在这里是以什么为好的意思，就是说纨素抓笔虽然专挑贵重的彤管笔，写字却像画篆字一样随意画圈，不过是一种无心的模仿，根本就没有把字写好的意愿。

⑰［彤管］红漆管的笔。古代史官所用。

⑱［篆刻］指写字。

⑲［绨（tí）］厚绢，粗厚平光的丝织品，用来做书的封面。

⑳［矜］自夸。就是喜欢拿最好的绢本书看，稍微懂一点就会引以为傲。这两句是说纨素是由于喜爱绨素才翻书，一有所得便向人夸耀。以上写纨素。

㉑［惠芳］左芳，字惠芳，是纨素之姊。

㉒［粲（càn）］美好的样子。

㉓［纺绩］纺纱织布，续麻为缕叫绩。这两句是说淡妆只喜欢临近楼边，光顾照镜子竟忘了纺绩。

㉔［觯（zhì）］疑当作觚，是一种写字用的笔。

㉕［京兆］指张敞。张敞在汉宣帝时做京兆尹，曾为妻画眉。拟京兆：模仿张敞画眉。

㉖［的］古时女子面额的装饰，用朱色点成。

㉗［成复易］点额屡成屡改。这两句是说惠芳握笔模仿张敞的样子画眉，学着点着，点成了涂了重点。

㉘［机杼］纺织机。这两句是说化妆时的紧张情况，倍于纺绩工作。

㉙［翮］鸟羽的茎，今所谓翎管。飞翮，飞翔的鸟翼。这两句是说她喜好舒缓

的赵舞,展开两只长袖像飞翔的鸟翼。

㉚ [襞(bì)]折叠。这两句是说她又喜好弦乐,当她松紧琴瑟弦轴的时候,便漫不经心地把文史书籍都卷折起来。

㉛ [指摘]指点批评。这两句是说对屏风上的绘画,还未看清楚就随便批评。

㉜ [赜(zé)]幽深难见。隐赜,隐晦。这两句是说屏风上的画,日久为灰尘所蔽,明显的意义已经隐晦难知了。以上写惠芳。

㉝ [骛]乱跑。

㉞ [果下]指果实下垂。这两句是说在园林中乱跑,把未成熟的果实都生摘下来。

㉟ [红葩]红花。

㊱ [萍实]是一种果实。

㊲ [华]即花,六朝以前无花字。

㊳ [眒(shěn)忽]左思《蜀都赋》:"鹰犬倏眒。"眒忽当即倏眒之意,疾速也。左思可能用的是当时的俗语。

㊴ [适]往。这两句是说她们因为喜爱园中的花,风雨中也跑去看几百次。

㊵ [蹑]踏。

㊶ [綦(qí)]鞋带。这两句是说她们一定要到外面去踏雪游戏,为了防止鞋子脱落,便把鞋上横七竖八地系了许多绦带。

㊷ [并心]疑和惼心或褊心同义。

㊸ [核]同核,是古人燕飨时放在笾里的桃梅之类的果品。这两句是说她们心肠狭窄地注视着肴馔,端坐在那里贪婪地吃盘中的果品。

㊹ [戢(jí)]收藏。

㊺ [闲]一作函,即书函(盒)。

㊻ [离逖]丢掉。这两句是说她们把笔墨放在匣子里、案头上,相互之间一丢开就是很多天不动用。

㊼ [动]辄。

㊽ [钲(zhèng)]《周礼·考工记》:"凫氏为钟鼓,上谓之钲。"注:"钟腰之上,居钟体之正处曰钲。"那么垆钲,当也指垆腰之正处。

㊾ [屈]挫。

㊿ [屣(xǐ)履]拖着鞋。

㉑ [鼎]三足两耳烹饪之器。

㉒ [铄]即核,空足的鼎,也是烹饪器。这两句是说她们心中为煎汤不熟而着急,因此对着鼎不停地吹。

㉓ [阿锡]宋刻本《玉台新咏》作"阿緆",锡与緆古字通。这里指惠芳、纨素所穿的衣服料子。这句和上句是说因为她们常在炉灶底下吹火,白袖被油点污了,阿緆被烟熏黑了。

㉔ [水碧]可能是"碧水"的倒文。这两句是说她们很淘气,为防止衣被破裂,所以用质地很厚的布做的,因此难于浸水洗濯。

㉕ [孺子]儿童的通称。

㉖ [长者]年长者。这两句是说因为对她们的孩子脾气放任惯了,大人稍加督责,她们就引以为耻辱。

㉗ [当与杖]应当挨打。

(58)［向壁］对着墙壁。向，面对。这两句说她俩听见大人要打她们，便对着墙壁抹起眼泪来了。以上是纨索、惠芳合写。

赏 析

《娇女诗》是中国最早吟咏少女情态诗之一。左思以诗人的敏锐和慈父的怜爱，选取了两个女儿寻常的生活细节，写出了两个女儿幼年逗人喜爱的娇憨，同时也写出了两个女儿令人哭笑不得的天真顽劣，展露了幼女无邪无忌的纯真天性。

这首诗用了不少当时的口语白话，所以有些字句难以给它恰当的解释。但它确实是一首很有特色的好诗。俩少女稚气拙朴的情态和形态，写的真切生动，展现了自然本真的生命意趣，蕴含着人之初生的纯净美。

于鹄，大历、贞元间诗人也。隐居汉阳，尝为诸府从事。其诗语言朴实生动，清新可人。题材方面多描写隐逸生活，宣扬禅心道风。代表作有《巴女谣》《江南曲》《题邻居》《塞上曲》《悼孩子》《长安游》《惜花》《南溪书斋》《题美人》等，其中以《巴女谣》和《江南曲》两首诗流传最广。

巴女谣

于 鹄

巴女骑牛唱竹枝，藕丝菱叶傍江时。
不愁日暮还家错，记得芭蕉出槿篱。

注 释

①［巴］地名，今四川巴江一带。

②［竹枝］竹枝词，指巴渝（今重庆）一带的民歌。

③［藕丝］这里指荷叶、荷花。

④［傍］靠近，邻近。

⑤［还家错］回家认错路。

⑥［槿篱］用木槿做的篱笆。木槿是一种落叶灌木。

译 文

一个巴地小女孩骑着牛儿，唱着竹枝词，沿着处处盛开着荷花、铺展菱叶的江岸，慢悠悠地回家。不怕天晚了找不到家门，我知道我家门前有一棵芭蕉高高地挺出了木槿篱笆。

施肩吾（780-861），唐宪宗元和十五年（公元820年）进士，唐睦州分水县桐岘乡（贤德乡）人，字希圣，号东斋，入道后称栖真子。施肩吾是杭州地区第一位状元（杭州孔子文化纪念馆语），他是集诗人、道学家、台湾第一个民间开拓者于一身的历史人物。

幼女词

施肩吾

幼女才六岁，未知巧与拙。
向夜在堂前，学人拜新月。

注释

① [幼女] 指年纪非常小的女孩。
② [未知] 不知道。
③ [向夜] 向，接近，将近。向夜，指日暮时分。
④ [拜新月] 古代习俗。

译文

小女孩方才到六岁，区分不了灵巧愚拙。日暮时分在正堂前面，学着大人拜新月。

牧童词

李 涉

朝牧牛，牧牛下江曲。
夜牧牛，牧牛度村谷。
荷蓑出林春雨细，芦管卧吹莎草绿。
乱插蓬蒿箭满腰，不怕猛虎欺黄犊。

注释

① [朝（zhāo）] 早晨，日出的时候。
② [蓑（suō）] 蓑衣，用草或棕编的防雨用具，类似于雨衣。
③ [莎草] 多年生草本植物。多生于潮湿地区或河边沙地。茎直立，三棱形。叶细长，深绿色，质硬有光泽。夏季开穗状小花，赤褐色。地下有细长的匍匐茎，并有褐色膨大块茎。块茎称"香附子"，可供药用。
④ [蓬蒿（hāo）] "茼蒿"的俗称。
⑤ [黄犊（dú）] 小牛。
⑥ [荷] 披着，背上。

译 文

早晨去放牛，赶牛去江湾。傍晚去放牛，赶牛过村落。披着蓑衣走在细雨绵绵的树林里，折支芦管躺在绿草地上吹着小曲。腰间插满蓬蒿做成的短箭，再也不怕猛虎来咬牛犊。

与小女

韦 庄

见人初解语呕哑，不肯归眠恋小车。
一夜娇啼缘底事，为嫌衣少缕金华。

注 释

① [初解] 指开始能听懂大人讲话的意思。
② [呕哑] 小孩子学说话的声音。
③ [底事] 何事；什么事。
⑤ [缕金华] 用金线绣的花儿。华：同"花"。

译 文

看到人就学着咿咿呀呀的说话了，因为爱玩小车就不肯睡觉。娇娇滴滴的啼哭了一晚上是因为什么事呢？是嫌衣服上少绣了金线花。

刘驾，唐（约公元867年前后在世）字司南，江东人。与曹邺友善，俱工古风。辛文房称其"诗多比兴含蓄，体无定规，兴尽即止，为时所宗"。其诗较有社会内容，如《反贾客乐》《有感》《弃妇》都是晚唐较好的作品。《全唐诗》录存其诗六十八首，编为一卷。

牧 童

刘 驾

牧童见客拜，山果怀中落。
昼日驱牛归，前溪风雨恶。

注 释

① [昼日] 白天。

译 文

牧童见到客人，赶紧弯腰下拜，怀中的山果掉了出来。为何白天把牛赶了回来？原来前溪正刮着大风，下着大雨。

崔道融（880年前—907年），唐代诗人，自号东瓯散人，荆州江陵（今湖北江陵县）人。早年曾游历陕西、湖北、河南、江西、浙江、福建等地。僖宗乾符二年（875年），于永嘉山斋集诗500首，辑为《申唐诗》3卷。另有《东浮集》9卷。与司空图、方干为诗友。《全唐诗》录存其诗近八十首。

溪居即事

崔道融

篱外谁家不系船，春风吹入钓鱼湾。
小童疑是有村客，急向柴门去却关。

注 释

① [溪居] 溪边村舍。
② [即事] 对眼前的事物、情景有所感触而创作。
③ [系（jì）] 拴，捆绑。
④ [疑] 怀疑，以为。
⑤ [柴门] 指用树枝编扎为门，言其简陋。也作杂木为门，与朱门相对应。诗中泛指家门。
⑥ [去却] 却是助词，去却意思为去掉。
⑦ [关] 这里指关闭柴门的栓卡、钩环之类。

译 文

篱笆外面不知是谁家没有系好船只，小船被春风吹动，一直漂进钓鱼湾。玩耍的小童看到有船进湾来了，以为有客人来，急忙跑去打开柴门。

观村童戏溪上

陆 游

雨余溪水掠堤平，闲看村童谢晚晴。
竹马踉蹡冲淖去，纸鸢跋扈挟风鸣。
三冬暂就儒生学，千耦还从父老耕。
识字粗堪供赋役，不须辛苦慕公卿。

注释

① [雨余] 雨后。
② [掠] 拂过,漫过。
③ [晚晴] 放晴的傍晚夕阳。
④ [竹马] 儿童游戏,折竹骑以当马也。桓温少时,与殷浩共乘竹马。
⑤ [踉跄] 跌跌撞撞,行步歪斜貌。
⑥ [纸鸢] 风筝,俗称鹞子。
⑦ [三冬] 冬季的三个月。古代农村只在冬季三个月中让儿童入学读书。
⑧ [儒生] 这里指塾师。
⑨ [千耦(ǒu)] 指农忙景象。
⑩ [粗堪] 勉强能够。
⑪ [供] 应付。
⑫ [赋役] 租税劳役。
⑬ [不须] 不必要。

译文

雨后的溪水漫过堤岸快要跟堤相平,闲来观看村童们感谢老天向晚初晴。

有的骑着竹马跌跌撞撞冲进了烂泥坑,有的放着风筝,风筝横冲直撞地迎风飞鸣。

冬季的三个月就跟着塾师学习,农忙时节就回家跟随父兄耕田种地。识字勉强能够应付租税劳役就好,辛苦读书不需要羡慕王公贵族。

舟过安仁

杨万里

一叶渔船两小童,收篙停棹坐船中。
怪生无雨都张伞,不是遮头是使风。

注释

① [安仁] 安仁县,今隶属于郴州市,在湖南省东南部。
② [怪生] 难怪,怪不得。

译文

一叶小渔船上有两个小童,他们收了竹篙,停下船棹坐在船中间。怪不得没有雨两个童子也打着伞,原来不是为了遮脑袋,而是为了利用风。

闲居初夏午睡起（其一）

杨万里

梅子留酸软齿牙，芭蕉分绿与窗纱。
日长睡起无情思，闲看儿童捉柳花。

注 释

①［梅子］一种味道极酸的果实。
②［软齿牙］一作溅齿牙，指梅子的酸味渗透牙齿。
③［芭蕉分绿］芭蕉的绿色映照在纱窗上。
④［无情思］没有情绪，指无所适从，不知做什么好。
⑤［捉柳花］戏捉空中飞舞的柳絮。

译 文

梅子酸酸甜甜的味道留在牙齿上，把牙齿都软倒了。芭蕉叶把绿色分给了窗纱，窗里窗外都是沁人的绿意。夏天的日子长长的，我睡了个午觉起来，整个人懒洋洋的，悠闲地看着孩子们跑来跑去地扑捉空中乱飞的柳絮。

闲居初夏午睡起（其二）

杨万里

松阴一架半弓苔，偶欲看书又懒开。
戏掬清泉洒蕉叶，儿童误认雨声来。

注 释

①［半弓］半弓之地，形容面积极小。弓，古时丈量地亩的器具，后为丈量地亩的计算单位。一弓等于1.6米。
②［掬］两手相合捧物。

译 文

松阴之下长着半弓的草苔，想看书可又懒得去翻开。百无聊赖中掬起泉水去浇芭蕉，那淅沥水声惊动了正在玩耍的儿童，他们还以为骤然下起雨来。

桑茶坑道中

杨万里

晴明风日雨干时，草满花堤水满溪。
童子柳阴眠正着，一牛吃过柳阴西。

注 释

① [桑茶坑] 地名，在安徽泾县。
② [草满花堤（dī）] 此处倒装，即花草满堤。
③ [童子] 儿童；未成年的男子。
④ [柳阴] 柳下的阴影。诗文中多以柳阴为游憩佳处。

译 文

雨后的晴天，风和日丽，地面上的雨水已经蒸发得无踪无影，小溪里的流水却涨满河槽，岸边野草繁茂，野花肆意开放。

堤岸旁的柳阴里，一位小牧童躺在草地上，睡梦正酣。而那头牛只管埋头吃草，越走越远，直吃到柳林西面。

乐学乐思

中秋夜二首（其二）

李峤

圆魄上寒空，皆言四海同。
安知千里外，不有雨兼风？

注释

① [圆魄]指中秋圆月。
② [安知]哪里知道。

译文

夜空中升起一轮明月，都说每个地方都是一样的月色。但哪里知道千里之外，就没有疾风暴雨遮挡住这圆月呢？

劝学

孟郊

击石乃有火，不击元无烟。
人学始知道，不学非自然。
万事须已运，他得非我贤。
青春须早为，岂能长少年。

注释

① [元]原来，原本。
② [知道]明白道理。
③ [运]运用，实践。

译文

一块石头，不去击打碰撞它是不会产生火和烟的。人也一样，只有通过学习，才能明白道理，没有一个人是可以不学习就自然领悟的。世间万事都要亲自实践一番，才能了解其中的奥妙；别人有所得，并不是自己的贤能。青春正盛之时要早早学习，珍惜时间，因为人不会一直保持少年的状态啊！

金缕衣

无名氏

劝君莫惜金缕衣，劝君须惜少年时。
有花堪折直须折，莫待无花空折枝。

注 释

①〔金缕衣〕缀有金线的衣服,这里泛指华丽贵重之物。

译 文

劝你不要费神吝惜华丽贵重的东西,你应该吝惜年轻时光。有花可以摘采的时候就直接摘采,不要等到花落之后,徒劳地攀折那树枝。

放言五首(其一)

白居易

朝真暮伪何人辨?古往今来底事无?
但爱臧生能诈圣,可知宁子解佯愚。
草萤有耀终非火,荷露虽团岂是珠。
不取燔柴兼照乘,可怜光彩亦何殊?

注 释

①〔放言〕无所顾忌,畅所欲言。
②〔臧(zāng)生〕臧武仲。春秋时人,在贵族中有"圣人"之称。
③〔诈(zhà)圣〕诈称圣人。
④〔宁(nìng)子〕宁武子。春秋时人,国家政治黑暗时,他就装傻。

译 文

白日真黑夜假谁去分辨,从古到今的事无尽无休。世人只是上了假圣人的当,去爱臧武仲那样的人,哪知道世间还有宁武子那样装呆作傻的人呢?

萤火虫有光非真的火光,荷叶上的露水虽圆岂是真珠?倘不取燔柴大火和照乘明珠来作比较,又何从判定草萤非火,荷露非珠呢?

放言五首(其三)

白居易

赠君一法决狐疑,不用钻龟与祝蓍。
试玉要烧三日满,辨材须待七年期。
周公恐惧流言日,王莽谦恭未篡时。
向使当初身便死,一生真伪复谁知。

注 释

①〔钻龟、祝蓍(shī)〕古人的两种占卜方法。钻龟即钻龟壳后根据裂纹判断吉

凶，祝蓍即用蓍草占卜。

②["周公"句] 周成王年幼时，周公摄政，管叔等人散布流言，说周公要害成王，周公只能躲避起来。

③["王莽"句] 王莽在篡汉前，常以谦恭退让的面貌示人。

译　文

告诉你一个去除疑问的方法，不需要用钻龟甲、烧蓍草来占卜吉凶。检验玉的真假要烧满三天，辨别木材则要看七年以后。周公害怕流言传播的日子，王莽篡汉前总是一副谦恭的模样。如果这个人当时就死去了，那他一生的真假又有谁知道呢？

韩冬郎即席为诗相送……（二绝）

李商隐

其一

十岁裁诗走马成，冷灰残烛动离情。
桐花万里丹山路，雏凤清于老凤声。

其二

剑栈风樯各苦辛，别时冰雪到时春。
为凭何逊休联句，瘦尽东阳姓沈人。

注　释

①[十岁] 公元851年（大中五年），韩偓十岁。

②[裁诗] 作诗。

③[走马成] 言其作诗文思敏捷，走马之间即可成章。《世说新语·文学》："桓宣武北征，袁虎时从，被责免官。会须露布文，唤袁倚马前令作。手不辍笔，俄得七纸，殊可观。东亭在侧，极叹其才。"李白《与韩荆州书》："虽日试万言，倚马可待。"

④[冷灰残烛] 应为当时饯别宴席上的情景。

⑤[桐花]《诗·大雅·卷阿》："凤皇鸣矣，于彼高岗。梧桐生矣，于彼朝阳。"现常用后句，泛指后起之秀将更有作为，不可限量。桐，梧桐，传说凤凰非梧桐不宿。

⑥[丹山]《山海经·南山经》："丹穴之山，丹水出焉，有鸟焉，其状如鸡，五采而文，名曰凤凰。"《史记·货殖传》："巴寡妇清，其先得丹穴，而擅其利数世。"丹山，传说为凤凰产地。

⑦[雏凤清于老凤声] 此戏谑韩瞻，并赞其子韩偓的诗才。《晋书·陆云传》："陆云幼时，吴尚书广陵闵鸿见而奇之，曰：'此儿若非龙驹，当是凤雏。'"杜甫有"清新庾开府""庾信文章老更成"诗句，商隐此言"清""老"，当即此意。在商隐赴梓幕后不久，韩瞻亦出任果州刺史，韩偓必随行，所以这里说丹山路上，有"雏凤""老凤"之声。"雏凤"指韩冬郎，"老凤"指韩瞻，有长江后浪推前浪的意思。

⑧[剑栈] 剑阁栈道，此指李商隐在梓州柳仲郢幕府中。

⑨〔风樯〕当指赴蜀途中的一段水程，指韩瞻在江南之地。
⑩〔别时冰雪到时春〕商隐大中五年冬赴梓，故说"别时冰雪"。大中十年春随柳仲郢还长安，故说"到时春"。
⑪〔凭〕请。此诗"别时冰雪到时春"巧妙联合何逊与范云联句中的"昔去雪如花，今来花似雪"。
⑫〔姓沈人〕沈约曾为东阳太守，其《与徐勉书》中说到自己的老瘦："百日数旬，革带常应移孔；以手握臂，率计月小半分。"此处以何逊比偓，以沈约自比。

译　文

（在昨日）蜡烛点点、滴泪成灰，凄凄满别情的送别宴席上，（您的儿子）十岁的韩偓文思敏捷就像东晋的袁虎一样，走马之间即成文章；（不久，您将带您的儿子到果州上任了）在那万里长的丹山路上，桐花盛开，花丛中传来那雏凤的鸣声，一定会比那老凤更为清亮动听（您儿子的才华会比你这只老凤凰的声音还清亮）。

我在靠近剑门栈道的巴蜀之地，你在有风樯的江南，我们俩天各一方。当初分别正值冰天雪地的时候，没想到，现在又到了春暖花开的季节。如果将韩冬郎的诗才比作何逊，将我自己比作沈东阳的话，为了休联句，我就要像沈某人般瘦尽了。

王贞白，字有道（875—958），号灵溪。信州永丰（今江西广丰）人。唐末五代十国著名诗人。他写下许多边塞诗，征戍之情，深切动人。对军旅之劳、战争景象描写得气势豪迈、色彩浓烈、音调铿锵。有《灵溪集》七卷，今编诗一卷。其名句"一寸光阴一寸金"，至今民间广为流传。

白鹿洞二首（其一）

王贞白

读书不觉已春深，一寸光阴一寸金。
不是道人来引笑，周情孔思正追寻。

注　释

①〔白鹿洞〕在今江西省境内庐山五老峰南麓的后屏山之南。这里青山环抱，碧树成荫，十分幽静。名为"白鹿洞"，实际并不是洞，而是山谷间的一个坪地。
②〔春深〕春末，晚春。
③〔一寸光阴一寸金〕以金子比光阴，谓时间极为宝贵，应该珍惜。寸阴：极短的时间。
④〔道人〕指白鹿洞的道人。
⑤〔引笑〕逗笑，开玩笑。
⑥〔周情孔思〕指周公和孔子的精义、教导。
⑦〔追寻〕深入钻研。

译 文

专心读书,不知不觉已经到了暮春时节,一寸光阴就像一寸黄金珍贵。如果不是道人来逗笑,还在深入钻研周公和孔子的精义、教导呢。

琴 诗

苏 轼

若言琴上有琴声,放在匣中何不鸣?
若言声在指头上,何不于君指上听?

注 释

①[若]如果。
②[何]为何。

译 文

如果琴上有声音,放在箱中为何不响?那如果声音是从手指上发出,为什么人们不在手指上听呢?

冬夜读书示子聿

陆 游

古人学问无遗力,少壮工夫老始成。
纸上得来终觉浅,绝知此事要躬行。

注 释

①[子聿]亦作子通,陆游第七子。

译 文

古人做学问都是全力以赴,不肯落下一点力量。即便如此刻苦,也往往是少年壮年时期下一番苦功夫,到老了才能达到大成的境界。书本上得来的学问终究觉得肤浅,要想彻底深入地了解一件事就要亲自去实践。

观 书

于 谦

书卷多情似故人,晨昏忧乐每相亲。
眼前直下三千字,胸次全无一点尘。
活水源流随处满,东风花柳逐时新。
金鞍玉勒寻芳客,未信我庐别有春。

注 释

① [故人] 老朋友。此用拟人手法，将书卷比拟作"故人"。
② [晨昏] 即早晚，一天到晚。晨，早上。昏，黄昏。
③ [三千字] 此为泛指，并非确数。此句说明作者读书多且快，同时也写出他那种如饥似渴的情态。
④ [胸次] 胸中，心里。
⑤ [尘] 杂念。这句说作者专心读书，胸无杂念。
⑥ [活水] 化用朱熹《观书有感》（其一）诗中："问渠那得清如许，为有源头活水来。"
⑦ [逐] 挨着次序。
⑧ [金鞍] 饰金的马鞍。
⑨ [玉勒] 饰玉的马笼头。此泛指马鞍、笼头的贵美。
⑩ [庐] 本指乡村一户人家所占的房地，引申为村房或小屋的通称。这里指书房。

译 文

书卷就好像是我的多年老友，无论清晨傍晚还是忧愁快乐总有它的陪伴。眼前浏览过无数的文字后，心中再无半点尘世间的世俗杂念。

坚持经常读书，新鲜的想法源源不断地涌来用之不竭。勤奋攻读，像东风里花柳争换得形色簇新。漫跨着金鞍，权贵们犹叹芳踪难寻，不相信我这书斋里别有春景。

赵翼（1727年-1814年1月10日）清代文学家、史学家。字云崧，一字耘崧，号瓯北，晚号三半老人，汉族，江苏阳湖（今江苏省常州市）人。长于史学，考据精赅。论诗主"独创"，反摹拟。与袁枚、张问陶并称清代性灵派三大家。所著《廿二史札记》与王鸣盛《十七史商榷》、钱大昕《二十二史考异》合称清代三大史学名著。

论诗五首（其一）

赵 翼

李杜诗篇万口传，至今已觉不新鲜。
江山代有才人出，各领风骚数百年。

注 释

① [李杜] 李白、杜甫的合称。

译　文

　　李白和杜甫的诗篇至今仍然万人传诵，但却不完全适合现在读者的审美情趣了。历史推陈出新，代代有人才，都在各自的领域里引领风气很长时间。

人物画廊

李延年（?—前87），西汉音乐家，中山（今河北省定州市）人，父母兄弟妹均通音乐，都是以乐舞为职业的艺人。后被汉武帝诛杀。代表作《佳人歌》。

北方有佳人

李延年

北方有佳人，绝世而独立。
一顾倾人城，再顾倾人国。
宁不知倾城与倾国？佳人难再得。

注 释

① [延（yán）]
② [绝世]冠绝当时，举世无双。
③ [顾]看。
④ [倾（qīng）人国]使国家灭亡。原指因女色而亡国，后多形容妇女容貌极美。
⑤ [宁不知]怎么不知道。

译 文

北国有一位美人，姿容简直是举世无双，她娴雅之性超俗而出众，不屑与众女为伍，无人知己而独立。她只要对守城将士瞧上一眼，便可令城垣失守；倘若再对君王秋波那么一转，国家就要遭受灭亡的灾祸。但纵然是倾城、倾国，也不要失去获得佳人的良机。美好的佳人毕竟是世所难逢，不可再得的啊！

长信秋词五首（其三）

王昌龄

奉帚平明金殿开，且将团扇共徘徊。
玉颜不及寒鸦色，犹带昭阳日影来。

注 释

① [奉帚（zhǒu）]持帚洒扫。多指嫔妃失宠而被冷落。
② [平明]指天亮。
③ [玉颜]指姣美如玉的容颜，这里暗指班婕妤自己。
④ [寒鸦]寒天的乌鸦；受冻的乌鸦。暗指掩袖工谄、心狠手辣的赵飞燕姐妹。
⑤ [昭阳]汉代宫殿名，代指赵飞燕姐妹与汉成帝居住之处。

译 文

天亮就拿起扫帚打扫金殿尘埃，百无聊赖时手执团扇来回徘徊。美丽的容颜还不如乌鸦的姿色，它还能带着昭阳殿的日影向我飞来。

莲花坞

王 维

日日采莲去，洲长多暮归。
弄篙莫溅水，畏湿红莲衣。

注 释

① [坞（wù）] 地势周围高而中间低洼的地方，这里指停船的船坞。
② [洲] 水中陆地。
③ [多] 经常。
④ [弄] 戏弄，这里指撑。
⑤ [篙（gāo）] 撑船的器具。
⑥ [畏（wèi）湿] 害怕打湿。
⑦ [红莲衣] 红莲花颜色的衣服，指采莲女的衣服。

译 文

江南女子都去采莲，莲塘广阔，经常傍晚才回来。撑篙的时候不要溅起水花，害怕打湿了红莲花颜色的衣裙。

玉阶怨

李 白

玉阶生白露，夜久侵罗袜。
却下水晶帘，玲珑望秋月。

注 释

① [罗袜] 丝织品做的袜子。
② [却下] 落下、放下。

译 文

夜渐深，玉砌的台阶已滋生了白露，伫立良久，露水浸湿了罗袜。我只好放下水晶帘，独自隔帘仰望玲珑的秋月。

秋浦歌十七首（其十四）

李 白

炉火照天地，红星乱紫烟。
赧郎明月夜，歌曲动寒川。

注 释

①［秋浦］县名，唐时先属宣州，后属池州，在今安徽省贵池县西。秋浦因流经县城之西的秋浦河得名。

②［炉火］唐代，秋浦乃产铜之地。此指炼铜之炉火。

③［赧郎］红脸汉。此指炼铜工人。赧，原指因羞愧而脸红，此指脸被炉火所映红。

译 文

炉火熊熊燃烧，红星四溅，紫烟蒸腾，广袤的天地被红彤彤的炉火照得通明。炼铜工人在明月之夜，一边唱歌一边劳动，他们的歌声打破幽寂的黑夜，震荡着寒天河流。

人物画廊

子夜吴歌·春歌

李 白

秦地罗敷女，采桑绿水边。
素手青条上，红妆白日鲜。
蚕饥妾欲去，五马莫留连。

注 释

①［子夜吴歌］《子夜歌》属乐府的吴声曲辞，又名《子夜四时歌》，分为"春歌""夏歌""秋歌""冬歌"。《唐书·乐志》说："《子夜歌》者，晋曲也。晋有女子名子夜，造此声，声过哀苦。"因起于吴地，所以又名《子夜吴歌》。

②［"秦地"句］秦地，指今陕西省关中地区。罗敷女，乐府诗《陌上桑》有"日出东南隅，归我秦氏楼。秦氏有好女，自名为罗敷。罗敷善蚕桑，采桑城南隅"的诗句。

③［素］白色。

④［"红妆"句］指女子盛妆后非常艳丽。

⑤［妾］古代女子自称的谦词。

⑥［"五马"句］意思是，贵人莫要在此留连。五马，《汉官仪》记载："四马载车，此常礼也，惟太守出，则增一马。"故称五马。这里指达官贵人。

译 文

秦地有位叫罗敷的女子，在绿水边上采摘桑叶。白皙的纤纤手指攀在青枝上，嫩红的面容在阳光下特别鲜亮。蚕儿已经饿了，我该赶快回去了，达官贵人莫在此耽搁您宝贵的时间了。

子夜吴歌·夏歌

李 白

镜湖三百里，菡萏发荷花。
五月西施采，人看隘若耶。
回舟不待月，归去越王家。

注 释

①〔子夜吴歌〕六朝乐府吴声歌曲。《唐书·乐志》："《子夜吴歌》者，晋曲也。晋有女子名子夜，造此声，声过哀苦。"《乐府解题》："后人更为四时行乐之词，谓之《子夜四时歌》。"李白的《子夜吴歌》也是分咏四季，这是第二首《夏歌》。并由原来的五言四句扩展为五言六句。

②〔镜湖〕一名鉴湖，在今浙江绍兴县东南。

③〔菡（hàn）萏（dàn）〕荷花的别称。古人称未开的荷花为"菡萏"，即花苞。

④〔若耶〕若耶溪，在今浙江绍兴境内。溪旁旧有浣纱石古迹，相传西施浣纱于此，故又名"浣纱溪"。

⑤〔回舟不待月〕指西施离去之速，就在回舟的时候，月亮尚未出来，就被带邀而去了。这是夸饰的修辞手法。

译 文

镜湖之大有三百余里，到处都开满了鲜艳的荷花。西施五月曾在此采莲，引得来观看的人挤满了若耶溪。在回舟的时候，月亮还未出来，西施就被越王带邀而去了。

子夜吴歌·秋歌

李 白

长安一片月，万户捣衣声。
秋风吹不尽，总是玉关情。
何日平胡虏，良人罢远征？

注 释

①〔子夜吴歌〕乐府吴声歌曲，为作者所承，共作四首，写春夏秋冬四时。这里选《秋歌》。

②〔玉关〕玉门关。

③〔良人〕古时妇女对丈夫的称呼。

译 文

长安城中月光一片，只听得千万户人家捣衣之声四起。秋风阵阵吹之不尽，总忘不了远戍玉门关之人。何时才能平息战争，让我的丈夫结束远征？

子夜吴歌·冬歌

李 白

明朝驿使发，一夜絮征袍。
素手抽针冷，那堪把剪刀。
裁缝寄远道，几日到临洮。

注 释

①［临洮］在今甘肃临潭县西南，此泛指边地。
②［驿］驿馆。

译 文

明晨驿使就要出发，思妇们连夜为远征的丈夫赶制棉衣。纤纤素手连抽针都冷得不行，更不说用那冰冷的剪刀来裁衣服了。妾将裁制好的衣物寄向远方，几时才能到达边关临洮？

清平调词三首（其一）

李 白

云想衣裳花想容，春风拂槛露华浓。
若非群玉山头见，会向瑶台月下逢。

注 释

①［槛］栏杆。
②［群玉山］传说中西王母所住之山。
③［瑶台］传说中的神仙居处。

译 文

看见云彩就想到她的衣裳，看见花朵就想起她的容貌。春风轻拂栏杆，美丽的牡丹花在晶莹的露水中显得更加艳冶。若不是在群玉山头见到过她，就是在瑶池的月光下曾和她相逢。

清平调词三首（其二）

李 白

一枝红艳露凝香，云雨巫山枉断肠。
借问汉宫谁得似？可怜飞燕倚新妆。

人物画廊

注　释

①［飞燕］赵飞燕，西汉成帝皇后。

译　文

她如一枝带露牡丹，艳丽芬芳。楚王为巫山神女而断肠的美丽传说，又怎么比得上眼前佳人的绝色。请问汉宫妃嫔中有谁的恩宠能和她相比？可怜那汉成帝宠妃赵飞燕，还得依仗新妆。

清平调词三首（其三）

李　白

名花倾国两相欢，长得君王带笑看。
解释春风无限恨，沉香亭北倚阑干。

注　释

①［倾国］绝代佳人。
②［解释］消除。

译　文

绝代佳人与牡丹花相得益彰，这两种东西使得君王常常带笑而看。动人姿色能消除春风中所有的幽怨之感，在沉香亭北，君王贵妃二人倚靠着栏杆赏花。

饮中八仙歌

杜　甫

知章骑马似乘船，眼花落井水底眠。
汝阳三斗始朝天，道逢曲车口流涎，恨不移封向酒泉。
左相日兴费万钱，饮如长鲸吸百川，衔杯乐圣称避贤。
宗之潇洒美少年，举觞白眼望青天，皎如玉树临风前。
苏晋长斋绣佛前，醉中往往爱逃禅。
李白一斗诗百篇，长安市上酒家眠，
天子呼来不上船，自称臣是酒中仙。
张旭三杯草圣传，脱帽露顶王公前，挥毫落纸如云烟。
焦遂五斗方卓然，高谈雄辩惊四筵。

人物画廊

注　释

① [知章] 即贺知章，自号"四明狂客"。
② [汝阳] 汝阳王李琎，唐玄宗的侄子。
③ [朝天] 朝见天子。
④ [曲（qū）车] 酒车。
⑤ [移封] 改换封地。
⑥ [酒泉] 郡名，在今甘肃酒泉市。传说郡城下有泉，味如酒，故名酒泉。
⑦ [左相] 指左丞相李适之。
⑧ [长鲸] 鲸鱼。古人以为鲸鱼能吸百川之水，故用来形容人的酒量之大。
⑨ [衔杯] 贪酒。
⑩ [圣] 酒的代称。
⑪ [宗之] 崔宗之，吏部尚书崔日用之子，袭父封为齐国公，官至侍御史。
⑫ [白眼] 晋阮籍能作青白眼，遇俗人视以白眼。这里喻崔宗之傲世疾俗。
⑬ [苏晋] 开元名士，官至中书舍人，深受玄宗赏识。
⑭ [绣佛] 画的佛像。
⑮ [逃禅] 这里指不守佛门戒律。
⑯ [酒中仙] 李白曾酒醉后自许是酒中仙人。
⑰ [张旭] 唐代著名书法家，善草书，时人称为"草圣"。
⑱ [脱帽露顶] 写张旭狂放不羁的醉态。
⑲ [焦遂] 布衣之士，以嗜酒闻名。
⑳ [卓然] 神采焕发的样子。

译　文

贺知章酒后骑马，晃晃悠悠，如在乘船。他眼睛昏花坠入井中，竟在井底睡着了。

汝阳王李琎饮酒三斗以后才去觐见天子。路上碰到装载酒曲的车，酒味引得口水直流，为自己没能封在水味如酒的酒泉郡而遗憾。

左相李适之为每日之兴起不惜花费万钱，饮酒如长鲸吞吸百川之水。自称举杯豪饮是为了脱略政事，以便让贤。

崔宗之是一个潇洒的美少年，举杯饮酒时，常常傲视青天，俊美之姿有如玉树临风。

苏晋虽在佛前斋戒吃素，饮起酒来常把佛门戒律忘得干干净净。

李白饮酒一斗，立可赋诗百篇，他去长安街酒肆饮酒，常常醉眠于酒家。天子在湖池游宴，召他为诗作序，他因酒醉不肯上船，自称是酒中之仙。

张旭饮酒三杯，即挥毫作书，时人称为草圣。他常不拘小节，在王公贵戚面前脱帽露顶，挥笔疾书，若得神助，其书如云烟之泻于纸张。

焦遂五杯酒下肚，才得精神振奋。在酒席上高谈阔论，常常语惊四座。

戏问花门酒家翁

岑 参

老人七十仍沽酒,千壶百瓮花门口。
道傍榆荚巧似钱,摘来沽酒君肯否。

注 释

①[沽]买或卖。首句的"沽"是卖的意思,末句的"沽"是买的意思。
②[花门]即花门楼,凉州(今甘肃武威)馆舍名。
③[花门口]指花门楼口。
④[榆荚]榆树的果实。春天榆树枝条间生榆荚,形状似钱而小,色白成串,俗称榆钱。巧,一作"仍"。

译 文

老人七十了还在卖酒,无数个酒壶和酒瓮摆放在花门楼口。路旁的榆荚好似那成串的铜钱,我摘下来用它买您的美酒,您肯不肯呀?

渔 翁

柳宗元

渔翁夜傍西岩宿,晓汲清湘燃楚竹。
烟销日出不见人,欸乃一声山水绿。
回看天际下中流,岩上无心云相逐。

注 释

①[欸乃]划船时歌唱之声。

译 文

渔翁夜里在西岩下歇宿,早晨起来汲取清澈的湘江水,燃起楚地的竹子做饭。日出后雾霭散尽,渔翁已经离去,只有歌声在青山绿水间传响。循着歌声回头遥望,一只小船顺水而下,天上无心的白云,仿佛也正追逐小船而去。

行 宫

元 稹

寥落古行宫,宫花寂寞红。
白头宫女在,闲坐说玄宗。

注 释

① [寥（liáo）落] 寂寞冷落。
② [行宫] 皇帝在京城之外的宫殿。这里指当时东都洛阳的皇帝行宫上阳宫。后来变成失宠宫女所处的冷宫。
③ [白头宫女] 据白居易《上阳白发人》，一些宫女天宝末年被"潜配"到上阳宫，在这冷宫里一闭四十多年，成了白发宫人。
④ [说] 谈论。
⑤ [玄宗] 指唐玄宗。

译 文

曾经富丽堂皇的古行宫已是一片荒凉冷落，宫中艳丽的花儿在寂寞寥落中开放。幸存的几个满头白发的宫女，闲坐无事只能谈论着玄宗轶事。

忆扬州

徐 凝

萧娘脸下难胜泪，桃叶眉头易得愁。
天下三分明月夜，二分无赖是扬州。

注 释

① [萧娘] 女子的泛称，指诗人的意中人。
② [胜] 能够承受，禁得起。
③ [桃叶] 晋王献之爱妾名，借指所爱恋的女子。
④ [无赖] 指似憎而实爱。

译 文

扬州的女子们娇美的脸上怎能藏住眼泪，她们可爱的眉梢上也容易忧愁。天下明月的光华有三分吧，无赖的扬州啊，你竟然占去了两分。

望夫词

施肩吾

手爇寒灯向影频，回文机上暗生尘。
自家夫婿无消息，却恨桥头卖卜人。

注 释

① [爇（ruò）] 烧，点燃。
② [频（pín）] 频繁，多次连续，此处作不停地回头讲。

③［回文机］织璇玑图的布机。
④［夫婿（xù）］丈夫。
⑤［卖卜人］以占卜、算卦为生的人。

译 文

寒夜里思妇亲手点燃了灯烛，她频频回头看着灯下自己的影子。自丈夫离家后，织机上也积满灰尘了。没有自己丈夫的消息，却怨恨桥头那卖卜人的卜卦没有应验。

宫词二首（其一）

张 祜

故国三千里，深宫二十年。
一声《何满子》，双泪落君前。

注 释

①［故国］故乡。
②［何满子］唐玄宗时著名歌手，因故得罪皇帝，被推出就刑前放声高歌，曲调悲愤。后人就将这种悲愤型曲子称作《何满子》。
③［君］皇帝，这里指唐武宗。

译 文

故乡远在三千里之外，我已在这深宫里二十年了。唱一首悲伤的《何满子》，忍不住在君王面前流下两行热泪。

秋 夕

杜 牧

银烛秋光冷画屏，轻罗小扇扑流萤。
天阶夜色凉如水，卧看牵牛织女星。

注 释

①［画屏］画有图案的屏风。
②［轻罗小扇］轻巧的丝质团扇。
③［天阶］宫殿的台阶。

译 文

银烛的烛光映着冷清的画屏，手执绫罗小扇扑打萤火虫。夜色里的石阶清凉如冷水，静坐凝视天河两旁的牵牛织女星。

朱庆馀，名可久，以字行。越州（今浙江绍兴）人，《全唐诗》存其诗两卷。曾作《闺意献张水部》作为参加进士考试的"通榜"，增加中进士的机会。据说张籍读后大为赞赏，写诗回答他说："越女新装出镜心，自知明艳更沉吟。齐纨未足时人贵，一曲菱歌值万金。"于是朱庆馀声名大震。

近试上张水部

朱庆馀

洞房昨夜停红烛，待晓堂前拜舅姑。
妆罢低声问夫婿，画眉深浅入时无。

注 释

① [张水部] 即张籍，曾任水部员外郎。
② [洞房] 新婚卧室。
③ [停红烛] 让红烛通宵点着。停，留置。
④ [舅姑] 公婆。
⑤ [深浅] 浓淡。
⑥ [入时无] 是否时髦。这里借喻文章是否合适。

译 文

新婚卧室昨夜花烛彻夜通明，等待拂晓去堂前拜见公婆。装扮好后轻声询问夫君：我的眉画得浓淡可合时兴？

宫 词

朱庆馀

寂寂花时闭院门，美人相并立琼轩。
含情欲说宫中事，鹦鹉前头不敢言。

注 释

① [琼轩] 对廊台的美称。

译 文

百花盛开，宫院却寂寂地紧闭大门；俏丽宫女，相依相并伫立廊下赏春。满怀幽情，都想谈谈宫中忧愁的事，鹦鹉面前，谁也不敢吐露自己苦闷。

寄蜀中薛涛校书

王 建

万里桥边女校书，枇杷花里闭门居。
扫眉才子于今少，管领春风总不如。

注 释

①［薛涛］唐代女诗人，字洪度。长安人，随父官于蜀，父死不得归，遂居于成都，为有名的乐伎。后武元衡奏请其为校（jiào）书郎。故称"女校书"。
②［万里桥］成都南面的一座桥。据说三国时费祎奉使往吴，诸葛亮相送于此，费曰："万里之路，始于此桥。"因此得名。
③［扫眉才子］扫眉即画眉，画眉的才子，即是才女之意。
④［管领春风］犹言独领风骚。

译 文

万里桥边住着一位很有才华的女校书，在那枇杷花丛中闭门而居。像她那样的才女在今天已经很少了，那些在文学上独领风骚的人，也不如她。

破阵子·春景

晏 殊

燕子来时新社，梨花落后清明。池上碧苔三四点，叶底黄鹂一两声，日长飞絮轻。

巧笑东邻女伴，采桑径里逢迎。疑怪昨宵春梦好，元是今朝斗草赢，笑从双脸生。

注 释

①［新社］社日刚到。社日是古人春秋两季祭祀土神的日子亭，这里指春社，在立春后、清明前。
②［黄鹂］黄莺。
③［日长］白昼时间变长。
④［元］通"原"，原来。
⑤［斗草］一种游戏，斗所采之草的种类与韧性；或者以草名互相对偶来竞争。

译 文

燕子飞回，梨花凋败，刚到清明节之前不久的春季社日。池塘上漂浮着几点绿色水苔，树叶底下不时传来一两声莺鸣。白昼时间变长，柳絮纷飞。

采桑的小路上，偶遇东边邻家的女性友人，对方笑得很美。我一直猜测昨晚做的好梦，究竟预示着什么，原来预示着今天斗草获胜。胜利后，笑颜不禁在我两边脸颊上铺开了。

梅尧臣（1002—1060）字圣俞，北宋著名现实主义诗人。汉族，宣州宣城（今属安徽）人。世称宛陵先生。以欧阳修荐，为国子监直讲，累迁尚书都官员外郎，故世称"梅直讲""梅都官"。曾参与编撰《新唐书》，并为《孙子兵法》作注。有《宛陵先生集》60卷，有《四部丛刊》影明刊本等。词存二首。

陶　者

梅尧臣

陶尽门前土，屋上无片瓦。
十指不沾泥，鳞鳞居大厦。

注　释

① [陶者] 烧制砖瓦的工人。
② ["鳞鳞"句] 屋瓦像鱼鳞般密密排列。

译　文

烧制砖瓦的工人把门口的土都烧制完了，自家屋顶也盖不上一片瓦。相反那些富人，手指从不碰泥，却住在大房子里，屋瓦无数，盖得整整齐齐。

张俞（《宋史》作张愈），生卒年不详，北宋文学家。字少愚，又字才叔，号白云先生，益州郫（今四川郫县）人，祖籍河东（今山西）。屡举不第，因荐除秘书省校书郎，愿以授父而自隐于家。文彦博治蜀，为筑室青城山白云溪。著有《白云集》，已佚。

蚕　妇

张　俞

昨日入城市，归来泪满巾。
遍身罗绮者，不是养蚕人。

注　释

① [蚕妇] 养蚕的妇人。
② [市] 市集。
③ [罗绮] 丝织品的统称。

译 文

养蚕妇人昨天入城去市集,回来眼泪洒满了手帕。因为看到全身上下穿着丝织衣物的,并不是她们这些养蚕劳动、生产丝的人。

人物画廊

天马行空

把酒问月

李 白

青天有月来几时？我今停杯一问之。
人攀明月不可得，月行却与人相随。
皎如飞镜临丹阙，绿烟灭尽清辉发。
但见宵从海上来，宁知晓向云间没。
白兔捣药秋复春，嫦娥孤栖与谁邻？
今人不见古时月，今月曾经照古人。
古人今人若流水，共看明月皆如此。
唯愿当歌对酒时，月光长照金樽里。

注 释

①[题下作者自注]故人贾淳令予问之。
②[丹阙]朱红色的宫殿。
③[绿烟]指遮蔽月光的浓重的云雾。
④[但见]只看到。
⑤[宁知]怎知。
⑥[没（mò）]隐没。
⑦[白兔捣药]神话传说月中有白兔捣仙药。
⑧[嫦娥]神话中的月中女神。传说她原是后羿的妻子，吃了后羿的仙药，成为仙人，奔入月中。见《淮南子·览冥训》。
⑨[当歌对酒时]在唱歌饮酒的时候。
⑩[金樽]精美的酒具。

译 文

　　青天上的明月高悬起于何时？我现在停下酒杯且一问之。人追攀明月永远不能做到，月亮行走却与人紧紧相随。明月皎洁，如明镜飞上天空，映照着宫殿。遮蔽月亮的云雾消散殆尽，幽幽月光尽情挥洒出清冷的光辉。

　　人们只能看见这月亮每晚从海上升起，谁能知道它早晨在云间隐没。月亮里白兔捣药自秋而春，嫦娥孤单地住着又有谁与她相伴？现在的人见不到古时之月，现在的月却曾经照过古人。古人与今人如流水般流逝，共同看到的月亮都是如此。只希望对着酒杯放歌之时，月光能长久地照在金杯里。

钱起（约720-约782），字仲文。唐代诗人。吴兴（今属浙江省）人。工诗，与郎士元齐名，"大历十才子"之一。

归 雁

钱 起

潇湘何事等闲回？水碧沙明两岸苔。
二十五弦弹夜月，不胜清怨却飞来。

注 释

①[潇湘]潇水湘水，在今湖南境内。
②[等闲]轻易、随便。
③[苔]鸟类的食物。
④[二十五弦]瑟。
⑤[胜（shēng）]承受。

译 文

你为何如此轻易地从潇水湘水那样美丽的地方回来呢？那里溪水澄澈，沙石明净，岸边还有青苔供你觅食。

大雁答道：湘灵之神在月夜弹的瑟曲调太伤感了，我忍受不了那悲怨欲绝的曲调，不得不离开潇湘飞回到北方来。

梦 天

李 贺

老兔寒蟾泣天色，云楼半开壁斜白。
玉轮轧露湿团光，鸾珮相逢桂香陌。
黄尘清水三山下，更变千年如走马。
遥望齐州九点烟，一泓海水杯中泻。

注 释

①[梦天]梦游天上。
②[老兔寒蟾]神话传说中住在月宫里的动物。屈原《天问》中曾提到月中有兔。《淮南子·览冥训》中有后羿的妻子姮娥偷吃神药，飞入月宫变成蟾的故事。汉乐府《董逃行》中的"白兔捣药长跪虾蟆丸"，说的就是月中的白兔和蟾蜍。此句是说在一个幽冷的月夜，阴云四合，空中飘洒下阵阵寒雨，就像兔和蟾在哭泣。
③[云楼句]忽然云层变幻，月亮的清白色的光斜穿过云隙，把云层映照得像海市蜃楼一样。
④[玉轮句]月亮带着光晕，像被露水打湿了似的。
⑤[鸾珮]雕刻着鸾凤的玉佩，此代指仙女。

⑥〔三山〕指海上的三座神山蓬莱、方丈、瀛洲。这里却指东海上的三座山。
⑦〔走马〕跑马。
⑧〔齐州〕中州，即中国。《尚书·禹贡》言中国有九州。这两句说在月宫俯瞰中国，九州小得就像九个模糊的小点，而大海小得就像一杯水。
⑨〔泓〕量词，指清水一道或一片。

译文

月宫的兔子寒蟾在悲泣这幽冷天色，云楼门窗半开月光斜照粉壁惨白。月亮像玉轮轧过露水沾湿了团光，在桂花香陌欣逢身带鸾佩的仙娥。俯视三座神山之下茫茫沧海桑田，世间千年变幻无常犹如急奔骏马。在月宫俯瞰中国，九州小得就像九个模糊的小点，那一汪海水清浅像是从杯中倾泻。

霜　月

李商隐

初闻征雁已无蝉，百尺楼南水接天。
青女素娥俱耐冷，月中霜里斗婵娟。

注释

①〔青女〕神话中主霜雪的神女。
②〔素娥〕嫦娥，月中神女。
③〔婵娟〕形容色态之美好。

译文

刚听到大雁南飞的声音，就发现夏天的蝉声早已沉寂。高楼南边水光连天。青女和嫦娥都不怕冷，在这皎洁的月光下、满地的白霜里，正比试谁的色态更为优美。

谒　山

李商隐

从来系日乏长绳，水去云回恨不胜。
欲就麻姑买沧海，一杯春露冷如冰。

注释

①〔谒山〕拜谒名山。谒，拜见，朝见的意思。
②〔系日乏长绳〕用傅休奕《九曲歌》"岁暮景迈群光绝，安得长绳系白日"句意，说明时光难以留住。
③〔水去〕含有两个意思：一、与"云回"一样是所见景象，含有"百川东到海，何日复西归"的意思；二、指时间的消逝。恨不胜，怅恨不尽。胜，尽。
④〔麻姑〕古代神话传说中的女仙。

⑤[一杯春露]指沧海之水（也就是沧海里所汇聚的时间）已少到只剩一杯了。

译　文

自古以来，就没有能系住太阳的长绳，逝水东流，白云舒卷，更令人怅恨不胜。正想向仙人麻姑买下沧海，哎，只剩得一杯春露，其冷如冰。

梅花绝句二首（其一）

陆　游

闻道梅花坼晓风，雪堆遍满四山中。
何方可化身千亿，一树梅前一放翁。

注　释

①[闻道]听说。
②[坼（chè）]裂开。这里是绽开的意思。
③[坼晓风]即在晨风中开放。
④[雪堆]指梅花盛开像雪堆似的。
⑤[何方]有什么办法。
⑥[千亿]指能变成千万个放翁（陆游号放翁，字务观）。
⑦[梅前]一作"梅花"。

译　文

听说山上的梅花已经迎着晨风绽放，远远望去，四周山上的梅花树就像一堆堆白雪。有什么办法可以把自己变化成数亿身影呢？让每一棵梅花树前都有一个陆游常在。

木兰花慢·中秋饮酒

辛弃疾

可怜今夕月，向何处，去悠悠？是别有人间，那边才见，光影东头？是天外，空汗漫，但长风浩浩送中秋？飞镜无根谁系？姮娥不嫁谁留？

谓经海底问无由，恍惚使人愁。怕万里长鲸，纵横触破，玉殿琼楼。虾蟆故堪浴水，问云何玉兔解沉浮？若道都齐无恙，云何渐渐如钩？

注　释

①[可怜]可爱。言中秋之月团圆皎洁，惹人生爱。
②[光影]指月亮。

③［空汗漫］空虚莫测，广大无际。
④［姮（héng）娥］即月里嫦娥。据神话传说，她偷食丈夫后羿的仙药，乘风奔月，从此永居月宫。
⑤［问无由］无从查询。恍惚：谓此说迷离恍惚，不可捉摸。
⑥［玉殿琼楼］神话传说谓月中自有"琼楼玉宇烂然"（《拾遗记》），故俗称"月宫"。
⑦［故堪］固然能够。
⑧［无恙（yàng）］完好无损。

译 文

今晚的月亮是多么可爱，悠悠忽忽地向西走，它究竟要到哪里去呢？是另外还有一个人间，那边刚好看到你升起在东头呢？还是在那天外广阔的宇宙，空无所有，只有浩浩长风把这美好的中秋月送走呢？它像一面飞入天空的宝镜，却不会掉下来，难道是谁用一根无形的长绳把它系住了吗？月宫里的嫦娥直到如今没有出嫁，不知又是谁把她留住了呢？

听说月亮游过海底，可又无从查问根由，这事真是不可捉摸，而叫人发愁。我怕大海中万里长鲸横冲直撞，会触破月宫的玉殿琼楼。月从海底经过，会水的虾蟆不用担心，可是那玉兔何曾学会游泳呢？如果这一切都安然无恙，那么，又为何逐渐变成弯钩模样？

刘克庄（1187-1269）南宋诗人、词人、诗论家。字潜夫，号后村。福建莆田人。宋末文坛领袖，辛派词人的重要代表，词风豪迈慷慨。在江湖诗人中年寿最长，官位最高，成就也最大。晚年致力于辞赋创作，提出了许多革新理论。

清平乐·五月十五夜玩月

刘克庄

风高浪快，万里骑蟾背。曾识姮娥真体态。素面元无粉黛。身游银阙珠宫。俯看积气蒙蒙。醉里偶摇桂树，人间唤作凉风。

注 释

①［蟾背］指月宫。蟾即蟾蜍，俗称蛤蟆，月中的精灵。
②［姮娥］即嫦娥。
③［粉黛］女子化妆用的白粉和青黑色的颜料。
④［银阙］为仙人或天帝所居。

译 文

　　风疾浪涌,我骑在神蟾背上遨游万里。好像曾经那样熟悉嫦娥妖媚娇娆的姿态。素面清雅不施粉黛。

　　在银河宫阙与金玉珠色里尽情遨游。俯瞰脚下尘寰,只见云雾缭绕。酒醉时偶然摇动月中桂树,人间便吹起阵阵凉风。

艺海拾贝

听蜀僧濬弹琴

李 白

蜀僧抱绿绮,西下峨眉峰。
为我一挥手,如听万壑松。
客心洗流水,余响入霜钟。
不觉碧山暮,秋云暗几重。

注 释

①[绿绮]古代名琴。相传为司马相如所有。
②[挥手]这里指弹琴。
③[霜]《山海经》中说,丰山上有钟,霜降之日则鸣。后泛指钟或钟声。

译 文

蜀僧怀抱绿绮琴,从峨眉山西下而来。为我随意挥手一弹,我就如同听到万壑松声。琴声令人陶醉,我的心仿佛让一股清泉洗涤了一般,清澈宁静。余音袅袅,汇入霜天钟声。不知不觉进入夜晚,青山罩上暮色,灰暗的秋云重重叠叠,布满了天空。

画 鹰

杜 甫

素练风霜起,苍鹰画作殊。
㧐身思狡兔,侧目似愁胡。
绦镟光堪擿,轩楹势可呼。
何当击凡鸟,毛血洒平芜。

注 释

①[素练]作画用的白绢。
②[风霜]指秋冬肃杀之气。这里形容画中之鹰凶猛如挟风霜之杀气。
③[风]一作"如"。
④[画作]作画,写生。
⑤[㧐(sǒng)身]即竦身,收敛躯体准备搏击的样子。
⑥[思狡兔]想捕获狡兔。
⑦[侧目]斜视。《汉书·李广传》:"侧目而视,号曰苍鹰。"
⑧[似愁胡]形容鹰的眼睛色碧而锐利。因胡人(指西域人)碧眼,故以此为喻。
⑨[愁胡]指发愁神态的胡人。
⑩[绦]丝绳,指系鹰用的丝绳。
⑪[镟]金属转轴,指鹰绳另一端所系的金属环。
⑫[堪擿(zhāi)]可以解除。擿,同"摘"。

⑬ [轩楹] 堂前廊柱，指悬挂画鹰的地方。
⑭ [势可呼] 画中的鹰势态逼真，呼之欲飞。
⑮ [何当] 安得，哪得。这里有假如的意思。
⑯ [击凡鸟] 捕捉凡庸的鸟。
⑰ [平芜] 草原。

译 文

洁白画绢之上，突然腾起风霜气，原来纸上苍鹰，凶猛不同一般。竦起身躯，想要捕杀狡兔；侧目而视，目光深碧锐利。只要解开丝绳铁环，画鹰就会凌空飞去；只要轻轻呼唤一声，画鹰就会拍翅飞来。何时让它搏击凡鸟，我们就会见到凡鸟血洒草原的壮观景象。

赠花卿

杜 甫

锦城丝管日纷纷，半入江风半入云。
此曲只应天上有，人间能得几回闻。

注 释

① [花卿] 花敬定，成都尹崔光远部将。
② [锦城] 锦官城，即今四川成都。

译 文

花家管乐与弦乐交替演奏，使得锦官城内音乐声绵绵不绝，一半散入江风，一半飘入云层。这样的乐曲应该在天上仙界才听得见，人间又能听到几回呢？

观公孙大娘弟子舞剑器行

杜 甫

大历二年十月十九日，夔府别驾元持宅，见临颍李十二娘舞剑器，壮其蔚跂，问其所师，曰："余公孙大娘弟子也。"开元五载，余尚童稚，记于郾城观公孙氏，舞剑器浑脱，浏漓顿挫，独出冠时，自高头宜春梨园二伎坊内人洎外供奉舞女，晓是舞者，圣文神武皇帝初，公孙一人而已。玉貌锦衣，况余白首，今兹弟子，亦非盛颜。既辨其由来，知波澜莫二，抚事慷慨，聊为《剑器行》。昔者吴人张旭，善草书帖，数常于邺县见公孙大娘舞西河剑器，自此草书长进，豪荡感激，即公孙可知矣。

昔有佳人公孙氏，一舞剑器动四方。
观者如山色沮丧，天地为之久低昂。

爅如羿射九日落，矫如群帝骖龙翔。
来如雷霆收震怒，罢如江海凝清光。
绛唇珠袖两寂寞，晚有弟子传芬芳。
临颍美人在白帝，妙舞此曲神扬扬。
与余问答既有以，感时抚事增惋伤。
先帝侍女八千人，公孙剑器初第一。
五十年间似反掌，风尘澒洞昏王室。
梨园弟子散如烟，女乐余姿映寒日。
金粟堆前木已拱，瞿唐石城草萧瑟。
玳筵急管曲复终，乐极哀来月东出。
老夫不知其所往，足茧荒山转愁疾。

注 释

①〔公孙大娘〕唐玄宗开元年间著名的教坊舞伎。公孙是其姓，大娘是对年长妇人的敬称。

②〔剑器〕，古舞曲名，属健舞（武舞）之一，舞者为女子，作男子戎装，空手而舞。表现出一种力与美相结合的武健精神。今有人考证谓执剑而舞。

③〔大历〕唐代宗李豫年号（766—779）。大历二年，即年。

④〔别驾〕官名，州刺史的佐吏。又唐代都督府属官也有别驾。元持，人名，生平不详。临颍，县名，治所在今河南省临颍县西北。临颍是李十二娘籍贯。

⑤〔壮〕用作动词，有赞赏、钦佩之意。蔚跂（qí），光彩焕发、姿态矫健的样子。

⑥〔问其所师〕问她的技艺是跟谁所学。师，学习。

⑦〔开元五载〕即公元717年。载，年。

⑧〔郾（yǎn）城〕县名，即今河南省郾城县。

⑨〔浏漓（lí）顿挫〕流利酣畅而又曲折有致。浏漓，流利飘逸的样子。顿挫，形容舞蹈跌宕起伏，回旋曲折。

⑩〔独出〕特出，超群出众。

⑪〔冠时〕在当时数第一。

⑫〔高头宜春、梨园二伎坊内人〕指供奉宫廷的歌舞女艺人。高头，犹如说"前头"，指在皇帝跟前。宜春，即宜春院。宜春院与梨园是唐玄宗时宫内教授歌舞的处所。伎坊，也称教坊，是教练歌舞的机构。内人，宫中的女伎，也称"前头人"。

⑬〔洎（jì）〕及。外供奉舞女，与内人相对而言，指不居宫中，随时应诏入宫表演的歌舞艺伎。一本无"舞女"二字。

⑭〔圣文神武皇帝〕唐玄宗的尊号，开元二十七年（739）群臣所上。

⑮〔初〕初年。

⑯〔况〕何况。

⑰〔兹〕这个。非，不是。

⑱〔辨〕明白,弄清楚。指李十二娘舞艺的师承渊源。
⑲〔波澜〕比喻事物的起伏变化,这里泛指舞蹈的意态节奏等艺术风格。
⑳〔昔者〕从前。
㉑〔数〕屡次,多次。
㉒〔尝〕曾经。
㉓〔西河剑器〕剑器舞的一种。
㉔〔豪荡感激〕指书法意态飞动,饱含着激情。
㉕〔即公孙可知矣〕那么公孙大娘舞蹈艺术的高妙便可想而知了。即,则,那么。
㉖〔色沮丧〕指因震惊而失色。
㉗〔之〕指公孙大娘的舞蹈。
㉘〔低昂〕一起一伏。表示震动。一说,低昂是偏义复词,取其"低"义。
㉙〔爗〕闪烁的样子。
㉚〔矫〕矫捷,形容动作有力而敏捷。
㉛〔骖〕驾在车两旁的马,这里用作动词;骖龙,犹言驾着龙。
㉜〔凝〕凝聚,凝固,形容舞蹈结束时静止不动。
㉝〔绛唇〕大红的嘴唇,这里指青年时代的公孙大娘。
㉞〔寂寞〕无声无息,两寂寞,是说人舞俱亡。
㉟〔芬芳〕香气,这里比喻舞艺美妙,不同凡俗。
㊱〔既有以〕即序文中所说"既辨其由来"之意。
㊲〔先帝〕指已故的唐玄宗。
㊳〔八千人〕极言人多,不一定是确数。
㊴〔五十年间〕自杜甫于唐玄宗开元五年(717年)在郾城观看公孙大娘舞剑器浑脱,到代宗大历二年(公元767年)在夔州见李十二娘舞剑器而写此诗,其间正好是年。
㊵〔风尘〕比喻战乱。澒(hòng)洞,弥漫无迹。昏,昏暗,比喻国运衰退。
㊶〔老夫〕杜甫自指。不知其所往,不知道往哪里去,形容心情迷惘。
㊷〔茧〕通"研",指脚掌因磨擦而生的厚皮,这里用作动词。

译 文

唐大历二年十月十九日,我在夔府别驾元持家里,观看临颍李十二娘跳剑器舞,觉得舞姿矫健多变非常壮观,就问她是向谁学习的?她说:"我是公孙大娘的学生"。

玄宗开元五年,我还年幼,记得在郾城看过公孙大娘跳《剑器》和《浑脱》舞,流畅飘逸而且节奏明朗,超群出众,当代第一,从皇宫内的宜春、梨园弟子到宫外供奉的舞女中,懂得此舞的,在唐玄宗初年,只有公孙大娘一人而已。当年她服饰华美,容貌漂亮,如今我已是白首老翁,眼前她的弟子李十二娘,也已经不是年轻女子了。既然知道了她舞技的渊源,看来她们师徒的舞技一脉相承,抚今追昔,心中无限感慨,姑且写了《剑器行》这首诗。

听说过去吴州人张旭,他擅长书写草书字帖,在邺县经常观看公孙大娘跳一种《西河剑器》舞,从此草书书法大有长进,豪放激扬,放荡不羁,由此可知公孙大娘舞技之高超了。

从前有个漂亮女人，名叫公孙大娘，每当她跳起剑舞来，就要轰动四方。观看人群多如山，心惊魄动脸变色，天地也被她的舞姿感染，起伏震荡。剑光璀璨夺目，有如后羿射落九日，舞姿矫健敏捷，恰似天神驾龙飞翔，起舞时剑势如雷霆万钧，令人屏息，收舞时平静，好像江海凝聚的波光。鲜红的嘴唇绰约的舞姿，都已逝去，到了晚年，有弟子把艺术继承发扬。

临颖美人李十二娘，在白帝城表演，她和此曲起舞，精妙无比神采飞扬。她和我谈论好久，关于剑舞的来由，我忆昔抚今，更增添无限惋惜哀伤。当年玄宗皇上的侍女，约有八千人，剑器舞姿数第一的，只有公孙大娘。五十年的光阴，真好比翻一下手掌，连年战乱烽烟弥漫，朝政昏暗无常。那些梨园子弟，一个个地烟消云散，只留李氏的舞姿，掩映冬日的寒光。

金粟山玄宗墓前的树木，已经合抱，瞿塘峡白帝城一带，秋草萧瑟荒凉。玳弦琴瑟急促的乐声，又一曲终了，明月初出乐极生悲，心中惶惶。我这老夫，真不知哪是要去的地方，荒山里迈步艰难，越走就越觉凄伤。

听弹琴

刘长卿

泠泠七弦上，静听松风寒。
古调虽自爱，今人多不弹。

注　释	译　文
①［泠（líng）泠］形容声音清越。 ②［松风］以风入松林暗示琴声凄凉。琴曲中有《风入松》的调名。	古琴奏出清越的曲调，细细听来就像那风吹松林之声。我虽然十分喜爱这古时的曲调，但今天人们大多数都不弹奏了。

郎士元（生卒年不详，一说727年-780年？），字君胄，唐代诗人，中山（今河北定县）人。天宝十五载（756）登进士第。宝应元年（762）补渭南尉，历任拾遗、补阙、校书等职，官至郢州刺史。郎士元与钱起齐名，世称"钱郎"。他们诗名甚盛，当时有"前有沈宋，后有钱郎"（高仲武《中兴间气集》）之说。

听邻家吹笙

郎士元

凤吹声如隔彩霞，不知墙外是谁家。
重门深锁无寻处，疑有碧桃千树花。

注　释

①［凤吹］对笙簧等细乐乐声的美称。
②［重门］层层设门，几重门。

译　文

美妙的笙乐如隔着彩霞而来，不知是墙外哪一家在吹？看看门外都是重重大门紧锁，无法寻觅，但猜想其中必有千树桃花。

李端（约737年－约784年），字正已，出身赵郡李氏东祖房，唐代诗人。是北齐文宣帝高洋皇后李祖娥的堂弟李孝贞六世孙。少居庐山，师事诗僧皎然。晚年辞官隐居湖南衡山，自号衡岳幽人。今存《李端诗集》三卷。李端是大历十才子之一。今存《李端诗集》三卷。其子李虞仲，官至兵部侍郎。

鸣　筝

李　端

鸣筝金粟柱，素手玉房前。
欲得周郎顾，时时误拂弦。

注　释

①［鸣筝］弹奏筝曲。
②［金粟（sù）］古也称桂为金粟，这里当是指弦轴之细而精美。
③［柱］定弦调音的短轴。
④［素手］指弹筝女子纤细洁白的手。
⑤［玉房］指玉制的筝枕。房，筝上架弦的枕。
⑥［周郎］指三国时吴将周瑜。他二十四岁为大将，时人称其为"周郎"。他精通音乐，听人奏错曲时，即使喝得半醉，也会转过头看一下奏者。当时人称："曲有误，周郎顾。"
⑦［拂（fú）弦］拨动琴弦。

译　文

金粟轴的古筝发出优美的声音，那素手拨筝的美人坐在玉制的筝枕前。想尽了办法为博取周郎的青睐，你看她有意一再拨错琴弦。

听颖师弹琴

韩　愈

昵昵儿女语，恩怨相尔汝。
划然变轩昂，勇士赴敌场。
浮云柳絮无根蒂，天地阔远随飞扬。
喧啾百鸟群，忽见孤凤凰。
跻攀分寸不可上，失势一落千丈强。
嗟余有两耳，未省听丝篁。
自闻颖师弹，起坐在一旁。
推手遽止之，湿衣泪滂滂。
颖乎尔诚能，无以冰炭置我肠！

注　释

①〔颖（yǐng）师〕颖师是当时一位善于弹琴的和尚，他曾向几位诗人请求作诗表扬。
②〔昵（nì）昵〕亲热的样子，形容琴声婉转。
③〔相尔汝（rǔ）〕犹言卿卿我我。
④〔划然〕忽地。
⑤〔轩昂〕形容音乐高亢雄壮。
⑥〔根蒂（dì）〕植株的根和蒂。
⑦〔喧啾〕喧叫之声。
⑧〔跻攀（jīpān）〕犹攀登。
⑨〔未省〕不懂得。
⑩〔丝篁（huáng）〕弹拨乐器，此指琴。
⑪〔起坐〕忽起忽坐，激动不已的样子。
⑫〔推手〕伸手。
⑬〔遽（jù）〕急忙。
⑭〔滂（pāng）滂〕热泪滂沱的样子。
⑮〔诚能〕指确实有才能的人。

译　文

琴声时而如小儿女在耳鬓厮磨、窃窃私语；突然又变得轩昂起来，似勇猛的将士冲入敌阵。一会儿又似无根的浮云柳絮，天阔地远任其飞扬。倏忽之间，百鸟齐鸣，喁啾不已。接着，出现了一只凤凰。那凤凰攀云直上，声闻九天，到达顶峰，不久又似猛然从几千丈高处跌落下来。叹我徒有一对耳朵，却不识音律，听不懂音乐。自从听颖师弹琴开始，在一边坐立难安，急忙推手制止，早已涕泪滂沱。颖师你真是有能耐，不要再拿冰炭放在我的胸肠间。

徐渭（1521-1593），汉族，绍兴府山阴（今浙江绍兴）人。初字文清，后改字文长，号天池山人，或署田水月、田丹水、青藤老人、青藤道人、青藤居士、天池渔隐、金垒、金回山人、山阴布衣、白鹇山人、鹅鼻山侬等别号。中国明代文学家、书画家、军事家。

题葡萄图

徐 渭

半生落魄已成翁，独立书斋啸晚风。
笔底明珠无处卖，闲抛闲掷野藤中。

注 释

① [翁] 老头。
② [笔底] 笔下。

译 文

半生落魄已然成了老头子，独自站在书斋中听着呼啸的晚风。笔下有明珠却没有地方可以卖，只能闲置在荒乱的野藤中。

王士禛（1634-1711），字子真、贻上，号阮亭，又号渔洋山人，谥文简。新城（今山东桓台县）人，清初杰出诗人、学者、文学家。博学好古，能鉴别书、画、鼎彝之属，精金石篆刻，诗为一代宗匠，与朱彝尊并称。擅长各体，尤工七绝。好为笔记，有《池北偶谈》《古夫于亭杂录》《香祖笔记》等。

题秋江独钓图

王士禛

一蓑一笠一扁舟，一丈丝纶一寸钩。
一曲高歌一樽酒，一人独钓一江秋。

注 释

① [蓑（suō）] 笠蓑衣、笠帽。用草编织成的古时渔家、农民的防雨草衣。
② [笠] 用竹篾或芦秆篾片编织的帽子，也是渔家、农民防日晒、防雨淋的帽子。
③ [扁舟] 小船。
④ [丝纶（lún）] 即丝织编成的钓鱼的绳子。
⑤ [樽（zūn）] 酒杯。
⑥ [扁舟] 小船。

译 文

一位渔夫穿着蓑衣戴着斗笠坐在渔船上,手持一把鱼竿,一边喝着酒一边引吭高歌,独自在秋意阵阵的江面垂钓。

多彩生活

鹿　鸣

诗　经

呦呦鹿鸣，食野之苹。
我有嘉宾，鼓瑟吹笙。
吹笙鼓簧，承筐是将。
人之好我，示我周行。
呦呦鹿鸣，食野之蒿。
我有嘉宾，德音孔昭。
视民不恌，君子是则是效。
我有旨酒，嘉宾式燕以敖。
呦呦鹿鸣，食野之芩。
我有嘉宾，鼓瑟鼓琴。
鼓瑟鼓琴，和乐且湛。
我有旨酒，以燕乐嘉宾之心。

注　释

① [呦呦] 鹿叫声。
② [苹] 藾蒿。下文的"蒿""芩（qín）"，都是蒿类植物。
③ [承] 奉上。筐，装钱币的竹器。将，送。
④ [周行] 大道理。
⑤ [视] 即"示"。恌（tiāo），同"佻"，佻薄。
⑥ [旨酒] 美酒。
⑦ [燕] 通"宴"，宴会。敖，游乐。
⑧ [湛（dān）] 即"媅"，乐，尽兴。

译　文

鹿儿呦呦叫，吃着野外苹。请来好客人，音乐来助兴。一边奏乐曲，一边奉礼品。客人瞧得起，说理给我听。

苏味道（648-705），唐代政治家、文学家。赵州栾城（今河北石家庄市栾城县）人，少有才华，与杜审言、崔融、李峤并称为文章四友，与李峤并称苏李。对唐代律诗发展有推动作用，诗多应制之作，浮艳雍容。但《正月十五夜》（一作《上元》）咏洛阳元宵夜花灯盛况，为传世之作。《全唐诗》录其诗16首。

正月十五夜

苏味道

火树银花合，星桥铁锁开。
暗尘随马去，明月逐人来。
游伎皆秾李，行歌尽落梅。
金吾不禁夜，玉漏莫相催。

注 释

①〔火树银花〕比喻灿烂绚丽的灯光和焰火，此处特指上元节的灯景。
②〔星桥〕星津桥，天津三桥之一。
③〔逐人来〕追随人流而来。
④〔秾（nóng）李〕此处指观灯歌伎打扮得艳若桃李。
⑤〔不禁夜〕取消宵禁。

译 文

明灯焰火，绚烂如花如树，星津桥的铁锁也打开了。马蹄下尘土飞扬，月光遍洒，人们在任何地方都能看到明月当头。游览观灯的歌伎们艳若桃李，花枝招展，边走边歌唱着《梅花落》的曲调。京城取消了宵禁，计时的玉漏不要催促，让这美好时光过得慢一些。

新嫁娘

王 建

三日入厨下，洗手作羹汤。
未谙姑食性，先遣小姑尝。

注 释

①〔谙（ān）〕熟悉。
②〔姑〕婆婆。

译 文

新嫁娘入门三日，就下厨洗手做饭。不知道婆婆的口味，只能让小姑先尝尝。

江 馆

王 建

水面细风生,菱歌慢慢声。
客亭临小市,灯火夜妆明。

注 释

① [江馆] 市镇中临江的旅舍。
② [菱歌] 这里指江南女子所唱采菱采莲一类的小调。

译 文

微风荡漾,水面泛起细细水波,听得见远处传来悠扬的采菱小调之声。我的旅舍靠近夜市,灯火通明,照亮盛装女子婉丽的身影。

盆池五首(其一)

[唐]韩 愈

老翁真个似童儿,汲水埋盆作小池。
一夜青蛙鸣到晓,恰如方口钓鱼时。

注 释

① [真个] 真的,确实。
② [方口] 即枋口。韩愈《送李愿归盘谷序》中沁水流经之处。

译 文

老头真的像个小孩儿,把盆埋在土里倒上水就做成了个小池。一夜之间青蛙在池边不断地叫,直到天亮,这情景就跟在枋口钓鱼时一样。

忆江南三首(其二)

白居易

江南忆,最忆是杭州。
山寺月中寻桂子,郡亭枕上看潮头。
何日更重游!

注 释

① [忆江南] 唐教坊曲名。这里所指的江南主要是长江下游的江浙一带。
② [郡亭] 疑指杭州城东楼。
③ [看潮头] 钱塘江入海处,有二山南北对峙如门,水被夹束,势极凶猛,为天下名胜。

译　文

江南的回忆，最能唤起追思的是杭州。月圆之时山寺之中，寻找桂子，登上郡亭躺卧其中，欣赏那钱塘江大潮。什么时候能够再次去游玩？

忆江南三首（其三）

白居易

江南忆，其次忆吴宫。
吴酒一杯春竹叶，吴娃双舞醉芙蓉。
早晚复相逢！

注　释

①〔吴宫〕指吴王夫差为西施所建的馆娃宫，在苏州西南灵岩山上。
②〔竹叶〕酒名。即竹叶青。亦泛指美酒。
③〔吴娃〕原为吴地美女名。此词泛指吴地美女。
④〔醉芙蓉〕形容舞伎之美。

译　文

江南的回忆，再来就是回忆吴宫，喝一杯吴宫的美酒春竹叶，看那吴宫的歌女双双起舞像朵朵迷人的芙蓉。何时才能再次相逢？

社　日

王　驾

鹅湖山下稻粱肥，豚栅鸡栖半掩扉。
桑柘影斜春社散，家家扶得醉人归。

注　释

①〔社日〕传统农村春秋两季祭土地神的日子，这里是春祭。
②〔鹅湖山〕在今江西省铅山县。
③〔豚栅〕猪圈。
④〔鸡栖〕鸡舍。
⑤〔桑柘（zhè）〕桑树与柘树。

译　文

鹅湖山下稻子长得饱满，猪圈与鸡舍半关着，大家全部出门参加社日活动去了。一直到夕阳西下，照得桑树和柘树的倒影也歪斜了，活动才结束。每家都有人喝醉，被家人搀扶着回去。

浣溪沙·细雨斜风作晓寒

苏 轼

细雨斜风作晓寒，淡烟疏柳媚晴滩。入淮清洛渐漫漫。
雪沫乳花浮午盏，蓼茸蒿笋试春盘。人间有味是清欢。

注 释

① [浣溪沙] 本唐教坊曲名，后用作词牌。
② [媚] 美好。此处是使动用法。滩，十里滩，在南山附近。
③ [洛] 洛河，源出安徽定远西北，北至怀远入淮河。
④ [漫漫] 水势浩大。
⑤ [雪沫乳花] 形容点茶时上浮的白泡。
⑥ [午盏] 午茶。
⑦ [蓼（liǎo）茸] 蓼菜嫩芽。
⑧ [春盘] 旧俗，立春时用蔬菜水果、糕饼等装盘馈赠亲友。

译 文

细雨斜风天气微寒。淡淡的烟雾和稀疏的杨柳使初晴后的沙滩更妩媚。清澈的洛涧汇入淮河，水势浩大，茫茫一片。

泡上一杯浮着雪沫乳花似的清茶，品尝山间嫩绿的蓼芽蒿笋的春盘素菜。人间真正有滋味的还是清淡的欢愉。

十一月四日风雨大作二首（其二）

陆 游

僵卧孤村不自哀，尚思为国戍轮台。
夜阑卧听风吹雨，铁马冰河入梦来。

注 释

① [轮台] 古西域地名，是汉唐时期军队驻守要地。

译 文

身体僵直地卧在这偏僻孤寂的村子里，却并不为自己感到悲哀，这样的情形下还想要为国家戍守边防。夜深了听到外面狂风吹雨，风大雨急，我不觉昏然入梦，梦中只见金戈铁马踏着冰冻的黄河向北而去。

青玉案·元夕

辛弃疾

东风夜放花千树,更吹落,星如雨。宝马雕车香满路。凤箫声动,玉壶光转,一夜鱼龙舞。

蛾儿雪柳黄金缕,笑语盈盈暗香去。众里寻他千百度,蓦然回首,那人却在,灯火阑珊处。

注 释

①［元夕］正月十五日元宵节,此夜称元夕或元夜。
②［花千树］花灯之多如千树开花。
③［玉壶］比喻明月。亦可解释为指灯。
④［鱼龙舞］指舞动鱼形、龙形的彩灯,如鱼龙闹海一样。
⑤［盈盈］声音轻盈悦耳,亦指仪态娇美的样子。
⑥［暗香］本指花香,此指女性们身上散发出来的香气。
⑦［千百度］千百遍。
⑧［蓦(mò)然］突然,猛然。
⑨［阑珊(lán shān)］暗淡、零落。

译 文

东风吹来,夜里如花一样的灯亮了,烟火被吹落,像流星点点。人们坐在宝马或雕刻精美的车子上,香气满路。箫声动人,玉壶灯的光影转动,元夕一夜,鱼龙舞个不停。

街上的女子头上戴着蛾儿、雪柳等黄灿灿的饰品,脸上笑意盈盈,身上香气扑鼻,转眼间离去。在人群中千般追寻,蓦然回首,那女子却在灯火将尽的暗淡地方。

情深义重

风 雨

诗经

风雨凄凄，鸡鸣喈喈。既见君子，云胡不夷。
风雨潇潇，鸡鸣胶胶。既见君子，云胡不瘳。
风雨如晦，鸡鸣不已。既见君子，云胡不喜。

注 释

① [喈（jiē）喈] 鸡鸣声。
② [夷] 平，指心中平静。
③ [胶胶] 鸡鸣声。
④ [瘳（chōu）] 病愈，此指愁思萦怀的心病消除。
⑤ [晦（huì）] 黑夜。

译 文

风凄凄呀雨凄凄，窗外鸡鸣声声急。风雨之时见到你，怎不心旷又神怡。风潇潇呀雨潇潇，窗外鸡鸣声声绕。风雨之时见到你，心病怎会不全消。

风雨交加昏天地，窗外鸡鸣声不息。风雨之时见到你，心里怎能不欢喜。

上 邪

佚名

上邪！我欲与君相知，长命无绝衰。山无陵，江水为竭，冬雷震震，夏雨雪，天地合，乃敢与君绝。

注 释

① [上邪（yé）] 天啊。上，指天。邪，语气助词，表示感叹。
② [相知] 相爱。
③ [命] 使。
④ [衰（shuāi）] 衰减、断绝。
⑤ [陵（líng）] 山峰、山头。
⑥ [雨（yù）雪] 降雪。雨，名词活用作动词。
⑦ [乃敢] 才敢，"敢"字是委婉的用语。

译 文

天呀！我愿与你相爱，让我们的爱情永不衰绝。除非高山变平地，滔滔江水干涸断流，凛凛寒冬雷阵阵，炎炎酷暑雪纷纷，天地相交聚合连接，我才肯将对你的情意抛弃决绝！

情深义重

西洲曲

佚 名

忆梅下西洲，折梅寄江北。单衫杏子红，双鬓鸦雏色。
西洲在何处？两桨桥头渡。日暮伯劳飞，风吹乌臼树。
树下即门前，门中露翠钿。开门郎不至，出门采红莲。
采莲南塘秋，莲花过人头。低头弄莲子，莲子清如水。
置莲怀袖中，莲心彻底红。忆郎郎不至，仰首望飞鸿。
鸿飞满西洲，望郎上青楼。楼高望不见，尽日栏杆头。
栏杆十二曲，垂手明如玉。卷帘天自高，海水摇空绿。
海水梦悠悠，君愁我亦愁。南风知我意，吹梦到西洲。

注 释

①〔西洲曲〕选自《乐府诗集·杂曲歌辞》。这首诗是南朝民歌。西洲曲，乐府曲调名。

②〔忆梅下西洲，折梅寄江北〕意思是说，女子见到梅花又开了，回忆起以前曾和情人在梅下相会的情景，因而想到西洲去折一枝梅花寄给在江北的情人。下，往。西洲，当是在女子住处附近。江北，当指男子所在的地方。

③〔鸦雏色〕像小乌鸦一样的颜色。形容女子的头发乌黑发亮。

④〔两桨桥头渡〕从桥头划船过去，划两桨就到了。

⑤〔伯劳〕鸟名，仲夏始鸣，喜欢单栖。这里一方面用来表示季节，一方面暗喻女子孤单的处境。

⑥〔乌臼〕现在写作"乌桕"。

⑦〔翠钿〕用翠玉做成或镶嵌的首饰。

⑧〔莲子〕和"怜子"谐音双关。

⑨〔清如水〕隐喻爱情的纯洁。

⑩〔莲心〕和"怜心"谐音，即爱情之心。

⑪〔望飞鸿〕这里暗含有望书信的意思。因为古代有鸿雁传书的传说。

⑫〔青楼〕油漆成青色的楼。唐朝以前的诗中一般用来指女子的住处。

⑬〔尽日〕整天。

⑭〔卷帘天自高，海水摇空绿〕意思是说，卷帘眺望，只看见高高的天空和不断荡漾着的碧波的江水。海水，这里指浩荡的江水。

⑮〔海水梦悠悠〕梦境像江水一样悠长。

译 文

思念梅花很想去西洲，去折下梅花寄去长江北岸。（她那）单薄的衣衫像杏子那样红，头发如小乌鸦那样黑。西洲到底在哪里？摇着小船的两支桨就可到西洲桥头的渡口。天色晚了伯劳鸟飞走了，晚风吹拂着乌桕树。树下就是她的家，门里露出她翠绿的钗钿。

她打开家门没有看到心上人，便出门去采红莲。秋天的南塘里她摘着莲子，莲花长得高过了人头。低下头拨弄着水中的莲子，爱你的感情就如流水一般缠绵悱恻，纯净悠长。把莲子藏在袖子里，那莲心红得通透底里。思念郎君郎君却还没来，她抬头望向天上的鸿雁。西洲的天上飞满了雁儿，她走上高高的楼台遥望郎君。

楼台虽高却看望不到郎君，她整天倚在栏杆上。栏杆曲曲折折弯向远处，她垂下的双手明润如玉。卷起的帘子外天是那样高，如江水般荡漾着一片空空泛泛的深绿。梦境像江水一样悠长，伊人你忧愁我也忧愁啊。夏天的风若知道我的情意，请将我的梦吹到西边的洲沚与她相聚。

望月怀远

张九龄

海上生明月，天涯共此时。
情人怨遥夜，竟夕起相思。
灭烛怜光满，披衣觉露滋。
不堪盈手赠，还寝梦佳期。

注　释

① ［怀远］怀念远方的亲人。
② ［竟夕］一整夜。
③ ［盈手］双手捧满。

注　释

茫茫的海上升起一轮明月，你我相隔天涯却共赏月亮。多情的人都怨恨月夜漫长，整夜里不眠而把亲人怀想。因为怜爱这满屋月光，所以熄灭蜡烛，披衣徘徊深感夜露寒凉。不能把美好的月色捧给你，只盼望能够与你相见在梦乡。

长干行（其一）

李　白

妾发初覆额，折花门前剧。
郎骑竹马来，绕床弄青梅。
同居长干里，两小无嫌猜。
十四为君妇，羞颜未尝开。
低头向暗壁，千唤不一回。
十五始展眉，愿同尘与灰。
常存抱柱信，岂上望夫台。

十六君远行，瞿塘滟滪堆。
五月不可触，猿声天上哀。
门前迟行迹，一一生绿苔。
苔深不能扫，落叶秋风早。
八月蝴蝶来，双飞西园草。
感此伤妾心，坐愁红颜老。
早晚下三巴，预将书报家。
相迎不道远，直至长风沙。

注释

① [长干行] 乐府旧题，"长干"为金陵地名。
② [床] 井栏，后院水井的围栏。
③ [长干里] 在今南京市，当年系船民集居之地，故《长干曲》多抒发船家女子的感情。
④ [抱柱信] 典出《庄子·盗跖篇》，写尾生与一女子相约于桥下，女子未到而突然涨水，尾生守信而不肯离去，抱着柱子被水淹死。
⑤ [滟滪堆] 三峡之一瞿塘峡峡口的一块大礁石，农历五月涨水没礁，船只易触礁翻沉。
⑥ [天上哀] 哀一作"鸣"。
⑦ [迟行迹] 迟一作"旧"。
⑧ [生绿苔] 绿一作"苍"。
⑨ [蝴蝶来] 一作"蝴蝶黄"。
⑩ [三巴] 地名。即巴郡、巴东、巴西。在今四川东部地区。
⑪ [长风沙] 地名，在今安徽省安庆市的长江边上，距南京约700里。

译文

我的头发刚刚盖过额头，便同你一起在门前做折花的游戏。你骑着竹马过来，我们一起绕着井栏，互掷青梅为戏。我们同在长干里居住，两个人从小都没什么猜忌。十四岁那年作了你结发妻子，成婚时羞得我不敢把脸抬起。自己低头面向昏暗的墙角落，任你千呼万唤我也不把头回。十五岁才高兴地笑开了双眉，誓与你白头偕老到化为尘灰。你常存尾生抱柱般坚守信约，我就怎么也不会登上望夫台。十六岁那年你离我出外远去，要经过瞿塘峡可怕的滟堆。五月水涨滟堆难辨担心触礁，猿猴在两岸山头嘶鸣更悲凄。门前那些你缓步离去的足印，日子久了一个个都长满青苔。苔藓长得太厚怎么也扫不了，秋风早到落叶纷纷把它覆盖。八月秋高粉黄蝴蝶多么轻狂，双双飞过西园在草丛中戏爱。此情此景怎不叫我伤心痛绝，终日忧愁太甚红颜自然早衰。迟早有一天你若离开了三巴，应该写封信报告我寄到家来。为了迎接你我不说路途遥远，哪怕赶到长风沙要走七百里！

竹枝词二首（其一）

刘禹锡

杨柳青青江水平，闻郎江上唱歌声。
东边日出西边雨，道是无晴却有晴。

注释

①[竹枝词]乐府近体曲名。原为四川东部一带民歌，唐代诗人刘禹锡根据民歌创作新词，多写男女爱情和三峡的风情，流传甚广。后代诗人多以《竹枝词》为题写爱情和乡土风俗。其形式为七言绝句。
②[晴]与"情"谐音。

译文

岸上杨柳青青，江水又宽又平，忽然江上舟中传来男子的唱歌声。就像东方出太阳，西边落雨。你说它不是晴天吧，它又是晴天。

崔护（772年-846年），字殷功，唐代博陵（今河北定州）人，生平事迹不详，唐代诗人。公元796年进士及第。公元829年（太和三年）为京兆尹，同年为御史大夫、广南节度使。其诗风精练婉丽，语极清新。《全唐诗》存诗六首，皆是佳作，尤以《题都城南庄》流传最广，脍炙人口，有目共赏。

题都城南庄

崔护

去年今日此门中，人面桃花相映红。
人面不知何处去，桃花依旧笑春风。

注释

①[不知]一作"只今"。
②[去]一作"在"。

译文

去年春日，就在这扇门中，姑娘美丽的脸庞，与鲜艳的桃花相映。今年春日，故地重游，美丽姑娘不知去向何处，只有桃花依旧，含笑开放在春风之中。

古别离

孟郊

欲别牵郎衣，郎今到何处？
不恨归来迟，莫向临邛去。

注　释

①［古别离］新乐府歌曲名，多表达离别之意。
②［临邛（qióng）］唐代郡县名，蜀中商业重镇，今四川邛崃。

译　文

临近分别的时候牵着丈夫的衣袂问道，这次你到哪儿去？我不会责怪你，回来迟了，你千万不要到临邛那里去。

遣悲怀（其三）

元 稹

闲坐悲君亦自悲，百年都是几多时。
邓攸无子寻知命，潘岳悼亡犹费词。
同穴窅冥何所望，他生缘会更难期。
惟将终夜长开眼，报答平生未展眉。

注　释

①［邓攸］西晋人，字伯道。永嘉末年战乱中，他舍子保侄，后终无子。时人叹之，云："天道无知，使邓伯道无儿。"
②［潘岳］西晋人，字安仁，妻死，作《悼亡诗》三首。
③［窅（yǎo）冥］幽暗貌。

译　文

闲坐无聊时为你悲伤也为自己感慨，人生短暂，一百年又有多长呢？邓攸无子只能乐天知命，潘岳哀悼妻子，作《悼亡诗》也只是徒然辞费。与你一起合葬在幽暗之处也无法诉衷情，来生能再有缘相见更难期盼。只能睁着双眼整夜思念你，来报答你平生没有舒展的双眉。

望江南（梳洗罢）

温庭筠

梳洗罢，独倚望江楼。过尽千帆皆不是，斜晖脉脉水悠悠。肠断白蘋洲。

注 释

① [斜晖]夕阳光。
② [脉脉]光线微弱的样子。
③ [白蘋]水中浮草,白色,古人常采蘋花赠别。
④ [洲]水中陆地。

译 文

早起盥洗梳妆结束,孤单倚靠在临江的楼上望出去。许多船经过都不是等的那只。直到夕阳西下,光线暗淡,过往的船少了,只剩江水远远流去,也不见那人。只见白蘋环绕的水中陆地,是当初送别之地,令我愁思深重。

七 夕

李商隐

鸾扇斜分凤幄开,星桥横过鹊飞回。
争将世上无期别,换得年年一度来。

注 释

① [七夕]农历七月七日。
② [鸾扇]上面绣有凤凰图案的掌扇。鸾,凤凰一类的鸟。
③ [凤幄]闺中的帐幕;绣有凤凰图案的车帐。
④ [星桥]鹊桥。
⑤ [争将]怎把。
⑥ [无期别]死别;无期重逢的离别。
⑦ [一度]一次。

译 文

织女走出凤幄,分开障扇与牛郎相会,搭长桥的喜鹊们已经完工。怎样能将世上的死别,去换得每年才一次的相逢?

冯延巳(903-960)又名延嗣,字正中,五代广陵(今江苏省扬州市)人。在南唐做过宰相,生活过得很优裕、舒适。他的词多写闲情逸致,文人的气息很浓,对北宋初期的词人有比较大的影响。宋初《钓矶立谈》评其"学问渊博,文章颖发,辩说纵横",其词集名《阳春集》。

谒金门(风乍起)

冯延巳

风乍起,吹皱一池春水。闲引鸳鸯香径里,手挼红杏蕊。
斗鸭阑干独倚,碧玉搔头斜坠。终日望君君不至,举头闻鹊喜。

注　释

① [谒金门] 词牌名。
② [乍] 忽然。
③ [闲引] 无聊地逗引着玩。
④ [挼（ruó）] 揉搓。
⑤ [斗鸭] 以鸭相斗为欢乐。斗鸭阑和斗鸡台，都是官僚显贵取乐的场所。
⑥ [独] 一作"遍"。
⑦ [碧玉搔头] 一种碧玉做的簪子。

译　文

　　春风忽地吹起，吹得那池塘春水泛起涟漪。在花间小径里无聊地逗引着池中的鸳鸯，随手折下杏花蕊放在指尖轻轻揉搓。

　　独自倚靠在池边的栏杆上观看斗鸭，头上的碧玉簪斜垂下来。整日思念心上人，但心上人始终不见回来，正在愁闷时，忽然听到喜鹊的叫声。

雨霖铃·寒蝉凄切

柳　永

　　寒蝉凄切，对长亭晚，骤雨初歇。都门帐饮无绪，留恋处，兰舟催发。执手相看泪眼，竟无语凝噎。念去去，千里烟波，暮霭沉沉楚天阔。

　　多情自古伤离别，更那堪，冷落清秋节！今宵酒醒何处？杨柳岸，晓风残月。此去经年，应是良辰好景虚设。便纵有千种风情，更与何人说？

注　释

① [寒蝉] 蝉的一种，据说可以一直鸣叫到深秋。
② [凄切] 凄凉急促。
③ [长亭] 送别之地的代称。
④ [都门] 国都之门。这里代指北宋的首都汴京（今河南开封）。
⑤ [兰舟] 古代传说鲁班曾刻木兰树为舟，这里用作对船的美称。
⑥ [凝噎] 喉咙哽塞，欲语不出的样子。

译　文

　　秋后的蝉叫得是那样的凄凉而急促，面对着长亭，正是傍晚时分，一阵急雨刚停住。在京都城外设帐饯别，却没有畅饮的心绪，正在依依不舍的时候，船上的人已催着出发。握着手互相瞧着，满眼泪花，直到最后也无言相对，千言万语都噎在喉间说不出来。

　　想到这回去南方，这一程又一程，千里迢迢，一片烟波，那夜雾沉沉的楚地天空竟是一望无边。自古以来多情的人最伤心的是离别，更何况又逢着萧瑟冷落的秋季，这离愁哪能经受得了！谁知我今夜酒醒时身在何处？怕是只有杨柳岸边，面对凄厉的晨风和黎明的残月了。这一去长年相别,相爱的人不在一起,我料想今后就是春花秋月、良辰美景,对我也如同虚设。纵然有千万种蜜意柔情,又能向谁去倾吐呢?

蝶恋花(槛菊愁烟兰泣露)

晏 殊

槛菊愁烟兰泣露,罗幕轻寒,燕子双飞去。明月不谙离恨苦,斜光到晓穿朱户。

昨夜西风凋碧树,独上高楼,望尽天涯路。欲寄彩笺兼尺素,山长水阔知何处?

注 释

① [蝶恋花]唐教坊曲,后用为词牌。
② [槛]花池的围栏。
③ [罗幕]丝绸帘幕。
④ [双飞去]一作"双来去"。
⑤ [谙]熟悉,精通。
⑥ [离恨]一作"离别"。
⑦ [朱户]房门。
⑧ [彩笺(jiān)]古人用以题诗的精美纸张,这里指作诗。
⑨ [尺素]书信的代称。古人写信用素绢,通常长约一尺,故称尺素。

译 文

花栏里的菊花被烟雾围绕,兰花上浮一层露水,仿佛在哭泣一样,都笼罩在伤感之中。寒气微微透过丝绸帘幕,燕子双双飞来飞去。明月不知道离别后的痛苦,斜斜透下光束,穿过房门照入室内,直到早上,使我彻夜难眠。

昨晚秋风吹来,绿树叶落,我独自登上高楼,远眺道路直延伸至目力最远处。想要作诗寄信给你,然而山峦绵长、水面辽阔,竟不知该寄往何处。

生查子·元夕

欧阳修

去年元夜时,花市灯如昼。
月上柳梢头,人约黄昏后。
今年元夜时,月与灯依旧。
不见去年人,泪湿春衫袖。

注 释

① [元夜] 元宵之夜。农历正月十五为元宵节。
② [花市] 民俗每年春时举行的卖花、赏花集市。
③ [灯如昼（zhòu）] 灯火像白天一样。
④ [见] 看见。
⑤ [春衫] 年少时穿的衣服，也指代年轻时的自己。

译 文

去年元宵节的时候，花市被灯光照得如同白昼。与佳人相约在黄昏之后、月上柳梢头之时同叙衷肠。今年正月十五元宵节，月光与灯光仍同去年一样。再也看不到去年的故人，相思之泪沾湿了春衫的衣袖。

踏莎行（候馆梅残）

欧阳修

候馆梅残，溪桥柳细，草薰风暖摇征辔。离愁渐远渐无穷，迢迢不断如春水。

寸寸柔肠，盈盈粉泪，楼高莫近危阑倚。平芜尽处是春山，行人更在春山外。

注 释

① [候馆] 旅舍。
② [薰] 散发香气。
③ [辔（pèi）] 马的嚼头与缰绳。
④ [迢迢] 遥远的样子。
⑤ [盈盈] 泪水充溢的样子。
⑥ [粉泪] 女子的泪。
⑦ [危阑] 高楼上的栏杆。
⑧ [平芜] 平旷的草地。

译 文

旅馆梅花凋零，溪桥边柳枝柔细，草香风暖中我摇起细绳赶路。离别的愁绪走得越远越不见尽头，就像春水一般绵绵不绝。

留在原处的爱人，此刻想来当也柔肠寸断，眼中满是泪水。别倚着高楼上的栏杆远眺，视线沿原野投向尽头，会看到春天的山。赶路的我还比春山更远根本看不到，只会更添哀愁。

晏几道（1038-1110），北宋著名词人。字叔原，号小山，临川（今江西抚州）人，晏殊的第七个儿子，词与晏殊齐名，合称"二晏"。性情孤傲耿介，所以仕途不畅，只做过一些小官。擅长小令，长于言情，措辞婉妙，词风缠绵悱恻。有《小山词》。

临江仙（梦后楼台高锁）

晏几道

梦后楼台高锁，酒醒帘幕低垂。去年春恨却来时。落花人独立，微雨燕双飞。

记得小蘋初见，两重心字罗衣。琵琶弦上说相思。当时明月在，曾照彩云归。

注 释

① ［临江仙］唐教坊曲名，后用为词牌名。
② ［却来］再次涌上心头。
③ ［小蘋］歌女名。
④ ［彩云］比喻小蘋。

译 文

醒来酒意退去后，只见帘幕垂到地上，把我所在的楼台都封闭了起来。去年春日的离情别绪再度涌上心头，那时候我独自站立看花飘落，看燕子成双成对飞在濛濛细雨中，更加自觉孤单。

还记得初次遇到小蘋时，她身穿心形纹重叠其上的轻软丝织衣服，弹奏琵琶，乐声似在诉说思念之情。当年照着小蘋归去的皎洁月亮至今还在，小蘋却已经不见了。

李之仪（1038-1117）北宋词人。字端叔，自号姑溪居士、姑溪老农。汉族，沧州无棣（庆云县）人。著有《姑溪词》一卷、《姑溪居士前集》五十卷和《姑溪题跋》二卷。

卜算子（我住长江头）

李之仪

我住长江头，君住长江尾。日日思君不见君，共饮长江水。
此水几时休，此恨何时已。只愿君心似我心，定不负相思意。

注释

① [头] 上游。
② [尾] 下游。
③ [已] 停止，消除。

译文

我住在长江的上游，而你却身在沿江而去的下游。每日思念你而不能相见，但我们却一同饮着这长江水。

这江水何时才能停歇下来啊，这心中的离愁何时才能消除。只希望你的心意与我相同，不要辜负了这深切的思念。

贺铸（1052-1125）北宋词人。字方回，号庆湖遗老。汉族，卫州（今河南卫辉）人。宋太祖贺皇后族孙，所娶亦宗室之女。自称远祖本居山阴，是唐贺知章后裔，以知章居庆湖（即镜湖），故自号庆湖遗老。

青玉案（凌波不过横塘路）

贺 铸

凌波不过横塘路。但目送、芳尘去。锦瑟华年谁与度。月桥花院，琐窗朱户。只有春知处。

飞云冉冉蘅皋暮。彩笔新题断肠句。若问闲情都几许。一川烟草，满城风絮。梅子黄时雨。

注释

① [横塘] 位于苏州盘门外。
② [锦瑟华年] 美好的年华。
③ [琐窗] 以连琐花纹装饰的窗户。
④ [蘅皋] 长着香草的水边高地。蘅，芜古香草名。

译文

姑娘迈着轻盈的步伐却没有走到横塘这里来，我只能目送她踏着微尘远去。谁来与她共度这美好的年华呢？她所流连的月桥、花院，她那琐窗朱门掩映的深闺，也只有春天才能知晓。

水边香草之地，飞云随着暮色降临也放慢了脚步。提笔而作，写下的都是伤心句子。若要问这闲愁有多少？就好像那一望无际的如烟的青草，那飘荡满城的柳絮，那下个不停的黄梅雨。

醉花阴（薄雾浓云愁永昼）

李清照

薄雾浓云愁永昼，瑞脑消金兽。佳节又重阳，玉枕纱厨，半夜凉初透。

东篱把酒黄昏后，有暗香盈袖。莫道不消魂，帘卷西风，人比黄花瘦。

注 释

①［瑞脑］龙脑香。
②［金兽］金属兽形香炉。
③［纱厨］纱帐。

译 文

天气阴沉沉的，浓云密布，雾气氤氲，香炉里的香气缭绕。又至重阳佳节，所用的纱帐到了半夜感觉凉气袭人。

来至院中篱笆前，黄昏时候，迎风把酒，有花香飘来。此时最销魂，西风吹来，卷起门帘，人比菊花还要消瘦。

一剪梅（红藕香残玉簟秋）

李清照

红藕香残玉簟秋。轻解罗裳，独上兰舟。云中谁寄锦书来？雁字回时，月满西楼。

花自飘零水自流。一种相思，两处闲愁。此情无计可消除，才下眉头，却上心头。

注 释

①［一剪梅］词牌名。
②［玉簟］光滑似玉的精美竹席。
③［罗裳］罗裙。
④［锦书］书信。
⑤［雁字］雁飞成行，似字形。

译 文

秋天荷花凋零，如玉之竹席睡后起来感觉凉了。轻轻提着罗裙走上兰舟。天上的大雁排着人字形向南飞去，有没有人托鸿雁寄信给我呢？大雁归去，月光洒满西楼。

落花独自飘零,河水静自流淌。你我心中的相思是相同的,却两地分离,各自忧愁。试着想想别的事情,可是心里满是相思,无法消除。眉头刚刚舒展开,心头又再次涌起相思之情。

钗头凤·红酥手

陆 游

红酥手,黄縢酒。满城春色宫墙柳。东风恶,欢情薄。一怀愁绪,几年离索。错错错!

春如旧,人空瘦。泪痕红浥鲛绡透。桃花落,闲池阁。山盟虽在,锦书难托。莫莫莫!

注 释

① [縢] 封皮,缠束,绳索。
② [鲛] 传说中鲛人所织的丝绢薄纱,也指丝制手帕。

译 文

凝酥一般的手红润柔美,用黄色缎带封好的酒芬芳醇正。满城草碧花娇,春意融融,朱红色的宫墙外嫩柳依依。忽然之间东风狂作,嫩柳娇花都被摧残,欢乐就此告止。从此后我就惆怅满怀,几年的分离时光都过得十分索寞。哎,当初我做错了,选择错了,决定错了啊!

如今春光依然像以前一样美好,可是那个人却憔悴瘦削了。想来她这几年经常以泪洗面,泪水常常打湿精致的丝帕。美丽的桃花纷纷飘落,池台楼阁一片冷清寂寥。当年的海誓山盟今天依旧在我心间,但是书信已经难以传递给对方了。哎,还是不要写信,不要告诉她,不要让她为难吧!

红色经典

菩萨蛮·黄鹤楼

毛泽东

茫茫九派流中国，沉沉一线穿南北。烟雨莽苍苍，龟蛇锁大江。

黄鹤知何去？剩有游人处。把酒酹滔滔，心潮逐浪高！

注 释

①［派］水的支流。
②［酹（lèi）］古代用酒浇在地上祭奠鬼神或对自然界事物设誓的一种习俗。这里是对滔滔的长江表示同反动势力斗争到底的决心。

译 文

多少大河流贯中国，粤汉铁路、京汉铁路连接南北。向远处眺望，烟雨迷茫，龟山与蛇山隔江对峙紧锁着长江。

知道昔日的黄鹤飞去了哪里吗？如今这儿只有些游客过往。端着酒杯洒向滔滔江水，心潮激荡，追逐长江巨浪一样，一浪高过一浪。

清平乐·会昌

毛泽东

东方欲晓，莫道君行早。踏遍青山人未老，风景这边独好。

会昌城外高峰，颠连直接东溟。战士指看南粤，更加郁郁葱葱。

注 释

①［会昌］县名，在江西省东南部，东连福建省，南经寻乌县通广东省。1929年，毛泽东为开辟赣南根据地，率领红军到过会昌，以后又常途经和居住在这里。
②［莫道君行早］旧谚："莫道君行早，更有早行人。"
③［这边］中央革命根据地南线。
④［会昌城外高峰］会昌城西北的会昌山，又名岚山岭。
⑤［颠连］起伏不断。
⑥［东溟（míng）］东海。
⑦［南粤］古代地名，也叫南越（今广东、广西一带）。这里指广东。

译 文

东方就将初露曙色，但请不要说你来得早。走遍了青山绿水，但是人依然觉得很有精力，不曾疲惫，这儿的风景最好。

会昌县城外面的高峻山峰，连绵不断直接连去东海。战士们远望南粤，那边更为青葱。

忆秦娥·娄山关

毛泽东

西风烈，长空雁叫霜晨月。霜晨月，马蹄声碎，喇叭声咽。

雄关漫道真如铁，而今迈步从头越。从头越，苍山如海，残阳如血。

注 释

①［忆秦娥］词牌名，源于李白的词句"秦娥梦断秦楼月"。
②［娄山关］又称娄关、太平关，位于贵州遵义北大娄山的最高峰上，离遵义城约60公里。群峰攒聚，地势十分险要，历来为兵家必争之地。娄山关是红军长征途中的一处天险，此处关系着红军的生死存亡。
③［烈］凛冽。
④［碎］碎杂，碎乱。
⑤［喇叭声咽］喇叭，一种管乐器，即军号。咽，呜咽、幽咽，声音因阻塞而低沉。
⑥［雄关］雄壮的关隘，指娄山关。
⑦［从头越］重头再开始。
⑧［苍山如海］青山起伏，像海的波涛。
⑨［残阳如血］夕阳鲜红，像血的颜色。

译 文

西风猛烈，长空中一群群大雁南飞，一阵阵鸣叫，霜花满地，残月在天。天将破晓，马蹄声零碎而又纷杂，军号声声沉郁低回。

不要说娄山关坚硬如铁难以逾越，而今让我们重整旗鼓向前。青山起伏，像海的波涛，夕阳鲜红，像血的颜色。

清平乐·六盘山

毛泽东

天高云淡，望断南飞雁。
不到长城非好汉，屈指行程二万。
六盘山上高峰，红旗漫卷西风。
今日长缨在手，何时缚住苍龙？

注 释

① [望断] 望着，直到看不见。
② [长城] 借指长征的目的地。
③ [屈指] 弯着手指头计算。
④ [六盘山] 在宁夏南部，甘肃东部。
⑤ [长缨（yīng）] 本指长绳，这里指革命武装。
⑥ [在手] 在共产党的领导之下。
⑦ [缚（fù）住] 捉住。
⑧ [苍龙] 指国民党反动派。

译 文

长空高阔白云清朗，南飞的大雁已望着飞到了天边。不登临目的地绝不是英雄，算下来已征战了二万里的路途。六盘山上高峰挺拔，烈烈的西风吹卷着红旗。现在革命的武装正在共产党的领导之下，哪一天才能打倒国民党反动派？

念奴娇·昆仑

毛泽东

横空出世，莽昆仑，阅尽人间春色。飞起玉龙三百万，搅得周天寒彻。夏日消溶，江河横溢，人或为鱼鳖。千秋功罪，谁人曾与评说？

而今我谓昆仑，不要这高，不要这多雪。安得倚天抽宝剑，把汝裁为三截？一截遗欧，一截赠美，一截还东国。太平世界，环球同此凉热。

注 释

① [横空出世] 横空，横在空中；出世，超出人世。形容山的高大和险峻。
② [莽] 高大。
③ [昆仑] 即昆仑山，又称昆仑虚、昆仑丘或玉山。
④ [阅尽] 看尽、看遍。
⑤ [飞起玉龙三百万] 玉龙，白色的龙；三百万是形容其多。
⑥ [搅得] 闹得、搞得。
⑦ [周天寒彻] 满天冷透。
⑧ [消溶] 积雪消融、融化。
⑨ [江河横溢] 长江黄河都发源于昆仑山脉，所以昆仑山积雪消融，江河水量大增，都会泛滥起来。
⑩ [人或为鱼鳖] 江河泛滥，洪水成灾，有些人不及逃避被卷入洪流，像鱼鳖一样。

⑪ [千秋] 千年。
⑫ [谁人] 何人。
⑬ [安得] 怎得、哪得。
⑭ [遗（wèi）] 赠与。
⑮ [还东国] 首次发表时原作"留中国",一九六三年版《毛主席诗词》改为"还东国"。

译 文

　　破空而出了,高大险峻的昆仑山,你已看遍人世衰盛。终年积雪,山脉蜿蜒不绝,好像无数的白龙正在空中飞舞,搅得天地一片冰寒。夏天冰雪消融,江河纵横流淌,人也许为鱼鳖所食。你的千年功过是非,究竟何人曾予以评说?

　　今天我要来说一说昆仑:不要你如此高峻,也不要你这么多的积雪。怎样才能背靠青天抽出宝剑,把你斩为三片呢?一片送给欧洲,一片赠予美洲,一片留在亚洲。在这和平世界里,整个地球将像这样感受到热烈与凉爽。

七律·人民解放军占领南京

毛泽东

钟山风雨起苍黄,百万雄师过大江。
虎踞龙盘今胜昔,天翻地覆慨而慷。
宜将剩勇追穷寇,不可沽名学霸王。
天若有情天亦老,人间正道是沧桑。

注 释

① [钟山] 此处用作南京的代语。
② [苍黄] 苍黄就是仓皇,即突然的意思。
③ [虎踞（jù）龙盘] 形容地势优异。
④ [慨（kǎi）而慷] 感慨而激昂。
⑤ [宜将剩勇追穷寇] 号召将革命进行到底,把敌人坚决、彻底、干净、全部地歼灭掉,不要留下后患。
⑥ [剩勇] 形容人民解放军过剩的勇气。
⑦ [穷寇] 走投无路的敌人。
⑧ [沽（gū）名] 故意用某种手段猎取名誉。
⑨ [霸王] 楚霸王项羽。
⑩ [天若有情天亦老] 借用唐代诗人李贺《金铜仙人辞汉歌》中诗句"衰兰送客咸阳道,天若有情天亦老。"原句的意思是,对于这样的人间恨事,天若有情,也要因悲伤而衰老。这里指自然界的运行都是有规律的,新事物终究会取代旧事物。
⑪ [人间正道] 社会发展的正常规律。

译 文

革命的狂风暴雨震荡着蒋家王朝,百万将士渡过长江天险,直捣黄龙。虎踞龙盘的帝王之城南京啊,今天的面貌胜过往昔,这巨大而彻底的变化,是足以令人慷慨高歌和欢欣鼓舞的。

应该趁现在这敌衰我盛的大好时机,痛追残敌,解放全中国。不要学楚霸王在彭城之战胜利后没有对刘邦穷追猛打,而让刘邦卷土重来。自然界如果有知,它会体察到兴盛与衰败这条不可改变的法则。事物不断地向前发展更新和变化,这是必然的规律。

浣溪沙·和柳亚子先生

毛泽东

长夜难明赤县天,百年魔怪舞翩跹,人民五亿不团圆。
一唱雄鸡天下白,万方乐奏有于阗,诗人兴会更无前。

注 释

① [浣溪沙] 词牌名,唐教坊里曲子的名称。

② [赤县] 指中国。《史记·孟子荀卿列传》介绍战国末驺(zou)衍的说法,中国名曰赤县神州。

③ [百年魔怪舞翩跹] 1840年中英鸦片战争时起,外国资本主义和帝国主义侵略者开始侵入中国。他们和他们的走狗在中国横行霸道,好似群魔乱舞。

④ [人民五亿] 五亿各族人民。

⑤ [一唱雄鸡天下白] 此句是由"雄鸡一声天下白"演变过来的,出自唐代诗人李贺的《致酒行》。原句为:"我有迷魂招不得,雄鸡一声天下白。"

⑥ [于阗(tián)] 新疆维吾尔自治区西南部县名,1959年改于田。当地人民以能歌善舞著名。这里借指新疆文工团所表演的音乐歌舞节目,也代指少数民族。

⑦ [兴会] 兴致、兴趣。

译 文

赤县神州千百年来陷入暗无天日的黑夜中,近百年来外族入侵,在中国横行霸道,好似群魔乱舞,五亿各族人民无法团圆。

雄鸡一声长鸣,报道中国大地已经天亮了,各民族在新中国的生日大典上奏起欢乐的乐章,这其中包括新疆儿女的甜美歌声,诗人们欣喜唱和兴致无边。

浪淘沙·北戴河

毛泽东

大雨落幽燕,白浪滔天,秦皇岛外打鱼船。一片汪洋都不见,知向谁边?

往事越千年,魏武挥鞭,东临碣石有遗篇。萧瑟秋风今又是,换了人间。

注释

①[浪淘沙]词牌名。北戴河,在河北省东北部渤海边秦皇岛市西南海滨,是著名夏季休养地。
②[幽燕]古幽州及燕国,在今河北省北部及东北部。
③[滔天]形容水势很大,大到好像与天连接起来一样。
④[秦皇岛]三面环海,是渤海湾一个不冻良港,现已设为市,相传秦始皇求仙曾到此,因此得名。
⑤[汪]指水势大,深且阔。
⑥[谁边]何处,哪里。
⑦[往事]过去的事,这里指公元二百零七年(建安十二年)曹操东征乌桓(古代部族名)经过碣石山时写下《观沧海》一诗之事。
⑧[魏武]即曹操。曹操死后,他儿子曹丕当上皇帝,追封他为魏武帝。
⑨[碣石]古代山名。
⑩[萧瑟秋风]曹操《观沧海》:"秋风萧瑟,洪波涌起。"

译文

大雨落在了幽燕,滔滔波浪连天,秦皇岛外的打渔船,在起伏的波涛里都已经看不见,也不知漂去了哪里。

往事已经有千年,那时魏武帝曹操跃马挥鞭,东巡至碣石山吟咏留下诗篇。现在的北戴河,依旧秋风萧瑟,但是人间已经换了新颜。

水调歌头·游泳

毛泽东

才饮长沙水,又食武昌鱼。万里长江横渡,极目楚天舒。不管风吹浪打,胜似闲庭信步,今日得宽余。子在川上曰:逝者如斯夫!

风樯动,龟蛇静,起宏图。一桥飞架南北,天堑变通途。更立西江石壁,截断巫山云雨,高峡出平湖。神女应无恙,当惊世界殊。

注 释

① [游泳] 1956年6月，作者曾由武昌游泳横渡长江，到达汉口。
② [极目] 放眼远望。
③ [风樯（qiáng）] 樯，桅杆。风樯，指帆船。
④ [龟蛇] 龟山、蛇山。
⑤ [一桥飞架南北] 当时正在修建的武汉长江大桥。
⑥ [天堑（qiàn）] 堑，沟壕。古人把长江视为"天堑"。
⑦ [巫山] 山名，在重庆市巫山县东南，即巫峡。

译 文

刚喝了长沙的水，又吃着武昌的鱼。横渡这万里长江，举目眺望舒展的长空。哪管得风吹浪涌，这样比在庭院中散步还舒服，今天我终于可以尽情流连。孔子在河岸上说：时间就像这奔流不息的河水一样，昼夜不停流逝着！

江面风帆飘荡，龟蛇二山静静伫立，胸中宏图升起。武汉长江大桥建成以后，长江天险成为通畅的大路。我还要在长江西边建起大坝，把巫山多雨造成的洪水拦腰截住，让三峡出现平坦的水库。神女如果当时还健在，她看到高峡出平湖，必定会惊愕世界变了模样。

蝶恋花·答李淑一

毛泽东

我失骄杨君失柳，杨柳轻飏直上重霄九。问讯吴刚何所有，吴刚捧出桂花酒。

寂寞嫦娥舒广袖，万里长空且为忠魂舞。忽报人间曾伏虎，泪飞顿作倾盆雨。

注 释

① [蝶恋花] 词牌名称，分上下两阕，共六十字，一般用来填写多愁善感和缠绵悱恻的内容。
② [李淑一] 1901年出生于书香门第，上中学时与杨开慧（毛泽东夫人）结为好友，1997年病逝。
③ [杨柳] 杨开慧和李淑一的丈夫柳直荀。
④ [飏（yáng）] 飘扬。
⑤ [吴刚] 神话中月亮里的一个仙人。月亮里有一棵高五百丈的桂树，吴刚被罚到那里砍树。桂树随砍随合，所以吴刚永远砍不断。
⑥ [桂花酒] 传说是仙人的饮料。
⑦ [嫦娥] 神话中月亮上的仙女。据《淮南子·览冥训》，嫦娥（一作姮娥、恒娥）是后羿（yì）的妻子，因为被迫吃了后羿从西王母那里求到的长生不死药而

飞到月上。
⑧［舒广袖］伸展宽大的袖子。
⑨［伏虎］革命胜利。

译 文

我失去了深爱的妻子杨开慧，你失去了你的丈夫柳直荀，杨柳二人的英魂轻轻飘扬直上九重霄。询问吴刚天上有些什么？吴刚捧出了月宫特有的桂花酒。

寂寞的嫦娥也喜笑颜开，舒展起宽大的衣袖，在万里青天为烈士的忠魂翩翩起舞。忽然传来人间打垮了国民党反动派，全国得到解放的消息，两位烈士的忠魂顿然高兴得泪流如雨。

七律·到韶山

毛泽东

别梦依稀咒逝川，故园三十二年前。
红旗卷起农奴戟，黑手高悬霸主鞭。
为有牺牲多壮志，敢叫日月换新天。
喜看稻菽千重浪，遍地英雄下夕烟。

注 释

①［别梦］指离别之后，不能忘怀，家乡与故人常出现在梦中。
②［依稀］仿佛、隐约，不很分明。
③［咒］诅咒、痛恨，这里只是恨的意思。
④［逝川］流去的水，比喻流逝的光阴。
⑤［故园］故乡，指韶山。
⑥［红旗］革命的旗帜，象征中国共产党的领导。
⑦［农奴］本指封建时代隶属于农奴主、没有人身自由的农业劳动者，此处借指旧中国受奴役的贫苦农民。
⑧［戟］古代的一种刺杀武器。
⑨［黑手］指封建地主阶级、买办资产阶级及其代表国民党右派等黑暗势力的魔掌，比喻反动派。
⑩［高悬］高高举起。
⑪［霸主鞭］指反革命武装，即蒋介石反动武装。
⑫［为有］因为有。
⑬［多］增强激励。
⑭［日月换新天］指半封建半殖民地的旧中国变为社会主义的新中国。
⑮［喜看］高兴地看到。
⑯［菽］豆类的总称。
⑰［英雄］此指新中国的农民。

⑱［下夕烟］从黄昏时的炊烟和暮霭中归来。

译　文

离别后多少梦境在诅咒岁月的流逝，已经阔别故乡三十二年。红旗漫卷吹动农民的武装，而敌人却高高举起霸主的铁鞭。因为有这么多敢为自己伟大理想而去牺牲的人，所以敢去改变旧的日月换来新的天地。喜看大片庄稼如浪涛滚滚，尽是农民英雄们在暮色中收工归来。

大江歌罢掉头东

周恩来

大江歌罢掉头东，邃密群科济世穷。
面壁十年图破壁，难酬蹈海亦英雄。

注　释

① ［大江］宋代文学家苏轼《念奴娇·赤壁怀古》开篇有"大江东去，浪淘尽，千古风流人物"之句。"大江"在这里泛指气势豪迈的歌曲。
② ［邃（suì）密］深入、细致，这里是精研的意思。
③ ［群科］辛亥革命前后，曾称社会科学为群科。
④ ［济世穷］挽救国家的危亡。
⑤ ［面壁］面对墙壁坐着。
⑥ ［破壁］这里表示学成之后，像破壁而飞的巨龙一样，为祖国和人民做一番大事业。
⑦ ［难酬］难以实现，目的达不到。
⑧ ［蹈海］投海。

译　文

唱完了苏轼的《念奴娇·赤壁怀古》，就掉头东去日本留学，这是为了精心研究科学来挽救国家的危亡。用了十年苦功，学成以后要回国干一番事业，挽救中国。即使理想难以实现投海而死，也不失为英雄。